中公文庫

会社員、夢を追う

はらだみずき

中央公論新社

目次

銀座――夢追う舞台

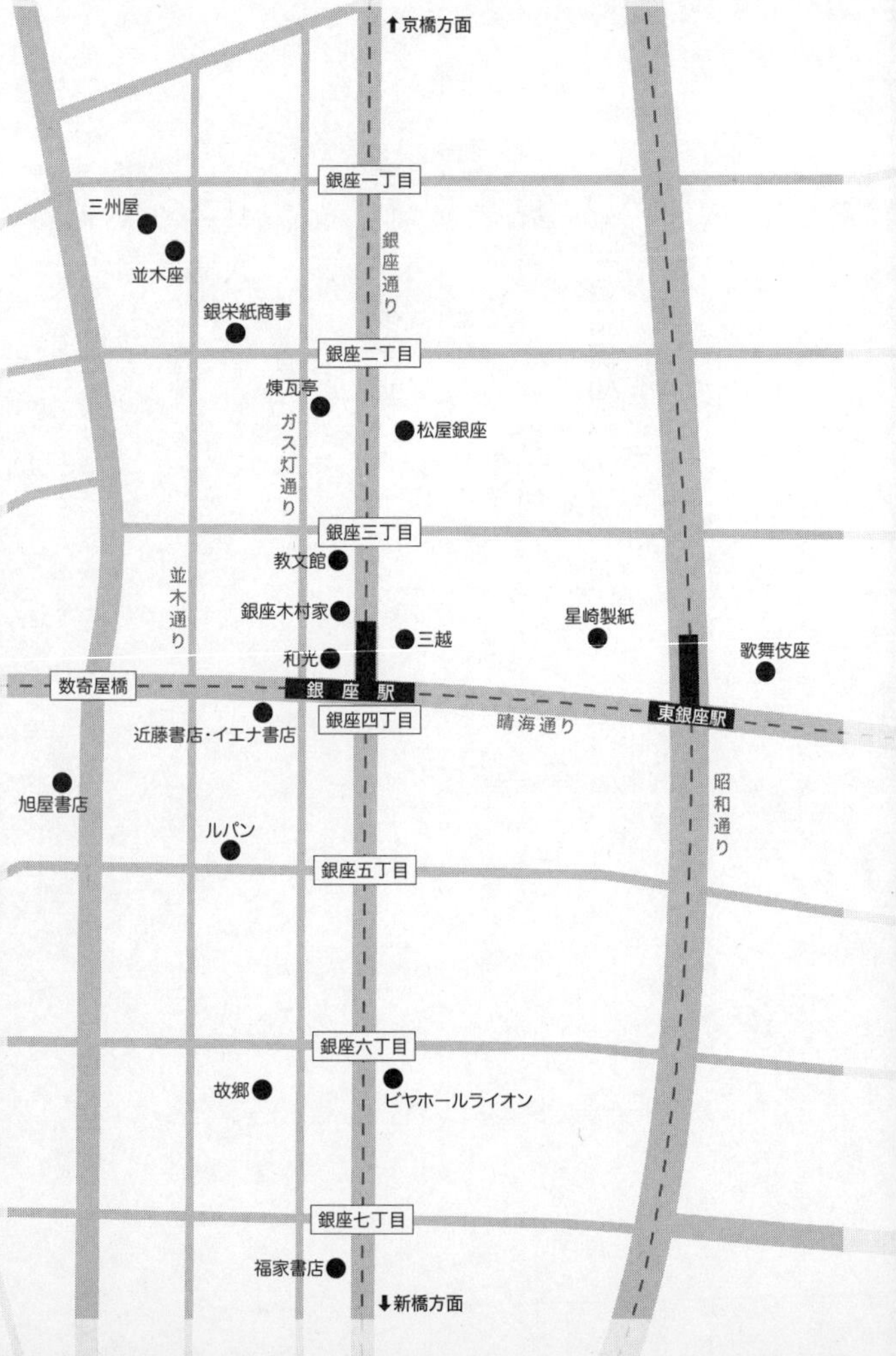

京橋方面
銀座一丁目
三州屋
並木座
銀座通り
銀栄紙商事
銀座二丁目
煉瓦亭
松屋銀座
ガス灯通り
銀座三丁目
教文館
並木通り
銀座木村家
三越
星崎製紙
和光
歌舞伎座
数寄屋橋
銀座駅
銀座四丁目
晴海通り
東銀座駅
近藤書店・イエナ書店
昭和通り
旭屋書店
ルパン
銀座五丁目
銀座六丁目
故郷
ビヤホールライオン
銀座七丁目
福家書店
新橋方面

会社員、夢を追う

本、そして紙を愛する人に

プロローグ

就職のことで息子が悩んでいるらしい。

昨夜遅く、妻から聞いた。

なにを悩んでいるのか詳しく話を聞いたわけではない。むしろ余計な詮索はせず、「そうか」とだけつぶやくに留めた。

妻もそれ以上、ふれようとはしなかった。

今朝、リビングのテーブルで広げた新聞には、「景気の上昇、業績好調、人手不足を背景に企業の採用意欲が高まり、学生の売り手市場はしばらく続く」という記事が載っていた。

ウイスキーの水割りをつくり、書斎の椅子に深く腰かけ、しばらくぼんやりしていた。

バブル経済崩壊後の就職氷河期と比べれば、恵まれた時代のようにさえ思える。

けれど息子は悩んでいる。

そもそも原因は、そういった社会情勢とは関係ないのかもしれない。

新卒の就職率が高まる一方、少し前にこんな記事を目にした。「新規大卒就職者の三年以内の離職率は30％以上」。せっかく職を得たのに、早々にやめてしまう若者もいる。就職できたからといって喜んではかりもいられない。

会社をやめてしまう理由としては、労働環境や待遇への不満、人間関係、仕事内容がおもしろくない、などが挙がっていた。働きはじめてから、自分のやりたい仕事ではなかったと気づくケースもあるようだ。やりがいを見つけられない、あるいは見失う場合だってあるだろう。現実には、自分の望む仕事に就ける者は限られている。

今の若い者は我慢が足りない。

どこからかそんな声も聞こえてきそうだ。

この春、大学四年生になる息子は、合同企業説明会から帰ると、疲れた様子で不安を口にしたという。いくつもの企業の説明を聞くなかで、情報の海に溺《おぼ》れかけたのだろうか。

自分の父親との関係を思えば、私と息子とはむずかしい仲ではない。最近よく耳にする友人のような親子関係とは言わないまでも、日常の会話に窮するような場面はお互いなかった気がする。

悩んでいるというのなら、力になれたらと思う。

しかし、なにをどう伝えればいいのだろうか。

正直、私にはわからなかった。

ネット上には、就職に際して相談してはいけない相手として、「親」という意見が散見される。なるほど自分も親に相談などしなかった。昔の常識を押しつけられるのはご免だし、自分は自分、という思いが強かった。

しかし考えてみれば、当時自分の父親は現役の会社員だった。高卒の学歴で、中小企業とはいえ、最終的には役員まで昇り詰めた。そのことは社会のなかで生き残った、という証《あかし》でもあるだろう。父は父なりに、戦後の高度経済成長期を懸命に生き、いわんや〝今〟を生きていたのだ。

おそらく多くの親は、就職における自分の子供の冒険など望まない。一般企業であれば、それなりに名の通った会社に内定してくれたら御の字。あるいは目立たなくても労働条件の整った、経営の安定した組織に入ってくれたらと願う。

子供には苦労をさせたくない、という親心だろうか。

それとも今後に待ち受ける自らの老後に向けて、不安な材料を極力抱えたくない、保身なのか。

親なりに思い、気持ちを揺るがせた。

そんなときだった。昔の同僚から連絡があり、ひさしぶりに会わないかと誘われ、銀座《ぎんざ》を訪れた。約束の時間より早く着いたのは、夕暮れ近い銀座の街をあてもなく歩いてみたかったからだ。

大学を卒業した私は、この国を代表する繁華街にある会社に縁あって就職した。場所は銀座通りから二本入った通り沿い。六階建ての自社ビルの一階には都市銀行が入り、社員通用口向かいにも地銀があったと記憶している。今は毎日自宅のデスクに向かい、運動不足がちの私の足は、自然とそちらへ向かっていた。

歴史的に見れば、この街はとめどなく変貌を続けている。大火、大震災、空襲——壊滅的なダメージを受けては、その度に復興し、再び物や人を集め、今に至る。

最近では、バブル経済崩壊後、銀座は大きく様変わりしたと言う人がいる。中心街で幅を利かせていた金融系の会社の多くが姿を消し、海外のブランド店が目につくようになった。アジア系の観光客の姿も増えた。たしかに私がこの街に通勤していた頃とは、変わってしまった気がする。

しかしこうしてゆったり街を歩いていると、懐かしい風景に出合うのはむずかしいことではない。たとえば、昔から同じ場所にある百貨店を含む老舗《しにせ》の数々。通った書店や文房具店。狭い路地の奥にひっそり残る稲荷《いなり》神社。当時、店の前まで行ったものの入ることのできなかった文壇バー。四丁目の時計塔が見下ろす交差点。着飾った紳士淑女が往来する大通りの雰囲気。颯爽《さっそう》と前から歩いてくる、美しい大人の女性を眺め、ああ、ここはやっぱり昔自分が働いた街、銀座なんだな、と思い至る。

たしかに変わらないものだってある。

二丁目の交差点で横断歩道を渡り、記憶にある通りへと吸い込まれるように入っていく。たしかこのあたり。しかし私が働いていたビルは、すでにそこにはなかった。どうやら取り壊されてしまったようだ。手のひらのように葉をつけたマロニエの木陰から見上げると、天井の高い八階建てのファッションビルに生まれ変わっていた。

不意に思い出した。

かつての職場、銀座二丁目のビルの窓から、私は紙ひこうきを飛ばしたことがあった。

あれは就職して二年が経たない、残業の続いた夜のことだ。なぜそんな真似をしたのか記憶が飛んでいるが、手にした無地の白い紙で手早く紙ひこうきを折り、夜風が吹き込んでくる窓から身を乗り出して放った。

ふらふらと銀座の街を飛び立っていく、頼りない紙ひこうき。

その姿を眺めながら、いったいこれから自分はどうなっていくのだろう、と怯《おび》えた瞬間を、今も鮮明に思い出すことができる。

自分も息子と同じだった。

不安でいっぱいだった。

正直にいえば、社会に出て働くことさえ、こわかったような気がする。

息子に夢を尋ねたのは、何歳までだったろうか。

自分も親に夢を語ったりはしなかった。

遠い遠い夢に、どうやったら近づけるのか。

夢への扉に、たどり着けるものなのか――。

「隆星《りゅうせい》大学経済学部四年、神井航樹《かみいこうき》です。本日はよろしくお願いします」

面接室に入り一礼すると、椅子に座るようにうながされた。

一九八六年九月上旬、都営浅草《あさくさ》線東銀座の駅から、うだるような残暑の地上に出た航樹は、晴海《はるみ》通りを黒の革靴で進み、四丁目の交差点を目指した。

見上げた銀座のランドマーク、曲線が美しい和光《わこう》ビルの時計塔の針は、指定された時間の十分前をさしていた。

黒光りするライオン像の鎮座する三越《みつこし》の角を曲がり、スーツ姿の自分を松屋《まつや》のショーウインドウに映してから、銀座通りを渡って、六階建てのビルにたどり着いた。

面接には多少慣れてきた。大学を留年し、二年目の就職活動なのだからあたりまえだ。留年したのは、単位が足りなかったせいではない。むしろ単位は足りていて春には卒業となってしまうため、ゼミの担当教授に頼み込んだ。

「これまで単位をくださいと泣きつかれたことは何度もあるが、『落としてください』と言ってきたのは君が初めてだ」

教授は呆れていた。

　当然理由を問われたが、本当のことは言えなかった。

　学費はアルバイトで稼ぎ、一年大学に残り、もう一度就職活動をやり直したいと懇願したところ、その一年を有意義なものにするならという条件で、単位は翌年に持ち越し、授業に出席せずとも与えると教授は約束してくれた。まさに「モラトリアム人間」と呼ばれる世代のサンプルのような行動といえた。

　航樹の前には、白髪《しらが》の目立つ面接官がひとりデスクに座っている。男は「人事部の菅原《すがわら》といいます」と名乗った。

　面接官から名前を聞くのは初めてのことで少々面喰らった。挨拶をしたあとは、肩の力を抜くことができた。今日の相手は名も知らぬ面接官ではなく、菅原さんなのだと思えたからだ。

　求められた自己PRをしたあと、これまでの就職活動状況について尋ねられた。

「商社を中心にまわっています」と答えたが、嘘《うそ》だった。

　去年、そして今年、航樹がまわったのは、ほとんどが大手の出版社。希望職種は「編集」。知名度の高い出版社に入るには、卒業見込みの大学も学部も有利には働かなかった。成績は「可」ばかりで、「優」が二つしかない。「足切り」があるのも知らず、無駄な時間を費やしてしまった。

　出版社の面接でくり返し口にした志望動機は、「本が好きだから」。

「だったら書店でもいいんじゃない？」

面接で、編集者然とした鬚《ひげ》を生やした男に、そんな皮肉を返された場面もあった。「本が好きだから」は、志望理由としてたしかに具体性にも説得力にも欠ける。しかし出版社の実際の仕事を知らない航樹にとって、それ以上の言葉は思いつけなかった。志望動機につながるような嘘の体験談をでっち上げるのは容易だが、それはしたくない。といっても、自分自身、「編集」を望む根拠の薄さを自覚してもいた。

航樹が出版業界を就職先として考えたのは、自分は一般企業の会社員には向いていない、と思ったことに端を発していた。編集者を志望したのは、自分の知る職種のなかで一番会社員から外れているように思えたからだ。出勤時間は決まっておらず、服装はおおむね自由で、苦手なネクタイを締める必要もない。自由にアイデアを練って企画を立て、自分のつくりたい本をつくる。取材と称して、会いたい人物にも会える。そんなイメージを勝手に抱いていた。

そもそも航樹は、できることなら会社員にはなりたくなかった。幼い頃から、会社員である自分の父親を見て思い至ったことだ。「社会は甘くない」「我慢しろ」というのが父の口癖だった。

夜遅く京成《けいせい》電車にゆられ、千葉の自宅に帰る際、酔っ払いの会社員を見かけた。だらしなくシートに腰をずらして眠りこけ、口の端からヨダレを垂らし、ネクタイを汚していた。深夜の山手《やまのて》線では、スーツ姿の泥酔した男が乗車口近くに座り込み、小便の水たまりをつくっていたこともある。最低だなと思った。

会社員にはなりたくない。

だが現実的には、父がくり返し口にした、甘くない社会に出るにあたって、自分の道は限られ、我慢をするしかない。そして今、軽蔑していた会社員になることにすら、自分は四苦八苦しているのだ。

「内定が出ている会社はありますか？」

菅原が口にした質問は、この時期であればごく自然なせりふだった。会社訪問や内定解禁などに関して就職協定はあるにはあったが、多くの企業が春から「内々定」を出しているという噂《うわさ》を聞いていた。そういう意味では、融通が利かず、どちらかと言えばお人好《ひとよ》しの部類に入りそうな航樹は、今年の就職戦線のスタートも再び出遅れていた。

「いえ、残念ながらまだ」

「そうですか」

菅原は意外そうに小さくうなずいてみせた。

「それでは、当社を志望する理由をお聞かせください」

「はい」

航樹は背筋を伸ばし、都営浅草線の車中で何度も反芻《はんすう》した動機を口にした。

「まず、御社が専門に扱っている商品は、『紙』です。紙というものは、生活する上であらゆるものに使われている、いわば必需品です。紙がなければ、我々の生活は成り立たない、そう言っても過言ではありません。これまでいくつか商社をまわってきましたが、さまざまな商品を扱うよりも、自分は〝これ〟というもののエキスパートになれたらと考え、紙を専門に扱う御社に興味を持った次第です」

航樹が今椅子に座っているのは、株式会社銀栄《ぎんえい》紙商事、東京本社。全国に五つの支店を持つ、紙の専門商社だ。紙は製紙メーカーによって抄造《しょうぞう》されるが、その多くは代理店と呼ばれる特約商社が仕入れ、販売している。銀栄紙商事は、それら代理店のなかで中堅に位置していた。

これまで航樹は、志望する出版社の書類選考にかなりの数落ちていた。大手だけでなく、今年は中小も狙ったが、採用人数自体が少なく、狭き門であることに変わりはない。自ら留年を選択し、一年の猶予を使っている身としては、なんとか進路を決め、大学生活を締めくくりたかった。両親や姉にもこれ以上心配をかけるわけにはいかない。

「おっしゃるとおり、弊社は紙を専門に扱っています。でありますから、紙に愛着を持つ人材を求めています。神井さんはいかがでしょうか。ご自身の紙についての思いなど、なにかあれば聞かせてください」

「紙についての、思いですか？」

この質問には少しあわてた。

紙という素材に対して、特別な感情を抱いたことなどあっただろうか。

航樹はひと呼吸した。

浮かんできたのは、少し前に友人と交わしたやり取りだ。その会話の記憶をもとに、話しはじめた。

「子供の頃の話になりますが、私はよく紙を使って遊びました。正月には凧揚《たこあ》げやカルタをしました。ふだんであれば紙に絵を描いたり、折り紙をしたり、パズルも紙でできてますよね。それと、得意だったのが、紙ひこうきを折ることです」

「ほう、紙ひこうきですか」

菅原の顔がほころんだ。

「はい。よく飛ぶ紙ひこうきを折るのは、案外むずかしいんです。折り方は何通りもありますが、自分で何度も試して、よく飛ぶ紙ひこうきを折ることができるようになりました。それで小学生のときについたあだ名が、〝紙ひこうき〟。名前が、神井航樹なので、響きが似ているせいもあったと思います」

「ああ、なるほど……」

菅原は声に出してみた。「神井航樹。――紙ひこうき」

「ええ、そういうわけです」

嘘ではなかった。

もっとも、そう呼ばれるのは、あまり好きではなかったけれど。

祖母からは、「航樹ちゃんは、紙ひこうきみたいに、どこへ飛んでいくかわからんもんね」と笑われた記憶がある。

「苗字は『カミイ』、――『紙』が入ってる」

菅原は目尻にしわを寄せ、口元をゆるめた。「神井君は、紙と縁があるのかな？」

「だと思います」

航樹はすかさず返した。

菅原は、歯を見せて笑った。

面接の終わりが近づくと、銀栄紙商事の会社名は、文字どおり「銀座に栄える」が語源だと菅原は説明した。「私が言うのもなんですが、アットホームな会社なんですよ」と口にした。

しかし、「アットホーム」という言葉が、航樹には引っかかった。「アットホーム」と言えば聞こえはいいが、父の会社のことを思い出してしまったのだ。父の勤める工作機械を扱う中小企業は同族色が強く、コネによって入社した者も少なくない。その手の人間にとっては、たしかに居心地はよいかもしれない。しかし父はちがった。正当な評価がなされない、と愚痴をこぼしているという話を母から聞かされていた。

それとなくその件にふれると、「そんなことはありませんよ」と菅原はやんわり否定した。その声と表情に、航樹は安心した。

銀栄紙商事では、すでに内定を出している学生が複数いて、男子の採用はあと一名を予定している。そんなことまで教えてくれた菅原は、航樹に好意的な様子だ。これまでの面接では必ず大学を留年している理由をつっこまれたものだが、質問もされなかった。航樹はざっくばらんに話してくれる面接官を通して、会社に親しみを持った。

さらに、もらった会社案内の「主な得意先」の欄に、自分が書類選考で落とされた大手出版社の名前をいくつか見つけた。

「この会社は？」

尋ねたところ、銀栄紙商事はそれらの出版社に紙を納入しているとのことだった。

「なるほど」

航樹は大きくうなずいた。

――本は紙でできている。

あたりまえのことに、あらためて気づいた。


「ただいまぁー」

航樹の明るい声に、「ああ、僕も今帰ってきたとこ」と返事があった。

間の抜けた声の主は、千葉の県立高校時代からの友人、原健人《はらけんと》。「第二すずかけ荘」二〇一号室の住人だ。

就職活動中の航樹は、会社に関する話題をきっかけに、先月父と口論になり、荷物をまとめて家を出た。転がり込んだのが、家から三十分ほど離れた、津田沼《つだぬま》の築四十年以上経っている、おんぼろアパートの原の部屋。

原の家族は、彼が高校を卒業すると、父親の仕事の関係で名古屋《なごや》に引っ越してしまった。一浪して東京の大学に入学した彼は、ひとり暮らしをする必要に迫られた。原はなぜか大学の近くではなく、実家のあったこの地を選んだため、「第二すずかけ荘」の二階の一室は、航樹ら高校時代の仲間のかっこうのたまり場となった。

といっても、それは去年までの話。多くの者がすでに社会に出て働きはじめ、足が遠のいた。この春から新宿《しんじゅく》の編集プロダクションで働いている安達由紀彦《あだちゆきひこ》もそのひとりで、都内で暮らしている。航樹以外に今でもこの部屋に出入りしているのは、地元に残っている坂巻《さかまき》蓮《れん》くらい。蓮は仕事帰りにここへ寄ることが多く、来るとしてもその時間にはまだかなり早かった。

「おかえり、家出青年。面接どうだった？」

ランニングシャツに短パン姿の原が畳の上であぐらをかいている。ひょろりと背が高く、手足が長いキリギリスを思わせる容姿の原は、かなり天然でマイペースな男でもあった。性格は穏やかで、怒った顔は見たことがない。

「家出って言うなよ」

航樹はひと言返し、脱いだスーツの上着をハンガーに吊《つ》るした。

「冗談だって」

原は扇風機の前でにやついている。

航樹もふだんは滅多に感情を露《あら》わにしない。だが、ひとたびスイッチが入り火がつけば、激しい一面が顔を出すことは高校時代からよく知られていた。

航樹のスーツの隣には、同系色の大きめのリクルートスーツがすでに掛かっている。一浪した原も同じく大学四年となり就活の最中なのだ。しかしお互い今のところ、志望する企業からの内定はもらえていない。

この日、航樹が紙の専門商社である銀栄紙商事を受けたのは、約二週間前の、この部屋での原との会話がきっかけだった。苦戦続きの航樹は、出版社の就活に焦りを感じはじめていた。

「だったら、〝ダッチ〟みたいな会社はどうなの？」

原は、最近姿を見せなくなった安達が勤める編集プロダクションを受けてみたらと例に挙げた。

「〝編プロ〟っていうのはさ、出版社のいわば下請けのような存在だからね。編集者としての経験を積むには、たしかにアリなんだろうけど」

航樹は、あまり気乗りしない返事をした。

〝ダッチ〟こと帰宅部だった安達は、クラスも異なり、サッカー部の航樹とは接点がなかった。サッカー部を早々にやめた原から、「うちのクラスにおかしなやつがいる」と噂を聞いて知った。

安達は読書家で、学校の成績はそこそこ優秀。日本の近代文学作家の主要作品を読み終え、ロシア文学を読んでいると吹聴しているらしかった。現代国語の授業では、教師と文学作品について論争をくり広げ、授業の大半を潰《つぶ》して顰蹙《ひんしゅく》を買ったとか。そんな安達は、常に寝不足気味でなにを考えているのかよくわからない一面があるため、とくに女子から敬遠されていた。しかし実際に会ってみると、長髪の神経質そうな青年は、なかなかおもしろいやつで時間を共にするようになった。

そんな安達に〝ダッチ〟と名づけたのは、中学時代から〝ハラケン〟と呼ばれていた原健人だった。

ある日、安達が突然、原のことで、どうしても違和感があるとむずかしい顔をした。それは原のあだ名のことで、原は〝ハラケン〟という感じではない、と強い調子で言い出したのだ。

「じゃあ、どういう感じですかね?」

安達に一目置いている原が、やけに丁寧な尋ね方をした。

「そうだなあ――」

安達はしばし考えたあと、「やっぱり〝ハラケン〟じゃなく、〝パラちゃん〟って感じなんだよね」と答えた。

やや緊張して事態を見守っていた航樹と蓮は大爆笑となった。

原は、〝パラちゃん〟では、いくらなんでも人としての重みがないと抗議したが、その日から〝パラちゃん〟と呼ばれるようになり、その腹いせに安達を〝ダッチ〟と呼ぶようになった。

高校三年の夏に部活を引退した航樹は、安達と競うように小説を読んだ。読むのは夏目漱《なつめそう》石《せき》や太宰治《だざいおさむ》をはじめ、日本のメジャーな近代文学作家の作品が中心で、手当たり次第に読んでいった。本の貸し借りこそしなかったが、情報交換はよくした。

「『オダサク』はもう読んだか?」

安達に問われると、「ああ、『オダサク』ね、これから読むところ」などと答えた。しかしそれは知ったかぶりであり、図書館で急いで調べ、「オダサク」とは作品の名前ではなく、織田作之助《おださくのすけ》という小説家の愛称だと知り、代表作を手にしてみる、といった具合だ。

「ダッチは、今なにを読んでるの？」

尋ねると、「ロマン・ロラン」という言葉が返ってきた。

やはりそれが作品のタイトルなのか、それとも作家の名前なのかわからなかった。自分では読んでいるつもりでも、読書量では安達に敵《かな》わなかった。

三人の友人、蓮、パラちゃん、ダッチにも、多くを語らなかったが、航樹が手当たり次第に小説を読むようになったのは、中学時代の初恋の相手への告白がきっかけだった。高校三年になってようやく手紙で想いを伝えると、彼女からの返信には、小説について書かれていた。中学時代、どちらかといえば地味だった彼女は、高校では文芸部に入り、小説に夢中になっている、というのだ。彼女が夢中になるその世界について知りたくて、航樹は同じように小説を読むようになった。

本を読むと、彼女に近づけるような気がしたのだ。

しかし、あえなく失恋。

それでも航樹は読み続けた。小説という架空の世界に身を投じることで、悲しみを癒やそうとしたのかもしれない。

その後、読むだけでは飽きたらず、自分でも文章を書くまでになった。

安達は高校卒業後、東京の大学の文学部に進んだ。航樹は親の反対もあり、文学部をあきらめ、経済学部へ。それでも欧米や日本の現代作家の作品を読むようになり、やがて文芸誌に興味を持つようになった。

もともとマスコミ志望だった安達は、大学卒業後、おそらく出版社に入社したかったのだろう。うまくいかなかったのか、編集プロダクションで働きだした。安達のやり方をなぞるような生き方は、航樹としてはしたくなかった。

「じゃあ、印刷関係は?」

原あらためパラちゃんは、出版業界に近いからという理由なのか、安達の編集プロダクションに続いて、蓮の仕事を持ち出した。

テニス部のエースで女子に人気のあった坂巻蓮の場合は、父親が印刷関係の仕事に就いていたせいか、高校を出て専門学校に通った後、同じ業界で働きはじめた。仕事の内容は詳しく聞いていなかったが、「写植《しゃしょく》の仕事」と蓮は口にしていた。

たしかに出版と印刷は密接なつながりがある。しかし航樹は、興味を示さなかった。

するとパラちゃんが、「航樹はさ、自己分析とかやってみたことあるの?」と人をなめたような口をきいた。

なにを言い出すのかと訝《いぶか》ったが、就職に悩む航樹への彼なりのアドバイスのつもりのようだった。そんなパラちゃんは、航樹以上に就活に出遅れている印象もあったが、どこか呑《のん》気《き》そうにも見えた。

パラちゃんの父は数年前に会社を立ち上げ、その事業が名古屋で軌道に乗ったようで、彼が望めばそちらで働くこともできるらしかった。パラちゃんは社長の息子で、いわゆる〝ぼんぼん〟でもあったわけだ。

「自己分析とかはやってない。そういうの興味ないから」

航樹は冷めた口調で答えた。

「自分に向いている仕事を見つけるための自己分析ってのが、あるんだよね」

「へー」と生返事をした。

「たとえば、こんな質問」

どこで仕入れたのか、パラちゃんはいつものように勝手に話を続けた。「『あなたが子供の頃に得意だったことはなんですか？』」

「子供の頃に得意だったこと？」

航樹はめんどうくさそうに質問をくり返してから答えた。「虫を捕まえることかな」

パラちゃんは「ぷぷっ」とマンガの吹き出しのようなわざとらしい笑い方をした。

「なるほど、航樹らしいね」

「ああ、それから――」

航樹は目の前にあったなにかのチラシらしき紙を手に取り、おもむろに折りはじめた。

「あ、わかった！」

パラちゃんはわざとらしく目を細め、空咳《からせき》のような笑い方をした。「高校のとき、校舎の窓から飛ばしたよな。だれの紙ひこうきが一番遠くまで飛ぶか、三角コーヒー牛乳を賭けてさ。そしたら航樹のがグングン飛んでって、グラウンドで体育の授業をやってる女子のほうまでいっちゃってさ。あんときは焦ったもんな」

「そんなこともあったな」

「じゃあ、思い切って、航空業界なんてどうだ？」

パラちゃんが膝を打つようにして顔を上げた。「ほら、ここからなら、成田《なりた》空港も近いし」

紙ひこうき飛ばしをやったとき、まったく飛ばない垂直落下型のできそこないをつくった男が得意そうな顔をした。

「どういう発想なんだよ、まったく」

航樹はため息をつき、紙ひこうきを折る手を止めた。

なにかのチラシだと思っていたその紙は、学生向けの会社案内だった。おそらくパラちゃん宛に送られてきた就職資料の一部なのだろう。折り目をのばして広げてみると、「紙に生きる」という太字で印刷された文字が目に飛び込んできた。

「どうかした？」

「いや、なんでもない」

答えた航樹は、「紙ひこうき」の「ひこうき」ではなく、「紙」のほうに惹《ひ》かれていた。

「これ、もらっていいかな？」

「ああ、好きにして」とパラちゃんは答えた。

たまたまそれが、銀栄紙商事の会社案内であり、今日面接を受けるきっかけになったというわけだ。

「なんだかさー、今日の面接、いい感じで終わったよ」

ネクタイをゆるめた航樹は、勝手にキッチンの冷蔵庫を開けた。

「パラちゃん、缶ビールくらい買っといてよ」

ひんやりする空っぽの世界を航樹がのぞき込むと、「わるいわるい」とお人好しな声が返ってきた。

「で、そっちのほうは？」

「成田空港関連の仕事なんだけど、わるくなかったよ」

めずらしくパラちゃんの声が弾んだ。

――なんでおまえが？

そう言いかけた。

もともと「航空業界なんてどうだ？」と航樹に提案したことが、いつの間にか自分のことにすり替わっている。まあ、とらえどころがないのは今にはじまったことではないので、「パラちゃんもがんばれよ」と言うに留めた。

＊

銀栄紙商事からの一次面接通過の知らせは、数日後、自宅に帰り受け取った。

父は出張中で不在。姉もいなかった。

母がつくってくれた夕食を食べながら、航樹は就職活動の進捗《しんちょく》状況を話して聞かせた。

「へえー、銀座の会社なんていいじゃない」

母はうれしそうだった。

「まだ受かったわけじゃないんでね。ほかも受けてる最中だし」

航樹は答えておいた。


最終面接当日、先日会った菅原のほかに、役員らしき年配のえびす顔の人、管理職らしき色白の四十代の男性社員、三対一での面談に臨んだ。

面接は終始和やかに進み、航樹はとくに気負うことも言葉に窮する場面もなかった。模範的な就活生を演じることができたのは、もうあとがないという強い気持ち、本来の志望業界ではないという冷めた気分のせいだったかもしれない。

面接後、菅原が社内を案内してくれることになった。

さっきまで面接会場にいた役員らしき五十過ぎのえびす顔の人は、六階の廊下の奥にある社長室のドアの向こうへ消えた。

「社長さんだったんですね?」

航樹が尋ねると、「ええ、そうですよ」と菅原はなにげない感じで答えた。

二階のフロアには、面接の際、いくつか質問してきた管理職らしき色白の男性社員がいた。

手前にある仕入部の部長だという。

仕入部にはいくつかのデスクの島があり、若い男女の社員たちが席に着き働いていた。彼らはリクルートスーツに身を包んだ航樹には目もくれず、自分の業務に集中している。

フロアの奥側には、卸商《おろししょう》営業部なる部署があり、デスクの電話がひっきりなしに鳴っていた。営業を担う部門であるせいか、空席が目立つ。外まわりにでも出ているのだろうか。残っている女子社員が忙しく電話に対応している。

社内は活気に満ちていた。

「おい、『スターエイジ』あるのか？」

フロアの奥で、髪をオールバックにした背の低い男が、耳にタバコを挟んで大きな声を出した。

――「スターエイジ」

直訳すれば、「星の世代」ということになる。

なんのことだろうか。

航樹は耳を澄ました。

四台並んだデスクトップのパソコンの前に座った女性がキーボードをすばやく叩《たた》き、「スターエイジ、キクヨコロクニイハン、在庫あります」と明るい声で返事をした。

「よっしゃオッケー、明日の朝イチ引き取り！」

オールバックが叫ぶと、女性は立ち上がり、打ち出した伝票をサッとプリンターから切り離した。

——キクヨコロクニイハン？

なんだそれ？

よくわからないやり取りを眺めていると、「それじゃあ、今日はお疲れさまでした」と菅原に声をかけられ、航樹は会社をあとにした。

表に出ると、まだ日は高く、空は晴れている。

帰り道、銀座通りを歩きながら、「紙か……」と航樹はつぶやいた。

安堵《あんど》のため息のあと、ふつふつと笑いがこみ上げてきた。

思えば冗談のような話だ。

紙ひこうきに折りかけた一枚の会社案内によって、ここまでやって来た。最終面接の感触はわるくなかった。社内をわざわざ案内してくれたのは、内定を示唆しているようにも思えた。

だが、航樹が目指していた出版業界とは、まちがいなく別世界。

本は、たしかに紙でできている。

でも、あまりにも遠く離れている。

それでも航樹は、自分が必要とされている気がして、素直にうれしかった。

人が行き交う銀座の街を歩いていると、なぜだかいいにおいがした。まわりを見まわしても、花屋があるわけでも、花壇に花が咲いているわけでもない。

でもたしかにいい香りがする。

理由はわからなかったが、この街で働くのもわるくない、静かにそう思えてきた。

銀座通りに面した書店の前に差しかかった。店頭にはたくさんの新刊本が並べられていた。

カラフルな帯が巻かれている本の上で、ポップが風に揺れている。

紙でできた一冊一冊の本が、いつにも増して、航樹には輝いて見えた。


その後、航樹は書類選考を通過した別の会社の面接を受けた。それは児童書の出版社で、なんとか最終面接までこぎ着けることができた。

これが出版業界に就職する最後のチャンスと心に決め、最終面接に臨んだ。

しかし、結果は不採用。自分は出版業界とは縁がないのだろうか。つくづくそう思った。

すでに銀栄紙商事からは内定通知が届いていた。

それを機に、航樹はパラちゃんのアパートを引き揚げ、実家にもどることにした。

「紙といえば、鉄と同じく国策だったわけだからな。絶対になくなりゃしない。しかも会社があるのは銀座。二丁目と言ったら、銀座のど真ん中だもんな。こんな一等地に自社ビルを構えてるなんて素晴らしいな」

父は銀栄紙商事の会社案内を手におおいに感心した。「資本金三億円。従業員数三百名。年商九百億円とはたいしたもんだ。歴史もあるしな」

「社員食堂もあるんでしょ？」

姉の言葉に、「まあね」と航樹は答えた。

「それで、ここに決めたのかい？」

料理をつくり終え、エプロンを外した母が、ようやく食卓についた。家族四人が集まってのひさしぶりの夕飯には、航樹の好物が並んだ。

「うん、決めた」

その言葉は、長かった就職活動という試合の終了を告げる笛であり、航樹にとっていわば敗北宣言でもあった。

母は、航樹が大学に合格したときのように涙ぐんだ。

「よかったじゃない」

姉が母の背中を撫《な》で、「じゃあ、乾杯するか」と父がグラスを手にした。

「よかったね」

今年の春、大学を留年し、もう一度就職活動に臨んで出版社の内定を勝ち取る、と航樹が宣言したことには、だれもふれなかった。航樹も出版社をあきらめ、紙の代理店である銀栄紙商事に決めた経緯については話さなかった。

「さあ、飲め」

父が航樹のグラスにビールを注いだ。

思いがけず家族は喜んでくれた。就職を決めた会社について彼らが一番感心していたのは、繁華街の象徴である銀座にある、そのことのような気がした。

「なんたって銀座だからな」

父が言えば、「そうよ、銀座よ、銀座で働けるのよ」と母が相槌《あいづち》を打ち、「いいなあ、銀座に毎日行けるなんて」と地元の信用金庫で働く姉はうらやましがった。

銀座をありがたがる家族だったが、航樹にとって正直銀座は馴染《なじ》みのない街といえた。子供の頃に家族で銀座へ〝お出かけ〟に行ったらしいが記憶になかった。学生時代には、一度も訪れたことがない、いわば関わりのない街だ。

「銀座」といえば、中学時代に毎日通った駅の西口にある、この街の名を冠した「銀座商店街」くらいしか心当たりはない。今になってようやく、この街の商店街はまがいものであり、完全に名前負けしていると思い知ったくらいだ。なぜそんなに多くの人が銀座という街をありがたがるのか、航樹にはもうひとつわからなかった。


十月下旬、就職戦線を共に戦ったパラちゃんも勤め先が決まった。内定をもらったのは、成田空港で取り扱う航空貨物の整理や通関業務を行う物流センター。

「航空業界に決めたわ」と宣言し、パラちゃんはにんまりした。

航樹はその脈絡なく不可思議な人生の選択に一抹の不安を感じたけれど、やっぱパラちゃんだな、と蓮と笑い合い、三人で夜遅くまで「第二すずかけ荘」の六畳一間で話し込んだ。

蓮は酒に酔いながら、「これでおまえらの青春も終わりだ。ザマアミロ」と気持ちよさそうに言った。

　高校を卒業し、ひとあし早く社会に足を踏み入れていた蓮は、勤めている会社について、「まったくやってられないよ」とあからさまに不満を漏らした。ただ、この三人のなかで唯一彼女のいる蓮は、「そのことがあるからな」と実際は会社をやめるなどそう簡単な話ではないことをにおわせた。高校時代からつき合っている彼女は、なるべく早く結婚したいらしい。

　年が明けるとゼミの教授に電話を入れ、就職先が決まったことを報告した。教授は「それはおめでとう」と祝福し、単位については心配ないと保証してくれた。

　留年したこの一年を、教授と約束したように有意義なものにできたかといえば、必ずしもそうとは言いきれない。

　じつは大きな心残りがあった。

　就職活動と学費を稼ぐアルバイトに多くの時間を費やしたが、ほかに時間がなかったわけではない。その時間を使って、航樹は密《ひそ》かにあ、こ、と、を夢みていた。

　しかし道半ばであきらめてしまった。

＊

　――キクヨコロクニイハン。

　という意味不明な言葉。

　呪文のような、あるいは聞きようによってはラップの歌詞みたいな、最終面接の際に社内で聞いた不思議なフレーズ。その言葉を航樹が再び耳にしたのは、四月一日の銀栄紙商事入社日のことだった。

スーツ姿で満員電車に乗り込んだその日、都営浅草線の車内で気分がわるくなり、冷や汗をかきながら東銀座の駅へ降り立った。学生時代にも満員電車は経験していたが、慣れないネクタイで首を締めつけているせいか、いつにも増して息苦しく感じた。こんな朝がこれからずっと続くのかと思うと憂鬱になった。

新入社員は六階にある会議室に集められ、入社式がはじまった。といっても、社員全員が参加するわけではなく、一部の上役が顔を出すという形式だ。テーブルの各自の席には、銀メッキの社章、業界手帳、「紙の基礎知識」と題した小冊子が置いてある。東京本社での採用は男女共に五名ずつ。

最終面接の際に同席した社長は挨拶の際、紙の代理店である銀栄紙商事の社員は、人々の暮らしに貢献する紙を扱うことに喜びと誇りを持って働いてほしい、と訓示した。

続いて新入社員の配属先の発表があった。航樹は、仕入部に決まった。新入社員がいきなり営業部門に行くことはないらしく、そのほかでは、業務部、計数室、総務部などが配属先として挙がっていた。

入社式に続いて、研修がはじまった。

講師役には、仕入部の国枝《くにえだ》と名乗った先輩社員が立った。黒縁メガネの国枝は、体育会系の学生が就職して数年経ち、ゆるんでしまったような体形で、少々くたびれて見えた。

国枝からは、まず銀栄紙商事の組織について簡単な説明があった。東京本社のほかに、大阪、名古屋、札幌《さっぽろ》、福岡、富山に支店がある。東京本社には、航樹の配属が決まった仕入部のほかに業務部、営業部門として、卸商営業部、出版営業部、印刷営業部、包材物資部、また管理部門として、計数室、経理部、総務部がある。

航樹の耳は、自然と「出版」という言葉に反応した。

しかしすぐに、しょせん紙屋だからな、と意識を遠ざけようとした。

「我が社の取り扱い品目としましては、新聞用紙、印刷用紙、情報用紙がメインとなります」

国枝は、「紙の基礎知識」と題した小冊子に沿って、「紙」についての定義から入り、紙の歴史、紙の原料、紙の種類、紙の機能、紙の特性など、「紙」「紙」「紙」と何度も口にした。

――うへぇー、紙の話ばっか。

あたりまえの話なのだが、航樹は早くもうんざりした。

やがて眠気に目をしばたたかせはじめた頃、新入社員がまず覚えるべき紙の単位や寸法に話が移った。

「いいですか、先ほど話したように、紙は『紙』と『板紙《いたがみ》』の二つに分類されます。取引において、『紙』の寸法はミリメートルで、一方、『板紙』はセンチメートルで表示されます。それではここで質問です。日常生活のなかでみなさんがよく使っている紙の寸法といえば、どんなものがあるでしょうか？」

新入社員だ。

前列の銀縁メガネをかけた、おかっぱ頭の男が答えた。たしか、計数室に配属が決まった新入社員だ。

「『A4』とか、『B5』とかですか」

「そうですね、よく使いますよね。『A4』や『B5』という表現は、日本工業規格、いわゆるJISであります。その『A4』や『B5』は、印刷用紙の原紙となる『A列本判』、あるいは『B列本判』から効率よく作成できるようになっています。原紙となる全紙サイズは、余白あるいは糊代《のりしろ》の分、実際にはひとまわり大きいですが、たとえば、『A判』を『A1』とすると、それを三度半分に切ったものが、つまり『A4』になるわけです。『A列本判』は『A4』の原紙ということです。同様に『B5』は、『B判』を四度半裁にしてつくることができます。ただし、『A列本判』のことは『A判』、『B列本判』のことは『B判』と略して呼んでもいます」

「紙の基礎知識」と題した小冊子を広げる。

――へー、なるほど。

航樹は声に出さず感心した。眠たくはあったが。

「そのA判ですが、本判と呼ばれる原紙の寸法は、紙幅が625ミリ、長さが880ミリです。必ず先に横寸法、あとに縦寸法という順序での表記となります」

紙を扱う者として、まず覚えておくべき紙の規格寸法を国枝がホワイトボードに書き出した。

A列本判　625×880。B列本判765×1085。四六判788×1091。菊判636×939。

「覚え方としては、A判はロクニイゴのハチハチマル。B判はナナロクゴのヒトマルハチゴウ。四六判はナナパッパのヒトマルキュウイチ。菊判はロクサンロクのキュウサンキュウ。そんなふうに、私は覚えました」

航樹は、国枝のおどけた言い方に思わず口元をゆるめた。が、ほかはだれも笑っていない。隣に座っているしもぶくれの顔の新入社員は真剣にメモを取っている。

「紙には表と裏があるわけですが、それとは別に、紙の組織である繊維の向き、その流れ方向があり、これを紙の『目』と呼びます。紙の長辺が、紙の『目』、つまり繊維の流れに平行している紙を『タテ目』、紙の短いほうが紙の『目』に平行している紙を『ヨコ目』と呼びます。手配などでこの目をまちがえると、クレームに発展しますのでじゅうぶん注意が必要です。『タテ目』は『T』、『ヨコ目』は『Y』と表記します」

国枝はホワイトボードの「625《ロクニイゴ》×880《ハチハチマル》」の下に「AT」と書きつけた。

「呼び方としては、625×880、略してAT《エータテ》になります」

だんだんややこしくなってきた。

さらにほかにも、ハトロン判やら、新聞用紙などの規格寸法があるらしい。

「次に紙の取引における単位ですが、一定寸法に仕上げられた紙は、千枚で一連《いちれん》と呼びます」

国枝は「1R」と書き、「その千枚、一連の重さを『連量』と呼びます。単位はキログラム。同じ紙でも、厚さがちがってくると、当然重さ、連量もちがってくるわけです」と続けた。

取引する上で、紙にはいろいろな決まりがある。たかが紙だと思っていたが、案外奥が深そうだ。

「実際にみなさんが職場に立つと、耳慣れない言葉をいくつも耳にすると思います。同系の紙でも、メーカーによって銘柄はちがいますし、今説明した、規格の寸法、紙の目、連量。独特な言いまわしもあったりします」

まあ、そういうのは、現場でおいおい覚えていくしかないのだろうな、と航樹はあきらめた。とてもすぐには理解できそうにない。当然、新入社員には、そういった時間がじゅうぶん与えられるはずだ。航樹はあくびを噛み殺した。

「それでは最後に問題です」

国枝はホワイトボードにペンを走らせた。

939×636〈62・5〉

「手配などの際、この紙の寸法と連量を、なんと呼べばよいでしょうか？」

国枝が尋ねた。

今度はだれも答えない。

「では神井君、いかがですか？」

「――え？」

航樹は突然の指名に驚き、「いやあ……」と頭を掻《か》いた。

「はい！」

遅れて挙手したのは、前列の銀縁メガネのおかっぱ頭ではなく、女子。

「それでは、ええと、由里《ゆり》さん」

「キュウサンキュウのロクサンロク、ヨコ目、ロクジュウニイテンゴキロ、です」

「そのとおり」

国枝は一拍置き、続けた。「と言いたいところですが、忙しい仕事中に、そんな長ったらしい言葉は使っていられません。ですから、こんなふうに略します」

国枝は間を取って新入社員の注目を集めると、かっと目を見開き、早口になった。

「――キクヨコロクニイハン」

「あっ」

航樹は思わず声を漏らした。

――９３９×６３６〈62・５〉

６３６×９３９は「菊判」、略して「キク」。その寸法の前後が逆になっているから、「ヨコ」。そして連量は〈62・５〉《ロクニイハン》。つまり短縮すれば、キクヨコロクニイハン。

最終面接の際に聞いたあの不思議なフレーズは、紙の仕様を表す隠語だったわけだ。

「ちなみに、印刷用紙の原紙寸法については、先ほど小冊子と一緒に配りました業界手帳の巻末にも掲載されています。通勤時間などに何度も目を通し、必ず覚えてください」

人事部の菅原部長がつけ加えた。

十一時半に地下の社員食堂で早めの昼食をとり、会議室にもどった。引き続き研修らしい。午後からは偉い人の姿はなく、人事部の若手社員の指示に従った。

新入社員同士での自己紹介では、それぞれが今日知らされた配属先をまず口にし、出身大学、出身地、学生時代にしてきたこと、仕事への抱負、趣味などを話した。男女合わせて十人の新入社員のなかには、一流大学出身者はいない。みんな真面目《まじめ》そうで、社会人としてのスタートに緊張しつつ胸を躍らせている、といった印象だ。

自己紹介のあと、出勤や退勤時刻を記録するための社員コードについて説明があった。コンピュータの導入によりタイムカードを廃止し、各部署に配置されたパソコンに自分の社員コードを打ち込む仕組みになっている。航樹の社員コードは「８７０５」。

その後、仕入部に配属された新入社員に向けて、配属先の課と担当するメーカーが読み上げられた。明日からは早くもそこで働くことになる。

「神井航樹。仕入部第三課。星崎《ほしざき》製紙担当」

しかしそれだけ聞いても、仕事内容も、星崎製紙がどんな紙を造っているのかさえ、まるっきりわからない。

仕入部の同じ課、星崎製紙担当になった新入社員がもうひとりいた。午前中に自ら挙手し発言した、由里南《みなみ》という、苗字と名前が逆さまのような四年制大学卒の女性だ。ショートカットの由里は、ハキハキとしていて明るい。顔立ちはすっきりしているが、化粧も薄く、あまり女性を感じさせないタイプ。新入社員の女性のなかでは、仕事ができそうに見えた。少なくともやる気はありそうだ。

午後五時過ぎ、場所を近くの居酒屋の座敷に移して、懇親会が開かれた。といっても、ここでも直属の上司や先輩が姿を現すわけではなかった。社員はそれだけ忙しいということなのだろう。座った席は、ありがちだが完全に男子と女子で分かれてしまった。同席した人事部の男性社員だけ、なぜか女子のなかに座っている。

乾杯のあとは、自由に歓談。

テーブルの端の席を選んだ航樹は気疲れしていたし、さっさと帰りたかった。航樹は大学時代、特定の部やサークルでの活動を続けなかった。一年のときに入ってすぐにやめてしまった。高校時代のサッカーのように情熱を注げる気がせず、群れるのは好きではなかった。そのせいもあり、こういう席は慣れていないし、苦手だ。

「神井さん、でしたよね」

隣に座った銀縁メガネのおかっぱ頭が話しかけてきた。たしか名前は、青野《あおの》といった。すでに銀色の社章をスーツの左衿《えり》、フラワーホールと呼ばれる位置につけている。生真面目なやつだ。

うなずくと、「〝GP〟は受けたんですか?」と問われた。

「〝ＧＰ〟？」

「ゼネラル紙商事。紙の代理店の最大手」

「いや」と航樹は首を横に振った。社名すら知らなかった。

「じゃあ、製紙メーカー、たとえば、帝国《ていこく》製紙とかは？」

「受けてないけど」

「じゃあ、製紙業界では、ほかにはどこを？」

「どこも受けてない」

「――そうですか」

青野は急に興味を失ったように、自分の料理に箸《はし》をのばした。

今の答え方はまずかったな、と思い、「青野君は、どんなところを受けたの？」と尋ねてみた。君づけにしてしまったのは、たぶん青野は留年している自分より年下だと踏んだからだ。

「私は、早い段階から〝銀栄〟に決めてました。私の大学だと、〝ＧＰ〟や帝国製紙は厳しいですからね。〝総通《そうつう》〟は受けたんですが……。あ、〝総通〟というのは、総合紙通商の略です」

どうやらそこもうちより大手らしい。

「じゃあ、青野君は、志望どおりってことなのかな？」

「まあ、そうですね」

それはおめでとう、と言いそうになったがやめた。

青野は、見た目はお坊ちゃま風だが、なかなか率直な男のようだ。そこは好感が持てる。現役で大学に合格したときのことを航樹は思い出していた。同じクラスになった生徒と最初に話をしたとき、多くの者が自分はこの大学が第一志望ではなかったと言い訳がましく口にした。一浪して早稲田《わせだ》を目指していたとか、慶應《けいおう》に行くつもりだったとか、さも残念そうに言うのだ。うんざりした。だとすれば自分が選んだ大学は残念なやつらの吹き溜まりということになる。そんな最初の印象もあってか、大学では親しい友人をつくれなかった。だから自分はそういった真似は極力慎もうと考えた。

どんな理由があろうと、自分で選んだ以上、まずはその場所を好きになる努力をすべきだろう、と。

「おれは千葉だけど、青野君の出身は？」

「私は東京です。生まれも育ちも神田《かんだ》になります」

「へえー、じゃあ、通勤も楽でいいね」

「そうですね。銀座から自宅まで三キロくらいですかね。歩いたことはないですけど、三十分くらいかな」

「歩けるのか。電車だと？」

「乗ってる時間は五分。山手線で有楽町《ゆうらくちょう》まで二駅ですから」

あまりにも近すぎだろ、とねたましくなったが、ここも抑えた。青野は自慢をしているふうではない。

「おれなんてドアツードアなら一時間以上かかるからな。歩いて帰ろうなんて、とても思えない」

「でも私、大学は遠かったです」

そういえば青野は自己紹介の際、千葉にある工業大学の名前を口にしていた。

「ところで神井さん、仕入部ですよね。私もそっちがよかったんですけどね。まあ、情報学科だったもので」

「青野君、計数室って言ったっけ。そこってどんなところなの？」

「おそらくコンピュータを使った計数管理を行う部署でしょうね。これからはコンピュータの時代ですから」

「なるほど、コンピュータか」

航樹はつぶやいたが、たぶん自分には向かない仕事に思えた。

「さっき、製紙メーカーの名前が出たよね。青野君は、星崎製紙って知ってる？」

航樹は自分が担当する会社の名前を口にした。

「もちろん知ってますよ。一部上場企業ですから」

「じゃあ、一流メーカーなわけだね」

「そうですね。帝国製紙や太陽《たいよう》製紙には規模的に敵わないですけど、特色あるメーカーかと思います」

帝国製紙の名前は航樹も聞いたことがあった。太陽製紙というのは知らないが、どうやらそちらも大きいようだ。会社に入れば一から教えてくれるものと思っていたが、すでに青野はよく勉強していた。だが、なんでこんなに紙業界に詳しいのだろう、と疑問がわいた。

「もしかして青野君は、だれか親しい人がこの業界にいるとか？」

なにげなく尋ねた。

「それって、コネで入ったのかってことですか？　だとしたらちがいます」

「それは失礼」

「私はちがいますけど、コネの人も何人かいるそうですよ」

青野が声をひそめる。「それに、〝預かり〟も」

「〝預かり〟って、なに？」

航樹がふつうに尋ねると、「しっ」と青野が人さし指を自分の低い鼻にあてた。

航樹は続きを待ったが、青野は説明してくれなかった。

すると前に座っていた男――、野尻《のじり》が、「僕はコネです」と平然と口にした。「父親が〝銀栄〟の取引先の会社にいる関係で」

しもぶくれの野尻は、指先で耳側に引っぱったように目が細く吊り上がっている。しかし怒っているわけではなく、口元はへらへらと締まりがない。気の毒なくらい硬そうな髪の毛で、しかも天然パーマだ。

「そうなんですか。もしかしてお父さん、役員とか？」

青野の質問に、「まあ、そんなところです」と野尻は答え、ふふっと笑った。

「コネも実力の内ですからね」

青野がうまいことを言う。「野尻さんも仕入部ですよね？」

「そう、太陽製紙の担当になりました」

青野と野尻の会話が続いていく。

航樹は手酌でビールを飲んだ。強くはなかったが、嫌いではない。酒に興味を持ったのは、本の影響だ。このところ読んでいる探偵小説は、とくに酒場のシーンが多い。でも航樹は、どんなに酔ったとしても醜態をさらさないように心がけている。たとえば今読んでいるレイモンド・チャンドラーの『長いお別れ』に出てくる私立探偵フィリップ・マーロウのように。

向かいの野尻の隣に座っているのが業務部に配属された緒方《おがた》。いかにも体育会系といった感じでからだががっちりしている。短髪の落ち着いた風貌は、先輩社員のようでもあり、どこか硬派なトラックの長距離運転手を思わせた。あまりしゃべらず、静かに飲んでいる。

そんな緒方とときおり言葉を交わしているのが、緒方の左隣に座っている樋渡《ひわたし》。名前の響きもかっこいいが、顔立ちもわるくない。同じ仕入部の帝国製紙担当。業界最大手の製紙メーカーを任された同期のエース、ということになる。ひとりだけ明るいグレーの、しかも薄くストライプの入ったスリーピースを着てタバコをくわえている。

樋渡の隣からは、女子の新入社員たちが並んでいるが、そちらとは積極的に交わろうとはしていない。見た目はクールな感じがした。

青野と野尻は馬が合ったのか、二人でしゃべり続けている。業界の話らしく、〝GP〟だの、連量と斤量《きんりょう》は同じ意味だの、紙の厚さの単位はミクロンだのと、のたまっている。

するとと青野の隣に座った女子が、「社員コード何番ですか？」と二人に話しかけた。

「あ、僕は『8704』ですけど」と青野は答えた。そのときだけ、「私」が「僕」になった。

「やっぱり男子が前なんですね。女子は『8706』からみたいなんで」

化粧をしっかりした小柄な新入社員——名前はまだ覚えていない——が言った。

「ですかね」と野尻が話に加わった。「おれ、『8703』だから」

そんなことどうでもいいだろ、と思いながらも航樹は聞き耳を立てていた。

「じゃあ、『8701』はだれなんだろう？」

彼女はグラスを手に、男子全員に向かって問いかけた。なかにはオレンジ色の液体が入っている。——思い出した。唯一高卒の新入社員だ。お姉さんたちに負けないよう、がんばって化粧してきたのかもしれない。

「——おれだけど」

つまらなそうに答えたのは、樋渡。自然な横分けにした前髪にふれ、ビールを飲んだ。

「そうなんだあー」

高卒女子はうれしそうな声を出した。

だとすれば、航樹の社員コード「8705」は、男子のなかで一番後ろ。ドンケツだ。採用が決まったのが最後だからだろうか。それとも……。

　どうでもいいと思っていたことが、妙に気になりだした。

　自分が担当する星崎製紙は、一部上場企業ではあるが、帝国製紙や太陽製紙よりも大きくないらしい。もしかして「８７０５」は、新入社員のなかで一番期待されていないからだろうか。

　向こうのほうで、女子たちが社員コードの話で盛り上がっていた。

「『８７０１』は、樋渡君なんだって」

「へえー、やっぱりそうなんだ」

「樋渡君、帝国製紙の担当だよね」

「すごいね」

　すると樋渡がおもむろに席を立った。トイレにでも行くのかと思えば、なにやらビール瓶を手に持ち、緒方の後ろをまわってこちらへ歩いてくる。野尻の横を通って、テーブルの端まで来た。

「樋渡恭平《きょうへい》です。よろしく」

　航樹は差し出されたビール瓶の注ぎ口に、自分のグラスを持っていった。

「神井航樹です。よろしく」

　空になっていたグラスに、黄金色が注がれていく。

「前を失礼します」

樋渡は腕をのばし、今度は青野に同じようにビールを注いだ。青野は恐縮し、「こちらこそ、よろしくお願いします」と恭《うやうや》しくおかっぱ頭を何度も下げた。

そのようにして樋渡は新入社員の男子にビールを注いでまわった。最後にビールを注がれた緒方は気をきかせ、樋渡の手から瓶を受け取り、注ぎ返していた。

それだけの光景だったが、「8701」樋渡恭平という男は、仕事ができるのだろうな、と航樹は感じた。航樹には思いつきもしない行動だった。

樋渡は、大学ではテニスサークルの部長をやっていたという話だ。リーダーの役割にも慣れているのかもしれない。その後の会話で、一浪している業務部の緒方だけが自分と同い年だと知った。

席を動く者もいたが、航樹は同じ場所に留まった。同じ課で働くことになる由里南と言葉を交わすべきかとも思ったが、向こうも来ないのでやめておいた。

午後八時をまわると、人事部の先輩社員は店の支払いをすませ、先に帰ってしまった。無責任な気もしたが、どうやらあとは新入社員たちで好きにやれ、ということらしい。

「会社から二次会の費用を預かりましたんで、行く人は申し出てください」

午後九時過ぎ、店を出たあと、樋渡が呼びかけた。

航樹は、自分は家が遠いからと早々に辞退した。店の外でどうするか迷っている連中をよそに、ひとり歩き出した。

夜の銀座の街を歩くのは初めてだ。昼間より人通りは少ないが、四丁目あたりは変わらぬ賑《にぎ》わいだ。東銀座の駅まで歩くと、どっと疲れが出た。だれが二次会に行ったのか定かではない。たぶん、初っぱなから、つき合いのわるいやつだと思われただろう。

でも、それはそれでかまわない。人と同じようにするのは昔から苦手だ。自分勝手だと指摘されたこともあったが、他人《ひと》の言いなりになるより余程いい。そう考えてもいた。

都営浅草線の車内は、朝よりはるかに空いている。航樹はカバンから文庫本を取り出し、読みかけの小説『長いお別れ』を読みはじめた。フィリップ・マーロウが、〝ヴィクター〟という店名のバーに入るシーンだ。

酒を飲むなら、行ったことはなかったが、静かなバーのような店がいい。ひとりで、あるいは二人で。

──二人の場合なら、だれがいいだろう。

ふと、思い出したのは、中学時代の初恋の相手。千葉の別の高校に進んでも三年まで思い続け、遅ればせながら告白した。彼女は今頃どうしているだろう。すでに就職し、ＯＬにでもなっているのだろうか。最後はあまり釈然としない断られ方だったこともあり、今でもどこかあきらめきれずにいた。

──また、どこかで会えたら。

視線を動かし、車内を見渡してみるが、もちろん奇跡のような偶然は起きない。

航樹は紙の栞《しおり》を挟み、文庫本をパタンと閉じた。

カバンから取り出したのは、入社式の際にもらった業界手帳。巻末の地下鉄路線図の前のページに「印刷用紙　JIS規格の原紙寸法」という表があった。

そこに並んだ紙の寸法を諳《そら》んじながら、押上駅《おしあげ》を過ぎ、地上に出た電車の暗い車窓から外を眺めた。線路沿いに建ち並ぶ低い家並みの黒い影が、後方に飛ぶように通り過ぎていく。

記憶というのは不思議なものだ。紙の寸法のように何度もくり返し、努力して頭に刻み込まなければ覚えられないものもあれば、努力などせずとも、いつまでも残ってしまう記憶もある。

忘れたくても、忘れられない。席が隣になったわけでも、なにか同じグループに属したわけでも、何度も言葉を交わしたわけでもない。ただ、教室で斜め後ろ二十五度の角度から、彼女の横顔を眺めていたに過ぎない。それなのに今も鮮明に、うなじのホクロの位置まで航樹は思い出すことができた。

＊

出社二日目。出勤時刻の午前八時三十分の五分前に、二階、仕入部共有で使うコンピュータの出社確認画面に、航樹は「８７０５」と打ち込んだ。新入社員はもちろん、すでにほとんどの社員が出社していた。

そして出勤時刻一分前、ぎりぎりのタイミングでキーボードに社員コードを打ち込んだ者がいた。その男こそが、航樹の配属された第三課の先輩社員、上水流《かみずる》だった。

副部長を兼任した第三課課長の長谷川《はせがわ》が「ゴホン」と咳払いをした。

上水流は入社三年目。第三課は、新入社員の航樹と、苗字と名前が逆さまのような由里南を合わせても四名。デスクの並びは窓側から、長谷川課長、上水流、航樹、由里、となっている。

「だとすると、私たち新入社員が入る前は、第三課は二人だけだった、ということですか？」

由里の冷静な質問に、上水流は、「いや、先月まで女性社員がいたけど退社したんだ」と答えた。だとしても三人だったわけだ。

「それもあって自分はかなり忙しい。だから二人には早く戦力になってほしいんだけど、教える時間もあまりとれない。まずはメーカーの見本帳をよく読んで、自分たちが扱う紙の銘柄や寸法や連量を頭に入れておいてほしい。よろしく」

上水流は無理につくったような笑顔を見せ、長方形の厚さ一センチほどの小冊子を差し出した。星形のマークの入った表紙には、「星崎製紙見本帳」と印刷されている。

「あっ、いけね」

上水流は壁の時計を見た。午前九時になろうとしている。あわてて自分のデスクに着き、電話をかけはじめた。

「だったら、課長が教えてくれればいいのにね」

由里が不満げな表情でささやいた。

そんなわけで航樹は、由里と並んだデスクで見本帳をペラペラとめくりはじめた。

フロアの社員一人ひとりのデスクには、ビジネスフォンが備えられている。航樹のビジネスフォンは、着信音が鳴ると「3課」とテープが貼られたランプが赤く点灯する。通話が開始されるとランプは緑色に変わる。第三課への電話には、すべて上水流が出ていた。

上水流の席の向こう側、直属の上司である長谷川課長は、四十代後半。背が高く、肩幅が広い。両サイドと頭頂部の一部を残して禿《は》げているせいか、チョンマゲを結っている江戸時代の剣豪のような風情だ。神経質なのか癖なのか、ときおり眉間《みけん》にしわを寄せる。手短に新入社員の二人と挨拶を交わしたあとは、我関せずといった感じで、大きめの湯飲みでお茶を飲みながら新聞を読んでいる。どうやら業界紙のようだ。

手にした星崎製紙の見本帳には、ところどころ専門用語が登場した。紙の種別の下に、銘柄、米坪《べいつぼ》、判型、連量とある。米坪というのは、紙の厚さを表す単位で、一平方メートルあたりの紙の重量を表している。簡潔な商品紹介文とデータ、一部カラー印刷が施されているほかは、すべて真っ白の白紙だ。

「あ、なるほどね」と航樹はつぶやいた。

「どうしたの？」

「紙にもひとつひとつ名前があるんだね。この見本帳、その名前、というか銘柄ごとの紙そのものでできてる。同じ名前のページが無駄にあると思ったら、厚さがちがうんだ」

航樹は見本の紙をつまんでみた。

由里は無言だった。そんなのあたりまえじゃない、という顔をしている。

もちろん、航樹も紙の種類によって名前があることは知っていた。たとえば画用紙や原稿用紙やプリント用紙など、用途から名付けられた名前。しかし、そういう名前とは別に、どうやら製紙メーカーごとに細かく名前、銘柄がつけられているようだ。

「おっ」と航樹は思わず声を漏らした。

ページの右肩に、聞き覚えのある紙の銘柄を見つけたからだ。

——スターエイジ。

「星の世代か。かっこいい名前だな」

星崎製紙の紙だったのだ。

紙の種別は、「コート紙」。紹介文には、「落ち着いたマット調の印刷を再現する大人気の軽量コート紙。本文用紙、カタログ、パンフレット等、用途は幅広く支持されています」とあった。

白い無地の紙に人気があるという表現が、妙な感じがして口元がゆるんだ。

さわってみると、ツルツルしているというより、しっとりした手触りだ。少女が写ったカラーの印刷見本は、たしかに落ち着いた風合いがあった。

寸法は、四六判、菊判、A判、どれもタテ目（T）とヨコ目（Y）がある。また、紙の重さである連量は、四六判で〈70〉、〈90〉、〈110〉、〈135〉があった。菊判、A判にも、それぞれ同じ米坪での連量が記されている。

「スターエイジ」というひとつの銘柄の紙だけでも、こんなにバリエーションがあるのか、と航樹は驚かされた。

「あ、そうかそうか」

今度は由里がつぶやいた。

「どうしたの?」

「ほら、星崎製紙の紙って、みんな星の名前がついてる。『シリウスコート』でしょ、『スターエイジ』、『オリオンキャスト』、上質紙の『天《あま》の川《がわ》』、アート紙の『北斗《ほくと》』も」

航樹は初めて気づき、なるほどと感心したが、「そうだね」と素っ気なく答えるに留めた。

熱心に見本帳を見ていた由里が、しばらくして「昨日はあれから大変だったらしいよ」と思わせ振りな唇のとがらせ方をした。

「大変ってなにが?」

尋ねたが、由里は薄く笑みを浮かべるだけで教えてくれない。

めんどくさいオンナだなと思い、航樹は聞き返さなかった。

左隣に座った上水流はラクダの絵が入ったパッケージ——キャメルのタバコをくわえ、何度も電話をかけている。そのやり取りに耳を傾けると、相手は星崎製紙の人間らしい。上水流が銘柄や略した寸法や連量を口にする。「在庫確認」、あるいは「仕切り」という言葉がくり返された。どうやら「仕切り」とは、「取引の決算をする」、つまり「買う」という意味らしい。仕入部であるから、紙を買いつけるのが仕事なわけだ。

午前九時半を過ぎた頃から、卸商営業部の女性社員が代わる代わるやって来て、「コレお願いします」と言っては、上水流のデスクの上にメモ用紙を置いて去っていく。そのメモ用紙を見ながら、上水流は在庫表らしきものを見比べては、メモを置いていった相手に返事をしていた。

答えは簡潔で「ある」「ない」「やる」「できない」といった返事だ。答え方は、相手が年上に見えても共通していた。

ベージュ色のスーツを着こなした上水流の姿は、颯爽としている。ときには立ち上がってポケットに左手をつっこんだまま、右手で受話器を握る。タバコをくゆらせながら、目を鋭く細め相手と話す。真剣な表情をしているかと思えば、急に口を開けて笑い、長めの髪を掻きまわし、「よしっ」と小さく気合いを入れる。舞台俳優、あるいはミュージシャンのような立ち居振る舞いだ。

おれはおれのやるべきことはやっている。だから文句は言わせない。そんな自信に満ちた態度にも見えた。

「上水流さんて、かっこいいよね」

そんな由里の意見には、男である航樹も「そうだね」と賛成した。

午前十一時半、長谷川課長が無言で席を立った。昼食らしい。地下の社員食堂へひとあし先に行くのかと思いきや、反対側の出入口へ向かった。外に食事に出たようだ。

「これからメーカーに行ってくるから、二人とも適当なところで昼メシに行って」

そう言い残し、上水流はカバンを手にした。

十二時になると、「どうする?」という顔で由里が見たので、「お先にどうぞ」と航樹は答えた。食事時のせいか、社内の電話はほとんど鳴らなくなったが、一緒に行こうとは思わなかった。

十二時半過ぎに由里は食事からもどってきた。彼女なりに気をきかせ、早くすませたようだ。入れ替わりで、航樹は地下へ向かった。

行列ができるほど社員食堂は混雑していた。社員数に対して、明らかに席数が足りてないせいだ。列の最後尾につくと、すぐ前に計数室の青野がいた。

トレーに料理を載せて、四人がけの席に青野と向かい合って座った。メニューは、主菜と副菜二品、汁物、米飯で構成されている。今日のメインは鮭《さけ》のフライ。副菜は青菜のおひたし、ポテトサラダ。ワカメの味噌汁に豆ご飯。青野の隣に見知らぬ中年社員がいたが、すぐに席を立った。青野はどこか顔色がわるく元気がない。

「計数室の仕事はどう? ハードなの?」

「いや、そっちは問題ないです」

「そういえば、昨日あれからなにかあったの?」

航樹は、由里の話を思い出し、水を向けた。

「そうですね……。入社一日目とは思えないほど濃い夜でした」

「飲みすぎたのか?」

「それもあります」

青野は味噌汁を飲もうとして、銀縁メガネのレンズを曇らせ、お椀《わん》をテーブルにもどした。

「二次会までは問題なかったんですけど、三次会でちょっとね」

「三次会まで行ったのかよ。だれと？」

「私と業務部の緒方さん、仕入部の樋渡君。女子が何人か。雲行きが怪しくなったときには、野尻の姿はありませんでした」

「逃げたのか？」

「まあ、そんなところですかね」

「で、なにがあった？」

「まあ、平たく言えば喧嘩《けんか》ですよ」

「だれとだれが？」

「緒方さんがいきなり樋渡君の胸ぐらつかんで、店の外に出て……」

「え、緒方が絡んだの？」

「いや、逆です。樋渡君って、見た目はすごく好青年でしょ。ところが……」

「ところが？」

「なんて表現すればいいのかな。そうだな、映画のタイトルで言うと『未知との遭遇』って感じでした」

「なんだ、それ？　とにかく、樋渡と緒方がやり合ったんだな？」

航樹は、青野がうなずくのを確認し、「原因は？」と尋ねた。

「緒方さんは〝預かり〟らしいんです」

その言葉は昨夜も聞いた。

青野の言う〝預かり〟とは、預かり社員のことで、つまり緒方は、銀栄紙商事の得意先の社長の息子だという話だった。

「じつはこの会社、〝預かり〟が何人かいるらしくて」

青野は声を落とした。

そういえば、逃げたという野尻も、父親のコネだと自分で認めていた。

なんだか話がちがう気がした。人事部の菅原部長は、アットホームな会社ではあるが、コネで入る正社員はほとんどおらず、出世は自分次第というふうに航樹に説明していた。

その話をしたところ、「まあ、〝預かり〟というのは、二、三年こっちで修業したら、父親の会社に帰っちゃうわけですからね」と青野が言った。

なるほど、それなら将来的な職務上のライバルにはなり得ないわけだ。

「やめておけばいいのに、その件を樋渡君がつっこんだんですよ、かなりしつこく」

「どんなふうに？」

「いや、だからそれは説明しにくいです。『未知との遭遇』、いやちがう、『2001年宇宙の旅』。あの壮大なテーマ音楽が、そのとき耳に鳴り響いた感じでした」

今度もたとえがよくわからなかったが、よっぽど酔っ払っていたのだろう。わるのりした樋渡は、最終的には体格の勝る緒方に、あっけなく降参したらしい。

「あっ」と声を漏らし、青野が顔を伏せた。

視線の先を追うと、樋渡が食堂にやって来て、その後ろには緒方の姿があった。二人並んで料理を受け取りトレーに載せている。そして同じテーブルに着き、昼食をとりはじめた。

なにごとか樋渡が言うと、緒方が呆れたような表情をして小さく笑った。

「なんだよ。仲よさそうにやってるじゃん」

航樹の言葉に、「神井さんは現場にいなかったからな。それにしても酔っ払いっていうのは、よくわかりませんね」と青野はため息まじりにぼやいた。


午後一時を過ぎても、上水流は帰社しなかった。

第三課の電話が鳴り続けているが、だれも取ろうとしない。「3課」とテープが貼られたランプが赤く点灯している。課長はすでに席にもどっているが、爪楊枝《つまようじ》をくわえたまま手帳を眺めている。気づいているだろうに無視しているのだ。どうしたものかと思ったとき、着信音が鳴り止み、ランプが緑色に変わった。

「はい、お待たせしました、銀栄紙商事です」

受話器を取ったのは、隣の席の由里だ。てきぱきと明るく答え、ペンを持ち、メモを取っている。

――なかなか、やるな。

航樹は背中をまるめ、星崎製紙の見本帳を開くしかなかった。

そこへ、卸商営業部の女性がやって来た。

しかし上水流が不在と知るや、「あ、そう」という感じで、航樹の後ろをすげなく素通りしていく。まるで相手にされていない。もちろん、尋ねられても答えることはできないだろうが。

鳴り続けていた電話を取れなかったこともあり、航樹はうなだれた。

十分後、面接の際に見かけた卸商営業部のオールバックの社員がやって来た。

「おい、上水流はどうした？」

航樹は立ち上がり、「今、メーカーに行ってます」と答えた。三十代後半くらいのオールバックは背が低く、航樹が見下ろすかっこうになった。

「あの野郎、逃げやがったな」

「いえ、それはないと思いますけど……」

「ジョークだよ、青年」

オールバックは髪を後ろに撫でつけた。「新人だよな、名前は？」

「神井です」

「カミィ？　ペーパーの紙か？」

「いえ、カミイです」

「わかってるよ、神井」

オールバックは、「おれは、ヤ・ザ・ワ」と名乗った。

「矢沢さんですね？」

『ヨロシク』って、ウソだかんな」

オールバックはにやついた。「ところでおまえ、メーカー在庫調べられるか？」

「それはちょっとまだ……」

「なんだよ、さっさと覚えてくれよ」

今日は入社二日目なのにと思ったが、「すいません」と航樹は頭を下げた。

隣で由里がクスクス笑っている。

その後ろを、「ちょっと出てくるから」と言い残し、長谷川課長が通り過ぎた。新入社員を二人残して。

「さては逃げたな、ヘイゾウのやつ」

「ヘイゾウ？」

航樹はつぶやいたが、オールバックは「知らないのか」という顔で小さく舌打ちをして自分のデスクにもどった。

由里がビジネスフォンにセットされた二階の席次表を見ながら、「あの人、矢沢じゃなくて、小沢《おざわ》さん」と言って、ぷっと噴き出した。

それからは、上水流が帰って来るまで、由里と航樹とで電話番をした。会社名を名乗り、担当者が不在であることを伝え、用件をメモに取る。ただそれだけのことなのだが、かなり緊張した。

航樹が取った電話の相手は、「ゼネラル紙商事ですが」と名乗った。ゼネラル紙商事といえば、青野が紙の代理店の最大手だと話していた〝GP〟のことだと思い出した。なぜ同業者から電話がかかってくるのか不思議に思い、用件を尋ねたが、「では、またかけなおします」と言って切られてしまった。

午後二時過ぎ、上水流が帰って来るや、卸商営業部の女性たちが芸能人の出待ちのように群がった。いずれも上水流に仕事を頼むためだ。「これお願い」とか、「在庫確認どうなった?」とか、「手配よろしくね」などと、おもねるような声をかけていく。その頼られ振りが、航樹にはひどくうらやましかった。

上水流は仕事をてきぱきとこなしていく。業界用語が飛び交うなか、在庫表をすばやく確認し、電話をかけ、タバコをくわえ、伝票にペンを走らせ、パソコンの前に座ってキーボードを叩く。無駄のない身のこなしは、かっこいいを通り越し、美しくさえあった。

星崎製紙を担当する第三課は、先月女性社員が退職したと聞いたが、超多忙な部署であることはまちがいなさそうだ。果たして自分に務まるだろうか。配属早々から胸がざわついた。

由里は、電話対応を上水流からほめられていた。積極的に質問し、新たな仕事として仕入伝票の書き方を覚えようとしていた。由里は自分で理解すると、航樹にも教えてくれた。親切だとは思ったが、航樹としてはおもしろくなかった。

由里は、なぜか航樹に対抗意識のようなものを持っている気がした。振る舞いが、どこかお姉さん気取りで、優位に立とうとしている。試しに「きょうだいは?」と尋ねると、「弟がひとり」と答えた。

「神井君は？」と問われたので「姉貴がひとり」と答えたら、「そんな感じだよね」と由里はうれしそうに微笑《ほほえ》んだ。

去年、「男女雇用機会均等法」が施行された。由里は職場における男女の平等に敏感になっているのかもしれない。それはそれでわからなくもない。せいぜい張り切って、がんばればいい。どうせ自分は、望んでこの業界に入ったわけではないのだから。そう思ってしまう自分がいた。

午後六時過ぎ、上水流から今日はもう帰るように言われ、ほっとする。長谷川課長は出先からそのまま帰ったらしい。

気がつけば、卸商営業部の社員はほとんどいなくなっていた。勤務時間は午前八時半から午後五時半までと聞いていた。

向かいのデスク、仕入部第二課に配属された野尻は、すでに席にいない。由里より先に出入口に向かう途中、第一課の樋渡に声をかける。「まだ帰れない」と目顔で合図し、先輩である国枝の背中を指さした。なにをやっているのか小声で尋ねると、自分の前に開いたノートを見せてくれた。

そこにはびっしり、「625×880　765×1085　788×1091　636×939　625×880　765×1085　788×1091　636×939　625×880　765×1085　788×1091　636×939」といった具合に紙の規

格寸法が書き込まれている。

「――小学生じゃあるまいし」

樋渡はささやくと、不満げに顔をしかめてみせた。

＊

出社三日目からは、上水流が空いている時間を見つけては、仕事の流れや、各種伝票の記入方法、コンピュータの使い方などの実務を教えてくれた。残業させて教える手もあるだろうが、上水流はそういうやり方は好まず、自身もなるべく早く帰るようにしている、と口にした。

航樹は二種類のプリントアウトされた在庫表の見方も覚えた。ミシン目の入ったライトグリーンのほうは、計数室で出力した、星崎製紙から買いつけた自社の紙の在庫表。もうひとつの白いほうは、星崎製紙によって配布される〝銀栄〟の月次注文に対して仕上がった紙のメーカー在庫表になる。どちらの在庫表も毎日更新される。ただし、メーカーの在庫表は、銀座四丁目にある星崎製紙の本社まで取りに行かねばならない。

「名刺ができたら、一緒に挨拶に行くから」と上水流に言われた。

午後六時過ぎ、航樹は帰る準備をした。この日も、仕入部の野尻、業務部の緒方の姿はすでになかった。あいかわらず樋渡は残り、ノートに紙の寸法を書き続けている。先輩によって仕事の教え方、進め方は大きくちがうようだ。樋渡は八時頃には退社するらしいが、先輩の国枝は残業を続けているらしい。

日曜日はあっという間に過ぎた。

出社四日目の朝、計数室の青野が出力したばかりの自社在庫表を台車に載せ、届けに来る。在庫表は、製紙メーカーごとに各部署に配られる。営業はこの在庫表を見て、注文に対する手配をかけるわけだが、なかには在庫を切らしている商品――紙もある。その場合、仕入部に問い合わせ、あるいは買いつけの依頼をする。また、在庫が都内倉庫にない場合、倉庫への移送や、印刷所などへの直接配送を頼むことになる。

とうぜん仕事は手分けしたほうが効率はいい。この日の午後、航樹がメーカーへの在庫確認を、由里が伝票記入及び伝票の内容をコンピュータに打ち込む業務を任された。

由里は少し不満そうな表情をした。おそらくメーカーに電話をかける、在庫確認の仕事のほうをやりたかったのだろう。航樹は少しだけ優越感に浸った。

星崎製紙の物流部モニター室と呼ばれる部署に電話をかけると、コンピュータを操作するオペレーターが対応してくれる。朝九時になるや上水流がメーカーに電話をかけるのも、このモニター室だ。必要としている紙を買いつけるためで、いわば他社代理店との紙の争奪戦にもなるらしい。メーカーには、フリー在庫と各代理店の注文分の引当在庫があり、〝銀栄〟の取り分である引当在庫以上を買いつけようとするならば、工場から到着したばかりのメーカーのフリー在庫分を仕切らねばならない。朝イチにモニター室に電話をかけ、効率よく欲しい紙を仕切る必要がある。上水流はそのためにさまざまなテクニックを駆使しているようだ。

「まあ、そこらへんは、おいおい覚えてもらうとして、まずは在庫確認の電話から」

上水流はタバコを灰皿でもみ消した。「じゃあ、この紙がメーカーにあるか確認してみて」

渡されたメモ用紙には、「シリウスコート　788×1091〈90〉20R」と走り書きされている。その下に、「春山《はるやま》」というサインがあった。依頼者である卸商営業部の女性の名前だ。

「意味わかるか?」

「はい、だいじょうぶです」と航樹は答えた。

電話をかける前に、モニター室のオペレーターは全員女性で四人いること、必ず相手の名前を確認すること、在庫場所を教えてもらい控えておくこと、を上水流に指示された。

航樹は小さく深呼吸してから受話器を握った。メーカーに電話をかけるのは、これが初めてだ。

上水流はその場で見守るわけではなく、すぐに自分のデスクで別の仕事に取りかかった。卸商営業部からは、「在庫確認まだ?」という声が飛んでくる。それでも上水流はいつもと変わらずポーカーフェイスで仕事を続けた。

電話がつながると、すぐに相手が出た。

「はい、星崎製紙モニター室、結城《ゆうき》です」

女性にしては低い声だ。

「銀栄紙商事の神井といいます。在庫確認をお願いしたいのですが」

航樹はメモ用紙を見つめたまま発声した。

「どうぞ」

抑揚のない淡々とした受け答えだ。

「えーと、シリウスコートの、ナナハチハチのヒトマルキュウイチ、タテ目、連量は〈90〉、二十連なんですけど、こちらメーカー在庫あるでしょうか?」

航樹が丁寧に尋ねると、少し間を置いて、「〝銀栄〟さんの新入社員?」と低い声がした。

なぜわかったのだろう、と思ったが、「はい、そうです」と答えた。

「わるいんだけどさ、ナナハチハチのヒトマルキュウイチ、タテ目、じゃなくて、四六《シロク》タテって言ってくれる?」

「あ、すいません。そうでした」

「上水流さんは?」

「今ちょっと……」

「ちょっとって、なに?」

「いえ、席を外してまして」

「そう。シリウスコート、四六タテ、〈90〉、二十連、在庫あるけど」

「ありますか」

航樹はほっとした。「で、在庫場所は？」

「〝HDC〟」

「え？」

「星崎製紙ディストリビューションセンター」

結城と名乗った女性は早口になった。「どう？　こんなふうにいちいち言ってたら、長ったらしくて仕事にならないでしょ。だから略して〝HDC〟、あるいは〝DC〟なわけ。わかった？」

「はい、よくわかりました」

相手が見えないにもかかわらず、航樹は頭を下げた。「ありがとうございました」と言おうとしたが、すでに電話は切れている。

「ふーっ」と長く細いため息を漏らした。

この業界は、すべてにスピードが求められる。そのことがわかってきた。

それにしても手厳しい女性だ。

「どうだった？」

上水流が声をかけてきたので、航樹は正直に話した。

「結城さんな」

上水流はさわやかに笑い、「あの人、モニター室のリーダー、一番のベテランだから。わるい人じゃない。あそこはひっきりなしに電話がかかってくる。だからストレスも溜まる。

忙しい時間は、とくにな」

「なるほど……」

「じゃあ、在庫確認の結果を〝春さん〟に伝えてきて。うちの卸商営業部では春山さんが一番のベテラン女性だ」

「あ、はい」

航樹はベテランと聞いて背筋を伸ばした。

「失礼します」

「なあーにー?」

春山はうつむいたまま返事をした。なにをしているのかと思いきや、マニキュアを青く塗った自分の指の爪を眺めている。

「シリウスコートの四六タテの〈90〉、二十連、メーカー在庫ありました」

「在庫場所は?」

「はい、〝HDC〟です」

「オッケー、ありがとう」

春山は化粧の濃い顔でにっこり笑い、「じゃあ、次はこれね」と青い爪の指先でメモをつまんだ。

「はい、わかりました」

航樹はメモを受け取り、振り返ろうとした。

「おっと、あぶねえじゃねーか」

「すいません」

危うくぶつかりそうになったのは、髪をオールバックにした小沢だ。

「しっかり前を向いて歩めよ、青年」

小沢はテカらせた髪を後ろに撫でつけにやりとした。

航樹は一礼し、自分のデスクを目指しながら口元をゆるませた。

——初めてだった。

この会社に入って、「ありがとう」と言われたのは。

卸商営業部のベテラン女性社員、春山の顔は化粧が濃いものの、けっして美しいとは言いがたい。それでも笑顔はとてもあたたかく、一瞬だけ、たしかにチャーミングに航樹の目には映った。

デスクにもどると、「どうかした?」と由里に言われた。たぶん、表情がゆるんでいたせいだ。

「いや、べつに」

航樹は答え、口元を引き締めた。

人は、もしかしたら、「ありがとう」のひと言をかけてもらうために、働くのかもしれない。あたたかな感謝の言葉に背中を押されたような気がした。

航樹は受け取ったメモ用紙に書かれた銘柄、寸法、連量、数量をもう一度確認した。

「スターエイジ　939×636〈62・5〉20R」

——スターエイジ　キクヨコロクニイハン　二十連。

静かに深呼吸をすると、再び受話器を手にし、メーカーの電話番号を指先で押していった。

できることなら、今度はベテランの結城さんが出ないように、と密かに祈りながら。

＊

春の大型連休明けのその日、航樹は「第二すずかけ荘」の外階段をカンカンと足音を立てひさしぶりに上がった。会社帰りの午後七時過ぎ、突然の訪問になった。

「おっ、だれかと思えば、銀座ボーイのお出ましだ」

ドアの隙間から猫背になったパラちゃんが顔をのぞかせた。パラちゃんも帰宅したばかりなのか、お互い紺のスーツ姿だ。

航樹はコンクリートの沓脱《くつぬ》ぎに立ち、荷物を置いて両手を自由にした。背筋を伸ばすと、

「わたくし、こういう者です」と真面目くさった顔で言い、内ポケットから名刺入れを取り出した。

名刺入れは、昼休みに松屋銀座の紳士服売り場で買った。色艶のよい本革とはいえ一万円近くして迷ったが、長く使う物だからと思い切って初任給から投資した。やわらかな革の隙間から自分の名前の入った名刺を一枚つまみだし、慇懃《いんぎん》に差し出してみせる。

「おっ、これはご丁寧にどうも」

パラちゃんが調子を合わせ、恭しく両手で名刺をつかむ。「銀栄紙商事、仕入部第三課の神井航樹様ですね。いつも大変お世話になっております」

「──なんてな」

航樹は力を抜き、バッグと駅の売店のレジ袋を拾い上げた。「あーあ、疲れた」。黒の革靴を乱暴に脱ぎ室内に上がった。

就職活動の際、居候をしていた六畳一間は、当時と変わっていない。映りのわるい14型のブラウン管テレビのほかは、必要最小限の家具が壁際に張りつくように並んでいる。色褪《あ》せたクリーム色のクロスの壁にはポスターの類《たぐ》いは一切なく、かなり殺風景な部屋だ。でもその感じが、なぜか居心地よくもあった。

「蓮は、最近ここに来てるの？」

航樹は上着を脱ぎ、勝手に鴨居に掛かったハンガーに吊るした。

「ああ、たまにね。少し前の金曜日に蓮の車でビリヤードに行ってきた」

パラちゃんはすね毛の薄い痩せた脚を露出し、さっさとジャージに着替え、畳にあぐらをかいた。

「蓮のやつ、車買ったんだ？」

航樹は、ここでの定位置に座り、駅の売店で買った缶ビールとつまみをレジ袋から取り出した。

「白のスプリンタートレノ。中古らしいけどね」

「金貯めてたのかな。やるな、蓮も」

「彼女がいると車が必要になるんだと」

「ふうん、そういうもんかね」

航樹は鼻を鳴らし、缶ビールのプルタブを開ける。

「サンキュー」

パラちゃんも缶ビールを手にする。「乾杯くらいしましょうよ」

「なにに？」

「そうだな。初任給に」

「出たんだ、パラちゃんも」

「まあね」

二人は支給額についてはふれず、お互いに缶ビールを目の高さまで持ち上げた。

パラちゃんは「じゅるじゅる」と音を立ててビールをすすった。そういう飲み方は女の子に嫌われるぞ、と以前から注意してやりたかったのだが、今回も黙っていた。

「で、どうだい銀座は？」

「銀座もなにも、行って帰って来るだけだから」

この日もたしかにそうだった。

「銀座の洋食屋、煉瓦亭《れんがてい》のカツレツはもう食べたの？」

「おまえ、お袋みたいなこと言うね。食べてない。昼は社食」

航樹はナッツの小袋をギザギザの部分から裂くようにして広げた。

「じゃあ、今も残る日本最古のビヤホール、ライオンは？」

「わるいけど場所も知らない」

航樹はアーモンドをつまんだ。「だいたい、なんでパラちゃんがおれより銀座に詳しいんだよ」

「雑誌の特集で見たんだ」

なんのために、と思ったが口にはしなかった。

「ところでさ、銀座はなんで銀座なのか知ってる？」

質問の意味がよくわからなかったが、「知らない」と航樹は首を横に振った。

「もったいないな。せっかく航樹は銀座という由緒ある場所で働いてるのに」

三流大学ながら文学部史学科卒のパラちゃんによれば、本来「銀座」というのは、江戸《えど》時代に幕府によって設けられた、銀の地金の売り買いや銀貨の鋳造を担った役所の呼び名のことらしい。かつては東京以外にも「銀座」は存在した。かの徳川家康《とくがわいえやす》が、それまで駿府《すんぷ》、静岡市にあった銀貨の鋳造所、つまり「銀座」を、今の東京の銀座二丁目に移したそうだ。その後、再び役所は移転するが、界隈《かいわい》の通称として引き続き「銀座」と呼ばれるようになった、という話だ。

「銀座二丁目っていったら、うちの会社があるとこだ」

「そこが銀座発祥の地ってわけだね」

――まったく知らなかった。

「じゃあ、銀座ってのは、元々は正式な街の名前じゃなくて、役所の名前からとった通称ってこと？　たとえば原健人のことを、パラちゃんって言うみたいな？」

「まあ、そんなところかな」

パラちゃんの面長の顔、動物でいえば圧倒的にラクダに似ている顔が縦にゆれた。

「じゃあいろんな街に、ナントカ銀座や、銀座商店街があるけど、本来商店街につけるような意味があるわけじゃないんだ」

「それは東京の銀座が、日本一の繁華街になってからの意味合いだろうね」

「そうか、そういうことか」

パラちゃんにしては、わかりやすい説明だ。

「航樹もたまにはさ、小説以外の本も読んだほうがいいんじゃない」と言われたので、「うるさい」とひと言返した。

パラちゃんはナッツの袋から、航樹の好きじゃないジャイアントコーンばかりつまんで、反芻でもするみたいにゆっくり顎《あご》を動かしている。

「でも、不思議なんだよなあ」と航樹は口にした。「うちの会社の本社は銀座にあるじゃない。でもって、メーカーの本社も銀座にあるわけよ」

「航樹の会社は紙の専門商社で、メーカーというのは製紙メーカーということだよね」

「そう。おれが担当している星崎製紙だけじゃなく、業界最大手の帝国製紙も工場は地方にある。けど本社は銀座にあるんだ。もちろん取引先が近くに集まるのは便利なことなわけだけど、地価が日本で一番高い銀座だろ。なんでわざわざそんな場所を選んだのかな？」

「たしかに不思議だね。銀座と紙って、なんか結びつかないもんね。遠い感じがする。でもやっぱり、歴史的な背景のあることなのかな」

パラちゃんは顎の動きを止め、首をひねった。

話題は変わり、お互いの職場の話になる。

「かなり誤算だったんだわ」

口を開くなり、パラちゃんは表情を曇らせた。「物流の仕事のせいかさ、現場の倉庫は男ばっかり。フォークリフトが行き交って空気はわるいし、言葉は荒いしさ」

「デスクワークじゃないんだ？」

「今は毎日ヘルメットかぶってる」

パラちゃんは自分の頭を指さした。よく見れば、頭のてっぺんの髪が、潰れた鳥の巣のようにペタンとしていた。

「ヘルメット姿って想像つかないなー」

思わず笑ってしまった。

「荷物検査のために仕分けをやるんだけど、僕って不器用だからさ、人をイライラさせて怒られるわけよ」

「それはあり得るな」

航樹は否定しなかった。

「上司とか、どんな感じ？」

パラちゃんの質問で、今日の出来事を航樹は思い出してしまった。陰で〝ヘイゾウ〟と呼ばれている直属の上司、仕入部第三課の長谷川課長のことだ。

〝ヘイゾウ〟というあだ名は、時代小説の大御所、池波正太郎《いけなみしょうたろう》著『鬼平犯科帳《おにへいはんかちょう》』の主人公・火付盗賊改方《ひつけとうぞくあらためかた》長官・長谷川平蔵《へいぞう》からきているらしい。おそらく卸商営業部の小沢あたりが、時代小説好きな課長の風貌とその苗字から名づけたのだろう。課長が昼休みにそれらしき本を手にしているのを航樹も何度か見かけた。そのこと自体は、本好きの航樹にとってなんら問題はない。

あぜんとしたのは、今日〝ヘイゾウ〟が外出から帰って来たときのことだ。やけにさっぱりした顔をしていて、整髪料が香り、気づいたのだ。

「〝ヘイゾウ〟のやつ、仕事中に床屋で散髪してきやがったんだ」

航樹は上司の行動に呆れてみせた。「どう思う？」

「外まわりの営業なら、喫茶店でサボるとかありそうだけどね。床屋とはね」

パラちゃんは思わずといった感じで口元をゆるめた。

「こっちは忙しいってのにさ、呑気すぎないか？」

「でも、それって社内でわかっちゃうよね」

「〝ヘイゾウ〟の髪は薄いけど、もちろん、わかる人にはわかるだろ」

「その課長さん、ひょっとして仕事ができるんじゃないの？」

「なんで？」

「いや、そんな気がしたから」

「そうは思えないけどな。朝はゆっくり新聞読んで、お茶飲んだら早めのランチに出かけて、帰って来たと思ったらいつの間にかいなくなって、そのまま家に帰っちゃうこともある。なにがおもしろくて会社に来てるんだろうって感じ」

「でも、ある意味、勇気あるよね」

パラちゃんは感心した様子だ。「僕には真似できないもん」

——なるほど。そういう見方もできるのか。

今のところ航樹は、同じフロアにある卸商営業部の社員と接する機会が多い。卸商営業部とは、一次卸である代理店の〝銀栄〟から紙を購入する二次卸業者——卸商を得意先とする部署になる。紙業界では、メーカーは特定の代理店にしか紙を供給しない。また、代理店は出版社や印刷業者などの大口手配を中心に扱い、卸商が小口手配に対応するという仕組みになっている。

卸商営業部には、リーゼントの小沢のほかにも個性豊かな営業マンが揃《そろ》っている。基本的な仕事を覚えてきたせいか、最近、航樹にも声がかかるようになった。メーカー在庫の確認、在庫の倉庫移動、手持ちのない紙の買いつけ。その際のやり取りで、営業マン一人ひとりの特徴や性格が垣間《かいま》見《み》えてくる。どの営業マンも、一癖も二癖もありそうだ。化粧の濃い春山なかなか手強《てごわ》くをはじめとした営業マンのサポート役、彼らの留守を守る女性陣にしても、油断ならない。

仕入担当者から見れば、営業というのは、じつにわかりやすい生きものだ。得意先から注文を受けた在庫があるときは機嫌がよいが、ないときはたちまち難色を示す。どうしてないのか、いつなら入荷するのか問い詰めてくる。時には探してくれと求めてくる。自分が担当する得意先の注文に対して、簡単に「ありません」とは答えられない立場が営業なのだろう。

しかし数多《あまた》の卸商があるなか、どの得意先を優先させるべきかなど、新入社員である航樹には正直さっぱりわからない。事前の注文品や定期品について切らすことは許されないが、卸商営業部からの注文の多くは〝スポット〟と呼ばれる、その場限りの連続性のない取引だ。しかし卸商を担当する営業からすれば、〝スポット〟の注文をこなさなければ次はない、と言えるかもしれない。

得意先の卸商からは毎日、小口の注文が数多く入ってくる。卸商営業部の電話はなかなか鳴り止まない。営業マンたちは対応に追われ、時に苛立《いらだ》ち、気持ちがささくれ立つ。

仕入「メーカー在庫ありませんでした」

営業「ない？　なんでないんだよ」

仕入「入荷待ちです」

営業「だったら、あるときに買っとけよ。おれは紙を売る営業。おまえの仕事はなんなんだ！」

フロアに怒号が飛び交う場面すら、すでに目にした。航樹はその場面を思い出し、缶ビールを傾け、ため息を漏らす。「会社ってのは、じつにいろんな人がいるもんだよな」

「たしかにね……」

「そういえばさ、連休前のことだけど、会社の部活動の勧誘を受けてさ。野球部に入らないかって」

航樹はその話をした。

昼休みに、突然、野球部の部長（印刷営業部では課長）と名乗るホームベースのように大きな顔の社員がやって来て、入部を迫られた。〝ホームベース〟の話では、すでに航樹以外の樋渡ら男子四人の新入社員は入部を決め、ユニフォームを発注するところだという。二人の新入女子社員もマネージャーになったらしい。「自分、高校時代までサッカー部だったんで」と航樹は断ったが、「うちにはサッカー部なんてない。樋渡だってテニス部だったんだぞ」と勧誘はかなりしつこかった。

「そもそもさ、なんで会社に入ってまで部活動で拘束されなきゃならないの」

航樹は顔をしかめてみせた。

「そりゃそうだ」

パラちゃんはうなずき、「じゅるじゅる」とビールをすすった。「そんなことよりさ、浮いた話はないの？」

「――ないね」

きっぱり答えた。「まあ、仕事はそれなりに覚えてきたし、できる先輩がいるから、おれの場合は残業も少ない。贅沢《ぜいたく》は言えないけどね」

残業続きの仕入部第一課、帝国製紙担当の樋渡と比べれば、今の自分は恵まれている。先日、営業からの在庫確認に対して、航樹は不正確な返事をしてしまった。営業から都内に自社在庫があるのか尋ねられたのだが、航樹は千葉港で荷揚げされたメーカー在庫で答えてしまったのだ。そのため、都内での引き取りができない事態が発生してしまった。そのピンチを先輩の上水流が迅速に動いて救ってくれ、事なきを得た。

「職場には女性もいるんでしょ？」

パラちゃんの興味は結局そこにあるらしい。

「まあ、いるよね。同期の女子が同じメーカーを担当してるし、ほかの部署にもけっこういる。みんな会社から支給された制服着てるから、同じようにしか見えないけど」

「うらやましいな」

パラちゃんは早くも赤く染めた頬をだらしなくゆるませた。「だったら、なかにはかわいい子もいるでしょ」

「そうだな……、派手な人ならいるけど」

航樹は、化粧の濃い春山の笑顔を思い出した。

「やっぱり銀座の女って感じ？」

「それ、どういうイメージなわけ？」

航樹は軽蔑の意を込めた流し目を返した。「わかんないよ。おれとしては、職場の女性をそういう目で見ることは、今のところないしね」

「それは誤解ですよ」

パラちゃんは口をとがらせた。「じゃあ、航樹と同じ担当の子はどうなの？」

「ああ、しっかりした子だよ。ちょっと気の毒なところはあるかな」

「どういうこと？」

春の大型連休前の昼休み、社食で昼食をすませた航樹が席にもどると、隣のデスクで由里がなにかを手にして、じっと見つめていた。それは一枚の名刺だった。

「メシ行かないの？」

なにげなく尋ねた航樹に、初めて気づいたように顔を上げた。その虚《うつ》ろな表情を見て、声をかけたことを後悔した。

ほかに言葉が見つからず、「だれの名刺？」と尋ねた。

「これ？」と由里は答えた。「自分の」

名刺ができてからは時間が経っていた。おかしなやつだと思った。

すると由里は、「神井君はいいよね」とつぶやいた。

「なにが？」

「だって私、この名刺、まだ一度も使ったことないんだもん」

由里は無理に笑顔をつくってみせた。「一日中会社にいるんだよ」

言われてみれば、そのとおりだ。

航樹がメーカーへ初めて挨拶に行った際は、〝ヘイゾウ〟と上水流と三人で訪問し、由里は会社で留守番をしていた。航樹は、星崎製紙の営業部、代理店から紙の注文を受け工場に発注する業務部、こわい結城さんがパソコンの前に座っているモニター室を含む物流部をまわり、各担当者と挨拶をすませた。メーカーの人間だけでなく、その場に居合わせた同業の代理店の仕入マンとも名刺交換をした。一日でかなり自分の名刺を消費し、また相手から受け取り、会社に帰って名刺ホルダーに整理した。その後、航樹はメーカーの在庫表やオーダーリストをひとりで回収しにいくようになった。

しかし由里は、出社してから仕事で外出はしない。もちろん、そういう女性社員はほかにもいる。たとえば仕入部、卸商営業部の女性陣もそれに近いはずだ。

もしかしたら、入社一ヶ月が経ち、由里からすれば、こんなはずじゃなかった、という思いが強いのかもしれない。

由里は電話の受け答えがしっかりしているし、伝票上のミスも少ない。積極的に仕事をこなす姿は、少しがんばりすぎているようにも映った。

帝国製紙を担当する樋渡の所属する第一課では、在庫の計上ミスによる倉庫でのトラブルが多発しているという。樋渡の残業での仕事は、紙の寸法をノートに書きつけることから、倉庫の在庫合わせに変わった。その作業で浮かび上がってくるのは、同じ課の女性陣による多くの誤記入や入力ミスだとこぼしていた。

「ねえ、神井君の名刺、一枚くれる?」

「え、べつにいいけど」

航樹は上着の内ポケットにある名刺入れを自分のロッカーに取りにいき、席にもどった。

「じゃあ、由里の名刺もいちおうもらっとくか」

そう言うと、硬かった由里の表情が少しほぐれた。

由里はデスクの引き出しから明るい色の革の名刺入れを取り出した。ブランド品かもしれない。おそらく航樹と同じように、どこかの店で選んだのだろう。あるいはだれかからプレゼントされたのかもしれない。

「じゃあ、名刺交換して」と由里が立ち上がった。

——なんだよそれ、めんどくせえな。

航樹は露骨にいやな顔をしてしまった。

「なにやってんの、おまえら?」

そこへ、昼食を終えた樋渡が登場した。連日の残業の疲れも見せず、笑顔だ。長めだった髪は、今は会社員らしく整えられていた。

手短に事情を話すと、「へー、そうか」と樋渡はおもしろがり、「おれにも由里さんの名刺くれよ」と声をかけた。

由里は「え?」と驚いている。

樋渡は一歩前に出て由里の前に立つと、背筋を伸ばした。

「わたくし、こういう者です」

いきなり口にし、スーツの内ポケットから名刺入れを取り出し、すばやく一枚を抜き取った。

「あ、そういう感じなのね」

口元をゆるめた由里は、ぎこちなく樋渡の手から名刺を受け取った。

「わたしは、こういう者です」

由里は恥ずかしそうに、それでもいくぶん胸を張って自分の名前、「由里南」と印字された名刺を差し出した。「どうぞよろしくお願いします」

二人は恭しく名刺交換をした。

はっきり言って、馬鹿みたいだ。貴重な昼休みに、なにをやってるんだ。

でも、樋渡とは、こういうことを人前で平気でやってみせる男なのだ。それは航樹の持っていない資質であり、真似のできない一面のような気がした。

「おまえもやってやれよ」

樋渡につつかれ、しかたなく航樹も由里と名刺交換をした。

少しは気が晴れたのだろうか、由里は二枚の名刺を大切そうにしまうと、愛《いと》おしそうに名刺入れをさわっていた。よくわからないが、彼女には彼女のいろんな思いがあるのだろう。

航樹はやれやれと思いながら、営業がいつの間にかデスクに置いていった「在庫確認お願いします」と書かれたメモを手にした。

志望した業界ではなかったこともあり、航樹はある意味割り切って今の仕事に向き合おうとしていた。過度な期待を持たないように心がけた。そうすることで自分が傷つくのを避けようとしているのかもしれない。そのせいか、今は言われたことを無難にやっている場面が多い。もちろん、一つひとつ仕事を覚えていく楽しさはある。でも、正直やりがいとまでは言えないだろう。かなり冷めてもいた。

在庫表を確認し、仕入れた紙が品薄になると、メーカーに在庫を問い合わせ、再び仕入れる。在庫をA地点からB地点に移す。毎日のルーティンワークをこなしていく。自分の仕入れた紙が、どうなるのかなど知らなかったし、知ろうともしていなかった。

多くの人は、社会生活を営むために会社で働いて金を稼ぎ、その金で必要なものを手に入れる。今の航樹もそうだ。おそらくそういった行為はこの先、とてもとても長く続く。自分の人生の大半の時間を費やすことになる。考えてみれば、怖ろしいことに――。

でも多くの賢明とされる人間がそうであるように、航樹も将来についてなるべく深く考えないようにしている。道に迷うから、不安になるのだ。決まった道をひたすらまっすぐ進むしかない。

連休前の昼休みの話をところどころかいつまんでパラちゃんに話したあと、航樹は立ち上がり、上着のポケットからタバコとライターを取り出した。

「あれ、やめたんじゃなかったっけ？」

「ああ、またはじめた」

航樹はくわえたタバコに火をつけた。

タバコは高校生の終わり頃から吸いはじめ、大学三年の頃に一度はやめた。でも会社では、〝ヘイゾウ〟も上水流もデスクで吸っている。同期の樋渡や緒方にしても。仕事でイライラしたとき、樋渡から一本もらったのが呼び水となってしまった。職場での男性社員の喫煙率はかなり高くもあった。

「でも職場の話題に女性が登場してうらやましいよ。うちなんか、口のわるい男連中ばかりだからね。いいよな、同期の女の子が同じ部署なんて」

そうだろうか、と思いつつ、「おれは会社の子とかは、たぶんダメそうだわ」と航樹は口にした。

「初恋の子をまだ引きずってるってこと？」

なにげない感じでパラちゃんが、航樹の傷の癒《い》えきらないやわらかな部分を突いてきた。

「どうして初恋の人は、忘れられないのかな」

航樹はタバコの煙をプカリと吐いた。今でもときどき夢に見る。

「そりゃあ、初恋の人だからだよ」

パラちゃんは、さもわかったような口振りだ。「連絡とってみればいいじゃん」

「一度ふられてんだぞ」

航樹がにらんだ。

「二度ふられたって、同じようなもんさ」

パラちゃんは目尻を下げニタニタしている。

舌打ちして、「そういえば、ダッチのやつはどうしてんのかな？」と話題を変えた。

高校時代の友人、安達は、やめていなければ編集プロダクションに今も勤めているはずだ。パラちゃんの話では、去年就職してからまったく音沙汰《おとさた》がないという。下請けとはいえ、出版という自分の好きな道に進んだ安達が、今になってうらやましくもあった。実際どんなことをやっているのか会って話を聞いてみたい気もするが、どうも自分から進んで連絡をとる行動には移れない。

この部屋の必要最小限の家具のひとつ、置き時計の針が午後十時半をまわった。

今度、蓮の車で一緒にビリヤードに行こうという話を潮に、航樹はパラちゃんの部屋をあとにした。自分の話ばかりしてしまったようで、帰り道に少し後悔した。パラちゃんはいつも聞き役になってくれる。でも入社したばかりの彼にだって、自分と同じようにいろいろあるだろうに。

まあ、今度聞いてやるか、と気持ちを切り替え、航樹は線路沿いの道を京成津田沼駅に向かった。

明日もまたこの線路を伝って銀座へ向かう。

星の出た五月の夜空を眺めながら、時間を見つけて銀座の街をひとりで歩いてみようかな、と航樹は思った。

＊

朝、給湯室から由里がお盆でお茶を運んでくる。

たぶんこの日二回目の〝お茶くみ〟だ。

四人しかいない仕入部第三課では、由里が一番早く出社し、続いて午前八時頃に長谷川課長、出社時刻の八時半五分前に航樹、ぎりぎりになって上水流が滑り込んでくる。上水流は、必ずブラックの缶コーヒーを手にしている。

最近、航樹も真似するようになった。タバコにはコーヒーが合う。だからお茶の必要はないのだが、どうやら社内の慣習らしく、由里は毎朝自分のも含め、四杯のお茶を二回に分けて淹《い》れている。上水流と航樹に淹れたお茶は、大抵の場合そのまま冷めてしまい、由里が給湯室に下げることになる。はっきり言って無駄だし、それを毎日くり返している由里もどうかしている。

五月中旬になって、やらないのかと思っていた仕入部の新入社員歓迎会が開かれた。参加した新入社員は男子が航樹と樋渡と野尻の三名。女子が由里と第一課に所属する新入社員の二名。和室の広間を貸し切った宴席は、賑やかになった。仕入部にはこんなに人がいたのか、と驚くほどだ。

航樹の所属する仕入部第三課は、長谷川課長以下四名だが、第一課は十名を超える大所帯だ。第二課もその数に近い。一課も二課もそれぞれ二つのメーカーを担当していることもあるのだろう。課長以下は比較的年齢が低く、仕入部が若手を育てるひとつの登竜門になっているようだ。入社の際に講師役に立ち、紙の基礎知識を教えてくれた国枝が、部長の大石《おおいし》に指名され乾杯の音頭をとった。

あらためての自己紹介を新入社員がしたあとは、上からの堅苦しい話もなく、歓談となった。航樹の両脇には、職場と同じく上水流と由里がいて、ふだん交わさない話をした。たとえば、上水流が鹿児島の出身であることや、由里の実家は北海道にあり、大学入学と同時に東京でひとり暮らしをはじめたことなど。上水流の隣には長谷川課長がいたが、話に加わってこない。

「神井って、彼女とかいるの？」

なにげない感じで上水流に問われた。

いませんと答えると、「へー」という感じで由里が首を傾けた。

「最近別れたとか？」とつっこまれたので、「そういうわけじゃないです」と笑い返した。

同じ質問に対して由里は、少し迷ってから「いますけど、今は遠くにいます」と答えた。

「へぇー、じゃあ遠距離とか？」

「まあ、そうなりますかね」と由里は言葉を濁した。

由里が浮ついていないのは、そういうところからきているのだろうか。将来の約束などしているのかもしれない。

「上水流さんこそ、どうなんですか？」

由里が笑いを含んだ声で問い返した。

「おれ？　まあ、いることはいるんだけどね……」

「もしかしてメーカーの方とかですか？」

由里が声を低くした。

「え、ちがうけど」

上水流は大げさに驚いてみせた。「なんでそう思うの？」

「メーカーのモニター室の結城さんとか、けっこう私に冷たくて。最初は気づかなかったんですけど、どうも上水流さんと話したいみたいで……」

「そんなことないでしょ」

「いえ、あると思います」

話を聞いて、自分にも冷たいのはそのせいか、と航樹は腑《ふ》に落ちた。通話中に、何度も「上水流さんは？」と言われるのだ。

「まあ、彼女たちとは、なるべくいい関係でいるべきだよね。もちろんメーカーの人だけじゃなく、たとえば倉庫の担当者とかとも。なにかあったときに、必ず世話になるから」

上水流は、具体的な名前を挙げてアドバイスをしてくれた。経験に基づいた話であるらしく、航樹も注意深く耳を傾けた。

その間、長谷川課長はひとり静かに飲んでいた。

上水流が席を立つと、「ねえ、神井君も行ったほうがいいんじゃない？」と由里につつかれた。見れば樋渡がビール瓶を手にして、部長の席の前で片膝を立てている。隣には野尻のかしずく姿もあった。

「──べつに」

航樹の腰はあいかわらず重たかった。

「ああいうの苦手なんでしょ。そういうタイプだよね」

由里の言葉は無視した。

本来であれば、部長はともかく、まず直属の上司である長谷川課長にお酌にでも行くべきなのだろう。でも仕事中に平然と床屋へ行く〝ヘイゾウ〟に、そこまで世話になっているとは思えない。それにそんな真似をしたところで喜ぶか疑問だ。眉間にしわを寄せられ、かえって煙たがられるかもしれない。

正直なところ航樹はさっさと帰りたい。時期的に今さらという気持ちも強かった。

長谷川課長の様子をうかがうと、同じ席でひとりゆったりと飲み続けている。いつの間にかビールから日本酒に変わっていた。孤独に対する免疫でもあるみたいにやけに落ち着いている。社交性に乏しいと自覚する航樹は、将来自分は、〝ヘイゾウ〟のようになるのだろうか、と一瞬思った。

「そういえばさ」

航樹は想像を打ち切り、別の話を口にした。「毎朝、お茶を出してもらってるよね」

「うん、それがどうしたの？」

「おれには淹れてくれなくていいから」

「え？」

「いや、おれも上水流さんも、お茶飲まないでしょ」

「まあ、それはそうなんだよね」

由里は困ったような顔をした。

「明日から、淹れなくていいよ」

航樹はグラスに残るぬるくなったビールを飲み干した。

「――お二人さん」

後ろから声がした。

振り返ると、色白の仕入部部長の大石がいた。肌が白く見えるのは、白髪が目立つせいかもしれない。貝細工らしきカフスボタンのついたワイシャツから突き出た右手には、ビール瓶を握っている。

「あ、どうも……」

航樹は頭を下げた。

「まあ、一杯いこうか」

大石はビール瓶を差し出した。

「ありがとうございます」

航樹はあぐらをかいたままからだをまわし、グラスで受けた。

「ほい、そちらも」

由里も恐縮している。

「すいません」

「どうだい、星崎製紙の担当は？」

大石が目尻にしわを寄せた。

「はい、少しずつですが慣れてきました」

由里がにこやかに答えた。

「卸商営業部の連中から、やいやい言われるだろうけど、なんかあったら、遠慮なく上に言いなさいよ」

航樹は首を縮めるようにうなずいた。

「がんばってちょうだいよ。上水流も今年で三年目になるからね」

大石は言うと、航樹の肩をポンと叩いた。

わざわざ部長に足を運ばせるかっこうになってしまった。顔は笑っていたが、挨拶にも来ない航樹のことを生意気な新人ととらえたかもしれない。上の人間だけでなく、別の課の先輩たちも同じ思いかもしれなかった。向かいの席から、同年代の社員と話している上水流がこちらを見ていた。なにか注意されるかと思ったら、笑ってウインクした。この人もよくわからない。

航樹は席を動かず、ほかの課の人間ともたいして交流せずに過ごした。人には言っておきながら、由里も席を立たなかった。由里は、外部の人間で一番言葉を交わす星崎製紙のモニター室の担当者の話を続けた。航樹が彼女たちと交わすのは仕事に関する内容に限られていたが、由里は同性のせいか、けっこうおしゃべりを楽しんでもいる様子だ。だれが話しやすいか、どんな性格か、だれとだれが仲がよいかなど、頼んでもいないのに教えてくれた。

「今度メーカーの人とも会えるといいんだけどな」

聞き役にまわった航樹だったが、そんな由里の希望に無責任に答えることはしなかった。

宴もたけなわになった頃、突然笑いが起きた。

いつの間にか樋渡が、外した自分のネクタイを額に巻きつけている。先輩相手に馬鹿をやっているようだ。去年の春、大手出版社から男性向けファッション雑誌が創刊された。樋渡はその表紙を飾る人気モデルに似た顔立ちをしているが、酒を飲むと箍《たが》が外れる。ふだんとの落差の大きさがまた笑いを誘う。上司である国枝に絡んでいるようにも見えたが、放っておいた。

「樋渡君、危ないんじゃない」

由里が心配そうに見ている。「お酒飲むと、なんかイメージ壊れちゃうよね」

樋渡のような男が、会社では愛されるような気がした。愛されるが故に、出世もするのだろう。航樹にはそう思えた。

最後はやはり国枝の一本締めでお開き。樋渡は日頃の鬱憤が溜まっているのか、かなり酔っていた。二次会に行こうとしつこく誘われたが断った。今読んでいる小説の主人公の言葉を思い出した。「酔っぱらいにかかわりあうのはいつでもまちがいだ」

どうやら上水流もさっさと帰ってしまったようだ。

いつの間にか〝ヘイゾウ〟は銀座の街に消えていた。

＊

五月はあっという間に終わろうとしていた。

入社から約二ヶ月。自分が扱う紙について少しは詳しくなった。入社した日に、同期の青野が口にした星崎製紙は「特色のあるメーカー」だという言葉の意味も自分なりにわかってきた。

星崎製紙は、記録紙や情報処理用紙、粘着紙などの加工紙の生産も手がけているが、主力商品はなんといっても印刷用紙だ。印刷用紙は、塗工紙と非塗工紙とに分けられる。塗工紙とは、印刷の再現性を高めるために、白色顔料を表面に塗布し、表面を平滑《へいかつ》に仕上げた紙のことである。

星崎製紙では、その原紙となる上質紙、銘柄名「天の川」を生産しているが、高級印刷用紙である塗工紙――キャストコート紙の「オリオンキャスト」、アート紙の「北斗」、コート紙の「シリウスコート」、そして軽量コート紙である人気の「スターエイジ」に力を入れている。星崎製紙がいわゆる〝塗りもの〟、塗工紙を得意とするメーカーであることはまちがいなさそうだ。

最近は同じフロアの卸商営業部だけでなく、三階の印刷営業部、出版営業部からの内線電話による手配にも、航樹は対応するようになった。

営業部門の部署には、それぞれ独特な雰囲気があることも知った。そういった雰囲気はどこから醸しだされるのかといえば、やはりひとつには得意先、顧客との取引関係にあるようだ。そしてもうひとつ、上に立つ人間の影響も見逃せない。

たとえば卸商営業部の営業マンはあわただしく、どこかがさつな印象だ。実際に口もわるく、仕事に細やかさを感じない。紙の使用目的、用途を尋ねても、小沢などは「そんなの知るか、どうせどっかのチラシだろ」といった具合だ。

上に立つ、卸商営業部部長の根来《ねごろ》は、からだだけでなく、声もでかく、顔も鼻の孔《あな》も大きく、ぎょろりとした目をしている。関西の出身らしく、なにか事が起こると関西弁でまくし立てる。江戸っ子を自称する小沢ら部下も負けずに口角泡を飛ばす。

印刷所を得意先とする印刷営業部の営業マンは、総じて電話での声が弱々しく、いつもなにかに困っているような口調を使う。どこか暗いイメージだ。印刷所からのクレームや、トラブルによる当日手配に、常に怯えているようにさえ映る。

フルカラー印刷の四原色のひとつ、「黒」の字を苗字に持つ印刷営業部部長の黒川《くろかわ》は、痩せていて顔色がすぐれず、服装も地味で、常に喪に服しているように見える。偶然トイレの小便器の前で並んだ際、「まずいなあ」「まずいなあ」とうなされるようにつぶやいているのを耳にした。

それに比べて出版営業部の営業マンは、なぜか飄々《ひょうひょう》としていて、余裕のようなものすら感じさせる。卸商営業部や印刷営業部の営業マンにありがちなネチネチした感じがない。しかしどこか偉そうなところもある。

上水流から聞いた話では、出版社は決まった値段で紙を高く買ってくれるため、〝銀栄〟にとっては上得意様でもあるようだ。だからこそ、特別な注文、ロスの少ない別寸法の紙や、希望に沿う風合いの特注用紙を、営業マンはメーカーと共に提案してもいるそうだ。

出版営業部部長の堂島《どうじま》は、パリッとしたダブルのスーツを着こなし、先のとがった靴をいつも光らせている。少しお腹《なか》は出ているが、姿勢もよく、紳士的な見た目だ。顔が浅黒いのは、どうやら接待ゴルフによる日焼けらしい。

＊

五月も終わりに近づいた午後、電話が鳴ると由里が受話器を手にした。まるで「百人一首」のかるた競技のように、動きがすばやかった。どうやら倉庫からのようだ。由里はいつものようにハキハキと応対していた。

「少々お待ちください」

電話を保留にした由里は、コンピュータの前に移動しキーボードを叩いて画面をのぞき込む。デスクにもどって再び受話器を握った。

「今日、そちらに到着するはずなんですが」

由里の表情が曇っていく。

会話が途切れたとき、「どうかした？」と航樹は心配になって声をかけた。

「ないの」とだけ由里は口にした。

「ない」という言葉が、最近一番こわい。

倉庫に「ない」。あるはずのものが「ない」。商品である紙が「ない」。

由里は電話の送話口を左手で覆い、「今、確認してもらってるんだけど」と答えてから、事情を説明した。

電話の相手は、勝《かち》どき倉庫の馬場《ばば》。〝銀栄〟の契約するトラックが紙の引き取りに入庫しているが、在庫がないという連絡だ。由里が明細を聞いて自社在庫を確認したところ、コンピュータ上では、星崎製紙の千葉にある倉庫〝ＨＤＣ〟から、中央区の勝どき倉庫に今日到着する予定になっている、とのこと。

航樹は腕時計を見た。午後二時過ぎ。手配がかかっていれば、午前中に到着しているはずだ。

再び電話に出た馬場は、今日の入庫はない、とあらためて由里に告げた。

「いったいどうなってるの？」

後ろからとがった声がした。

声をかけてきたのは、ふだん見かけない髪の長い女性だった。年上に見えたが、それほど離れてはいない。卸商営業部ではなく、どうやら上のフロアから下りてきたらしい。

そのとき、業務部の同期、緒方がやって来た。「おい、どうする？　勝どき倉庫にモノがないってよ。トラックのドライバーから連絡が入ってんだけど」。その顔は少し引き攣《つ》っているように見えた。

「どこの手配？」

「文化堂《ぶんかどう》出版。これって印刷所入れだぞ。まずくねえか？」

緒方が言うには、ドライバーはほかにも手配を抱えているらしく、これ以上待てないという催促だ。

「あらあら、在庫ないの？」

見かけない女性は呆れたように両手を肩口に挙げ、長い髪を舞わすようにして二階のフロアをあとにした。自分の部署にもどったのだろうが、かなり態度が冷ややかだった。

「どうしよう」という顔で由里がこっちを見た。あいにく上水流はメーカーに出かけている。

「明細は？」

「スターエイジ」

由里は思いつめた表情でメモ用紙を見せた。

そこには、「６２５×８８０〈57・5〉３・75R」と書いてある。

出版の手配にしては、やけに紙の量が少ない気がした。３・75R、つまり三千七百五十枚の手配だ。

——またスターエイジかよ。

思いつつ、「倉庫にある、うちの在庫は？」と航樹は尋ねた。

「それが、まったくないって言うの」

「代わるよ」

由里は無言で受話器を差し出した。

「はい、お電話代わりました、〝銀栄〟の神井です」

「どうスンのー？」

まだ顔を合わせたことのない馬場の声がした。

年配の馬場は前歯に隙間があるのか、空気が抜けるような音を立てた。「ああ、あんたも新人さんだね」ベテランの倉庫マンは至って落ち着いた口調だ。おかげで航樹も冷静さを取りもどすことができた。

「馬場さん、上水流が今不在なもので」

航樹は逆に尋ねてみた。「こういう場合、どうしたらいいでしょう？」

馬場については、新入社員歓迎会の席で、「あの人には何度も助けてもらった」と上水流が話していた。詳しく聞いたわけではないが、定年間際の倉庫マンを上水流が慕っているような口振りだったのを記憶していた。

「スターエイジのAタテ〈57・5《ゴーナナハン》〉だろ。うちにないわけじゃないんだけどね」

思わせ振りに馬場が口にした。

「モノは、そちらにあるんですか？」

「といっても、もちろんおたくの在庫じゃないよ」

「と言いますと？」

「うちはご存じのとおり、代理店さんの共同倉庫だからね。ほかの会社の〝ブツ〟もあるわけさ」

馬場の声がそのときだけ低くなった。

「そのブツをお借りするわけにはいかないですかね？」

「そりゃあ、おれっちの判断だけではなんとも言えんよね。他人様《ひとさま》の紙だもん」

それは正論にちがいなかった。

「どちらの在庫ですかね？」

声が消えてしばらくしてから、「どうかな、〝総通〟さんあたりかなあ……」と馬場がとぼけた声を出した。

「わかりました。総合紙通商さんですね。電話してみます」

「だとしたら急いでねー。トラック出ちまうから」

航樹は受話器を置いた。

と同時に内線の呼び出し音が鳴った。受話器を取った由里が、「はい、はい」とうなずいたあと、「神井君、電話」と神妙な顔を見せる。

「なに？」

――この忙しいときに。

「上から」と由里が天井を指さした。

「上って？」

由里が困った顔をした。

「はい、仕入部第三課、神井ですが」

受話器を手にすると、つい声の調子が強くなってしまった。

「もっしー……」

「はい？」

「もっしー……」

「はい？」

航樹はくり返した。

イタズラ電話かと思ったが、たしかに内線だ。「仕入部第三課、神井ですけど」

「あー、上水流はいないのか？」

妙に落ち着いた声がした。

「今、外に出てますが」

「さっき、うちの子が文化堂出版の手配の件でそっちに行ったが、どがいなっとる？」

倉庫にあるはずの在庫がなく、今まさに問題になっているスターエイジの件だと理解した。

「はい、今やってますんで」

航樹は苛立たしく、感情を声ににじませた。

「そうか、だったらいい。この電話は、頼んだよってこと。そいだけ」

「は？」

「『倉庫にない』じゃすまされん。

――出版だからな」

最後のひと言はすごみを利かせた声だった。

声色からは三十過ぎに思えたが、言葉の端々に訛《なま》りがあった。

「失礼ですが、お名前は？」

「出版営業部、出版第一課、清家《せいけ》や」

――この人が〝セイさん〟か。

同年代の社員からは、そう呼ばれていると社食の席で同期から聞いたことがある。樋渡は「あの人、訛りきつくてなに言ってんのかわからねえ」と笑っていたが、「涼しい声で無理な当日手配を押しつけてくる」と野尻は渋い顔をしていた。強面《こわもて》ではないが押しが強く、時には辛辣《しんらつ》な言葉を並べ立て、仕入担当者を追い込むこともめずらしくないらしい。

――人呼んで、〝仕入殺しのセイさん〟。

どうやらさっきの見かけない女性は、出版営業部の清家の部下らしい。

由里が心配そうに航樹の顔色をうかがっていたが、説明している暇はない。上水流の帰りを悠長に待つわけにもいかない。メーカーに電話をして、呼び出してもらおうかと一瞬思ったが、時間がもったいない。

――出版だからな。

〝セイさん〟の毅然《きぜん》とした声が航樹の耳に残っていた。

就職活動の際、志望動機を「本が好きだから」と答えた航樹には、その言葉は自分でも驚くほどストレートに響いた。この手配は、なんとしてもやらなくてはいけない。いや、やりたい。

航樹は受話器に手をのばし、もらった名刺を整理した名刺ホルダーをめくった。先日、星崎製紙を訪れた際、上水流が紹介してくれた同業者、総合紙通商仕入部、間宮《まみや》の名刺をそこに見つけた。よくは理解していないが、代理店同士では紙を融通し合う習慣があるらしい。ときどき〝銀栄〟にも、ほかの代理店から電話が入ることがある。その際の上水流のやり取りを航樹は耳にしていた。

〝総通〟の間宮の名刺の電話番号にかけると、幸い本人が出た。先日挨拶をした神井ですと名乗り、事情を話してみた。

「えー、スターエイジか、あいかわらず品不足だからなー」

鬚剃《そ》り跡が濃く、メガネをかけていた三十代後半の間宮は、声色で難色を示した。

「そこをなんとかお願いできないでしょうか。今トラックが倉庫に入ってまして」

航樹は声を絞りだし、相手には見えないだろうがデスクで頭を下げた。

「上水流さんは?」

だれもが口にするそのせりふに対して、「今あいにく不在なんです」と答えた。

「そうか、そういうわけね。勝どき倉庫でしょ。でもさ、なんでうちの在庫があるってわかったの？」

「それは……」

航樹は口ごもった。馬場に教えてもらったことは伏せておくべきだと思い、「〝総通〟の間宮さんなら、品薄のスターエイジでもお持ちかと思いまして」と言ってみた。

「新人のくせにうまいこと言うなぁ」

間宮は口元をゆるめたような声を出した。「うーん、じゃあ、一日だけ貸すよ。だから返してよね、明日までに」

「ありがとうございます。必ず返します」

航樹は受話器を置くと、思わず「よしっ！」と声に出した。

「緒方、在庫借りたから！」

業務部に向かって叫んだ。

「オッケー！」と緒方の声がした。

航樹は、すぐに勝どき倉庫の馬場に電話を入れた。

しかし電話に出た馬場の口からは、「あー、今トラック出ちゃったよ」と、さも残念そうな声が漏れた。

「えっ……」

航樹は絶句した。

——遅かったのか。

受話器を手にしたまま動けなかった。

「それで、〝総通〟さん、なんだって？」

馬場の声がした。

「たった今、間宮さんに了解もらったんですけど……」

航樹の声は小さくなった。

「スーかい、そりゃあなによりだ」

馬場は歯の隙間から空気の抜ける音を立てたあと、こともなげに続けた。「だろうと思って、モノは載っけといたから」

「えっ、ほんとですか！」

航樹は背筋を伸ばした。「スターエイジ、トラックに載せてくれたんですね？」

「ああ、心配ねえ。それよか、おたくの在庫狂ってっから合わせといてね。〝ユリ〟ちゃんだっけ、彼女にもよろしく」

そう言うと馬場は「へへっ」と笑い、電話を切った。

——助かった。

航樹は安堵のため息をついた。

その様子を見た由里の表情もゆるんでいく。

後ろに腕を組んだ髪の長い女性が立っていた。さっきの出版営業部の清家の部下らしき人だ。

「なんとかなりました。手配の荷物を載せてトラックはもう出たそうです」

「あ、そう」とだけ口にし、彼女は細身の背中を向け歩き出した。端整な顔立ちをしていたが、細く整えられた眉の下の目が鋭く、性格はかなりキツそうだ。卸商営業部の小沢が見とれるようにその後ろ姿を眺めていた。気持ちはわからなくもない。男の目を惹くスタイルをしていた。

「――ありがとう」

そう口にした由里は、かなりしょげていた。

在庫がなかった理由は、配送の履歴を調べると明らかになった。今日の午前中に到着したのはスターエイジの625×880〈57・5〉ではなく、880×625〈57・5〉であり、つまりAタテでなくAヨコ、紙の目がちがっていた。伝票をコンピュータに入力する際、ヨコ目をタテ目に誤入力してしまったのだ。由里は、自分のミスだと認めた。

問題のスターエイジの625×880〈57・5〉はメーカーに在庫がなかった。その後、上水流が帰社し、ほかの代理店からなんとか譲ってもらい、明日午前中着で勝どき倉庫に移送する手配をすませ、〝総通〟の間宮からの借り分を補てんする手筈《てはず》が整った。

しかしそのためにかなりの時間を要した。上水流が頭を下げた相手は、〝GP〟と呼ばれる紙の代理店最大手、ゼネラル紙商事の仕入マンらしかった。

たったひとつのミスが、得意先や同僚だけでなく、さまざまな人を巻き込み、大切な時間を失わせることになる。そのことを二人の新入社員は思い知った。

＊

六月上旬、社食での昼食後、デスクで内線電話を取ると、「もっしー……」と聞き覚えのある声がした。

「上水流さんですか？」

航樹が尋ねると、「いや、上水流じゃなく、神井とかいう新人に用がある」と声がした。

独特なイントネーションから、相手が出版営業部出版第一課、清家であることには気づいていた。

「神井は、私ですが」

「ちょっと来いや」

「どちらにですか？」

「上に決まってるやろ。三階だ」

そう言って電話は切れた。

なにか問題でも発生したのだろうか。こないだの手配の件にしては時間が経ちすぎている。

吸いかけのタバコを灰皿でもみ消した。

階段を上がって馴染みのないフロアに顔を出すと、まだ午後一時前のせいか、社員はまばらだった。スリーピースのベストを着た男がデスクからこっちを見て、チョイチョイと手招きをしている。太い黒縁メガネをかけ、左目の脇に大きなホクロがある。子供の頃にテレビで見たアニメに登場する昆虫のキャラクターに似ていたが、名前は思い出せない。どこか不機嫌そうで、眠たげな目をしている。清家の隣には、髪の長い女子社員が下を向いて座っていた。倉庫でのトラブルの際、二階に下りてきたあの女性だ。

「仕入の神井です」

名乗ると、清家は黙って大きめの白い封筒を差し出した。社用封筒らしく、社名が印刷されている。

――株式会社 文化堂出版

「開けてみろ」

清家が顎で指図した。

封筒のなかには、小説の単行本よりひとまわり大きな本が一冊入っていた。

「これは？」

「見本だ」

「見本、といいますと？」

「おまえの手配した紙でできた本だ」

「え？」

航樹は本の表紙を見た。花の咲く風景写真の上に、『草木の歳時記』とタイトルがあった。

「なにか問題でも？」

「問題？　いや、そういうことじゃない」

清家はそこで初めて口元をゆるめた。「付箋《ふせん》ついてるやろ。本文の前の十六ページ。そこだけ四色。つまりカラーで印刷するために紙を変え、今回はスターエイジを使った。植物に関するエッセイだが、著者さんが花の説明にカラー写真を使いたいと言い出したそうだ。フルカラーだと紙代も印刷代もかさむから、巻頭にまとめてもってきた。そういうのを『口絵』という」

「なるほど……」

航樹はゆっくり本を開き、目を輝かせた。

たしかに巻頭の十六ページだけ、使われている紙がちがっている。紙の厚さも風合いも異なっている。星崎製紙の見本帳でふれた、あの紙だ。

「その本の担当編集者がスターエイジを選んだのは、エッセイということで、図鑑みたいになるのを避けたかったからだろう。テカテカツルツルしたコート紙ではなく、反射を抑えたマットコートを選んだ。コート紙の印刷面は明瞭だが、マットコートはインクが沈んで落ち着いた風合いになる。それにマットコートは、やや白色度が劣る。多少黄みがかっておる。本文には、クリーム色の書籍本文用紙を使ってるやろ。少しでも色が近いほうが相性はいい。まあ、そこまで編集が考えていたかは、わからんがな」

「これが自分の手配したスターエイジですか？」

「そう、星崎製紙のスターエイジだ」

清家は答えると続けた。「いいか、マット調のコートというのは、ほかのメーカーでも造っている。たとえば帝国製紙の『エンペラーマット』、太陽製紙の『サンマット』、雪国《ゆきぐに》パルプの『スノーマット』。でもな、出版社の編集者は必ずといっていいほど、『スターエイジ』を指定してくる。なぜだかわかるか？」

「わかりません」

航樹は即答した。

「まずスターエイジは、星崎製紙が業界において先んじて発売したマットコートだということだ。そしてもうひとつは――」

清家はニタリとした。「編集者が、スターエイジしか知らんからだ」

「――それは？」

「今やスターエイジは、マットコートの代名詞だ。つまり彼らは、マット調のコート、イコール、スターエイジととらえている。だからほかのマットコートを薦めても簡単には首を縦に振らない。まあ、言ってみればブランド品というわけだ。あらゆる業種が好調なこの時代、だれがわざわざ自分が手がけるものを〝代替品〟ですまそうと思う。イケイケの今の出版界にあっては、そんなやつは見あたらん」

航樹は両手で本を持ったまま、静かに耳を傾けた。多くのことが、初めて耳にする言葉であり情報だった。自分はなにも知らないに等しかった。毎日、その紙の在庫を確認し、仕切り、手配していたというのに。

「まあ、おまえは言わば、そういう特別な〝紙〟を扱ってる。だからこそ、ないじゃすまされん」

清家は一拍置いた。「――出版だからな」

隣の席で雑誌を開いていた女性がクスッと笑った。

「この本は？」

航樹は顔を上げて尋ねた。

「おまえにやるけん」

「いただいていいんですか？」

清家は黙ってうなずいた。「ただし、よく覚えとけ。あの日、紙がないとあきらめていたら、この本は今日ここに存在しなかったかもしれん。そのことを忘れるな」

――いいか、〝本は紙でできてるんだ〟

そのとき、航樹のからだのなかを、得体の知れない熱い風が吹きぬけた。

無性に顔が火照《ほて》り、胸が苦しく、口のなかが渇いた。

忘れていたなにかが、自分のなかで突然目を醒《さ》まし、むっくりと起き上がった。

その夢は死んではいなかった。死んでいる振りをしていただけなのだ。

――自分の好きな本は、紙でできている。

疑う余地のない事実を忘れてはいけない。はるか遠い場所かもしれないが、自分は本にかかわっている。航樹はそのことを胸に深く刻み込んだ。

清家を見ると、目だけで笑っていた。

「ありがとうございました」

航樹は興奮を抑えながら頭を深く下げ、わなわなと震える唇の端を強く結んだ。

なんでおれは職場で、しかも人前でと思ったが、まぶたのなかに涙があふれてきた。不意に視界がぼやけ、手にした本の表紙が水彩画のようににじんでいく。頰にひと筋の熱い涙が、すっと斜めに走った。でもその涙は、悲しかったからじゃない。たしかに、うれしかったのだ。

「あれ、どうしちゃったの？」

心配そうな声がした。

「いえ、なんでもないです」

航樹は顔をそむけ、洟《はな》をすすった。

「あーあっ」と女性がささやいた。「セイさん、また新人泣かしちゃった」

＊

「ちょっと〝休憩〟してくか」

メーカーからの帰り道、上水流は傘を閉じ、松屋銀座の裏通りに面した喫茶店のドアに手をかけた。六月に入り、すでに関東地方は梅雨《つゆ》入りしていた。

会社の仕事をサボるのが初めての航樹は、断ることもできず、しかたなく先輩の背中に続き、年代を感じさせる明かりを落とした店内をおそるおそる見まわしながら奥の席へと進んだ。

　午後三時過ぎにもかかわらず、会社員らしき客たちがスポーツ新聞や雑誌を手にしている。どうやら彼らもサボりのようだ。

　上水流は席に着くときに雑誌を手にしていた。気づかなかったが、どこかにマガジンラックがあったようだ。コーヒーをふたつ注文して、さっそく少年漫画誌を開いた。上水流が手にしているのは、公称部数五百万部間近に迫った『週刊少年ジャンプ』だ。

　なにか話でもあるのかと思いきや、どうやらそういうことではないらしい。長谷川課長はいいとして、会社で留守番をしている由里のことを思うと、後ろめたさを覚えた。おそらく今頃ひとり手配に追われているはずだ。

　上水流の落ち着いた様子から、これが初めての〝休憩〟でないことは明白だ。メーカーに出かけた先輩の帰りが、しばしば遅くなる理由がわかった気がした。床屋で髪を切り、整髪料のにおいを漂わせ、私はサボってきました、と開けっぴろげな〝ヘイゾウ〟が、今思えば清々《すがすが》しくさえ思える。

　手持ち無沙汰な航樹としては、ここへ来る前に星崎製紙の営業マンに要請された月末仕切りのこと、あるいは業務部主任にお願いしたスターエイジの抄造枠の拡張について、上水流に確認したかった。しかし先輩はマンガに夢中な様子で、その世界の住人になったように無邪気な笑みを口元に浮かべている。

――まあ、いいか。

航樹は上着の内ポケットから手帳を取り出した。

ほかにも知りたいことがあった。それは、本をつくるために使う紙についてだ。たとえば、本のどこに、どんな紙を使うのか。自分の扱っている紙が、どういった本になっているのか。

出版営業部の清家とのやり取りのあと、強く意識するようになった。

カップから湯気を立てた、香りのよいコーヒーがテーブルに運ばれてきた。上水流はお目当ての連載マンガを読み終えたのか、『週刊少年ジャンプ』を閉じ、コーヒーカップの持ち手に指をかけた。

「そういえば、文化堂出版の手配で危なかったことがあったじゃないですか」

航樹はここぞとばかりに口を開いた。「勝どき倉庫に在庫がなくて、〝総通〟の間宮さんから借りたときです」

「ああ、文化堂出版。セイさんの担当のとこね」

「あのとき、紙はスターエイジだったんですが、3・75連の手配だったんですよ。出版の手配にしては、やけに紙の量が少なくて」

「たしかにな」

上水流はタバコに火をつけた。「追加手配かなんかだったのかな?」

「いえ、清家さんの話では、巻頭の十六ページの口絵に使ったたって」

先輩はフンフンとうなずいた。

「上水流さんは、本に使う紙の量の算出方法とかってわかります？」

航樹は知りたかったことを尋ねた。

「え、なんで？」

「いえ、3・75連っていう数量が、どういうふうに導き出されたのかな、と思いまして」

上水流は首をひねったあと、「そりゃあ、印刷屋が出版社にそう指示したからだろ。それで出版社の担当が、うちにその数量の手配を寄こしたんじゃないか」と答えた。

「まあ、そうですよね」

残念ながら話はそこで終わってしまった。

どうやら上水流は、本をつくるために紙がどれだけ必要になるのか、その算出方法は知らないらしい。口調からは、紙の代理店の仕入担当者にとってあずかり知らぬことともでも言いたげだった。

注文の流れとしては、たしかにそうかもしれない。でも、計算の仕方は、印刷屋だけが知っていればよいことなのだろうか。もしそうであるならば、印刷屋がまちがえたら、確認のしようがない。

「――あ、そうそう」

上水流はタバコをもみ消し、思い出したように「おれさ、出るかもしれない」と言った。

「出るって、なににですか？」

風貌からしてマラソン大会などのスポーツの催しに出そうなタイプではない。学生時代から続けているバンドのライブかなにかの話かと、航樹は一瞬思った。

「いや、そろそろ出なきゃなんないんだよ」

「は?」

「仕入から営業にさ」

「えっ?」

コーヒーカップを手にしたまま航樹は思わず動きを止めた。

「おれもいよいよ三年目だからね」

「出るって、いつですか?」

「うん、そう遠くない未来に」

上水流は唄の歌詞のようなせりふを吐いた。

航樹はぎょっとしたが、上水流のふだんどおりの笑顔を見ながら、まあ、早くても来年の春以降の話だろう、と高をくくった。

なぜなら航樹は新入社員であり、同じく星崎製紙担当の由里と共に入社して二ヶ月が経ったに過ぎない。少しは慣れてきたが、日々のデリバリーに関しては、長谷川課長はまったくのノータッチ、上水流がいなければ星崎製紙の仕入はまわるわけがない。それは自他共に認めるところだ。

「今月からメーカーに出す注文書を一緒に作成しよう。一般品には慣れてきただろうから、規格外の出版の定期品を覚えていこう」

「出版ですね」

航樹は顔を上げ、うなずいた。「定期品というと？」

「まあ、こういうやつ」

上水流は『週刊少年ジャンプ』を手にした。

「雑誌だよな。出版の定期品については、切らすわけにはいかないから、必ずメーカーに注文書を出さなきゃならない。注文漏れをしないように、すべての得意先と用途を把握する必要がある」

上水流はそのときだけ表情を引きしめ、「じゃあ、そろそろ行くか」とつぶやきテーブルの伝票を手にした。

星崎製紙の翌月の抄造依頼注文書の提出締め切りは、毎月十五日。〝銀栄〟社内では、営業部から仕入部への注文書の受付は、毎月十日までと決められている。仕入担当者は五日以内に社内の注文をまとめ、星崎製紙業務部に期日の十五日までに提出することになっている。

星崎製紙業務部では工場のマシンごと、つまり抄造する紙ごとの担当者が決まっていて、各代理店から集まった注文書により翌月の抄造計画を立て、四国にある工場に指示を飛ばす。そして各代理店に、注文に対する受注回答書を配布する。

そういう流れになっているにもかかわらず、〝銀栄〟社内での注文締め切り日である六月十日現在、仕入部第三課、星崎製紙担当のもとへは、営業から一通の注文書も届いていない。

「これって、どういうことなんですかね？」

航樹がため息をつく。

「まあ、今にはじまったことじゃないからな」

上水流は苦笑いを浮かべ、「出版の定期っていうと雑誌なわけだけど、星崎製紙仕入の場合は多くが表紙。使う数量は毎月それほど変わらない。だから営業としては、いつもと同じように仕入のほうで適当に注文を出しとけって話になっちゃうんだよね。ほら、セイさんなんか、とくに」と半ばあきらめ顔だ。

しかし出版の定期品とは、多くが一般規格の印刷用紙ではなく、〝別寸《べっすん》〟と呼ばれる規格外の寸法に仕上げられている。すなわち定期的な大量印刷にあたって、なるべく紙のロスを抑え、コストを削減するためである。また、部数の多い雑誌の場合、短時間に大量に印刷できる輪転機《りんてんき》と呼ばれる印刷機を使うため、紙は一般的な〝平判《ひらばん》〟ではなく、〝巻取《まきとり》〟と呼ばれるロール紙が使われることも少なくない。

上水流は注文書に関して社内の慣例を持ち出したが、営業から注文を受けずに、勝手に仕入がメーカーに注文を出すというのは、はっきりいっておかしな話だ。

「やっぱり、ちゃんと営業から注文をもらうべきですよね」と航樹は口にした。

「そうだよな。今後のこともあるからな」

上水流はうなずいた。「わるいけど、時間のあるときに上の階に催促の電話を入れてみて」

上の階とは要するに出版営業部のことだ。

「わかりました」

言い出したのは航樹でもあり、引き受けた。

その役目は航樹にとって意外におもしろそうでもあった。なぜなら自分の知りたかったこと、——本をつくるために使う紙について——取材する絶好の機会だからだ。

まずはメーカーに提出した過去の抄造依頼注文書の控えを上水流から借りて目を通した。

一般規格品とは別枠で星崎製紙に発注する場合、必ず紙の銘柄、寸法、連量、連数とは別に、「得意先」と「用途」と「納入日」を書き込む必要がある。「得意先」には、用紙を販売する会社名。出版の場合であれば出版社名。「用途」には使用目的。雑誌や書籍のタイトル、さらには紙を使用する部分が記入されている。

今までは規格品とちがう寸法の紙を単なる〝おかしな寸法の紙〟、あるいは〝得体の知れない紙〟ととらえていたが、その正体が次第に明らかになってくる。

たとえば注文書にある「オリオンキャスト　383×（1085）〈53〉」。

「オリオンキャスト」という紙は、星崎製紙の抄造する最高級印刷用紙であり、一般規格品は、〝平判〟の四六判と菊判の二寸法しかない。しかしこの「オリオンキャスト　383×（1085）〈53〉」は、383という規格外の紙幅であり、長さにあたる（1085）が括弧づけになっている。この長さを囲っている括弧は、この用紙が〝巻取〟、ロール紙であることを表している。よって数量は、何連巻きという表示になる。

星崎製紙の見本帳を開くと、「オリオンキャスト」は塗工紙であるコート紙やアート紙以上にツルツルでピカピカに光っている。

「スターエイジ」がマットコート紙の代名詞であるならば、「オリオンキャスト」はキャストコート紙の代名詞と呼べるほど認知度の高い紙だ。「冬の空にひときわ輝くオリオン座のような強い光沢を帯び、シャープで微細な印刷再現性を実現」と見本帳に謳《うた》われている。「オリオンキャスト　383×（1085）〈53〉」の得意先は、出版社の流先《りゅうせん》社。用途は「週刊ダンディ・表紙」とあった。

駅の売店にも並んでいる『週刊ダンディ』は買ったことこそないが、表紙はたしかに輝きを放ち目立っている。いや、目立たせるように「オリオンキャスト」を使っているのだ。「オリオンキャスト」は星崎製紙の最高級印刷用紙であるから、仕入単価はスターエイジよりかなり高い。雑誌にとって、表紙はそれだけ重要視されている部分なのだと学んだ。

抄造依頼注文書の下の欄に、朱色のハンコが四つ並んでいる。部長の隣に「長谷川」、「上水流」、そして「清家」。その印鑑から、〝銀栄〟の営業担当者は、出版営業部の清家であることがわかる。だとすれば、得意先の流先社には、セイさんの担当ということだ。

出版社大手に数えられる流先社には、航樹は苦い思い出があった。昨年の就職活動の際、書類選考であっけなく落とされてしまったのだ。

総合出版社である流先社は、戦後すぐに立ち上げられ、今では数多くの雑誌を発刊している。会社員向け週刊誌の『週刊ダンディ』をはじめ、女性誌にも力を入れている。その女性誌の表紙にも、寸法はまたちがうが、「オリオンキャスト」が使われていた。

航樹は自主的に残業し、すべての〝別寸〟の紙を使っている得意先、用途、営業担当者を把握した。規格外の紙を使っている得意先はいずれも出版社で、用紙は「オリオンキャスト」に集中している。用途も表紙だ。

また、一部の卸商から出版社向けに卸す紙の注文が出ていた。それは〝別寸〟ではなく一般品のスターエイジだった。なぜ卸商営業部から、と思ったが、出版社であっても規模が小さく使用量が少ない場合、卸商経由で紙を購入しているらしい。


昼休み、規格外の紙を使っている得意先を担当する営業マンに、抄造依頼注文書を出すよう催促の電話をかけようとした。いったん受話器を手にしたが、航樹は席を立ち、三階のフロアへ上がっていった。

爪楊枝をくわえた清家がデスクにもどるところだった。隣の席には、例の髪の長い女性社員が座って雑誌を読んでいる。

こないだのことが頭をよぎったが、下腹に力を込め、清家のデスクに歩み寄った。

「おお、神井じゃないか。どうした？」

清家は黒縁メガネの奥の垂れ目を細めた。

「先日は見本ありがとうございました」

航樹は頭を下げてから、本題である抄造依頼注文書の件を口にした。提出期限を過ぎているため、今日中に頂戴したいと。

しかし清家は注文書を書くのがめんどうくさいのか、上水流が把握しているから問題ない、これまでも仕入に任せてきたと取り合ってくれない。

「――でも」

「ええけん、いつもどおり注文したってくれって」

清家は顔の前で右手を振った。

「しかしですね」

航樹は食い下がった。「経費削減のためにも在庫は多く持てないわけですし、毎号どれくらいの数量を使うのか、仕入としても把握したいので」

「だいじょうぶだって、定期なんだから」

清家は眉毛を八の字にして煙たがる。

「いえ、規格外の〝別寸〟なんですから、やはり注文書を出してください」

航樹は気持ちを高ぶらせた。

「おまえも融通のきかん男だなあー」

清家は半ば呆れたような声を出した。

隣で雑誌を開いている女性の口元がゆるんでいる。

「先日の手配で倉庫にモノがなかったのは、一般品のスターエイジでした。幸いほかの代理店から借りることができましたが、規格外の用紙であればそうはいきませんよね。『ない』じゃすまないじゃないですか」

航樹は声を大きくした。「出版ですから」

「ありゃ？」

清家が目をまるくした。

「こりゃあセイさん、一本取られたね」

隣の女性が笑った。


どんよりと空が曇ってきた午後二時過ぎ、航樹は星崎製紙を訪問し、代理店ごとに用意された引き出しから、メーカーの在庫表とオーダーリストを回収した。同じフロアには、営業部や紙の抄造計画を立てる業務部、モニター室を含む物流部があるのだが、とくにこれといった用事もなく、だれとも話をせず帰途についた。

本来ならメーカーの人間と情報交換などするべきなのだろう。あるいは世間話でもいいのかもしれない。だがそういうことがどうも苦手で、友人の蓮からは、「航樹は人見知りだからな」とからかわれたことがある。だから営業職には向いていないと今も思い込んでいる。

社内で集まらない抄造依頼注文書の件は、清家だけでなく、ほかの得意先を担当する営業マンにも催促をしたが、これまでの経緯があるせいか、おざなりな対応しかしてもらえなかった。新入社員のくせに、とあからさまな態度をとる営業マンもなかにはいた。自分の働く職場において、たとえそれが本来あるべき姿だとしても、今までとちがうやり方に変えることが、こんなにもむずかしいとは思わなかった。自分の無力さを感じた。

松屋の向かいの銀座通りの歩道を会社へ向かっているとき、ふと足を止めた。そこはいつも航樹の足が止まりがちな場所でもある。その地点にある書店の店頭には、今日もたくさんの本や雑誌が並んでいる。いつもは小説の新刊台だけ眺めてすぐ立ち去るのだが、五分くらいならかまわないだろうと店に入った。

雑誌コーナーに、航樹の探していた〝見本〟があった。星崎製紙の「オリオンキャスト」が使われている『週刊ダンディ』だ。表紙には、今が旬らしき女性アイドルの顔がアップで使われている。たしかに印刷された表紙は美しく、光沢があり、なによりよく目立っている。さすがは星崎製紙の最高級印刷用紙だ。

次に店の奥にある女性誌のコーナーへなにげない振りで近づき、同じく「オリオンキャスト」が使われているファッション誌を探した。

――あった。

ラックの雑誌に手をのばしたとき、「お客様」と耳もとで声がした。

ぎょっとして、航樹は振り向いた。

そこには、見覚えのある中年男が立っていた。

名前を思い出そうとしたが出てこない。

「なにやってんの？」

両頬の肉が下がったメガネの男の口元がゆるんでいる。

「いえ、べつに」と航樹は答えた。

「べつにって、女装にでも興味あるとか？」

「え？」

航樹はつかんでいるファッション誌を見た。表紙でポーズをとっている女優の上に、「実例・夏の上品メーク」と赤字で大きく文字が打ってある。

「まあ、サボりの同罪だからな」と男はにやついた。

「いや、だからこの表紙がですね……」

「お茶でも飲みに行こうや」

「え、――あ、はい」

そこで中年男の名前を思い出した。銀栄紙商事仕入部第二課の謎の人物、室町《むろまち》係長だ。社内ではなぜか「教授」と呼ばれている。直属の上司ではないが、航樹は断る理由が浮かばず、銀座通りを折れ、並木《なみき》通りのほうへ向かう室町の背中についていった。

喫茶店の席に座ると、室町は好きなものを頼めという。ご馳走《ちそう》してくれるということだろうか。といっても、ゆっくりするわけにもいかず、室町と同じホットコーヒーを頼んだ。

こうして向かい合うと、なぜ室町が「教授」と呼ばれているのかわかる気がした。銀縁の丸メガネをかけた室町は、斜めに分けた髪が長く、航樹が結んでいるような一般的な帯状のネクタイではなく、紐《ひも》状のものを締めている。知的には見えるが、どこか得体が知れない。年齢不詳ながら、左手の薬指には指輪をしているから既婚者なのだろう。

同じ課に属する同期の野尻から聞いた話では、一流大学卒の室町はかなりのインテリらしい。それなのになぜか会社では働く意欲を見せず、お荷物社員に成り下がっている。現にこうして仕事をサボっているわけで、噂の信憑《しんぴょう》性は高いと言わざるを得ない。

「うちの課の野尻君、彼はコネで入ったらしいけど、なんでまた君は紙業界を選んだの？」

室町はとろんとした目を航樹に向けた。

一対一で話すのは初めてのことで、いきなりのつっこんだ質問に航樹はややたじろいだ。

室町の口調はどこか気の毒そうでもあり、哀れみのような響きすらあった。

いい加減な返事ですますこともできたが、航樹はそうしなかった。なぜか〝教授〟には、憎めないところがある。説明しづらいが、人とはちがう生き方をしている者への、航樹なりのリスペクトのような感情かもしれなかった。

「室町さんは、本屋でなにをしてたんですか？」

航樹は質問には答えず、問い返した。

「なにをって、本屋だからね、本を見てた」

室町は音を立ててコーヒーをすすった。

「そりゃそうですよね」

航樹が言うと、室町はにんまりした。「といってもね、なにか目的の本があったわけじゃない。なんていうかな、本に囲まれていると落ち着くんだ」

「あ、それわかります」

航樹はうなずいた。「僕もそうです」

「君はどんな本が好きなの？」

室町は質問を変えた。

「読むのは、ほとんどが小説です」

「へー、そうか。じゃあ、長谷川さんと一緒だ。あの人は〝時代もの〟専門だけどね」

〝ヘイゾウ〟が昼休みに時代小説を読んでいるのは知っていた。どうやら室町も本好きらしい。

「でも最近は、あまり本を読む時間がなくて」

「だろうな、新入社員はなにかと忙しいもんな」

室町はうなずくと、自分が若い頃に読んだ本の話をはじめ、航樹に読んだことがあるか尋ねた。昔読んだ本の話をするのは面映《おもは》ゆかったが、室町の口から〝オダサク〟という言葉が出てくると、目の前の善良そうな中年男に、なおいっそうの親しみがわいてきた。

〝オダサク〟の名前を初めて耳にしたのは、高校生のときだ。読書家の安達に、「『オダサク』はもう読んだか？」となにげない感じで問われ学校の図書館で蔵書を調べると、「オダサク」という書名の本はなく、太宰治をはじめとした無頼派と呼ばれる小説家のひとり、織田作之助の愛称であると知った。そのとき、短篇集を読んだ記憶があった。

こんな話をできる人が会社にいるとは思わなかった。

「ところで君は、競馬は？」

一瞬、競馬という賭け事をやるのか問われたのかと思った。

しかし航樹はひらめいた。「あ、そういえば織田作之助の短篇で『競馬』というのがありましたね」

「そうそう」

室町はうれしげに目を細めた。「じゃあ、もう少し昔の作家、永井荷風《ながいかふう》なんてどうだ？・」

「いえ、読んでません」

「『つゆのあとさき』という作品があるから、機会があったら読んでごらん」

「梅雨」という言葉を聞き、航樹はガラス張りになっている壁の向こうを眺めた。女性がなにかを頭の上に載せ、小走りで行き過ぎていく。どうやら雨が降ってきたようだ。

「はあ」と航樹は生返事をした。昔の日本の作家の作品は、高校時代にかなり読んだこともあり、今さらという気持ちもあった。

その後、航樹はサボっている後ろめたさから、営業が抄造依頼注文書をなかなか出してくれない社内事情について話した。すると室町は、「営業なんて、いい加減なやつばかりだからな」と答えた。しかし声は非難しているわけではなく、どこか楽しげだ。それに喫茶店でサボっている室町の言葉には、なんら説得力はない。上目遣いでこっちを見た顔は呑気そうなアナグマに似ていて、「同じ穴のむじな」ということわざを思い出した。

「今は樋渡君が忙しそうだけど、これからは君が大変になるね」

「そうですかね？」

室町はなにげない感じでそう言った。

「そりゃあ、上水流が出たら、新人二人だけだろ。長谷川さんは、今は顔役だしな」

またその話か、と航樹は思い、「でも、それって先の話ですよね」と笑った。

「え？　来月って聞いたけど」

「来月！」

航樹の声が裏返った。

室町は小さな目をしばたたかせ、「あ、まずかったかな」という顔をした。

そんな馬鹿な、と思いつつ、航樹の血の気が引いていく。

「それって、いつ聞かれました？」

「――今朝だけど」

室町は視線を泳がせた。

そんな話が自分の知らないところで進んでいるのかと思うと背筋が寒くなった。室町の話では、仕入部三年目の上水流は、七月一日をもって福岡支店に転属になるという。上水流が出たあと、仕入部第三課に社員が補充される予定は今のところないらしい。

胸のざわつきが治まらない航樹は、室町よりひとあし先に帰社することにした。

「お代はいいよ。太陽製紙の営業と来たことにして、会社で落とすから」

室町の言葉は、だから余計なことはしゃべるなという意味らしい。そんなやり口があるのかと感心しかけたが、自分が経費で落とすためのダシにされたような気もした。航樹を誘ったのは、最初からそれが目的だったのかと思うと、かえって気持ちが沈んだ。

小雨のなかを走って帰り、二階のフロアにもどると、そこにはいつもの喧噪《けんそう》があった。手配の締め切り時間の午後五時まで、あと一時間。

「遅かったね」

伝票にペンを走らせる由里の声がとがった。

「――わるい」とだけ航樹は口にした。

並んだデスクには、長谷川課長だけでなく、上水流の姿も見えない。

「どうかした？　気分でもわるいの？」

「いや、ちょっと……」

航樹は答え、自分のデスクに置かれた三枚のメモを手にした。どれも卸商営業部からの在庫確認の明細で、銘柄はすべて「スターエイジ」。

そしてメモの下に、まとめて置かれた書類を見つけた。抄造依頼注文書の束だった。あんなに出すのをごねていたのに、清家の得意先のものをはじめ、航樹が知る限り必要な注文書が大方揃っている。

――どういう風の吹きまわしだろうか。

なにかの力が加わったような気がした。でも、だれのどんな圧力なのかわからない。

「神井」と呼ぶ声がした。

「ちょっといいかな」

上水流が窓際に立っていた。

その正面、窓のそばに用意されている接客用のソファーに、長谷川課長が座っている。そこは来客があった際使われる、応接セットのはずだ。

航樹はそのかしこまった席に初めて着いた。

長谷川課長は吸っていたタバコをクリスタルの灰皿でもみ消すと、航樹の目を見て切り出した。

「じつは、上水流君が異動することになってね」

眉間には深い縦じわが刻まれ、薄い唇はへの字に曲がりかけている。

その後の〝ヘイゾウ〟の話は、あまり耳に入ってこなかった。なぜ今、という気持ちが強く、そして、そんなの無茶でしょ、という思いが胸に渦巻き、茫然《ぼうぜん》と聞いていた。

話の途中で、由里も呼ばれた。由里は困惑顔をしていたが、〝ヘイゾウ〟の説明を気丈にも最後まで黙って聞いていた。

室町の話は本当だった。今朝の幹部会議で正式な発表があったらしい。デスクの上の抄造依頼注文書の束の謎が解けた。上水流異動のニュースを聞きつけた出版営業部の営業マンたちが、新人に雑誌の紙を切らされたら大事だと、こぞって抄造依頼注文書を即日提出してきたわけだ。

＊

残りわずかとなった六月は、あわただしく過ぎていった。

ルーティンワークである毎日の紙の在庫確認、紙の買いつけ、紙のデリバリー手配に加え、星崎製紙への抄造依頼注文書の提出。仕入買掛帳簿の照合。メーカーから求められた月末仕切り希望明細案の作成。これまで手をつけていなかった仕事と向き合い、なんとか頭に詰め込もうとした。

また、中央区にある勝どき倉庫を訪問し、担当者の馬場と挨拶。初めて自分が扱っている梱包《こんぽう》された「紙」の実物を目にした。頭が禿げ、前歯が出ていて、なおかつすきっ歯の馬場は、「何事も現場を見ることは大切だよね」とうれしそうに言い、倉庫を案内しながらいろいろと教えてくれた。

上水流から引き継ぐべき多くのことが、航樹に任されることになった。そのため毎日残業に追われた。半日勤務になっていた毎月四週、五週の土曜日は、今までしかたなく出勤していたのだが、手配がなく、それこそ仕事を覚える絶好の時間といえた。

仕事を知れば知るほど、いくらなんでも無茶だと思えた。会社に対する不信感さえわいてくる。年商約九百億円の銀栄紙商事にとって、星崎製紙は第四位の仕入先にあたる。そんな主要メーカーを、入社して三ヶ月しか経っていない新人になぜ任せるのか。これまで航樹は毎日なにげなくメーカーから紙を仕入れていたが、その額は毎月五億円近くに上る。数量にしたら約三千トン。その多額の金を、大量の紙を、いわば航樹の判断によって動かすのだ。その重みを自分の肩にズシリと感じずにはいられなかった。

「神井はこれまで楽してきたからな」

夜遅くまでの残業で同じ時間を過ごすようになった樋渡に言われた。

同期のなかでは、樋渡の残業時間はこれまでたしかに突出していた。といっても、樋渡には国枝という先輩がこれからも近くにいるわけで、航樹にしてみればうらやましかった。

「星崎製紙の担当じゃなくて助かったよ」

樋渡がそう口にしたのは、たぶん本音だろう。

六月下旬、仕入部主催の上水流の送別会が開かれた。

乾杯の音頭は、〝ヘイゾウ〟こと仕入部第三課、長谷川課長がとった。

「この度、上水流君が異動することになりました。本社の仕入部に配属され、三年目となり、いよいよ営業部へという時期でもありましたが、福岡支店への転勤が決まりました。頼りになる仕入マンに成長した今、彼が本社を去ることにはいろいろな思いもありましょうが、気持ちよく送り出してあげようじゃありませんか。それでは、上水流君のご健勝と今後のご活躍をお祈りし、また、ここにお集まりのみなさんのご多幸と、銀栄紙商事のますますの発展を祈念いたしまして。

――乾杯！」

その席で、〝ヘイゾウ〟に呼ばれた航樹と由里は、「無理をせず、できることをやればいい」と言われた。

なんだか、そんなにがんばる必要はない、と言われているようで航樹は拍子ぬけした。

だが、それが許される部署でないことを、航樹は肌で感じてもいた。上司をあてにすることはできない。おそらく由里も同じ思いを抱いただろう。

東京本社での残りの数日、人気者の上水流は日替わりの送別会への出席に追われ、申し送りもままならなくなり、航樹はひとりで残業を続けた。由里もつき合おうとしたが、先に帰るように仕向けた。航樹としては、残業をやらない上水流のやり方をなるべく踏襲したいと考えていた。もちろん、それがむずかしいことだとはわかってもいたが。

上水流の最後の出社日に合わせて、星崎製紙のモニター室による送別会が催された。この機会にきちんと顔合わせをさせようと上水流が気を利かせてくれたのか、航樹と由里も参加することになった。

当日、航樹は、由里が描いてくれた地図を頼りに、二十分ほど遅れて店に向かった。銀座四丁目の交差点を渡って晴海通りより新橋《しんばし》方面に向かうのは初めてのことだ。ひとりで銀座を歩こうと思ったこともあったが、結局そんな機会は訪れなかった。

銀座七丁目にあるその店は、天井がやけに高く、吹き抜けになった劇場のようで、これまで入ったことのない種類の店だった。広い店内には、正面に大きな壁画がある。まるで西欧の旅先のようでもあり、なおかつおおらかな雰囲気が漂っている。すでにほとんどのテーブルが埋まり、優に二百人を超えるであろう客たちで賑わっていた。

立ち止まった航樹は、クラシカルなたたずまいの店内をぐるりと見まわした。

――ひょっとして、ここって？

航樹はパラちゃんが口にした銀座の店のことを思い出した。

ようやく上水流たちのテーブルを見つけて席にたどり着くと、由里に「迷ったの？」と言われた。たしかに歩き慣れていなかったが、「地図に店の名前くらい書けよ」と航樹は小声で抗議した。「だから言ったじゃない、ビヤホールライオンだって」と由里がささやいた。

「遅刻の言い訳はみっともないぞ」

結城がパーマをかけた髪を振った。

モニター室の女性陣三名は初めて見る私服姿で、すでにテーブルを埋めつくすほどに料理や飲み物が並んでいた。

「ごくろうさん」と上水流が声をかけてくれた。

航樹は遅れを詫《わ》び、由里と同じ生ビールを頼んだ。メーカーに行った際、三人とはすでに挨拶こそしていたが、ふだんは電話ばかりで、面と向かって言葉を交わすのは初めてだ。

あらためての乾杯のあとは、結城が隣に座っている上水流に、続けざまに質問を浴びせた。上水流の福岡転勤は、彼女にとって思いがけないことだったらしく、「ねえ、どうして？」と詰め寄るような言葉をかける場面もあった。そんな結城に対して、上水流は年上らしく、笑顔で応じている。

そのせいもあってか、由里は隣の席の子と話をしていた。我々と同じく入社一年目だというおとなしそうな恩田《おんだ》は、ビールではなくジュースを飲み、料理にもあまり手をつけていなかった。

そしてもうひとりの女性は、星崎製紙の会社名の「星」が苗字についている星野《ほしの》。結城に「ホシ」と呼ばれているモニター室のナンバー2的な存在の彼女は、どちらの話にも加わらず、マイペースな感じで料理とビールに手をのばしている。その食べっぷりは、なかなかの見ものだ。とはいえ星野は、太っているわけではなく、少しもぶしつけではない。食事をだれかと共にする際、遠慮せずに食べるタイプの航樹には、かえって好感が持てた。

卵形に顔を覆うように髪を伸ばした星野は、ほかの二人、とくに結城と比べて口数が少なく、落ち着いていた。それでも気取った素振りは見せず、ビアホールでは定番らしきソーセージの盛り合わせを大方片づけたあと、だれも手を出そうとしない、骨つき肉の迫力ある料理をひとりナイフで切り分け食べていく。ナイフを器用に使い、肉に粒マスタードを塗っていた。

視線を感じたのか、星野が顔を上げ、大きな瞳で航樹をとらえた。「なに見てるのよ」と言いたげな視線に一瞬ひるみかけたとき、星野は表情をゆるめ目を伏せた。

航樹は小さく深呼吸し、行きがかり上、その料理に自分も手をのばした。

すると星野はナイフで切り分けた肉を、なにも言わず航樹の前の皿に取ってくれた。

「ありがとう」

フォークを手にした航樹は、「これはなんていう料理なんですかね?」と尋ねてみた。

「アイスバイン」

星野は目を伏せたまま答えた。

料理のイメージとはかなりちがう響きが印象に残った。

アイスバインとは、ドイツにおける伝統的な家庭料理のひとつで、塩漬けにした豚の骨つきのすね肉を香味野菜と一緒に煮込んだものだと、星野は電話で話すときよりも明るい声で解説してくれた。大学でドイツ語を選択していた航樹は、そういえば「bein」とは、ドイツ語で「脚」だったなと思い出した。しかしなぜアイスがつくのか不思議に思った。

そのことを尋ねようか迷っていると、「私ってすごく食べるでしょ」と星野が恥ずかしそうに、でも楽しそうに言った。

「いや、いいと思う。女性でしっかり食べる人は、見ていて気持ちがいいですよ」

航樹が本心から口にすると、「そう？　ありがとう。男の人でも食べない人はいるからね」と彼女は口元をさらにゆるめた。

アイスバインは、見た目は白い肉のかたまり、という感じなのだが、しっかり味がついている。やわらかく煮込むことで余分な脂が落ちるのか、口当たりは意外にさっぱりとしていた。

航樹がつけ合わせの野菜を食べ、「酸っぱい」顔をすると、「それはザワークラウト、キャベツの酢漬け」と、また星野が教えてくれた。

腹が空いていたため、星野と競うようにテーブルの料理を片づけていった。

話をしているうちに、モニター室の女性が結城を含め、全員航樹より年下であることを知った。入社三年目ながら星野は、まだ二十歳だという。

女性というのは、化粧のせいもあるのか、あるいは自分の精神年齢が低いせいなのか、航樹には年上に見えることが多い。見た目というのは、やはりわからないものだ。自分はいったい他人からどのように見られているのか、急に気になってしまった。

ほとんどの時間、上水流は結城につかまって二人でしゃべっていた。由里は、恩田とそれなりに盛り上がっている感じ。航樹は、向き合った星野と食べながら話すかっこうになった。

仕事中に星野と電話で話をする際は、かなり事務的だった印象がある。それは航樹も同じだ。しかし顔を合わせてみれば、親近感もわき、次第に緊張も解け、話し方もちがってくる。少し前に会った勝どき倉庫の馬場にしてもそうだ。想像していたよりもかなり老けていたが、とても陽気で気さくな人だった。電話ではなく、顔を合わせることは、案外大切なのかもしれない。

苦手な結城も、こうして席を同じくすれば、いろいろな顔が見えてくる。お姉さんぶっているが、強がっているようにも思えた。上水流になにか訴えている目は、今にも泣き出しそうだ。

約二時間半のモニター室の女性陣との会食が終わった。

上水流は結城に二次会に誘われていたが、なんとか断ったようだ。そのくせ、航樹と由里を誘い、通りを渡った七丁目にある二軒目に入った。入口のサインボードには「ＢＡＲ」の文字が入っていた。

明かりを落とした静かな店内には、低く音楽が流れ、さっきの店とは雰囲気がずいぶんちがっていた。三人が通されたのは奥にあるボックス席で、間接照明に浮かび上がるカウンターを眺め、まだ読み終えていない小説、レイモンド・チャンドラーの『長いお別れ』に出てくるバーもこんな感じだろうかと想像した。

「なににする?」

上水流がさっそくタバコをくわえた。

しかしテーブルにはメニューらしきものはない。

「こういう店、初めてなもんで」

航樹が正直に口にすると、「洋酒なら大抵なんでもあるよ。ビールでも、ウイスキーでも、ブランデーでも、ウォッカでも、ジンでも、もちろんカクテルも。おれはバーボン、ワイルドターキーのソーダ割りにする」と上水流が答えた。

「私もそれで」由里が乗っかった。

それなら、と航樹は思いつき、「カクテルにしようかな」とつぶやいた。

「カクテルなんて、女の子みたい」

由里に冷やかされたが、私立探偵のフィリップ・マーロウだって飲んでいたじゃないかと自分を勇気づけた。「じゃあ、ギムレットで」

「おっ、知ってるじゃん、神井」

目の下を赤くした上水流にちゃかされた。

注文をすませると、「星野さんって、色白でかわいいね」と由里が言い出した。

その言葉は、星野と話をしていた航樹に向かって投げかけられた気がしたが、「そうだね」とも言えず黙っていると、「あの子、社内で人気があるらしい。代理店の仕入マンも狙ってるって話だ」と上水流が答えた。

「ですよね」

由里はなぜかうれしそうにうなずく。

しばらくして注文した酒とつまみのナッツが運ばれてきた。

航樹の前に置かれた、初めて飲むギムレットは、思いがけず涼やかな色をしていた。カクテルというと、「赤」や「緑」や「青」といった鮮やかな、そして時に過剰とも思える演出が施されたものを、紙の印刷見本の写真でも見かける。しかしこのギムレットの色は、光の加減もあるのだろうが、わずかに白濁し、子供の頃に波打ち際で拾った貝殻の内側のようにやさしく輝いて見えた。

「きれいだね」

由里がつぶやいた。

三人で乾杯してひと口すする。ピリッとするジンの刺激が舌に走った。アルコール度数はかなり高そうだ。前の店でビールをジョッキ三杯飲んでいたせいもあり、酒に強くない航樹にとって危うい飲み物といえそうだ。

「ちょっと飲ませて」

「どうぞ」

航樹はテーブルの上にグラスを滑らせた。

由里はひと口含むと、「んー」と目を見開き、よくわからない笑みを浮かべた。

「おまえら仲いいから、心配なさそうだな」

上水流が冗談っぽく言った。

「仲よくなんてないですよ」

由里が笑いながら口をとがらせる。

航樹も同意はしなかった。

「神井君はね、上水流さん以上にクールだから」

クールとは、つまり冷たい人という意味だと、航樹は理解した。

酔った上水流は、今回の自身の福岡支店への転勤は、自分が望んでのことだと説明した。今つき合っているのは同じ九州出身の女性で、向こうで一緒になるつもりなのだと。

「じつはその前に、出版営業部への異動の打診があったんだけどね」と上水流は漏らした。

「じゃあ、それを断ったんですか？」

驚いた航樹が尋ねた。

「うん。うちの会社では、出版営業部に行くのが、出世コースのように言う人もいる。それもあって迷ったけど、最終的には地元に帰ることに決めたわ」

上水流は握ったグラスの琥珀《こはく》色を口に含み、表情に無念さをにじませた。どうやら上水流にとっては、かなり迷った上での人生の決断となったようだ。

午後十一時近くになり、上水流がひとり暮らしの由里を先に帰した。航樹は酔ってしまい、そのこともあまりよく覚えていない。カウンターの向こうに立った年配のバーテンダーの所作が美しく、その姿をぼんやり眺めていた。

上水流は仕事上でのアドバイスをいくつか与えてくれた。そのなかには、モノがないとき、たとえば品薄が続いている紙の確保のやり方も含まれていた。ある種の伝票操作でもあったが、いざとなったら使えそうな手ではあった。

メーカーのモニター室の女性陣との関係も大切だと重ねて言われた。ひとりでもいいから、自分の味方になってくれる人をつくっておけと。詳しくは話さなかったが、上水流の場合、それが結城だったようだ。年に何度か飲み会を開いたり、二人で飲みにいくこともあったらしい。そういう場で得た情報が役立つ場面も実際に訪れたのかもしれない。

「由里のことも大事にしろよ。あいつはしっかりしてるように見えるけど、案外ナイーブかもしれない。おだてることも、ときには必要だ。もちろん、なんだかんだ言っても、最後は自分だ。辛《つら》いことも当然あるだろうけど、おまえなら、乗り越えられるから」

上水流は最後にそう励ましてくれた。

ギムレット二杯を飲み干した航樹は、銀座通りで上水流と握手をして別れた。ふらつきながら歌舞伎《かぶき》座の向かい側にある東銀座の地下鉄の降り口にたどり着き、下り電車に乗り込んだ。

座席の埋まった車両の吊り革を握って立ったまま、うつらうつらしたものの、自分の家の最寄り駅で降りることができた。そして改札口を抜けたまではよかったのだが、気づいたときにはなぜか自分の家とは反対側になる、西口の「銀座商店街」のベンチにしゃがみ込んでいた。

深夜の商店街のシャッターはすべて下りていて、人通りは途絶えている。こんなに酔うまで酒を飲んだのは、ひさしぶりだ。

顔を上げると、中学生の頃、毎日歩いて通った道が目の前に続いていた。そういえば初恋の子は、駅の西側に住んでいた。

だいたいどこらへんに住んでいるのか見当はついた。今もそこで暮らしているのだろうか。

——会いたいな。

なんでこんなときにと思ったが、自分は弱くなると、初恋の相手を思い出すことに気づいた。街を歩きながら、酒を飲みながら、時には夢のなかで。それは、初恋があきらめきれない夢の象徴のようなもの、だからかもしれない。

学校に向かう道をふらつきながら歩いていると、涙が浮かんできた。鼻の奥が痛み、感情が高ぶり、大声で叫びたくなる。

——こんなはずじゃなかった。

なぜもっと時間を大切にし、学生時代を有効に使い、自分の好きな道、望む業界へ、進まなかったのか。結局は自分の力不足というより、必死さや努力が足りなかった。甘かったのだ。二年もかけて就職活動をしたっていうのに。

足もとに落ちているひしゃげた空き缶を蹴飛ばそうとして、思いとどまった。

「自業自得だろ」

航樹は立ち止まるとつぶやいた。「自分でまいた種だ」

ウッと、酸っぱいものが喉元までこみ上げてくる。一度はこらえたが、まるでからだのなかになにかを飼ってでもいるかのように、胸が波打ち、こらえきれず、花の終わったツツジの植え込みに顔をつっこむようにして吐いた。胃がねじ曲がるように痛んだ。唾液が糸を引いて垂れ、舌に絡みつく。酸っぱいにおいが鼻を衝《つ》いた。息が苦しく咳き込み、目から涙が落ちた。

後ろによろけると、あっけなくアスファルトの上に尻もちをついた。頭がガンガンする。たぶん、ギムレットのせいだ。

明日から、もう先輩の上水流はいない。言ってみれば、ひとりぼっちだ。なにもかもが、どうでもよくなってしまいそうになる。

両膝を立て、両手で上半身を支え、荒い息を吐く。鼻先にポツンと冷たいものが落ちてきて、雨のにおいがした。雨脚はあっという間に強まり、舗道を黒く染めていく。

――なんてこった。

胃液のまざったツバを吐き、星の見えない空を見上げた。

しばらく雨に頬を打たれたあと、息を整え立ち上がると、落ちている自分のカバンを拾い上げた。

——このままじゃ駄目だ。
そのことだけは自分でもわかった。
このままじゃ、どこへもたどり着けそうにない。

＊

上水流が使っていた長谷川課長の隣の席には、航樹が座ることになった。それにともない、由里も窓側に席をひとつ移した。右端のデスクは空席のままそこに置かれている。

七月一日、水曜日。曇り。

航樹はいつもの時間に出社した。上水流がいなくなったからといって、自分のやり方をあからさまに変えるつもりはなかった。隣の席の長谷川は「おはよう」と言ったきり、業界紙を静かに読んでいる。〝ヘイゾウ〟もまた平常どおりだ。

買って来た缶コーヒーを飲みながら、タバコを一服。生意気な態度にも映りそうだが、気にせず自社在庫表に目を通していく。そして午前九時、星崎製紙のモニター室に電話をかけた。

担当者が二人だけになった初日は、大きなトラブルもなく、由里と二人でやり遂げた。星崎製紙の要請に応え、月末に大量に紙を仕入れたおかげで在庫が潤沢なせいもある。月初めの卸商営業部には、数字に追われる切迫した雰囲気はない。新入社員二人が担当になったばかりの部署に対して、無理難題をふっかけてくる者はいなかった。

しかしこの日、航樹にとっておもしろくない出来事があった。それは卸商営業部の女性と由里とのなにげないやり取りだった。

昼過ぎに卸商営業部の若手の女性が、「さっきの在庫確認どうなった？」と尋ねに来た。ほかの手配に追われていた由里は、まだメーカーに確認できていませんと答えた。

「じゃあいいよ。コート紙でメーカーの指定はないから、〝帝国〟のほうに頼んでみる」

彼女は声に同情を含ませた。

「すいません」と答えた由里は、ほっとした様子でもあった。

得意先である卸商から〝銀栄〟卸商営業部への注文には、銘柄指定と指定のない注文がある。たとえば塗工紙の一種であるコート紙なら、星崎製紙の「シリウスコート」を指定しての注文か、単に「コート紙」という注文が入る。後者の場合、それが「シリウスコート」であろうが、帝国製紙の「エンペラーコート」であろうが、あるいは太陽製紙の「サンコート」であろうがかまわない。

おそらく「〝帝国〟のほうに頼んでみる」という言葉は、星崎製紙の仕入担当者からの返事が遅く、忙しそうなため、気をまわしてのことだろう。帝国製紙の「エンペラーコート」が採用されても、会社の売り上げとしては同じことだ。

――でも、それでいいのか？

航樹にとってはおもしろくなかった。

なぜなら星崎製紙の仕入担当である以上、営業には自分が仕入れた星崎製紙の紙を売ってもらいたい。同期の樋渡が担当する帝国製紙の仕入のほうが頼りになる、と思われたくない。入社当初から、なぜ業界最大手の帝国製紙の担当が自分ではなく、樋渡なのか、と疑問に思ってきた。同じ部署の同期である樋渡や野尻のことは、いつもどこかで意識してもいた。ただ、その場ではなにも言わなかった。由里は不安もあるなか、精一杯やろうとしている。

「――お先に」

夕方になるといつものように長谷川課長が片手を挙げ早々に退社した。

午後六時半を過ぎ、大方の社員が姿を消したフロアで、航樹はそのまま残業に入った。

まちがいなくこの日から航樹の立場は大きく変わった。営業は、星崎製紙の紙に関する大切な案件をすべて航樹のもとへ持ってくるようになった。上水流がいなくなった今、航樹を頼りにするしかないのだ。その変化は滑稽《こっけい》なほど劇的でもあった。これまでは上水流を追いかけまわし、航樹には寄りつきもしなかった営業マンたちが、手のひらを返したようにやって来た。

それは星崎製紙の仕入担当責任者が、神井航樹になったことをわかりやすく表していた。だからこそ航樹は、なんとか期待に応えたい、そう思った。

＊

「おい、入荷したらすぐに教えろよ」

「ねえ、例のやつまだかしら？」

航樹が星崎製紙の仕入担当として独り立ちしてから一週間が過ぎた頃、営業からのそんな問い合わせが増えてきた。

その商品——紙とは、人気の「スターエイジ」だ。

自社在庫表の寸法・連量別に並んだスターエイジの欄は、この数日で「一連」を意味する千枚以下の数量や、「0」が目立つようになってきた。

由里のデスクに貼られたメモには、スターエイジの略文字「SA」が並んでいる。

「SA　4／6T〈90〉30R　入荷待ち　鬼越商店《おにごえ》」
「SA　AY〈57・5〉20R　入荷待ち　紙福《かみふく》」
「SA　キクY〈62・5〉18R　入荷待ち　梅沢《うめざわ》洋紙店」

得意先はすべて卸商であり、卸商営業部の営業マンからの依頼だ。

それらスターエイジの〈90〉ベースの入荷情報は、星崎製紙の業務部、スターエイジ担当の東山《ひがしやま》から得ている。

〈90〉ベースとは、四六判（788×1091）の連量が90キロの紙を基本とした厚みの用紙を意味する。寸法の異なるA判（625×880）なら連量は57・5キロ、菊判（636×939）なら62・5キロに相当する。寸法はちがっても、紙の厚さはすべて同じだ。

スターエイジの四六判には、連量が〈70〉、〈90〉、〈110〉、〈135〉の四種類の厚さがある。この連量が重くなるほど、紙の厚みは増すことになる。

また、紙の厚さを表す単位に「米坪」があり、こちらは一平方メートルあたりの紙の重量

（g／m²）を表している。スターエイジの場合、連量70キロであれば米坪は81・4g／m²、90キロは104・7g／m²、110キロは127・9g／m²、135キロは157・0g／m²というふうに決まっている。米坪も連量と同様に、重くなるほど、通常は紙の厚みが増す。

星崎製紙が抄造する印刷用紙は、四国にある工場のマシンでそれぞれの厚みごとに造られ、規格寸法に裁断される。つまり同じ厚みで寸法が異なる紙が、同じ時期にいっせいに入荷することになるのだ。

星崎製紙業務部の口数の少ないスターエイジ担当、東山からなんとかつかんだ情報によれば、〈90〉ベースの各寸法のスターエイジは、四国の工場から中一日かけて船舶輸送され、近々千葉港に荷揚げされる見込みだ。

星崎製紙業務部では、紙の銘柄ごとに担当者が分かれている。アート紙の「北斗」と、その原紙となる上質紙、銘柄名「天の川」の担当は、中堅社員の赤松《あかまつ》。最も生産量の多いコート紙の「シリウスコート」と最高級印刷紙である塗工紙、キャストコート紙の「オリオンキャスト」は、ベテランの藤岡《ふじおか》。そして軽量コート紙である人気の「スターエイジ」は、入社三年目の東山というふうに。

よってスターエイジについては、東山が四国にある工場のマシンの抄造計画を立てている。しかし工場から海路、あるいは陸路で運ばれてくるスターエイジが千葉にある物流センター〝HDC〟に到着し、物流部のモニター室のコンピュータに計上され、代理店がいつ仕切れる状態になるのかまでは、東山も把握していないようだ。そのため、入荷は「いつ頃」とアバウトにしか教えてもらえない。しかも、どれだけの数量が各代理店に振り分けられるかははっきりしない。

最近になって航樹が知ったのは、スターエイジという引く手数多の紙は、〝銀栄〟が規格ごとに注文依頼した数量に対して、メーカーの回答である注文請書では、かなりの数量が削られてくることだ。要するに希望どおりには注文が通らず、満足に仕入れることができていないのが現状だ。

しかも注文請書にある数量はあくまで目安であり、規格ごとに保証されたものではなく、銘柄の規格全体のトン数に過ぎないという。スターエイジ自体の枠を増やしてもらおうと、上水流は主任でもある藤岡と交渉していたが、うまくはいっていなかったようだ。

星崎製紙の紙は工場からこちらに到着すると、規格ごとに、注文を請けた各代理店向けのメーカー在庫として振り分けられ、モニター室のコンピュータに計上される。まずはこの自社向けのメーカー在庫を確実に仕切らねばならない。自社向けにはなっているが、仕切らずにいればメーカー在庫のままであり、よそに持っていかれてしまうケースがあるからだ。メーカーの倉庫に置いておくにしろ、仕切って、自社名義の紙にしておく必要がある。

また、到着した紙は、すべてが代理店向けに振り分けられるわけではなく、メーカーのフリー在庫としても計上される。それらのフリー在庫については、どうぞご自由にお買い上げください、といった具合だ。基本的には、銘柄ごとに注文請書のトン数までしか仕切ることはできないが、同じ紙でも、紙には、よく売れる寸法、紙の目、連量が存在する。仕入担当者としては、同じトン数の枠内で、極力売れる紙を仕入れねばならない。当然、代理店各社の仕入マンによる争奪戦が勃発する。

単純な話、早い者勝ちの側面が強い。毎朝九時きっかりに航樹がメーカーのモニター室に電話をかけるのもそのためだ。入荷次第、売れそうな紙を逃さずに仕切っていく。とはいえ、なかなか思うようにはいかない。

始業時刻の午前九時直後の星崎製紙モニター室の電話回線は、たちまち埋まってしまう。かといって始業前にかけてもつながらない。そのため午前九時ジャストにモニター室の電話を鳴らしたい。電話がつながれば、目あての紙をすばやく仕切る。混雑時の在庫確認や仕切りは、一度の電話で件数を制限されることもあるため、頼む順番にも機転を利かせなければならない。

水曜日の朝、航樹はタバコを灰皿でもみ消すと、目を通していた自社在庫表をわきに置き、受話器を握った。営業に今週中には入荷するはずと返事をしたスターエイジの〈90〉ベースは、今日が仕入の勝負日だと航樹はにらんでいた。

秒針まできっちり合わせてある腕時計を見つめる。午前八時五十九分五十五秒になった瞬間、航樹の右手の指先が星崎製紙モニター室の短縮番号「01」を押す。ダイヤル発信音のあと、一瞬の静寂、そしてきっかり五秒後、呼び出し音が鳴りはじめる。腕時計の針は、午前九時ジャストをさしている。

すぐに電話がつながった。

「はい、星崎製紙モニター室、恩田です」

丁寧なおっとりとした声が聞こえた。

気ばかり焦っている航樹は、「おはようございます」と挨拶しようとした恩田の声にかぶせるように、早口でスターエイジの明細を口にした。

と、そのとき、「あっ」という声が聞こえた。

「――すいません」

恩田は謝ったあと、なにかを落としたのか、「あら？」と口にした。

「え？」

航樹の耳に、突然音楽が流れ込んできた。中学生のとき、下校時によく耳にした低音の旋律、イングランドの民謡「グリーンスリーブス」。先方の電話の保留音にちがいなかった。

「もしもし？」呼びかけたが反応はない。

やがて一分が経ち、二分が経っても、懐かしくも哀しげなメロディが耳もとで鳴り続けた。

連想によって航樹の脳裏に初恋の人が浮かび、しばし茫然としてしまう。

気がつけば腕時計の針はすでに午前九時五分をまわっている。電話をかけ直すべきか迷ったが、さらに待ち続けた。

電話に出た恩田は、モニター室のメンバーのなかでは、航樹にとっていちばん話しやすい相手だ。結城のようにつっけんどんではなく、代理店の仕入マンである航樹を客として扱ってくれる。言葉は丁寧だし、おとなしい。アイスバインを一緒に食べた星野は、あれ以来どこか意識してしまうところがある。星野の声は艶っぽく、心地よく聞こえてしまい、少しやりにくくも感じていた。その点、さっき電話に出た恩田には、特別な感情を抱くこともなくやりやすかった。しかし考えてみれば恩田は、航樹と同じく一年目の新入社員でもあるのだ。

十分が過ぎた頃、突然音楽が止んだ。

「もしもし――」

航樹が呼びかけると、いきなり「ブツ」という嫌な音がして電話は切れてしまった。

「おいっ！」

思わず声を上げた。

長谷川課長が業界新聞をバサッと動かし、眉間にしわを寄せた顔をのぞかせた。

航樹はあわてて電話をかけ直した。

しかし今度はつながりさえしない。モニター室の電話回線がすべてふさがっているのだ。

由里の心配そうな顔に向かって、「ちくしょう、切りやがった」とつぶやいた。

ようやく電話がつながったときには、すでに今日入荷したはずのスターエイジの〈90〉ベースは、すべて他社に仕切られてしまったあとだった。

「ちょっと遅かったみたいね」

電話に出た星野に言われた。

航樹は抗議したい気持ちだったが、そこはぐっとこらえた。

結局、その日仕切れたスターエイジの〈90〉ベースは、銀栄紙商事の割り当て分としてメーカー在庫に計上されたわずか数十連足らず。フリーのメーカー在庫は、一連も仕切ることができなかった。

「恩田さんね」

航樹の話を聞いた由里が困った顔をした。「いい人なんだけど、ちょっと頼りないかな……」

以前、由里もやられたと話した。

入社したての頃、航樹は同じような苦い思いをした。相手は、ベテランの結城だった。いざ明細を口にしようとすると、「お待ちください」と早口で言われ、今日と同じように待たされた。しかたなく受話器を握って待っていると、五分経っても、十分経っても保留音が流れ続けた。

二十分くらい経ったあと、ようやく電話がつながった。電話に出たのは結城ではなく、星野だった。「あれ、ずっと待ってたの？」と言われたが、「いえ」と答えてしまった。故意とは思いたくなかったが、電話を切ったあと、どこかやりきれない気分になった。

スターエイジの〈90〉ベースの入荷を待っていた卸商営業部の営業マンは、総じてがっかりしていた。

いつもは無駄口の多い小沢には、「たったこれっぽっちか」とだけ言われた。

「――すいません」

「ちっ」

背中を向けた小沢の舌打ちが聞こえた。

早朝の夜が明けきらない海原にひとり船で漁に出て、魚を獲《と》れずに港に帰ってくる漁師の気持ちが少しだけわかったような気がした。

「まだ入社三ヶ月だもんね」

アイシャドーの陰影の濃い春山がつぶやいた。

気の毒そうに自分を見る卸商営業部の女性たちの視線が、航樹にはたまらなく疎《うと》ましかった。

その後も、スターエイジの仕入はうまく運ばなかった。

「スターエイジはまだか？」

「いったい、いつ入るんだ？」

「お客さん、待ってるのよー」

そんな声が次第に大きくなり、それに応えられず、責め立てられる日々が続いた。

「SA」と書かれたメモ書きが、由里のデスクを埋め尽くすように貼りつけられている。まるで呪いのかけられたお札のようにさえ見えてきた。

スターエイジは、最も厚い〈135〉ベース以外は、どの寸法もほぼ品切れになった。残業して調べたところ、スターエイジは、〈70〉ベース〈90〉ベースが過去に多く仕入れられていることがわかった。要するに厚いものより薄いもののほうが売れるのだ。

〈90〉ベースだけでなく、〈70〉ベースもほとんどの寸法が今や入荷待ち。

「そろそろ入ってもいい頃だろ？」

昼休みの終わり近くのがらんとした社員食堂、航樹がうつむいてひとりカレーライスを口に運んでいると、頭の上で声がした。前の席にオールバックの髪をテカらせた小沢が座った。

またその話かとうんざりしながら、「なにがですか？」と航樹はとぼけた。

「スターエイジの〈70〉ベースに決まってんだろ」

「今、食事中なんで」

航樹は無愛想に応じた。

航樹がこの時間を選んで社員食堂に来るのは、混雑を避けるためだけでなく、食事中くらい営業マンと顔を合わせたくなかったからだ。

そんな航樹の気持ちにはお構いなしに、小沢はスターエイジの話を続けた。

「頼むぞ。お客さん待たせてんだからよ」

小沢は下からのぞき込むようにした。「いいか、必ずおれに先にまわせよ」

「――お先に失礼します」

うんざりした航樹はため息をつき、食事の途中だったが席を立った。

翌日の昼どき、航樹は社員食堂へは足を向けず、ふらりと銀座の街へ出た。

――あいかわらずスターエイジは入ってこない。七月中旬を過ぎたというのに、注文請書の半分も仕入れられていない。スターエイジで仕切った多くは〈110〉ベースや〈135〉ベース。売れ筋の〝薄モノ〟の〈70〉ベース、あるいは〈90〉ベースが買えていない。

「どないなっとるんや、スターエイジは！」

卸商営業部の根来部長のかん高い関西弁に耳を塞《ふさ》ぎたくなった。

パソコンの隣に座った卸商営業部の女性がつぶやいた。「スターエイジの在庫は、〝厚モノ〟ばっかだねー……」

相棒の由里は営業に頭を下げる数が増え、口数が少なくなってしまった――。

航樹はマロニエの木陰を抜け、あてもなくひとり銀座通りへ向かった。

銀座の街はあいかわらず人が多い。ブランドのスーツで決めた会社員、からだのラインを強調させた流行のワンピースを着てモデルのように歩く若い女性、ショッピングを楽しんでいる裕福そうな老夫婦。彼らはだれひとり、航樹のように下を向いてはいない。

朝食をとっていないので腹は減っている。どこかの飲食店に入ろうかと思うのだが、行きつけの店などなく、昼どきで店はどこも込んでいそうだ。ならばどこも同じだろうと思い、銀座通りにできた行列の後ろに並んでみた。しかしそこは食事ができる店ではなかった。しかたなく、陳列された商品を買って再び通りに出た。

すると前から知った顔が歩いて来る。卸商営業部の志村《しむら》だ。まだ三十前なのに薄くなった髪を気にしている。卸商営業部のなかでは小沢よりも若手ながら、なぜか大手の卸商を任されている。先日の夕方、「ラーメンおごってやるよ」といきなり誘われたが、もちろん航樹は断った。ラーメン一杯で、どれだけスターエイジを要求されるかわかったものではない。幸い志村は航樹に気づかずに行ってしまった。

空を見上げると、高いビルに切り取られたように青空が見える。そろそろ梅雨も終わりだろうか。ハトらしき鳥が一羽、ビルの谷間を横切っていく。

——そうだ。

航樹は思いつき、横断歩道を渡って松屋銀座に入り、ちょうど開いたエレベーターに乗り込んだ。とにかく会社の人間と顔を合わさない場所へたどり着きたかった。

最上階でエレベーターを降り、日差しが漏れてくる屋外への出口を見つけ、人混みから逃れるように外へ出た。そこには、子供の頃の記憶にある、親と一緒に出かけたデパートの屋上とよく似た、開放されたスペースが広がっていた。

平日の昼どきのせいか親子連れの姿はなく、人の姿はまばらだ。屋上なのに緑が多く、その緑の多いほうに引き寄せられるように足を向けると、向き合った狛犬《こまいぬ》の石像の奥に小さなお堂があった。

へー、こんなところに、と思いつつ、近くにある自動販売機で缶コーヒーを買って、空いているベンチに腰かけた。ベンチは距離を置いていくつかあり、カップルらしき若いひと組をのぞくと、スーツ姿の会社員やOLらしき人が、航樹と同じようにひとつのベンチの片側に座っている。

さっそく銀座通りの店で買ったパンを袋から取り出した。日差しは強かったが、太陽の光で消毒されているようでむしろ心地よかった。

いいところを見つけた。ここなら安心だ。

もっちりとした食感のパンには甘みを抑えた餡《あん》が入っていて、思いがけずおいしかった。

ベンチのまわりには、いつの間にかハトが寄ってきていた。ちぎったパンを投げると、くいくいと首を動かし、さかんについばんでいる。

パンを食べ終え、缶コーヒーを飲んでひと息つく。正面にある木陰のベンチに座って文庫本を読んでいるスーツの男に気がついた。

「――室町さん」

航樹は近寄って声をかけた。

室町は読んでいたページから視線を切り、まぶしそうに航樹を見上げた。

「ああ」と室町はくぐもった声を出した。

「なにやってるんですか、こんなところで？」

航樹が尋ねると、室町はあいかわらず締まりのない表情で、「君こそなにやってるの？」と返した。

「いや、まあ」

航樹はごまかそうとしたが、社員食堂を使わなかった理由を簡単に、なおかつ冗談半分に説明した。

室町は尻ポケットに文庫をしまい、「まあ、座りなよ」とベンチを叩いた。

「〝社食〟は代わり映えしないし、いいんじゃない、たまには外で食べるのも」

室町は静かに笑った。

「ここにはよく来るんですか？」

航樹は、室町の隣に腰を落ち着かせた。

「天気のいい日に、たまにね」

「デパートの上なのに仏さまが祀られてるんですね」

「知らなかった？　隣のデパートの屋上には神社もあるよ」

「へえー、そうなんですか」

「古い街だからね」

どうやら室町は三越の屋上にも出没するらしい。

なぜか室町は会社や仕事の話を口にしなかった。もしかしたら室町がここへ来るのは、航樹と似たような動機なのかもしれない。

「おれ、じつは紙の業界に興味があったわけじゃないんですよ」

前回、答えなかった室町の質問に、航樹はあらためて自分から口にした。

「ああ、そうなの」

室町はどうでもよさそうに足もとのハトを眺めている。

「本当はべつの業界を目指してました」

「へえ、そうなんだ」

室町は視線を上げ、気の毒そうな視線を航樹に向けた。

でも、どんよりとした眼差《まなざ》しは、なぜか疎ましくなかった。

「おれは田舎《いなか》者のせいか、この街もあまり好きになれません」

航樹はそう口にした。

しばらく黙って二人並んで座っていた。

ハトはなにももらえないと悟ったのか、べつのベンチのほうへトコトコ歩いていった。

「――そういえば」

室町が口を開いた。「さっき〝あんぱん〟食ってたろ？」

どうやら室町は、航樹が声をかける前から気づいていたようだ。

「ええ、前の通りで買いました」

「木村《きむら》家《や》の〝あんぱん〟な。庶民の味だ」

「行列できてましたけど、有名な店なんですね」

「そりゃあね。なんせ〝あんぱん〟を発明した人がはじめた店だから」

室町は会社や仕事の話題ではなく、なぜか〝あんぱん〟が日本で生まれた経緯について話しはじめた。

「茨城県出身の木村安兵衛《やすべえ》という武士がね、明治維新によって職を解かれ、その後パンについて研究し、パン屋を開業する。店を実際に切り盛りしたのは、安兵衛さんの次男らしいが、店を火事で失ったり、パンが売れなかったり、苦労を重ね、ようやく日本人の口に合う〝酒種あんぱん〟を発明する。それは当時稀少《きしょう》だったイースト菌の代わりに、酒饅頭《さかまんじゅう》の作り方を応用して、発酵に酒種酵母を用いたものだった。そのパン生地のなかに、和菓子に使う小豆餡《あずき》を仕込んだのが、木村家の元祖〝あんぱん〟だって、本で読んだことがある」

「じゃあ、〝あんぱん〟というのは、パンと和菓子が融合した、この国独自のものなんですね」

「まあ、そんなところ。言うなれば銀座は、〝あんぱん〟発祥の地だろうね」

「へえー、そうだったんですか」

「まあ、武士だった安兵衛さんは、時代の流れによってリストラされたようなもんさ。最初からパン屋を目指していたわけじゃなかったろう。それでも日本人の食文化に大きな影響を与える役割を果たし、その店が代々引き継がれ、こうして今も続いてる。そういった、夢を追った人たちが、この銀座の街をつくってきた」

「夢を……」

航樹は小さくうなずいた。

なぜ室町が〝あんぱん〟の話をしたのか、なんとなく航樹は理解した。好きになれないと安易に口にした街が、少しだけ身近に思えた。さっき食べた〝あんぱん〟を、もっとしっかり味わえばよかったと後悔しながら。

「――ところで」

航樹は問いかけた。「室町さんは、どうしてこの業界に入ったんですか？」

室町はたるんだ頰の横顔で、ぼんやり遠くを眺めながらつぶやいた。

「どうしてだろうなあ……」

＊

いよいよスターエイジの〈70〉ベースが工場から到着する。

そんな仕入の勝負の朝、航樹はやり方を変えることにした。

仕入部第三課の右端に使われずにある事務用机から電話機を勝手に自分のデスクに移し、ふたつの電話を操作することにしたのだ。これならば、ひとつの電話がつながらなかったり、保留にされたり、切れたりした場合でも対応に選択肢を持てる。

さらにモニター室の女性との電話での接し方も変えることにした。なるべく落ち着いて話すことを心がけた。航樹が焦れば、相手もあわててしまう。こちらの感情が相手に伝わってしまう。確実に欲しい紙を仕切るためにも、ここは冷静になるべきだ。

これまではモニター室に電話をかけ、おとなしい恩田が出たら「当たり」。声の心地よい星野が出れば「ラッキー」。つっけんどんな結城なら「外れ」とくじ引きのように、自分のなかで勝手に決めつけていた。航樹はどこかで、彼女たちをオペレーター、単にコンピュータを操作する人と、とらえていたのだ。でも、彼女たちも航樹と同じようにミスもすれば、そのときどきで体調や感情もちがう。自分がそんなふうに思っていたら、声に出てしまうかもしれない。受話器を取ったとき、航樹が出たら、彼女たちに「外れ」と思われてもおかしくない。

最初の印象で結城を苦手としていたが、彼女が手厳しかったのは、航樹自身の慣れない話し方にも原因がある。どこかイライラしているのは、彼女は彼女でなにか問題を抱えているからなのかもしれない。そう想像することさえできなかった。

相手を変えるのはむずかしい。

ならば、自分が変わるしかない。

――午前八時五十九分五十五秒。

航樹は二つ並べた電話の受話器のひとつを右耳にあて右手で持ち、もうひとつは左耳にあて、左側の頰と肩で挟み込み、星崎製紙モニター室の短縮番号「01」を続けて押した。

右耳にあてた受話器から呼び出し音が鳴りはじめる。

続いて左耳にあてた受話器からも――。

「はい、星崎製紙モニター室、星野です」

声は左耳にあてた受話器から聞こえてきた。

「おはようございます」

航樹は声をかけたあと、右耳の受話器を電話機にもどした。なにかあったら、すぐに手に取り短縮番号「01」を押すつもりで。

「仕切りをお願いします」

「どうぞ」と星野は淡々と答えた。

「得意先は〝一般〟で、スターエイジのAヨコ、ヨンヨンハン、それと……」

「待って、何連？」

「あれば百連」

「そんなにない」

星野は早口になる。「八十連なら」

「はい、それでお願いします」

「あとは？」

「キクヨコのヨンパチハン、シロクタテのナナジュウ、各百で」

一度の電話で頼めるオーダーは三件まで、というのが暗黙の了解だ。とくに混雑している朝は断られる場合がある。

しかし星野は、「それと？」と聞いてくれた。

航樹が一瞬口ごもると、「〈90〉ベースも少し入ってきてるよ」と天使のようなささやきが聞こえた。

「え？　ほんとに」

「〝銀栄〟さん、まだ仕切れてないもんね」

「じゃあ、キクヨコロクニイハン、Aヨコのゴーナナハン。それにシロクタテのキュウジュウをあるだけお願いします」

「わかった、オッケー」

答えて間を置いてから、星野があらたまった口調になった。「それでは確認します――」星野は落ち着いた声で、航樹が求めたスターエイジの各明細とオーダーナンバーを告げたあと、「新人さん二人で大変そうだけど、がんばってね」と応援の言葉をささやいてくれた。

「ありがとう」

「またそのうちアイスバインでも食べに行きたいな」

そう言って星野は小さく笑い、電話を切った。

残業続きで疲れていた航樹のからだが、ふわりと一瞬かるくなる。うれしくて鼻の奥がツンとした。

「よしっ！」

航樹は小さくガッツポーズをした。高校時代にサッカーの試合でゴールを決めたとき以来のガッツポーズでもあった。

トータル重量にして約四十トンのスターエイジ。思いがけず大漁だ。しかも情報をつかんでいなかった〈90〉ベースのおいしいところまで仕入れることができた。

「どうだった？」

不安そうな由里の声に横を向くと、いつの間に嗅ぎつけたのか、卸商営業部の小沢と春山が、港で漁船を待つ野良猫のようにデスクの向こうで待っていた。

「おい、仕切れたのか？」

小沢が片方の眉を上げる。

「入ってきたの？　スターエイジ」

今日もばっちりメイクを決めた春山が、青く塗った長い爪を自分の頬に立てている。

航樹は伝票をすばやく記入していき、由里にサッと手渡した。

「え、こんなに……」

数量が多かったせいか、由里は目をまるくしている。「全部入力していいの？」

航樹は黙ってうなずいた。

由里は、小沢と春山を押しのけるようにして卸商営業部へ行き、スターエイジの入荷を伝えた。そしてコンピュータの前に座り、伝票を見ながら今仕入れたばかりの新鮮なスターエイジを一般在庫へ次々に入力していった。

「おい、スターエイジ入ったってよ」

「電話だ。いや、その前に確保しろ！」

バタバタと卸商営業部の部員たちがパソコンの前に群がる。

四台あるパソコンの席は、あっという間に埋まってしまった。卸商営業部の女性たちは、自分の部署の営業マンの得意先に売りを立て、あるいは確保するために得意先の引当在庫に移していく。

まるでアマゾン川のほとりから、白い肉のかたまり、アイスバインを投げ込んだような有様だ。瞬く間に獰猛《どうもう》なピラニアたちに食い尽くされ、スターエイジは跡形もなくなってしまった。

翌朝、計数室の青野が平和そうな顔で台車に載せた在庫表を配りに来た。案の定、在庫表のスターエイジの欄には、〝厚モノ〟しか残っていない。

在庫表を閉じ、航樹はため息をつき、タバコに火をつけた。

すると卸商営業部のほうから、スタスタと制服姿の女性がやって来る。ソバージュにした髪を鬱陶しそうに掻き上げている春山だ。

「ねえ、なんで、なんでスターエイジはないの？」

開口一番、不満を露わにした。

「昨日入ったじゃないですか」

由里が少し怒ったような口調になる。

「だって足りないんだもん。ぜんぜん足りないもん。お客さんもっと欲しいって」

からだをくねらせ科《しな》をつくる春山の姿に、航樹は目眩《めまい》がした。

紙の仕入という仕事は、喜びに立ち止まることができない。次々に求められる営業からの要請に応じ続けねばならない。いくら餌《えさ》を与えても満腹にならないモンスターの飼育係になったような気分だ。あるいは自分が、まわし車のなかに閉じ込められたハツカネズミのように、航樹には思えてきた。

「おまえ、これはやばいわ」

昼前に卸商営業部の志村がやって来た。

「やばい」というのは、志村の口癖だ。

スターエイジの話に決まっていると知りつつ、「なにがですか？」と航樹は冷めた口調で応じた。朝の仕切りで電話を二つ使うようになり、凝っている肩をぐるぐるとまわしながら。

「鬼越商店だよ。スターエイジ、入ってないんだよ」

三十前だが、年齢より老けて見える志村は悲痛な表情で訴えてくる。

「昨日仕入れたばかりじゃないですか。入荷待ちの分は、由里がお知らせしたはずですよ」

「それは聞いてる。でもな、鬼越商店からは、ほかにも在庫確認がきてたよな」

「たしかにきてましたよ。でも、在庫確認は在庫確認じゃないですか。そのときなければ、こっちとしては『ありません』と答えますよ。必要なら入荷待ちでの注文を出してください」

「おまえな、なんもわかってない」

「なにがですか」

「上水流はやってくれたぞ」

先輩とはいえ、その言葉にカチンときた。

「おれは上水流さんじゃありません」

航樹の声がとがった。

「スターエイジ、ほかの店に全部渡しちまったのか？」

「一般在庫に入力しましたよ。瞬く間に、なくなったみたいですけどね」

「あーあっ」と呻《うめ》き、志村は薄くなった頭を抱えた。

当然のことをしたつもりの航樹は、志村の大げさな反応を無視した。

「卸商にはな、やらなきゃならない店ってもんがあんだよ。どこにでも売ればいいってもんじゃないだろ」

「それは卸商営業部の問題ですよね。だったら、なんで鬼越商店分を昨日確保しなかったんですか」

志村は一瞬怯《ひる》んだが、「だから鬼越商店はやらなきゃならない店なんだって」とくり返した。

そんな話は聞いてない。

得意先の卸商は、それこそ名前を覚えられないほどたくさんある。というか、仕入部には、マニュアルというものが存在しない。卸商営業部にもそれらしきものはないようで、得意先別の扱い量など知らなかったし、どの得意先を優先すべきかなど、だれも教えてはくれなかった。

「そんなの知りませんよ」

航樹は捨て鉢なせりふを吐いた。

「やばいって」

「だったら、なんで前もって言ってくれなかったんですか」

「だからこないだ、『ラーメン食いに行こう』って言ったろ」

志村はうらめしそうな目で航樹を見た。「日中おまえが忙しそうだから、気を利かして夕方誘ったのに」

たしかにそんなことがあった。航樹は仕事の時間以外、営業マンと接するのをなるべく避けている。必ずスターエイジの話になるからだ。

「これはやばいぞー、やばいぞー」

志村は落ち着きなくからだを揺すりはじめた。

「また入ってきますから」

気休めにしかならないと知りながら言ってみた。

すると今度は、「これは来るぞー、来るぞー」と志村はくり返した。

志村の動揺の仕方が可笑《おか》しくて、「いったいなにが来るって言うんですか」と航樹は尋ねた。「鬼が来るとでも言うんですか?」

志村はハッとして動きを止め、「おうよ」と答えてじろりとにらんだ。「鬼が来る。その前におれはふけるからな」

志村はそう言い残し、外出してしまった。

長谷川課長の姿が見えなくなった午後三時過ぎ、〝鬼〟がやって来た。

その大男の来襲を知らせたのは、卸商営業部部長、根来のかん高い関西訛りの声だった。

「おいでやすー。お暑いとこ、よう来てくれはりましたなー」

フロアに響く必要以上に大きな声に、仕入部の多くの者までが仕事を中断し顔を上げた。

その図体のでかい来客は、夏だというのにダークスーツの三つ揃えをきっちり着込み、パナマ帽をかぶっている。その白さが目立つ帽子を脱ぐと、エラの張った大きな顔が露わになった。年の頃は五十過ぎ、顔はどす黒く、たしかに鬼を連想させるにじゅうぶんな迫力ある顔立ちをしている。

「――なんだ、ありゃ」

航樹が思わずつぶやいたほどだ。

しかし大男は周囲の注目を集めてもいっこうに動じず、悠然と二階フロア全体を見渡している。社内では恰幅《かっぷく》のよいほうの根来が小さく見えるほど威圧感がある。

「ささっ、こちらへどうぞ」

根来は大男を窓側の応接セットのソファーに通した。しかし自分は席に着かず、「志村、志村、志村はおらんかー？」と言いながら、卸商営業部から仕入部へ、そしてなぜか給湯室のなかにまで入っていった。

その間に、卸商営業部の若手の女性社員が、おそるおそるといった感じで大男にお茶を運んでいく。給湯室から出てきた根来は志村をあきらめたのか、大男の前にもどり、膝を揃えてちんまりとソファーに座った。

さっきまでデスクに着いていた卸商営業部の営業マンたちが腰を上げ、わらわらと外出していく。不穏な空気のなかに取り残された卸商営業部の女性社員は、いつもより口数が少ない。

「──在庫ありませんか。わかりました。ありがとうございます」

航樹が星崎製紙のモニター室との電話を切ったとき、「神井君、ちょっとええかな？」と後ろで声がした。

振り向くと、目と鼻の穴を大きく開いた根来が立っているではないか。額には汗が浮いている。

「なんでしょう？」

「すまんが名刺持って来てくれるか」

根来はなにかをごまかそうとするように薄笑いを浮かべた。

「は？　どうしてですか？」

「いや、君のこと紹介してほしいって方がおるんで」

あたふたと窓際のほうへ後退《あとじさ》っていく。その先には、ソファーに腰かけている大男がいる。

──なんでおれが？

航樹は顔をしかめかけたが、しかたなく言われたとおりにした。

由里が「だいじょうぶなの？」という顔でちらりと見た。

窓際に近づいた航樹は、根来にうながされ、テーブルを挟んで大男の前に立った。

大男はソファーにもたれたまま航樹を鋭い目で見上げ、片手で名刺を差し出した。

航樹は頭を下げ、立ったまま両手をのばし、節くれ立った大きな手から名刺を受け取った。

そして自分の名刺を差し出した。

航樹の手にした名刺には、「株式会社鬼越商店　取締役仕入部長　鬼越薫《かおる》」とあった。志村の得意先の人物にまちがいない。

気がつくと、横にいた根来の姿がない。振り返ると自分のデスクにもどって電話をしている。もしくは電話をしている振りかもしれない。

「まあ、座んなさい」

鬼越の声はひどく嗄《しゃが》れている。

航樹はしかたなくソファーに腰を下ろし、受け取った名刺をテーブルの自分の前に置いた。

「新入社員なんだってね？」

「はい、今年四月に入社しました」

航樹は背筋を伸ばした。

「とはいえ、〝銀栄〟では、星崎製紙の仕入を任されてるんだろ？」

「今月からですが」

「そうかね」

鬼越は不機嫌そうに首をゆらした。

航樹は挨拶だけすませ、早く仕事にもどりたかった。

だが、鬼越は許してくれなかった。

「わしは今日、おたくの営業に文句を言いに来た。だが、担当者は不在らしい」

どうやら志村のことのようだ。

「まあ、わしからすれば、彼も新人みたいなもんだ。鬼越商店は、創業は明治時代に遡《さかのぼ》る紙問屋でね、戦後すぐに立ち上げられた〝銀栄〟さんとは長いつき合いになる――」

会社の歴史としては、鬼越商店のほうが上、ということを強調したいようだ。鬼越自身は取締役仕入部長という肩書きであったが、自分が三代目にあたると名乗った。

「ところであんた、この紙わかるかね？」

鬼越は、航樹がテーブルに置いたままの自分の名刺を人さし指で小突いた。

「こちらですか？」

航樹はもらった名刺を再び手にし、じっと見つめた。

ブラインドの隙間から差し込む光に照らされた名刺には、古めかしい社章と会社名、役職、氏名、住所、電話番号が墨一色で印字されている。特別なものではなく、なんの変哲もない名刺のように見える。

名刺がどんな紙でできているかなんて、航樹は考えたこともなかった。

だが、鬼越の質問を無視することはできない。航樹を試しているにちがいない。値踏みするような黄色い目でじっと見ている。

〝銀栄〟に入社してから得た知識を総動員したところ、航樹にはいくつかのことがわかった。表面を摩《さす》った手触りから、塗料が塗られていることがわかる。よって一般的なコピー用紙や教科書に使われるような、漂白化学パルプだけで造られた、なにも塗られていない上質紙ではない。また、書籍用紙や、雑誌の本文の印刷に使われるセミ上質などの中質系の紙でもない。

——つまり、塗工紙だ。

とはいえ、塗工された、いわば紙の化粧に使う顔料は抑えられ、白色度は高くないし、表面がツルツルに平滑性を高められているわけでもない。よって写真集やポスターなど高級美術印刷に用いられるアート紙ではない。もちろん雑誌の表紙に使われる、強光沢のキャストコート紙でもない。

となれば、残るはコート紙。

といっても、チラシなどに使われる塗料の塗布量が微量な、微塗工印刷用紙でも、逆に塗布量の多いカタログなどに使われる純然たるコート紙でもない。

航樹は、表面の仕上げ方に注目した。塗料の塗布量からすれば、軽量コート。光沢は抑えられている。

——つまりは、つや消し。

マットコートだ。

そして、このクリームがかった色味は——。

航樹は名刺から顔を上げた。

黙って答えを待っている鬼越と目が合った。

航樹に確信はなかった。だが、鬼越がわざわざここへ足を運んだ理由を考えれば、自ずとその答えは明らかになる。

そこへ、受話器を置いた根来がノコノコやって来て、航樹の隣のソファーに腰かけた。

「――この紙は」

航樹は口を開いた。「鬼越さんが欲しい紙ですよね？」

「へっ？」

根来は、鬼越と航樹の顔を交互に見た。

そういう答え方にしたのは、鬼越の威圧的な態度が気に入らなかったからでもあった。

鬼越の目がぎろりと光った。「では、この紙の厚さは何グラムだ？」

紙の厚さをグラムで表すのは、「g／㎡」で表示する米坪だ。文字どおり一平方メートル当たりの重量を意味する。この質問は、航樹にとってそれほどむずかしくなかった。名刺に使われるくらいだから、紙の厚みはある。〝薄モノ〟ではなく、〝厚モノ〟。スターエイジの四六判でいえば、〈135〉ベースということになる。

よって航樹は、「157グラムです」と答えた。

「――正解だ」

鬼越は微《かす》かに口元をゆるめた。「だがな、正確には、君の言った『私の欲しい紙』ではない。なぜだかわかるよな？」

「そうでしたね。鬼越さんが欲しいのは、スターエイジの〝薄モノ〟ですよね」

「そうだ。それが入ってこんのだ」

鬼越は声を大きくした。

根来がびくりと反応する。「申しわけありません」と膝に両手をついて頭を下げた。手にはハンカチを握りしめている。

「では神井君、このスターエイジの紙厚は、何ミクロンだね？」

「え？」

「紙の実際の厚さだよ」

「それは……」

航樹は首をひねった。

すると鬼越は名刺を手に取り、人さし指と中指を下にして親指で挟んだ。神経を集中するように目を細め、紙を指でしならせ「パチンパチン」と鳴らした。

「182ミクロンだな」

と鬼越は言った。

指先の感触と音だけで紙の詳細な厚さがわかる、とでもいうのだろうか。

「根来君、あれを」

「はっ」と返事をし、根来が持って来たのは、紙の厚みを測定できる、手のひらサイズの「ピーコック」と呼ばれるペーパーゲージ。

「それでは仕入部長。僭越《せんえつ》ながら、私が測らせていただきます」

根来は計測器の取っ手に指をかけて握り、親指でレバーを操作し、名刺を挟んだ。すると紙の厚さが０・０１ミリまでダイヤルゲージに表示される仕組みになっている。

「どうだね？」

鬼越が問いかける。

「はっ、さすがは仕入部長。１８２ミクロンに相違ありません」

「えっ」

航樹は驚いた。人の指先で紙の厚みが正確に測れるなんて……。

「――そうかね」

鬼越は満足そうに二度うなずいた。

「さて、君に頼みがある」

鬼越が航樹をにらむように見た。「スターエイジの厚さが88ミクロンの〝薄モノ〟を集めてくれ」

「というと、〈70〉ベースですか？」

航樹は、今度は厚さを連量で答えた。

「そうだ。〈70〉ベース、それから、厚さ１１２ミクロンの〈90〉ベースだな」

なるほど、とようやく航樹は気づいた。鬼越は指先で紙の厚さを測ったわけではなく、スターエイジの各ベースの厚みをしっかり記憶しているのだ。さも自分の指先で測ったように「１８２ミクロンだな」と口にしたが、〈135〉ベースのスターエイジであることさえわかれば、答えは容易に導き出せる。

もしかすると今のは、鬼越がよく使う手なのかもしれなかった。とはいえ、紙に精通していることは確かだ。

「しかしですね、スターエイジは現在品薄でして、どこの卸商さんも欲しがってます。とくに〝薄モノ〟は」

航樹がはっきり答えると、「これ、神井。失礼やないか」と根来が口を挟んだ。

「たしかに君の言うとおりだ」

鬼越は制止するように手を持ち上げた。「だからスターエイジだけをよこせとは言わん。スターエイジと同じ量の、君が担当する星崎製紙の紙も一緒に買おうじゃないか」

「ほかの紙もですか」

航樹は驚くと同時に、なるほど、と思った。紙を仕入れる場合、そういうやり方もあるのか、と。

「それはそれは、毎度おおきに」

根来は今にももみ手でもしそうな勢いで、「ほな、数量はいかほどでしょうか？」と尋ねた。

「そうだな、スターエイジを三十トン」

「てことは、ほかも三十トン、計六十トンですか！」

うれしそうに根来が手帳を出してすばやくメモを取る。

「どうだね？」

鬼越の問いかけに、航樹はすぐには答えなかった。

紙の重さは「連量」×「連数」。つまり千枚の重さ×千枚を一連とした数。よって、三十トンといえば、スターエイジの四六判〈70〉なら、約四百三十連ということになる。枚数にして、約四十三万枚。

「集められるか？」

根来が横を向き、声を低くした。「いや、集めなあかん」

「やってはみます。ただ、スターエイジの明細の具体的な数字と納期を、営業の志村に示してやってください」

「そうだったな。君は営業マンではなく、仕入マンだった」

鬼越は上品とは言い難い笑みをぶ厚い唇の端に浮かべ、言葉を続けた。「ただし、その前にひとつ言っておく。うちの仕入れ先は、なにも〝銀栄〟だけじゃない。スターエイジは、〝GP〟からも買うことができる。それだけは覚えとけ」

〝GP〟とは、紙の代理店最大手、ゼネラル紙商事だと理解した。

だが、〝GP〟といえども、その量のスターエイジを容易には鬼越商店に供給できないことを意味してもいた。

「仕入部長、うちがやらしてもらいますわ」

根来が胸を張り、調子よく答えた。

「あんたが用立てるわけじゃないだろ」

鬼越はそこで初めて口を開けて笑った。

「ははっ」

根来もさも可笑しそうに笑い出した。「ははは……」

「わしはこの神井という若造を見込んで頼んでる」

鬼越はいつまでも笑ってはいなかった。「立場はちがえど、わしとあんたは同じ仕入という仕事をしてる。いいな、頼んだぞ」

〝鬼〟の射るような視線に、航樹はゴクリと唾を呑み込んだ。


配送手配の受付が締め切られる午後五時近く、航樹は由里と共に手配に追われていた。そこへ外まわりの営業から帰社した志村がおずおずとやって来た。すでに事情を根来から聞いているらしく、ばつがわるそうだ。

「やっぱり鬼が来たってな。だから言ったろ」

志村は並びのわるい歯を見せて笑いかけてきた。「鬼越商店は、やらなきゃならない店なんだって」

志村が差し出したファックスを航樹は黙って受け取った。そこには鬼越商店向けのスターエイジの明細が記されていた。

「できるだけ早く、この数字に近づけてくれよな」

志村はそれだけ言うと、逃げるように自分のデスクへもどっていった。

＊

「まったくやってられないよ」

航樹はネクタイを乱暴にゆるめ、自分で買って来た缶ビールをぐいっとやった。

早めに残業を切り上げ、「第二すずかけ荘」に寄った航樹は、鬼越商店の仕入部長との一件をかいつまんでパラちゃんに話した。

「そいつは大変そうだね」

タンクトップに短パン姿のパラちゃんは表情を曇らせたが、どこか言葉がかるく感じられてしまう。いつものことだ。

「おれは仕入の人間なんだぜ。なのになんで営業の得意先にまで頭を下げなきゃならないんだよ。まったく、えらそうにさ」

「けどその人、会社にとってはお客さんでもあるんだよね」

「まあ、たしかにね。だとしても、部署としては営業が対応すべきなんだよ。本来、仕入担当者は特定の得意先の人間と接触するべきじゃないらしい。仕入値を明かせないのはもちろん、売値だって決められない立場だろ。先輩からも言われた」

「で、どうするわけ？」

「とはいえ、やるだけのことはやってみるしかないだろうな。正直むずかしいけど」

航樹は柿の種を口に放り込んだ。

「でも、その鬼みたいな人はさ、なんとか紙を仕入れたくて、わざわざ航樹のところまで押しかけてきたわけだよね。その熱意はそうとうなもので、ありがたくもあるんじゃない。航樹に期待してるわけだから」

パラちゃんは、どこかうらやましそうな目をした。

たしかにそうだ。話の最後に、「神井という若造を見込んで」と言われたとき、カチンときたが、自分にスイッチが入ったような気がした。やってやろうじゃないか、みたいな。もちろんそれは鬼越の打った芝居であり、まんまと乗せられたのかもしれない。

「でも営業の人が逃げちゃうくらいだから、よほど怖ろしいんだろうね」

「正直かなり威圧感はある……」

残業している際、仕入部の先輩の国枝は、アポなしで会社に押しかけ、仕入部の人間を呼びつける鬼越のやり方は「尋常じゃない」と批難していた。上に報告してやめさせるべきだと。樋渡も「そんなふうに得意先から乗り込まれたら仕事にならないじゃん」と同じ意見だった。

しかし航樹は、直属の上司である〝ヘイゾウ〟に話すつもりはなかった。たぶん言っても無駄だろうし、余計にややこしくなりそうだ。

考えてみれば、立場こそちがうものの、鬼越と航樹は同じ仕入という仕事をしている。逆に言えば、今までの航樹は普通のことをやってきたに過ぎない気がした。鬼越は、この道のプロであり、学ぶべきものがありそうだ。

鬼越商店の仕入先は、〝銀栄〟や〝GP〟などの代理店だ。〝銀栄〟の仕入先は、製紙メーカー。航樹の場合、星崎製紙ということになる。だが航樹は、星崎製紙を訪れ、営業部や業務部の人間に強くなにかを求めたり、駆け引きをしたことなど一度もない。どこかに遠慮というか、気後れがあるからにちがいなかった。

航樹は今日の一件について半ば憤りながら語ったあと、いつになく口数の少ないパラちゃんに視線を向けた。色白面長の顎のあたりに無精鬚がのびている。

「そういえばさ、そっちのほうはどうなの？」

「それって、僕の仕事のこと？」

「うん、航空業界のほうは？」

「じつはね」

背中をまるめたパラちゃんは急に神妙な顔になり、「やめたんだ」と漏らした。

「やめた？　会社を？」

「うん、先月の途中で」

パラちゃんは退職理由については、自分のイメージしていた仕事とはちがっていたことのみを挙げ、会社や同僚をわるく言ったりはしなかった。

それにしても早すぎやしないかと思いつつ、「じゃあ今は？」と尋ねた。

「考え中。どうしようかな、と思って」

元気はないが、どこか呑気そうにも見える。

「向こうに行くのか？」

「親父《おやじ》のところ？　それは最終手段だよね」

「まあ、おれとしてもパラちゃんには、こっちにいてほしいけど」

仕事のことでそんなに悩んでいたのかと今頃になって気づき、会社をやめる前に相談に乗れなかったことを航樹は申し訳なく思った。自分のことで精一杯な日々が続いていた。それにしても思い切ったものだ。どちらかといえばパラちゃんは、そういうタイプではない気がしていた。

「蓮もさ、会社を変わるかもしれないって」

坂巻蓮のその手の愚痴は、以前から耳にしていた。しかし蓮にはつき合っている彼女もいるし、実際に会社をやめるとなれば、ただ事ではない。少なくとも次の仕事の目処《めど》くらいつけてから退職する気がした。どこまで本気なのかわからない。

少し前に同期の野尻が会社をやめたがっていると計数室の青野から聞いた。二人はときどき飲みに行っているらしい。その話を残業中に樋渡にしたところ、なんであいつが、という話になった。仕入部の同期のなかで、野尻はいちばん残業時間も少なく、日々の営業とのやり取りは無難にこなしている様子で切迫感もない。どちらかといえば楽をしているようにさえ映る。

「どうせ口だけだろ」と樋渡は鼻で笑っていた。そんな度胸はない、とでも言いたげだ。

その話を思い出し、蓮にしても同じような気がした。

「そういえばさ」

パラちゃんが膝を擦《こす》って部屋の隅まで進み、まとめた雑誌の束から一冊を引き抜いてきた。書店の店頭で見かけたことのあるアルバイト求人情報誌だ。

「まさかフリーターにでもなるつもりか？」

「いや、そうじゃなくて」

パラちゃんはあわてて両手をわらわらと顔の前で振った。「雑誌の最後のページを見てごらんよ」

「巻末ってこと？」

航樹はペラペラとめくっていった。

雑誌の本文に使われている薄い紙は、どうやら微塗工印刷用紙のようだ。文字どおり微かに塗料を塗った印刷用紙なのだが、原紙には中質紙が使われている。原紙に上質紙が使われている場合、微塗工上質印刷用紙と呼ばれるらしく、どうもややこしい。原紙となる上質紙と中質紙のちがいは、上質紙は百パーセント化学パルプで抄造された紙で、中質紙は化学パルプに砕木《さいぼく》パルプを交ぜて抄造された紙になる。——などと考えてしまう自分がいた。

「載ってるでしょ？」

「なにが？」

最初はなんのことかわからなかった。しかし編集後記の下、発行人や編集人の名前が書いてある囲みのなかに、パラちゃんの言う、それを見つけた。

「編集スタッフ：安達由紀彦」

まぎれもなく高校時代の友人の名前だ。

「すごいじゃん、ダッチが載ってる」

「だよね、偶然見つけたんだ」

パラちゃんは口元をゆるめた。

「てことは、この雑誌はダッチがつくってるのか」

航樹はその事実を知り、興奮を覚えた。

そして、航樹は気づいたのだ。なぜ自分が、星崎製紙に対して強く出ることができないのか。それはきっと、星崎製紙は製紙メーカーであり、紙を造っているからだ。たとえこちらが、紙を仕入れる買う立場であっても、ものをつくっていることに対する、大げさに言えば畏敬の念のようなものを知らず知らずのうちに覚えていたのだ。

高校時代の友人の安達をすごいと思うのも、彼が雑誌をつくっているからだ。

――自分は、なにもつくってはいない。

航樹は劣等感のようなものを強く抱いてしまった。

「ダッチはたしかにすごいよ」

高校時代から、安達に一目置いているようにも見えたパラちゃんが認めた。「好きな仕事を見つけて、それに就いて、続けているんだからね。蓮もこの雑誌を見て、やっぱりあいつはちがうなって」

「たしかにね」

航樹も認めざるを得なかった。

「よくさ、岩の上にも三年、とかっていうけど、僕なんて三ヶ月も保《も》たなかったもん」

パラちゃんは缶ビールをすすり、薄笑いを浮かべた。

正しくは「石の上」だが、航樹はそのことわざをこれまで何度となく父親の口から聞かされていた。何事も我慢をしろと。

だが半信半疑でもあった。今は転職する人が増えている。終身雇用制なんて遠い昔の話にも思える。石の上で長いあいだ耐えるより、さっさと居心地のわるい石の上から立ち去り、自分の本当の居場所を見つける方法だってあるのではないかと。忍耐強くあることは美徳かもしれないが、同じ環境に留まることで、機会を失う場合だってあるような気がする。

松屋銀座の屋上で会った室町に、この業界に入った理由を航樹が尋ねたときのことを思い出した。「どうしてだろうなあ……」とつぶやいたその横顔から、室町もまた望んだ就職先ではなかったことを航樹は読み取った。室町のことは嫌いではなかったが、この先、彼のようになりたいとは思えなかった。

「ダッチのやつ、今頃どうしてるのかな」

つくづくうらやましそうにパラちゃんが天井を見上げた。「自分の好きな道に進んで、やりがいのある仕事をやって、お金稼いで、女の子にもモテてるんだろうなあ」

「かもな……」

下請けの編集プロダクションとはいえ、今となっては、自分の望んだ出版業界に固執した安達の生き方が潔く、かっこよくも映った。自分も一度は目指した業界のただなかにいる彼を思うと、心に大きな波風が立った。

自分の納めた紙を使って出来上がった本の見本を出版営業部の清家からもらったとき、はるか遠い場所かもしれないが、好きな本に関わっている、と航樹は胸を躍らせた。そのことを深く胸に刻み込みもした。でも今は、スターエイジという仕入が困難な紙の手配に追われてばかりで、夢との距離はいっこうに縮まっていない。

——このままでいいのだろうか。

航樹は唇を強く引き結んだ。

「そういえば、『ひまわり』がやって来るらしいね」

パラちゃんが唐突に話題を変えた。

「ひまわり？　気がつけば、そんな季節だな……」

「ちがうよ、日本のでかい損害保険会社が、約五十三億円でゴッホの『ひまわり』を落札したって話があったろ。いよいよ日本に上陸するらしいよ。一般公開はまだ先だけど」

「ああ、春にそんなニュースを見たような気がする」

「すごい話だよね」

「たしかにね」

「ところで航樹は、ボーナスいくら出たの?」

「ゴッホの『ひまわり』の話のあとに、おれのボーナスの話をもってくるなよ」

航樹は顔をしかめてみせた。

二万円もらったと答えると、「出ないよりはマシさ」とパラちゃんになぐさめられた。

「さて、帰るか……」

缶ビールを飲み干し、重たい腰を上げた。

「もう帰っちゃうの?」

時計を見ると午後十一時をまわっている。

「そりゃあ明日も仕事だもん」

「そうか、そうだよな」

どうやらパラちゃんには明日の予定がないようだ。

「おまえはいいよな」という言葉を呑み込んで、航樹はドアへ向かった。

「今度、蓮とビリヤードに行こうよ」と言われ、「そうだね」とだけ答えた。

いくぶん気持ちがかるくなったような、しかしべつのところが重くなったような、どこか据わりのわるい気分のまま部屋を出て、音を立てないようにアパートの外階段を下りていった。

*

「今夜もあぢぃーなぁ、だれかなんとかしてくれー」

仕入部第一課、六月に係長に昇進した国枝が身もだえた。すでにネクタイを外し、ワイシャツの胸元をはだけ、手にした団扇《うちわ》をさかんに動かしている。

八月に入り、この日も熱帯夜となった。終業時間の三十分後、六時きっかりに冷房が切れ、社内は蒸し風呂のようだ。樋渡が気を利かせ席を立って窓を開けるが、銀座の街に吹くビル風は生ぬるく、気休めにもならない。

航樹は夕食をとらず、そのまま残業に入るスタイルをとっていた。外で夕食を食べる時間も金ももったいなかったし、できるだけ早く帰りたかった。

上水流が転勤してからの航樹は、退社時間が午後十時を過ぎ、帰宅するのが十一時半、かるめの食事をとり風呂に入って就寝するのは、どうしても午前一時頃になってしまう。翌朝、午前六時半起床。文庫本を開くことさえできない満員電車に乗り込み、午前八時半前ぎりぎりに出社。そんな日々が続いていた。

残業の途中、隣の席の由里が席を外した。帰るのかと思えば、明かりを落とした卸商営業部の島のほうへふらふらと消えていく。そういえば先日もそんなことがあった。

三十分くらい経つと由里はもどってきて、しばらくして先に帰った。

「あいつさ、残業中にどっかに電話かけてるだろ」

樋渡が、航樹の背中に声をかけてきた。「仕事が辛くて、実家に帰りたいとでも愚痴ってんじゃないのか」

「電話？」

「そういえば由里のやつ、最近痩せたよな」

「知るかよ」と航樹はつぶやいた。

たしかに航樹同様、由里も疲れているはずだ。毎日営業からの問い合わせに応え、色好《いろよ》い返事ができない場合も多く、その矢面に立っている。航樹は星崎製紙へ行くために外出できるが、彼女は一日中、社内での手配に追われ続ける。

モノがあればまだしも、在庫切れの紙もあり、肩身が狭いだろう。そんな由里が先日唐突に言い出した。「ときどきさ、コンピュータの前に座って、アリもしない在庫を入力しちゃいたくなるんだよね。スターエイジのシロクタテナナジュウ、千連とかって」。湿っぽい彼女の声を聞いて、航樹は背筋が寒くなった。もしそんな馬鹿な真似をすればまちがいなくパニックが起こる。「無茶しないでくれよ」と航樹は真顔で答えた。

由里が残業中に卸商営業部のほうへ行くのは、疲れてひとりになりたいのか、しばし仮眠でもとっているのか、くらいに航樹はとらえていた。

しかし電話となれば、相手はきっと「今は遠くにいます」と話していた彼氏と見てまちがいない。遠距離の場合、公衆電話からかければ、たちまち小銭やテレホンカードを吸いとられてしまう。私用に会社の電話を使うのはもちろんいただけないが、由里が会社の、それも卸商営業部の電話を使うのは、毎日責め立てられている営業へのちょっとした復讐のようでもあり、航樹は放っておくことにした。

その後、鬼越商店分のスターエイジは、仕切れた分からコツコツ納めているものの、すべての求めには応じ切れていない。先日、鬼越から直接仕入部の航樹に電話があり、ぎょっとした。八月末までにスターエイジを三十トン用意するよう、あらためて求められた。「頼んだからね」と嗄れ声で念を押された。

少し前に、同業の代理店、亀福《かめふく》商会のベテラン仕入担当者で、星崎製紙で何度か顔を合わせたことのある宇田川《うだがわ》から電話があった。上水流が異動したことを知っているようで、電話口に呼び出した航樹に、いきなりスターエイジの売れ筋を分けてほしいと求めてきた。最初は「なんとか十五連、頼むよ」と言っていたのが、航樹が渋ると「十連でもいいからさ」とやけに馴れ馴れしい。新入社員だと思って、おそらくカマをかけてきたのだろう。「返していただけるんですか?」と尋ねると言葉を濁したため、「うちもカツカツなんで」と航樹はすっぱり断った。どの代理店もスターエイジの確保には苦しんでいるようだ。

いつも残業の終わりに航樹が決まって取り組む仕事は、翌日の朝一番に仕切るべき紙を決めることだ。その紙とは、多くの場合、スターエイジになる。あいかわらず仕入れるのがむずかしい。だからこそ、どの規格をどのような順番で買いつけるべきか、戦略を立てていく。

スターエイジは、以前にも増して需要が増えている。好景気にわく、きらびやかなこの時代に、なぜわざわざ光沢の鈍い、つやを消した紙を人々は求めるのか、航樹にはよくわからない。

星崎製紙は利幅がそれほど大きくないためか、そんな軽量コートの増産に二の足を踏んでいるという噂だ。〝銀栄〟の入荷量はそれほど伸びていない。「もっと仕入れてくれ」と毎日のように、小沢をはじめ、卸商営業部の営業マンにせっつかれる状況が続いている。

午後九時半過ぎ、めずらしく先に帰る準備をはじめた樋渡に、かるく飲みに行かないかと誘われた。これまでも誘いは何度かあった。樋渡だけでなく、業務部の緒方、計数室の青野からも「たまには」と声をかけられる。でも航樹はいつも断ってきた。独り立ちした七月からはどうもそういう気分になれなかったし、飲むくらいなら仕事をするか、早く家に帰りたい。

「今日はやめとく」

「今日も、だろ。じゃあ、お先」

樋渡は背を向け、航樹はひとり残業を続けた。

午後十時半、フロアの明かりをすべて落とし、最後に会社を出て、いつものように東銀座の駅まで歩き電車に乗る。都営浅草線の押上で前の席が空いた。電車では、優先席はもちろんのこと、これまで座席に座ることさえなるべくしなかった。自分は若く、立っていることがそれほど苦にならなかったからだ。

でもこの日、航樹は疲れが溜まっていた。電話を同時にふたつ使うせいか、ひどく肩が凝っている。吊り革から手を滑らせるように離すと、シートにもたれ、すぐに眠りに落ちた。

以前読んだ小説に、「泥のように眠る」という表現があったが、まさにそんな感じだ。それでも夢のなかにまで、スターエイジが出てくる。卸商営業部の志村が「やばい、やばい」と騒ぎ立て、電話に出ると嗄れ声が「まだスターエイジはあつまらんのか」と怒鳴った。うなされるようにして起きたとき、下唇を震わせた。

――あっ。

反射的にすすったのは、自分の口から垂れたヨダレだった。

見ればネクタイに黒いシミができている。

航樹はまわりを見た。乗客の数はかなり減っていて、だれも自分のことなど気にしてはいない。右手で口元をぬぐい、小さく息を吐いた。

学生時代に見た、あのときの会社員と同じだった。だらしなくシートに座って眠りこけ、口の端からヨダレを垂らし、ネクタイを汚している。そんな会社員を航樹は心の底から軽蔑した。だが今の自分はあの男の姿そのものだった。酔っ払いの会社員をみっともないと思い目を逸《そ》らしたが、その人もまた、残業続きで疲れていたのかもしれなかった。

電車がスピードをゆるめドアが開く。駅名もたしかめずにあわてて降りた。電車が出発したホームにひとり取り残されると、どこからか不気味な音が聞こえてくる。ホームの先の暗がりから、微かに水のにおいがした。どうやら蛙《かえる》の合唱らしい。田んぼが近いのだろうか。ずいぶんと乗り越してしまったようだ。すでに向かいのホームの明かりは落ちている。

航樹は背中をまるめ、改札口へ向かった。

駅前ロータリーで一台だけ客待ちしていたタクシーに乗り込み、ようやく家までたどり着いた。深夜料金を上乗せされたタクシー代は、今日の残業代をかるく超えている。ため息すら出ない。

＊

九月四日金曜日、星崎製紙に向かうために会社を出た。

銀座通りの書店の前を通り過ぎようとした際、人集《ひとだか》りができていた。見れば鮮やかな赤と緑のカバーの本が陳列台を覆うように並べられている。赤の本は帯まで赤く、緑の本は帯まで緑だ。新刊とはいえ、こんなふうに単行本が店頭一面に派手に置かれている光景を、航樹は初めて目にした。

このところ本を読んでいない。レイモンド・チャンドラーの『長いお別れ』を読み終えたあとは、読書時間がなかなかとれず、長篇ではなく、短いモノを選ぶようになった。今はボブ・グリーンの『チーズバーガーズ』をカバンに入れてあるが、なかなかページが進まない。

足を止めて陳列台に近づいた航樹は、赤と緑のカバーの単行本が上下巻であることに気づいた。でもなぜこの季節にクリスマス・カラーなのだろう、と不思議に思い手に取った。

タイトルは『ノルウェイの森』。村上春樹《むらかみはるき》のひさしぶりの長篇小説。

上巻の赤い帯には「待望の書下ろし　長篇九〇〇枚」とあり、下巻の緑の帯には「新しい世界に挑む　書下ろし長篇」とあった。赤と緑、共通のコピーは「一〇〇パーセントの恋愛小説!!」。

航樹は、村上春樹の作品が好きだった。デビュー作の『風の歌を聴け』は高校時代に読み、その後、デビュー作を含めて「鼠《ねずみ》三部作」と呼ばれる『1973年のピンボール』『羊をめぐる冒険』も大学時代に読んでいた。

しかし今の航樹には、「恋愛小説」という帯コピーは響かず、逆に腰が引けてしまった。今の自分には関係のないストーリーのような気がしたからだ。

だからといって、今年の初めに発売され、すでにベストセラーになっているキングスレイ・ウォードの『ビジネスマンの父より息子への30通の手紙』を読もうとは思わなかったけれど。

その日、残業を終えて家に帰ると、航樹は自分の部屋の机に置いてある往復葉書を手にした。かなり前からその場所にあったような気がする。葉書の右端に大きな文字で、「茜台《あかねだい》東中学校三年D組同窓会のご案内」とあった。

拝啓　初秋の候、皆様いかがお過ごしでしょうか。

さて、早いもので私たちが中学校を卒業してから八年が経ちました。すでに多くの方が社会に出てご活躍されていることと思います。

そこでこの度、地元にて同窓会を開くことになりました。

ご多忙中とは存じますが、是非ご出席くださいますようお願いします。

敬具

日時は、十月十八日の日曜日午後六時から。場所は地元にあるらしいイタリアンレストラン。幹事には、当時学級委員長をしていた男子生徒の名前があった。

同窓会の案内状を読んでいるあいだ、航樹の頭のなかには、あのメロディが流れていた。イングランドの民謡「グリーンスリーブス」。中学生のとき、下校時によく耳にし、今は星崎製紙の電話の保留音としてときおり聞かされる、どこか哀《かな》しげな曲だ。その曲をバックに、中学時代同じクラスだった初恋の人、梨木文恵《なしきふみえ》の横顔を頭に思い描いていた。

人生に迷っている今だからこそ、彼女に会いたかった。高三のときにようやく手紙で告白し、その後、何通か手紙のやり取りをしたが、最後は失恋した、という認識で航樹はいる。それでもよくわからない部分もあった。だから手紙ではなく、会って話がしたかった。いや、話ができなくても、今の彼女に会ってみたかった。

航樹の記憶では、中学時代の同窓会は、卒業後初めてのはず。もちろん、梨木文恵がその日やって来るとは限らない。

金曜日の夜、航樹はひさしぶりに高校時代の友人、坂巻蓮と会った。パラちゃんも一緒だった。ダッチから電話があったという話を聞き、「第二すずかけ荘」へ顔を出すと二人がいて、今から球を突きに行こうという話になり、蓮の中古のスプリンタートレノに乗り込んで夜の街へ出かけた。トム・クルーズ主演の映画『ハスラー2』を彼女と観て以来、蓮はビリヤードにはまっているらしい。正直、蓮がすぐに会社をやめそうには見えなかった。

まずは車のなかでダッチこと、安達由紀彦の近況を聞いた。電話を受けたパラちゃんの話では、やはりあのアルバイト求人情報誌の編集に携わっているということだ。

「元気そうだった？」

「まあね。変わってない感じがした。航樹に会いたがってたよ」

後部座席からパラちゃんが身を乗り出した。

「こっちに来ればいいのに」

「忙しいみたいだな。東京で会えればって言うんで、航樹の会社の名前を教えてやった」

彼らがよく行くらしい船橋《ふなばし》にあるビリヤード場に到着し、ナインボールを一ゲーム終えたあと、航樹は中学時代の同窓会の案内状が届いた話をした。

「さすがに行けないだろ」

航樹は欠席をほのめかし、くし形切りにされたライムを、首の長いコロナビールの瓶の口に押し込んだ。

「なんで？　めったにない同窓会なんだろ、行けばいいじゃん」

蓮はキューの先端にブルーのチョークを丁寧に塗りつけている。

「だって高校時代にふられてんだぞ」

「だとしても、もう昔の話じゃん」

蓮は涼しい顔だ。

これまでの航樹の人生のなかで最もせつなかった出来事を、いとも簡単に総括してくれる。

「高三のときだったよね？」

妙に記憶力だけはいいパラちゃんが⑨番を囲むように、九つのカラーボールをセットしていく。

「でも中学のときに好きだった子だろ、高三に告白《コク》るって、ぜったい遅すぎだろ」

蓮はコーラを飲み、BGMに流れているBOØWY《ボウイ》の「MARIONETTE」を口ずさんだ。

「しかたないだろ、部活やってたんだから」と航樹は答えた。

「手紙で告白したんでしょ」

「べつの高校だったからね」

「もう彼氏がいたとか？」

「それはないと思うけど、わからない」

航樹は自分でもあやふやになりつつある記憶をたどった。「まあ、はっきり嫌いと書いてあったわけじゃない」

「じゃあ、なんて？」

「最終的には、友だちでいましょう的な返事だったような……」

「あ、それよくあるパターン」

パラちゃんがニタニタした。

「まあ、ふられたことを否定はしないさ」

「まさか、まだ好きだとか？」

蓮の質問には答えなかった。

梨木文恵とは何通かの手紙のやり取りをした。その手紙のなかで、彼女は高校では文芸部に入り、小説に夢中になっている、と書いていた。最近読んだ本のタイトルや作家の名前も書かれていた。その本や作家を手はじめに、航樹は小説を読むようになった。少しでも彼女に近づきたかったからかもしれない。本を読むようになったのは、彼女の影響が大きかった。

最後になった手紙で、今度会えませんかと航樹が書くと、やんわりと断りの返事をもらった。理由はよくわからなかった。別々の高校であることや受験勉強についてふれていたかもしれない。迷惑をかけているような気がして、航樹はその手紙を最後にした。その後、彼女からも手紙は届かなかった。

もらった手紙はすべて処分した。それであきらめようとしたが、あきらめきれなかった。でも彼女のことなどなにも知らないに近かった。もう一度手紙を読み返したくなったが、それはもうできない。だから彼女が好きだという小説を読み続けた。

蓮のブレイクショットが的球《まとだま》に命中し、派手な音を立ててナインボールが弾《はじ》けた。ゴトン、ゴトンといい音がして、二つのボールがポケットに落ちる。

「会ったら、はっきりするんじゃない」

蓮が舌なめずりをした。「そのほうが、前に進めるって」

たしかにそうかもしれない。

彼女が来なければ、それまでなわけだし。パラちゃんが以前言っていたように、二度ふられたって、同じようなものだ。

＊

鬼越商店向けのスターエイジについては、九月上旬になってしまったが、なんとかやりくりして約三十トンを納めることができた。

そのために航樹はあらゆる手段を使った。スターエイジを待っているほかの営業マンに何度も嘘をついたし、上水流に教わった伝票操作にも手を染めた。仕切ったスターエイジを自社在庫として馬鹿正直にコンピュータに一括計上することはやめ、小出しにすることや、すぐには計上せず、隠し在庫として自分のデスクの奥に伝票をしまい込むことも覚えた。

鬼越商店の仕入部長からは再度電話があった。スターエイジ確保の礼と、納められていない規格について引き続き頼む、という連絡だ。そこを曖昧にしないところが鬼越らしかった。

「なるべく早くな」と嗄れ声でつけ加えた。

航樹としては、引き受けた以上、すべての注文に応えたかった。足りないのは、スターエイジ四六判タテ目の〈70〉。すでに注文の半分は納めていたが、あと五十連、未納になっている。航樹はデスクの奥に、未入力の伝票で二十五連を隠し持っていた。

一か八か、競争相手でもある代理店の〝GP〟ことゼネラル紙商事に電話をかけた。しかし仕入担当の今泉《いまいずみ》には、「それならうちも探してますよ」と素っ気なく電話を切られてしまった。

星崎製紙で何度か会っている今泉は、航樹より二つ年上、背が高く、清潔そうで、いつも金ボタンの紺のブレザーを着ている。ネクタイは多くの場合、大学のスクールカラーなのか紺と赤のレジメンタルタイを締めている。モニター室はじめ、星崎製紙の女子社員に人気があるらしい。

航樹がいつものように星崎製紙を訪れ、業務部のスターエイジ担当の東山とだけ言葉を交わし帰ろうとしたとき、営業部のデスクから声をかけられた。板東《ばんどう》という、がに股の男だ。見かけは白髪が多いため四十代半ばくらいに見えたが、もう少し若いのかもしれない。同僚からは〝バンちゃん〟と親しみを込めて呼ばれている。

「〝銀栄〟さん、ちょっと」

板東は、会社名で航樹を呼び止め、手招きをした。以前名刺交換をしたが、おそらく名前を覚えていなかったのだ。

板東は見るからに無理に笑顔をつくっている。用件は、〝銀栄〟の在庫を貸してほしいということだった。代理店ならいざ知らず、なぜメーカーまでもがと思ったが、「二日だけなんとか」と手を合わせてくる。

「モノはなんですか？」

わかっていたが尋ねると、案の定、「スターエイジ」と返ってきた。

「シロクタテのナナジュウを二十五連貸してくれ」

板東は喉になにか閊《つか》えでもしたように目をしばたたかせた。

「それはむずかしいですよ」

航樹は自社在庫を確認しないとわからないと逃げを打ったが、「おたくが〝ＨＤＣ〟で持っとるのは確認済み」と言われてしまった。

航樹が仕切って〝銀栄〟の紙にし、伝票をデスクの奥に隠しても、メーカーの倉庫〝ＨＤＣ〟にある限り、メーカーの管理下に置かれている。そのことに今さらながら気づいた。

「新人なのにたいしたもんだ。ようけ、集めてるじゃない、スターエイジ」

「それはこちらも得意先から頼まれてるわけで」

航樹が言い返すと、板東は「わかってる、わかってる」というように両手を挙げ、「得意先って、どこ？」と声のトーンを下げた。

「スターエイジのシロクタテのナナジュウは、鬼越商店分です」

「ああ、〝鬼さん〟ね。それはやらんといかん」

「それでもまだ足りないんですよ」

今度は航樹が困った顔を見せた。

「何連足らんの？」

「あと二十五連です」

「――よし、わかった」

板東は手のひらをこぶしで叩いた。「じゃあ、貸してくれたら、倍返しにするから」

「ほんとですか？」

「いけるで、おれ嘘は好かん。損して得とれって言うやろ」

板東は一瞬真面目な顔をして、似合わないウインクをした。

〝バンちゃん〟と呼ばれる所以《ゆえん》だろうか、かなり調子のいい人だ。でもメーカーで声をかけてくれる人など航樹にはいなかったのでありがたくもあった。自分もこんなふうに気さくに人と関われたなら、とも思ったが、それはむずかしそうだ。

「ひとつだけ確認させてください」

航樹は板東の目を見た。「得意先はどちらですか？」

「それは言えんがね。〝GP〟さんが困ってる」

「今泉さんですか？」

板東はうなずいた。

「鬼越商店向けだったら、はっきりお断りします」

航樹はすかさず釘を刺した。

「いやいや」

板東は手を振り、「出版の話」と声を小さくした。

「出版ですか……」

航樹はうなずいた。話からすると、今日明日の手配らしい。

業界一の〝GP〟でも困ることがあるのだと、少し愉快になった。航樹が電話をかけた際、今泉が素っ気なかったのは、航樹が口にしたまさにその紙を探している最中だったからだろう。メーカーの営業が代理店の仕入の手助けをすることを初めて知った。考えてみればあたりまえのようだが、航樹はこれまで相談したことすらなかった。

板東は二日後には、必ず倍にして返すと約束した。

「ほんとですね？」

「もちろん」

板東は右手で自分の首の後ろをチョップした。「このクビに懸けて」

「わかりました」

航樹が了承すると、板東から握手を求められた。右手ではなく、両手で。どうやら、かなり困っていたようだ。

二日後、星崎製紙営業部から会社に電話があった。板東は約束どおり、貸したスターエイジを倍にして返してくれた。それだけでなく、欲しかったスターエイジのほかの〝薄モノ〟

もいくつか仕切らせてくれた。星野の声が聞こえたので、モニター室から電話をしているようだった。

航樹が感謝を伝えると、板東は「まあ、今度飲みにでも行こうや」と声に笑いを含ませた。


鬼越商店から求められていたスターエイジは、九月中旬にはすべて納めることができた。鬼越は、約束どおりスターエイジと同量の星崎製紙の紙を購入してくれたそうだ。志村に誘われたラーメン屋で、航樹はその話を聞いた。ご馳走するから好きなものを頼めと言われ、航樹は一番値段の張るチャーシュー麺を遠慮なく頼んだ。それが志村なりの誠意であるならば、素直に受けるべきだと考えたからだ。

「まあ、今回はなんとかうまくいったよな」

志村は両手で割り箸をきれいに割った。

「そうですね。少し時間がかかりましたけど」

「しょうがないって」

志村はさっそく縮れ麺をすすった。「根来部長も喜んでた。スターエイジと合わせて、合計六十トンだからな。鬼越さんの要求は厳しいけど、義理堅いっていうか、筋は通す。まあ、鬼越さんだけじゃなく、卸商にはそういう人間が多いのよ」

「へえー、そうなんですか」

「神井もさ、そりゃあ今は大変だとは思うよ。おまえの同期のなかには、調子ばかりよくて、ろくに仕事ができないやつもいる。おまえは正直気むずかしいけど、仕事はやってる。努力してると感じる。そういう姿は、きっとみんな見てるはず」

「そうですかね?」

「でなきゃ、やってられないだろ」

志村はハフハフ言いながら、レンゲでスープをすすった。

「志村さん、今の仕事楽しいですか?」

航樹は素朴な疑問を投げかけた。

「え?」という顔をしたあと、「楽しかねえよ」と顔をしかめてみせた。「何度もやめたいって思ったよ。それこそ、ラーメン屋にでもなろうかなんてな。でもたぶん、ラーメン屋にはラーメン屋の厳しさってもんがあるわけよ。そういうもんだろ?」

航樹は黙ってうなずいた。

「その後、鬼越さんから直接電話くるのか?」

「いえ、とくには」

「あの人さ、若いやつが好きなんだよ。なんていうか、かまいたくなるんだろうな。そういうおやじっているのさ」

志村はラーメンのつゆを最後の一滴まで残さずすすった。

チャーシューが多すぎて少し後悔したが、航樹もなんとか食べ終えた。

「ご馳走さまでした」

「おう、またスターエイジ頼むぞ」

志村は言うと、青葱《あおねぎ》の貼りついた前歯を見せてニッと笑った。


パラちゃんが話していたゴッホの「ひまわり」が一般公開された十月中旬、航樹は、課長の長谷川と窓際のソファーで向き合っていた。その日の午後、〝ヘイゾウ〟は散髪に行ってきたのか、さっぱりとした頭を撫でつけながら、呼びつけた用件を話しはじめた。

七月以降、新入社員二人でがんばってきたことへの労《ねぎら》いの言葉をもらえるのかと思ったら、苦言だった。

スターエイジに関して、特定の得意先が優遇されているという話が、営業から長谷川の耳に入っているらしく、卸商営業部だけでなく、出版営業部はもちろん、印刷営業部の要望にも広く応じるように言われた。

特定の得意先というのは、鬼越商店をさしているようにも思えた。経緯を理解していない妄言のようにもとれたが、これまで〝ヘイゾウ〟から文句を言われたことはない。おそらく外部からの〝タレコミ〟でもあったのだろう。航樹は反論せず、「わかりました」とだけ答えた。

「──それから」

長谷川はつけ加えた。

これまで星崎製紙から要請され、課長が対応していた月末仕切りについて、今月末から任せるとのこと。任せるとは、うまい言い方だ。またひとつ航樹の仕事が増えることになった。それじゃあ、この人はいったいなにをやるのだろう、とも思ったが、これはチャンスかもしれない、と航樹はとらえることにした。

*

中学校の最寄り駅近くにあるイタリアンレストランを貸し切っての同窓会には、担任の教師は不参加だったものの、卒業後初めての再会の場のせいか、多くの元クラスメイトが集《つど》った。

休日ということもあり、航樹はストライプ柄のシャツの上にアイボリーのカーディガン、ジーンズというラフなかっこうで出かけた。すると男子はジャケットを着用している者や、スーツ姿の者までいた。女子になるとカラフルなパーティードレスに身を包んでいる子もいて、それはそれで華やかだった。

冒頭の幹事の挨拶の際、中学校当時と変わらず、男子と女子にきれいに分かれ、向き合うかっこうになった。航樹の目は、当時と同じショートボブの髪型の梨木文恵をとらえ、そのまばゆい白のワンピース姿に釘づけになった。

中学時代、あまり目立たなかった梨木さんだったが、美しい大人の女性に変貌していた。もちろんその美しさとは、航樹自身の価値観であり、だれかと確認し合ったものではない。彼女は昔と変わらずおとなしそうで、着飾っているわけでもなく、化粧もかなり控え目だ。

それでも航樹には、彼女にだけスポットライトが当てられているように、ひときわ輝いて見えた。

高三のときに告白し、交際を断られた身である航樹は、彼女に自分から近づくことは控えた。これまで航樹が告白したのはその一回だけだったが、学生時代、女性とつき合うチャンスは何度かあった。高校のサッカー部時代は、下の学年の子から告白されたこともある。でも交際というものを試そうとしなかったのは、やはり梨木さんの存在があったからだ。

同窓会に参加するにあたって、蓮から言われた。たとえそれがどんな相手だとしても、だれかに好きだと告白されて嫌な気持ちがする子などはいない、ということ。一度うまくいかなかったからといって、卑屈な態度をとるな、とも言われた。テニス部時代、パラちゃんがひがむほど女子に人気のあった蓮の言葉だけに、とりあえず頭に入れた。

航樹としては、大人になった彼女に再会できたことで、ひとつの大きな目的は果たせた気がした。彼女の姿を目の当たりにし、やはり自分の目に狂いはなかったと、妙な優越感に浸ったくらいだ。

乾杯のあとしばらく歓談し、自己紹介がはじまった。まずは男子から。最初に元学級委員長であり幹事を務める大友《おおとも》が、現在暮らしている街、職業、簡単な近況などを口にすると、皆がそれに倣《なら》った。なかには年収まで口にする無粋な者もいたが、それはそれで昔と変わらぬ人柄が出ている気がした。航樹は大学卒業後、今も実家で暮らし、銀座で働いていると短く挨拶をした。

自己紹介が女子に移ると、旧姓として名乗る、早くも結婚したらしき人の挨拶もあった。見た目は男子よりも女子のほうが変わったような印象を受けた。それでも中学時代の面影は隠しきれず、口元がゆるんでしまう。航樹が注目したのは、もちろん梨木さんだ。

梨木さんは前に下ろした左手の甲に右手を添えるようにして、やや緊張した面持ちで話しはじめた。視線を泳がせる癖は昔と変わらない。涼やかな目もとの小さな泣きボクロの位置もそのままだ。実家で暮らしている彼女は、留年した航樹よりも社会人としては一年先輩で、書籍や事務機器を販売する会社に勤めて二年目と話した。「書籍」という言葉に、ああ、そうなんだ、と航樹は感慨を深くした。本が好きだった彼女らしい。

――本は、紙でできている。

そのことを思い出した。

自分の仕事が彼女の仕事とつながっているようで、航樹はうれしかった。

一次会では、男子の元クラスメイトとあたり障りのない話に終始した。といっても、当時仲のよかった友人が欠席していたため、航樹はだれとも会話をしない手持ち無沙汰な時間もあった。かといって、自分からだれかに積極的に話しかけたりはせず、元クラスメイトを静かに眺めていた。

この場にいるそれぞれが、今は自分の仕事を持っている。職業や役目はさまざまだろうが、その仕事は、果たして彼や彼女の望むものであるのだろうか。ふと、そんなことを考えてしまった。

約二時間の再会の時は、あっという間に過ぎた。

航樹とすれば特別な時間であり、参加してよかったと思えた。同じ時間を過ごした同級生というのは、自分という存在について考える上で、望もうと望むまいと、生涯ひとつの物差しとなるだろう。

このままひと言も梨木さんと言葉を交わさずに帰るのも、それはそれでよいのかもしれない。彼女は元気そうで、今も素敵な恥ずかしがり屋で、好きだった本に近い場所で日々を過ごしている。そのことを確認できただけでも、じゅうぶんな気がした。

店の外に出てから、今回の同窓会を仕切った大友に「お疲れさま」と声をかけた。「神井も二次会来るだろ」と当然のように言われ、曖昧な態度をとると、女子からも「行こうよ」と声をかけられた。その集団のなかにいた梨木さんが背伸びをするように振り返り、目と目が合った。思わず航樹はうつむいてしまった。なんだか奥手な中学生にもどったような気分だ。

次に同窓会があるのは三年後、いや五年後、あるいはもっと先かもしれない。ここにいる元クラスメイトの人生は大きく動いているはずだ。もしかしたら、もう会えない人もいるかもしれない。そう考えると、この場を離れがたくもあった。

航樹にとっては、やはり梨木さんの存在が大きい。高校時代、手紙では伝えきれなかったことがあるはずだ。この機会を逃せば、おそらく永遠にうやむやなままだ。せめてあのときの短い交流について、たしかめられたらと思い、航樹は二次会に向かう集団の後ろについていていくことにした。

二次会もまた、地元にありながら航樹が初めて入る店だった。手前にカウンターがあるバーで、奥に教室くらいのテーブル席のスペースがある。そちらが同窓会の二次会のために、ほぼ貸し切りのような具合になった。

偶然に過ぎないとは思うが、空いていた四人掛けのテーブルを航樹が選ぶと、斜向《はすむ》かいに梨木さんが座った。航樹の隣には、幹事の大友。梨木さんは、隣に座った中学生当時〝ユッコ〟と呼ばれていたおしゃべり好きな子にさっそく話しかけられていた。大友は幹事のせいか、性格なのか、周囲に気配りをし、元クラスメイトが楽しめているか気にかけている。そのため何度も席を外した。


「へえー、じゃあ、梨木さんが働いてるのは、書店なんだね」

「うん、そうなの」

「家から通ってるんでしょ」

「今は電車で千葉まで」

「じゃあわりと近くていいね」

そんな二人の会話が聞こえてきた。

「神井君、銀座なんでしょ？」

「え?」

航樹が視線を上げると、梨木さんの切れ長の目と目が合った。

「へー、そうなんだ」とユッコ。

航樹が答えようとしたとき、「自己紹介で言ってたもんね」と梨木さんが口元をゆるめた。

「いいね、銀座だなんて」

なにがいいのかはよくわからなかったが、自分の話を聞いてくれていたことがうれしく、「まあね」とうなずいてみせた。

「じゃあさ、あのお店に行ったことあるかな」

梨木さんの頰に少し赤みが差した。

「あの店って?」

すかさずユッコが口を挟んでくる。

「ええと、名前が出てこないんだけど……」

梨木さんはもどかしそうな顔をした。その表情が余計にまぶしく、当時、成績は優秀だったものの、少し天然気味だった一面をのぞかせた。

「あ、もしかしてそれって銀座にあるフルーツパーラーの」とユッコが得意そうに言いかけた。

「ほら、太宰治が通ってた店」

梨木さんが声をかぶせるように大きくした。

「え？　千疋屋《せんびきや》じゃなくて？」

　ユッコは、なぜそこで文豪の名が、というふうに半ば呆れ顔をしてみせた。

　唐突だったけれど、航樹はうれしかった。その話題は高校時代、梨木さんが航樹にくれた手紙の続きのように思えたからだ。

「太宰治が通ってた銀座の店？」

「そう。織田作之助や坂口安吾《さかぐちあんご》。古くは、永井荷風なんかも」

「――永井荷風？」

　航樹の脳裏にとろんとした顔が浮かんだ。そう言えば本屋で会った室町と喫茶店で仕事をサボった際、「永井荷風なんてどうだ？『つゆのあとさき』という作品があるから、機会があったら読んでごらん」と言われた。たしか、〝オダサク〟こと織田作之助の話から転じての場面だ。

「いや、正直、銀座の店にはまだあまり詳しくないんだ」

「なによ、せっかく銀座まで毎日通ってるんでしょ」とユッコにつっこまれた。

「そっか、それは残念。無頼派が通ってた有名な店だって、なにかで読んだんだけどな……」

　梨木さんは少し悔しそうな顔をした。

　歯科衛生士であるらしいユッコは、銀座にも文豪にもあまり興味がないらしく、自分の仕事の話をはじめた。多くは勤めている歯科の院長のやり方についていけないという愚痴。梨木さんはその話に生真面目につき合っていた。

　航樹はしばらく黙って酒を飲んだ。話には加わらなかったが、幸せな気持ちでいられた。梨木さんは自分と話すことを厭《いと》わなかった。むしろ楽しんでいるようでもあった。

　航樹は二杯目のウイスキーの水割りを空けると、アルコールの力も借りて、思い切って梨木さんに提案してみた。

「このあと、ちょっと二人で話せないかな」

　店の喧噪のなかでのささやきだったが、声はユッコにも届いたようだ。

「は？」という顔をして、航樹と梨木さんの顔を交互に見ている。

「いいけど……」

　梨木さんは戸惑いを見せつつも小さくうなずいた。

　ユッコに席を外してくれとはもちろん言えない。航樹は「じゃあ」と口にして席を立ち、さっきから気になっていたカウンターのほうへひとりで歩いていった。

　店には低くジャズが流れている。空いているカウンターの隅の椅子に腰を落ち着かせると、バーテンダーのひとりが視線を投げてきたが、咎《とが》めたりはしなかった。タバコを一服した頃、少し遅れて梨木さんがバッグを手にやって来た。さすがにユッコはついてこない。カウンターの席には同級生の姿はなく、中年の男が二人、距離を置いて静かに飲んでいる。

　バーテンダーが、こちらは別会計になりますがと言ったので、かまわないと答え、航樹はギムレットを、梨木さんはジントニックを注文した。

「時間をとってくれてありがとう」

航樹はまず礼を口にした。

梨木さんは黙ったまま細い顎を引くようにした。

なにから話せばいいのかわからなかった。ただそれほど時間に余裕があるわけではない。大切な話をするべきだ。

「あれからたくさんの本を読んだよ」

航樹はまずそのことを伝えた。「多くは、君が読んでたような昔の小説」

「——そう。私もあれからたくさん小説を読んだ」

小さいが心地よい声が耳に響いた。

航樹はゴクリと唾を呑み込んだ。「最近は？」

「それが、読書量は前より減ったかもしれない。毎日、本に囲まれて社員割引で買えるっていうのに」

「そうなんだ？　でも、僕もそうかも」

かろやかなリズムでバーテンダーが銀色のシェイカーを振る。先に用意された航樹のグラスになみなみとギムレットが注がれ、そのあとにライムスライスが飾られたジントニックが、店の名前の入ったコースターの上に着地した。

「梨木さんの働く書店では、どんな本が売れてるの？」

「今は『ノルウェイの森』だろうね」

「こないだ銀座の店でも見かけた」

航樹はうなずいた。

「それとね」

梨木さんは少し考えてから、「『この味がいいね』と君が言ったから七月六日はサラダ記念日」と短歌を声に出した。

「俵万智《たわらまち》の『サラダ記念日』か」

「そう。もうどれくらいなのかな。百万部はかるく超えちゃうよね。二十四歳の高校の先生なんだってね。出版社の人から聞いた話だと、初版の部数は三千部だったらしいよ」

「へえ、そうなんだ。本屋さんには、出版社の人も来るんだね」

「うん、毎日のように来る。営業の人がね」

「それにしても初版三千部の本が、百万部超えか。やっぱり出版って、夢があるな」

航樹はつぶやいた。

「そうかもね」

梨木さんはジントニックを口にしてから続けた。「神井君はどんな仕事をしてるの？　就職して二年目？」

「いや、今年の入社。浪人じゃなく、大学で留年したんだ」

航樹は正直に話した。「仕事は、紙を専門に扱う商社」

「え、紙なの？」

「そう、ペーパー。紙の仕入担当」

「へえ、そうなんだ」

梨木さんは、なにかひらめいたようにすっと背筋を伸ばした。「じゃあ、本になる紙なんかも扱ってるの？」

「もちろん」

「へえー、すごいじゃない」

「そうかな……」

航樹は、梨木さんの反応に頬をゆるめた。

「じゃあさ」

梨木さんは自分のバッグから書店のブックカバーのかかった本を取り出した。「この本のなかで、神井君の知ってる紙ってある？」

「これ、今読んでるの？」

「うん、じつはね」

照れくさそうな梨木さんから、航樹は四六判の単行本を受け取った。本には、大手書店チェーンの名前とマークの入った紙のカバーがかかっている。

「このお店で働いてるの？」

「そう、千葉店」

「ちょっと失礼」

航樹は店のカバーを丁寧に外した。すると真っ赤な上製本のカバーと帯が露わになった。

「『ノルウェイの森』じゃないか」

「そうなの、今読まなくちゃって」

「なるほどね」

航樹はうなずいて本の造りに注目した。

「まずこのカバーだけど、見たところ光沢のあるコート紙だね。ただ、さらに加工がされているようだ。詳しくは知らないけど、印刷面にだけフィルムが貼られている。帯は少し薄めの、やっぱりコート紙。こっちはそのまま使ってる。表紙を開いたこの部分。〝見返し〟って言うんだけど、この表紙に貼りつけられてる緑色の紙は、おそらく色上質。いや、もしかしたら、ふつうのよりグレードが高いやつかもしれない」

「へえ、さすがに詳しいね」

梨木さんが顔を近づけてきた。

「それからいちばん最初のページが、〝扉〟。タイトルが大きく入ってる。本文より厚い紙を使ってるよね」

「〝扉〟って言うんだ」

梨木さんの声が大きくなった。「この最初のページ、紙でできた扉をめくるとき、わくわくするよね。なんていうかさ、夢への扉を開くみたいに」

「そうだね」

二人でうなずき合った。

梨木さんの言うとおりだ。さすがは中学時代からの読書家だけのことはある。物語の本の扉を開けば、読者は何者にでもなれる。それこそ私立探偵にだって、悲劇のヒロインにだって——。

「この最初の〝扉〟のことを〝本扉〟とも言う。さわってごらん、少し凹凸《おうとつ》があるでしょ」

「たしかに」

梨木さんは指輪をしていない細い指先で、クリーム色の紙を静かになぞった。

「エンボス加工といって、わざとそうしてるんだ。模様のパターンはいろいろある。僕が扱ってる製紙メーカーの紙には、〝布目《ぬのめ》〟や〝絹目《きぬめ》〟や〝梨地《なしじ》〟がある。それから——」

航樹は本を引き寄せ、本扉の紙を人さし指と中指を下にして親指で挟んだ。そして神経を集中するように目を細め、紙を指でしならせ、「パチンパチン」と鳴らしてみせた。

「え、なにそれ？」

その声に、バーテンダーまでこちらをちらりと見た。

「うん、この紙は、たぶん〈110〉ベースだね」

航樹は、梨木さんの驚いている表情にうなずいてみせた。

「それって紙の厚みのこと？　そんなことまでわかっちゃうんだ」

「まあね」

鬼越から拝借した技を披露した航樹は続けた。「問題は、ストーリーが印字されてる本文用紙。白じゃなくて、少しクリームがかった色をしてるでしょ」

「——たしかに」

「書籍本文用紙は、淡いクリーム色がよく使われる。そのほうが文字を読みやすいし、目が疲れにくいから」

「そんなこと意識してなかった。ふつうに白だと思ってた」

「もちろん写真集や美術書には、白色度の高いアート紙を使う」

「紙にもいろいろあるんだね」

梨木さんは感心した様子だ。

「でもさ」

と航樹は声を落として白状した。「ほんとは、ちがうんだ」

「ちがうって？」

航樹は少し迷ってから、そのことを口にした。「笑われるかもしれないけど、小説家になりたかった」

それが本当の夢だった。

梨木さんは目を見開いた。でも笑ったりせず、静かに続きを聞いてくれた。

「大学を留年したのも、じつはそのせいなんだ。就職が決まらなかったこともあるけど、一年留年して作品を仕上げて、文芸誌の新人賞に応募するつもりだった。就職活動もしてたけど、時間はじゅうぶんにあったんだ。でも書き上げることはできなかった。時間の問題じゃなく、今の自分には書けないって思い知った。それで小説は、そのときあきらめた。もっと真剣に生きることをしなくちゃって気づいて、出版の世界に進むことに決めたけど、やっぱり中途半端だったのかな、就職活動はうまくいかなかった」

「それで今の会社を？」

「そう。本は、紙でできてる」

「それが理由？」

「笑っちゃうだろ」

航樹は口元をゆるめた。「今の僕の夢はね、紙でできてるんだ」

「え、紙で？」

「だからいつか本をつくりたい」

「笑うなんて、そんなことない」

梨木さんは小さく、けれど強く首を横に振った。「私だって似たようなものだし」

「え？」

航樹は横を向いた。

とても近くに梨木さんの澄んだ瞳があり、高くないがかたちのよい鼻があり、きりっとした薄い唇があった。それは本当に、手に届く場所に。

不思議だった。梨木さんとは、中学時代まともに話したことなどなかった。クラス分けをした中三のとき、初めて教室へ行くと、出席番号順に並んだ仮の席が、彼女の隣だった。そのとき、誕生日が同じことを偶然知った。

それをきっかけに意識するようになった。でもその後、席が近くなる機会もなかったし、べつの接点も見あたらなかった。たぶん彼女は、航樹が想い続けていたことなどまったく知らなかったはずだ。

そういう意味では遠い存在だったのに、今はこんなに近くにいる。

「なんだよ、ここにいたのか」

後ろから声をかけてきたのは、大友だった。

二人で振り向くと、「ユッコのやつが、ぶすっとして『消えちゃった』なんて言うからさ」と困り顔を見せた。

「ちょっと本の話をしてた」

「本？」

カウンターに置かれた赤い表紙を見つけ、「ああ、おれも買った」と大友は笑い、すんなりもどって行った。

そろそろ自分たちも奥の席へもどるべき時間のようだ。でもできるなら、もっとこの人と一緒に過ごしたかった。

「あ、思い出した」

梨木さんがつぶやいた。

中学時代の記憶かと思ったが、そうではなかった。

「銀座の店って、たしかバーだよ。太宰治がね、脚の長いスツールに座ってる写真をどこかで見たの」

「──そうなんだ」

航樹は勇気を出して言ってみた。「その店、調べてみるよ。わかったら、連絡してもいいかな？」

「え？」

梨木さんが動きを止めた。

航樹は反応がこわくて前を向いたまま続けた。「できれば、また会いたいんだ」。カウンターに載せた両手は、祈るように前で組んでいた。

どれくらいの時間が経っただろうか。とても長いようにも思えたし、三十秒くらいだったのかもしれない。せっかくのギムレットが汗をかいたまま残っていた。

「私ね、つき合ってる人がいるの」

梨木さんはか細い声を震わせた。「それでもいいなら」

航樹は気持ちが沈みかけた。でも、ここであきらめたら、また五年前と同じことになる。

それはいくらなんでも辛すぎる。

「それでもいい。連絡する」

航樹は答え、「じつは自分にもそういう人がいるから」と嘘をついた。

なぜ嘘をついたのか、その場ではよくわからなかった。見栄を張ったわけではなく、梨木さんと同じ立場でありたいと考えたからかもしれない。

彼女にだけ、不都合な立場で会うことを求めたくはなかった。でもきっと、そのほうが彼女も会いやすいはず——そう思ったからだ。

＊

「スターエイジ、やっぱりないのか」

外まわりからもどった卸商営業部の小沢が声をかけてきた。ポマードで固めた前髪が数本垂れ、顔には落胆の色がうかがえる。

「え？　なにか頼まれてましたっけ？」と航樹は尋ねた。

「春さんが、由里さんに断られたって」

小沢はうらめしげに、明細を書き込んだメモを差し出した。

「キクヨコロクニイハンか……」

「メーカーには在庫ないんだろ」

小沢は目を逸らした。「まあ、神井ができないって言うなら、しかたない。先方には断るよ」

「得意先、どこですか？」

小沢は、最近力を入れている卸商の名前を口にした。

「だったら、なんとかします」

「やってくれんのか?」

「やらないとまずいでしょ」と航樹は答えた。

「じゃあ、頼む」

小沢はうなずき、デスクにもどりかけた。

航樹が受話器に手をのばそうとしたとき、「神井」と声がした。

足を止めた小沢が唇の端を片方だけ上げるようにした。「おまえ、なんか最近明るくなったな」

「そうですかね?」

航樹の口元がゆるんだ。

「いや、いいことだ」

小沢はにやつきながら行ってしまった。

昨日の残業時間にも、同じようなことを樋渡に言われた。「なんかいいことでもあったのか?」と。航樹はしらばくれ、「なにも」と素っ気なく答えた。

デスクの一番下の引き出しをそっと開け、並んだファイルの奥をのぞき込む。そこにはスターエイジの隠し在庫の仕入伝票がしまってある。そのなかから、小沢が求めている939×636〈62・5〉の伝票をつまみだし、手早く数量を書き換え、新たに仕入伝票を書き起こした。

少し時間を置いてから、小沢に声をかけ、由里に事情を話して伝票の明細をコンピュータに入力してもらった。小沢は、在庫がなかった商品を航樹がなんとか都合をつけてくれたとありがたがった。由里はおもしろくなさそうな顔を見せたものの、デスクにもどると「うまくいったね」と言ってくれた。


同窓会の翌日、航樹は銀座通りにある書店で「一〇〇パーセントの恋愛小説‼」の帯が巻かれた赤と緑のカバーの上下巻を手にした。少し前までは、自分に関係ないジャンルだと思い込んでいたが、今や最も読むべき小説に感じるから不思議だ。

それから梨木さんとの話題づくりのため、と言ってはなんだが、室町に勧められた永井荷風の『つゆのあとさき』を二階の文庫売り場の棚で見つけ、三冊をレジへ運んだ。

一週間後、あまり時間を置くのはよくない気がして、家の近所の児童公園にある公衆電話から梨木さんに電話をかけた。すると電話に出た彼女は、あっけなく地元で会うことを了承してくれた。断られるのを覚悟していた航樹は、電話を切ったあと、あまりのうれしさに夜の公園のブランコをひとりで漕《こ》ぎ、靴飛ばしに興じてしまった。

その電話で、じつはほかの同級生からもアプローチがあったことを梨木さんが漏らした。

「それってだれ？」と尋ねてみたが、「いいの、もう断ったから」と彼女は教えてくれなかった。きっぱりとした言い方は、私はだれとでも会うわけではない、という意思表示のようにも思えた。自分とは会ってくれる。そのことがとてつもなく光栄に感じられた。

しかしブランコを止めたあと、あの言葉を思い出した。

——私ね、つき合ってる人がいるの。

自分の好きな人にすでに彼氏がいたら、昔の航樹であればすんなりあきらめていただろう。「それでもいいなら」という梨木さんの言葉の意味は、正直よくわからない。それこそ、友だちとしてなら、という意味にも受け取れる。ならば高校三年のときにもらった手紙の返事となんら変わらない。いや、つき合っている人の存在を明白にしているわけで、むしろ状況はより厳しくなった、ともいえた。

だが、航樹は思い直した。友だちとしてでも会わない相手だっている。二人で会ってくれるのは、彼女が自分に対してわずかながらでも特別な感情を抱いている証であり、たしかな前進なのだ、と。


その日、航樹はめずらしく午後六時過ぎに退社した。

今日は早く帰ると申し出た際、「なにかあったの？」と由里が心配顔で尋ねた。

「なにも」と短く答えると、由里は驚いていたが、うれしそうでもあった。もちろん自分も早く帰れるからだろうが、仕事の相棒にようやく余裕ができたと感じたせいかもしれない。

由里は調子に乗ってそのことを樋渡に報告に行き、二人で「だれに会いに行くのかなー？」などと航樹をからかいはじめた。航樹は相手にせず、さっさと会社をあとにした。

梨木さんとは地元の喫茶店で待ち合わせをした。アルコール飲料を提供する飲食店ではなく喫茶店にしたのは、お互いにつき合っている人がいる、という前提を踏まえての選択だ。いったん家に帰った航樹は、通勤用のスーツを私服に着替えてから店に向かい、壁際の二人席に座った。

十分ほど遅れて、白のブラウスにベージュのタイトスカート、紺のジャケットを羽織った梨木さんが到着した。これは同窓会の続きではない。そしてまた、何度もくり返し見た、想像や夢の中でもなかった。

お互い素面《しらふ》であり、明るい照明の下でのあらためての再会に航樹は気持ちを高ぶらせていた。待っているあいだに喉が渇き、すでにコップの水はなくなりかけている。けれど過度の緊張が続いたのは、梨木さんが席に着いて最初の数分に過ぎなかった。

「ここはワッフルがおいしいんだよね」

梨木さんがふわりと発した言葉に、「そうなんだ」と航樹は自然に答えていた。

「お腹空いちゃった」

「そうだね、じゃあワッフルを頼もう」

コーヒーのほかに二種類のワッフルを注文し、ごくふつうに会話がはじまった。

冒頭で航樹は、梨木さんが知りたがっていた、太宰治が通っていたとされる銀座の店については、まだわかっていないと伝えた。

「いいのいいの」と梨木さんは気さくに応じ、それだけが自分と会う目的ではないことを、航樹に確認させてくれた。

「――それでね」

梨木さんは、なにげない感じで切り出した。

彼女には、大学時代に知り合ったひとつ年上の彼氏がいて、その人は仕事の関係で今は遠くにいるが、交際を続けている。つまり遠距離恋愛中であるということを具体的に明かした。

なぜ彼女がそんな話からはじめたのかといえば、こうして会うことに対する、いわばお断りなのだと理解した。航樹にしてみれば、のっけから釘を刺されたようなもので、黙ってうなずくしかなかった。でもわざわざきちんと説明してくれた梨木さんが、とても誠実な人に思えた。

「で、神井君のほうは？」と問われ、一瞬ぽかんとした。

航樹はあわててつき合っている人の作り話を考えた。彼女はひとつ年下で、やはり大学時代に知り合ったのだと。もちろん好きな人に嘘をつくのはやましく、口が重くなった。

「でも、こっちの人なんでしょ？」

「――まあね」

「いいよね、いつでも会えるんだから」

梨木さんはうらやむように唇をとがらせた。

コーヒーに少し遅れて、焼きたてのワッフルが運ばれてきた。

梨木さんが話題を本に変えた。航樹は、同窓会の夜に酔った勢いで自分の夢を口にしたことが面映ゆかったが、大学時代に読んでいた小説のタイトルをいくつか口にした。

「じゃあ、神井君は、大学に入るとアメリカ文学のほうに走ったわけね」

「そういうわけでもないけど」

「でも、ジョン・アーヴィングやカート・ヴォネガットなんかを好んで読んでたわけでしょ」

「まあね」

「ヘミングウェイは？」

「いくつか読んだかな」

「いくつかって、たとえば？」

「多くは短篇。それと『海流のなかの島々』とか」

「青の背の上下巻ね。新潮《しんちょう》文庫の」

「だったかな」

「ヘミングウェイといったって、ふつうは、『老人と海』を英語の教科書で読むくらいじゃない」

梨木さんの言葉に、航樹は思わず口元がゆるんだ。そんなことを言ったら、太宰治にしたって『斜陽』や『人間失格』のタイトルは知っていても、多くの人は『走れメロス』くらいしか読んでいない気がした。少なくともパラちゃんや蓮はそうだ。

梨木さんはなにがおかしいのと、少し頬をふくらませてから、航樹の考えを読み取ったように小さくうなずいた。そういった彼女のひとつひとつの仕草や表情が、航樹にはたまらなく懐かしく映り、胸がときめく。

中学時代の梨木さんとは、ほとんど口をきいたことがなかった。それもあって無口な人という印象が強かった。そういえば当時も教室で文庫本を読んでいる姿をよく目にした。でも今は、本の話になると梨木さんはとくに饒舌《じょうぜつ》になる。そのギャップがおもしろく、「彼氏もよく本を読むの？」と余計なことを口にしてしまった。

「読むんじゃないかな」

梨木さんは、やや冷めた口調になる。「こないだ会ったときは、ソニーの会長が書いた『MADE IN JAPAN』を持ってた」

どうやら航樹とは、読む本の傾向が異なるタイプのようだ。

「不思議だよね」と梨木さんが言った。「同じ本でも、読んだ感想って一人ひとりちがうじゃない？」

「そこが本のおもしろいところさ」

「かもね」

「だって、本は著者が書くわけだけど、本を読むのは読者だからね。読者自身の感性や知識や経験が試されている、とも言えるんじゃないかな」

「なるほど」

「本はさ、言ってみれば、自分を映す鏡みたいなところもあると思うよ」

「かもしれないね」

梨木さんがうなずいた。

それからは、梨木さんの彼氏について、自分から尋ねるのは控えることにした。もちろん、自分の仮想の彼女についても話題にするのを避けた。

「神井君、今日休みじゃないよね？」

「家で着替えてきた」

「じゃあ、今日も銀座に行って来たんだね」

「会社が銀座だからね」

「その街を、今は亡き文豪の永井荷風や太宰治が歩いていたのかと思うと、かなりうらやましいな」

「そういう視点は、じつは僕にはなかった。だから、教えてくれてありがたく思ってる」

梨木さんは、そんな、という顔を見せ、はにかんだ。

「ところで、神井君の会社って、昔から銀座にあるの？」

「そのはず。自社ビルだって上の人が自慢してた。扱ってるのは紙だから、銀座である必要があるのか疑問なんだけどね」

航樹は話しながら、思い出した。梨木さんは中学時代成績がよかった。それに比べ、航樹はできがわるかった。彼女を安心させるために、自分が今どんな仕事をしているのか、また、置かれている立場についても説明した。

愚痴にならないよう話したところ、「すごいじゃない、新人なのに仕事を任されるなんて」

と梨木さんは驚いていた。

「でも自分としては、より出版に近い仕事に就きたいと思ってる」

「なるほどね」

梨木さんはうなずいた。「けど、なかなかむずかしいかもね。私も今の職場で、できることなら文芸書の棚を担当したい。でも、今は理工書を任されてる。まったくの門外漢だし、MS - DOSってなに？　って感じなんだけど」

「そうか、本にもたくさんジャンルがあるもんね」

「そう。だから、我慢してもいるの」

梨木さんはさびしそうに口をすぼめた。

航樹は話の流れから、今いる仕入部を経て、会社での出世コースとも言われる出版営業部を目指そうと思っていることを口にした。

自分の好きな本の世界に、より近づくために。

梨木さんは、それは現実的でよい方法なのではと賛成してくれた。

話は弾み、焼きたてのワッフルに載せられたバニラアイスクリームがあっという間にとろけていくように、時間が過ぎていく。ときおり二人の目と目が合う。そのことには、なんの意味もないはずなのに、その度に胸が疼《うず》く。こんなに近くに、好きな人がいてくれる。でもその人には、ほかに好きな人がいる。

もっと話をしていたかった。でも閉店の時間が迫っている。グラスの二杯目の水を飲み干し、「そろそろ帰ったほうがいいね」と航樹のほうから口にした。

家まで送るべきかと思ったが、やり過ぎのような気もして、西口ロータリーで別れることにした。その場所からは、ほんの数ヶ月前、ひどく酔っ払ってしゃがみ込んだ銀座商店街のベンチが見えた。あのとき、たまらなく会いたかった初恋の人、梨木さんと今こうして会っている。人生ってよくわからない。

「今度は、神井君のスーツ姿が見たいな」

別れ際、梨木さんから思いがけない言葉をもらった。

「じゃあね」

白く細い指がバイバイと動いた。

言葉を失った航樹は、魂を抜かれたように、彼女の後ろ姿が見えなくなるまで茫然とそこに突っ立っていた。

*

「じゃあ、もう一軒行こう」

尻ポケットから長財布を抜き出した板東がテーブルの伝票をつかみ、レジへ向かおうとした。

「行きますか！」

航樹は頬の火照りを覚えながら調子を合わせた。「あ、ところでお代は？」

「ええけんええけん」

板東が赤ら顔の前で手を振った。

この日の夕方、星崎製紙の営業部から電話があり、「今夜飲みに行かんか」と板東に誘われた。

十月下旬にメーカーから紙の買い増し、営業成績達成のための月末仕切りの要請を受けた航樹は、課長の許可を得た上で、板東を相手にかなりのトン数の紙を買いつけた。メーカーサイドが求める量に応じる代わりに、自分の欲しい銘柄、スターエイジを強く要求した。交渉のやり方は、鬼越商店の仕入部長から学んだものだ。板東が航樹との駆け引きに応じる姿勢を見せたため、航樹は早めに動き、スターエイジのおいしいところを他代理店に先んじていただくことに成功した。また、仕切る際の紙の値段について、便宜を図ってもらった。

何事も最初からむずかしいと決めつけるのではなく、まずは扉をノックしてみる。そんな試みの大切さを航樹は実体験した。おそらく今夜の差しでの飲みは、板東とそんなやり取りを交わしたからこそ実現したのだろう。

突然の酒の誘いに、これまでの航樹なら「今日はちょっと」と逃げを打ったにちがいない。でもこれは仕事の上でのチャンスだと思える心の余裕が、今の航樹にはあった。

飲むのは銀座。どんな店に連れて行かれるのかと思えば、一軒目は、並木通りにある映画館の脇から狭い道を奥に入った、驚くほど庶民的な大衆割烹《かっぽう》「三州屋《さんしゅうや》」だった。とはいえ料理は新鮮なうまい刺身を出すし、値段も手頃だ。隣の板東の声が聞き取りにくいほど店内は賑やかで、そんな他人の会話がつくり上げる、あたたかな喧噪が航樹には心地よかった。

「銀座にもこういう店があるんですね」

航樹が感心してみせると、「おたくの近所やないか」と板東がにかっと笑った。

たしかにそのとおりだ。航樹は銀座を歩く際、大通りばかりを使い、ガイドブックに載っているような名の通ったスポットを目印にしてきた。言うなれば、自分の目で街を見ていなかった。銀座という街には、多くの路地が存在する。それこそ、まだ歩いたこともない道がたくさんある。

梨木さんからの宿題である、太宰治の通っていた店について板東に尋ねてみた。

「それは知らんな」と板東はあっさり答えた。たしかに、四国出身の板東には、洒落《しゃれ》たバーなどよりも、気取らない大衆酒場のほうが似合っている。

三州屋を出たあと、板東と一緒に晴海通りを越えた。午後九時を過ぎているが、車も人の姿も絶えない。むしろ昼間よりも賑やかな気さえする。夜の銀座の街を、板東が臆面もなく、がに股でずんずん進んでいく。

航樹が初めて足を踏み入れるエリアに及んだとき、あるビルの前で板東のがに股が止まった。建ち並んだビルの谷間には色とりどりのネオンが瞬き、白く発光する店の看板がずらりと上の階に向かって並んでいる。近くにあるほかのビルもどこも同じような具合だ。自分が働いている同じ銀座の街とはいえ、このあたりは様子がまったくちがう。夜の街、銀座を象徴するような景色だ。

板東は店のドアの前に立ち、「今日はここにするけん」と口に出し、にんまりした。店の名前は「故郷」。個人宅の表札のような品のよい看板以外、なにも案内は出ていない。

「来たことある店なんですか？」

航樹の問いかけに、板東は「ない」ときっぱり答えた。

さすがに次は飲み代を払わなければ、と考えていた航樹は不安を覚えた。銀座といえば、高いというのが、世間では常識でもある。どう見てもこの店は、大衆酒場とは思えない。

「いいか、営業は、自分を売り込むために、相手の懐に飛び込んでいかなあかん。つまり、新規開拓精神じゃ」

板東は自らを奮い立たせるように両手のこぶしを握った。

「え？　あ、はい……」

自分、仕入なんですけど、と航樹は思ったが、板東のすぐ後ろに立ち、同じようにこぶしを握った。

「いけるで！」

板東が声を大きくし、ドアを勢いよく開けた。

カランカランとベルが鳴り、まばゆい光が漏れてくる。そこには、航樹の持つ「故郷」のイメージとは、かなり異なる空間が広がっていた。

航樹が初めて訪れるタイプの店には、着物姿の小柄なママをはじめ、ドレス姿の若い女性がいて、同じテーブルで一緒に酒を飲んだ。板東はウイスキーの水割りを片手に、隣に座ったホステスを早くも「マナちゃん」と呼び、笑わせている。さすがはベテラン営業マンだ。

しかし航樹はうまく楽しむことができなかった。胸の開いたドレスを着た隣の女性は年上に見えた。とくに美人というわけではない。マナちゃんにしてもそうだ。気立てはよさそうだが、銀座の夜の女といっても、容姿的に特別なものは感じなかった。

航樹がなにも話さないせいか、年上らしき女性のほうから、いくつか質問された。ここに来る前に飲んできたのか、勤め先は銀座なのか、こういう店にはよく来るのか。航樹は、「はい」「ええ、まあ」「いえ」と答え、会話はなかなか弾まない。

居心地がわるく、航樹がタバコをくわえた際、隣の女性がスッと動き、ライターで火をつけようとした。

「いえ、自分でやりますから」

航樹が頭を下げると、「私の仕事奪わないでー」と女性が科をつくった。

つまらない男だと思われている気がした。航樹は早く時間が過ぎることを祈りながら、飲みたくもないウイスキーの水割りを口にした。ふと板東を見れば、すっかり自分の世界に入ってしまっている。

ずっと黙っているのも息が詰まる。とくに知りたかったわけではないが、思いついたことを尋ねてみた。それは店名「故郷」の由来について。年上らしき女性に代わって隣に腰かけた若い子が、すかさずママを呼んだ。

昔はそこそこ美人だったのかもしれない、厚化粧の小柄なママが隣にやって来た。航樹の質問に対して、自分を含め、働いている女性すべてが地方出身者であるから、という説明を関西訛りでしてくれた。つまり「故郷」は、銀座にある田舎、ということらしい。

「あなたは、どちらのご出身?」

ママに問われた航樹は、「千葉です」と答えた。

「あら残念。千葉、埼玉、神奈川の子は、採《と》ってないのよね」

ママは上品に笑った。

どうやらこの店に来る客は、遠く離れた自分の故郷出身の女性が目当てらしく、同郷の子を指名する仕組みらしい。

「東京の方はいるんですか?」

「東京の女がいいってお客さんも、なかにはいるからね」

この店で思い知ったのは、自分はこういう場は苦手であり、社交性にも乏しい、という弱みだ。そして、どんな商売にも工夫が必要であるということ。

帰り際、航樹は奥のテーブルに視線を投げた。ひとりで来ている初老の客に、淡いブルーの花柄のドレスを着た、髪の長い女性がついている。客から指名されていたのか、こちらのテーブルには姿を見せなかった。航樹と視線が合うと、ホステスは一瞬目を見開き、顔を伏せるようにした。

その横顔には見覚えがあった。

場所が場所だけに、挨拶するわけにもいかない。

ぐずぐずしているうちに、支払いは、板東がすませてしまった。

「いいんですか?」と尋ねると、「いやいや、つき合わせてしもうたね」と恐縮された。

頭を下げた航樹は、新橋駅方面へ向かう板東に歩調を合わせた。

「銀座にもいろんな場所があるんですね」

「今の店、もう十年以上続いとるらしい」

板東は冷めた口調になった。「銀座言うてもね、言うてしまえば田舎もんの集まりやけん。でなきゃ、今みたいな店が長く続くわけがない」

「なるほど……」

「まあ、この東京自体が、田舎もんの集まりみたいなものやけん。おれやあんたも含めてね」

板東は高笑いをした。

航樹は銀座の夜風に当たりながら、また少しだけ、この街を知ったような気がした。

翌日の昼前、出版営業部から内線の電話がかかってきた。

相手は清家ではなく、隣の席に座っている、髪の長い高岡君恵《たかおかきみえ》という女性だった。由里が首をかしげてから航樹に電話をまわしたのは、いつもの手配であれば由里が自分で受けていたからだろう。電話に出た航樹に、高岡は一方的に用件を告げた。

「え？　今日ですか？　でも……」

言いかけたとき、電話が切れた。

印象としては、かなりあわてている様子でもあった。

しかたなく、その日、残業を早めに切り上げた航樹は、高岡に指定された銀座一丁目の店に足を運んだ。店はカジュアルな雰囲気のショット・バー。会社から近いが、〝銀栄〟の社員が来るような店には思えなかった。もちろんそれも計算済みなのだろう。先に来ていた高岡は、奥の席でカクテルグラスの底から昇る気泡を見つめていた。

「今晩は、お疲れさまです」

二年入社の早い高岡に挨拶してから、航樹は隣のスツールに腰かけた。

航樹はもちろんスーツ。高岡は、紺でまとめた、落ち着いた通勤服姿。

「ねえ、なんであの店に来たの？」

高岡は最初から好戦的な態度をとった。

「なんでって言われても」

「だれかに聞いたの？」

「偶然ですよ。星崎製紙の営業の人についていっただけですから」

航樹はため息をこらえた。

「あのがに股のおじさん、メーカーの人なんだ」

「でも、初めての店だったみたいです」

「で、私のこと、もうだれかにしゃべっちゃった？」

「電話でも言おうとしましたけど、そんなつもりはありませんよ」

航樹は首を横に振り、なるべく穏やかな口調を使った。「ところで、清家さんはこのことをご存じなんですか？」

「知らないに決まってるでしょ」

高岡は早口で返した。

「そうですか……」

航樹はしばらく黙ることにした。なにを言っても、高岡の声はとがり、鋭くはね返ってくる。まるで全仏オープンで優勝したシュテフィ・グラフのフォアハンドのリターンのように容赦がない。

「――かまわないから言って」

五分ほどあと、沈黙に耐えられなくなったのか、高岡が口を開いた。

「なにをですか？」

「だから、条件を」

「条件、なにに対する？」

「だれにも話さない口止め料っていうの？」

航樹は動きを止めてから、首を折ってうなだれた。

「だれかに言うつもりなんてない。あなたはそう言うけど、ああそうですかって、簡単に信じられると思う？　なにかの拍子にしゃべっちゃうのが人間ってものでしょ」

高岡はストレートにのばした長い髪に手をやり、指で梳《す》いた髪のあいだからにらんできた。いや、にらんだわけではなく、そう見えるアーモンド形の目をしているだけなのかもしれない。

航樹は注文したギムレットにようやく口をつけ、わざと話題を変えた。「昼間の服装はふつうなんですね。それに化粧も控えめだし」

「余計なお世話」

「たしかに」

航樹はあっさり認めた。

すると、なぜか高岡が肩を震わせて笑い出した。

そんなにおかしなことかと思ったが、航樹は反応しなかった。笑いといっても、いろいろある。あまり気持ちのいい笑い方ではない。

肩の震えを止めた高岡は、「前にも見つかったことがあるの」と声を低くした。

「だれにですか？」

「会社の人間」

高岡は指先でグラスの縁をなぞった。「そのときは、男のほうから内線がかかってきて、喫茶店に呼び出された。会うと黙り続けてるから、だれにも言わないでほしいって私から頼んだ。そしたら、条件を出してきたわ」

「そういうことなんですね」

航樹はうなずいたが、納得したわけではない。だいたいそんな男と一緒にされたことが、むしろ不愉快であり心外だ。

喉が渇き、またギムレットを口にした。アルコール度数が高いため、一度に多くを飲むことができない。バーで最初に飲む酒としては、ギムレットは向いていない。そのことに気づいた。

隣で黙り込んだ高岡の横顔は、たしかに整っている。社内では美人との評判だ。だからこそ銀座の夜の街でも通用するのだろう。もっとも、だれがそんな姿を想像するだろうか。ただ、航樹は好感を持てなかった。彼女は、人に緊張を強いるような冷淡さをときおり垣間見せる。そんな彼女特有の圧力に安易に屈したくなかった。

昨日訪れた店、「故郷」でいえば、どこでも見かけそうな容姿のホステスであっても、愛嬌《あいきょう》というものが備わっている気がした。彼女にはそうした部分が見受けられない。自分と同じように、不器用なのかもしれない。

航樹は、条件を出した男がだれなのか、興味本位に尋ねるのは控えることにした。どうせろくな男ではない。男が出したという条件にしても同じだ。安易に関わりを持つべきではない。

「それで、その男の条件を呑んだんですか?」

航樹の言葉に、高岡は前を向いたままうなずいた。

「そもそもどうして、ああいう店で働くことに?」

「じゃあ、なんで男は、ああいう店に行くの?」

高岡は質問で返してきた。

「わかりません」

「あなたは、ああいう店によく行くわけではない。そういうこと?」

「そんな金はないし、あったとしても自分から進んで行こうとは思わない。楽しみ方もよくわからない」

「さっきの話にもどすけど、見られたうちの社員にはたしかに条件を出された。でも今のところ約束は守ってくれてる。だから安心もできてる。私としては、そのほうが助かるというか……」

高岡の声が小さくなった。

「今日、午前中に内線をかけてきたのも、そのせいなんですね。早く安心したかったから」

「それは、そう」

気が強そうに見えるが、案外虚勢なのかもしれない。

「会社にばれたら、どうなるんだろ」

「白い目で見られるだろうし、そうなったらやめるしかない」

「会社はやめたくないわけですね」

「私、コネで入ってるから」

「ああ、なるほど。でもだったら、なんでそんな危ない橋を渡るんですか？」

「それは……」

「経済的な理由かなにか？」

「それもある。買いたいものいろいろあるし」

どうやら彼女の経済的な理由とは、生きるための切迫した状況をさすのではなく、自分の物欲を満たしたいがためという意味らしい。「それもある」ということは、別の理由もあるのだろうか。どうもそこらへんがよくわからない。世の中には、じつにさまざまな人がいる。社会に出て学んだことのひとつだ。

話に進展が見られず、航樹は家に帰って本を読みたくなった。今は梨木さんとのこともあり、正直、おかしなことに首をつっ込みたくない。

「じゃあ、僕も条件を出しますよ。それで安心できるなら」

航樹はカウンターに肘《ひじ》をつき、自分の手と手を合わせた。

「――言って」

高岡は黙って目を伏せた。

航樹にしてみれば、どんな条件でもよかった。だから彼女が実現可能な範囲で、なおかつ自分にとってプラスになるであろう要求にした。

「高岡さんって、昼休みに会社のデスクで雑誌を読んでましたよね」

航樹は尋ねた。「あれって、見本誌ですか？」

「そうだけど」

「どこからもらうんですか？」

「出版社。セイさんとか、営業がもらって来るの」

「それは〝銀栄〟が、出版社に紙を納めてるからですよね」

「だと思うけど」

「だったら、その見本誌を全部こっちにくれませんか」

「全部って、女性誌とかも？」

「そうです。じつは、出版に興味があるもんで」

「出版？」

「そう、本づくり。だから本や雑誌にどんな紙が使われているのか知りたいんです」

「そんなことでいいの」

高岡は拍子抜けしたように肩を落とし、めずらしいものを見るような目でこっちを見た。

「変わってる」と言わんばかりに。

「もちろん、読みたいものがあれば、先に読んでもらってもかまいません。どうでしょう？」

「それは、いいけど……」

高岡は了承したあと、「でも、なんであなたは、会社のだれに見られたのか、その男の条件がなんだったのか、聞き出そうとしないの？」と首をひねった。

「巻き込まれたくないから」と航樹は答えた。

「はあー、なるほどね。会社員としては賢明かもね」

皮肉るような言い方に、航樹はカチンときた。

「会社員だからじゃない。それって、もともと自分でまいた種ですよね。あなたがその男とどうなろうと、僕には関係ない。それこそ、裸で縛られようが、ロウソクを垂らされようがね」

「言ってくれるじゃない」

高岡は鼻筋にわざと小じわを立てると、白い喉くびを見せるようにして、透明なカクテルを飲み干した。


さっそく翌日、高岡は約束どおり、二階の仕入部の航樹のもとへ、紙の手提げ袋に入れた見本誌を持参した。なかには、航樹が仕入れた紙を使った本や雑誌があった。付箋が貼ってあり、紙の銘柄や米坪が記されているページもある。自分の勤めている会社が、これだけの本や雑誌に関わっているのだと実感でき、うれしくなった。

本来見本誌とは、昼休みに社員が暇つぶしのために読むものではない。資料として有効に使うべきものだ。

とはいえ、なかには女性向けのファッション誌の最新刊もある。それらは由里に気づかれないようにして、梨木さんに会う際の手土産《てみやげ》とした。

梨木さんとは、再び地元の喫茶店にて、スーツ姿で会った。梨木さんは、とくにスーツの感想は口にしなかった。その際、思い切って週末のドライブに誘ってみた。「最近海を見ていない」と梨木さんが口にしたからだ。

その日、梨木さんは口数が少なく、どこかもの憂げに見えた。そんな彼女を元気づけたくもあった。

彼女は、一か八かの航樹の誘いを断らなかった。

＊

日曜日、航樹は父親の車を借りて、千葉県房総《ぼうそう》半島の東岸、九十九里《くじゅうくり》浜へ、助手席に梨木さんを乗せて向かった。カーステレオからは、THE《ザ・》 SQUARE《スクエア》の「TRUTH」を流し、アイルトン・セナにでもなった気分で高速道路を飛ばした。どうやらこのノリは不評だったようで、途中で佐野元春《さのもとはる》のバラードにチェンジした。

目的の海辺には、一時間ちょっとのドライブで到着。背の低い松林の奥に車を駐《と》め、小さな砂丘を二人で越えた。

砂浜を挟んで、曇り空の下、荒々しい太平洋が広がっていた。

晩秋の九十九里浜は想像した以上に風が強かった。人の姿は見あたらず、荒涼とした海岸線が延々と南北に続いている。そういえば子供の頃ここに来たのは、夏休みだったことを思い出した。

ジーンズに紺のピーコートを羽織った梨木さんは、海のほうへ向かった。厚手のグレーのパーカを着込んだ航樹は少し遅れてついていく。できれば梨木さんの横に並んで歩きたかったが、距離感がうまくつかめない。梨木さんが不意に振り向いてなにか言ったとき、風が強く聞き取れなかった。ただ、笑顔に少し安心した。

砂鉄を多く含んでいそうな砂浜は、波で洗われた一帯が一斉に泡立ち、薄く広がって光に満ち、水をすばやく吸収してはまっ黒く染まる。そのくり返し。押し寄せる波は、青というより、どちらかといえば藍色に近い。波打ち際近くに立つと、炭酸水を盛大にまき散らしたような音に包まれ、自分が洗われているような気分になる。砂浜への波の到達地点は常に変化するため、油断ならない。

航樹より前に立ち、自ら危険を冒そうとするかのような梨木さんの姿を見つめた。それは、どこか捨て鉢な態度にも映った。なにかあったのだろうか、とさえ思えてしまう。すでにスニーカーは半分濡《ぬ》れている。

彼女が見たかったのは、もしかしたら、こういう海ではなかったのかもしれない。後ろ姿を見つめ、もうしわけないような気分になった。

梨木さんは、車へもどろうとせず、海岸線を南に向かって歩きはじめた。航樹はあとからついていった。

砂浜を歩きながら目にするものは、打ち上げられた代わり映えのしない漂着物。細い流木や、それに絡まるビニール紐、プラスチック製のなにかの容器、ハマグリらしき大きな貝殻、風に震える鳥の羽——植物を含め、生きているものは見あたらない。

「なにもないね」

航樹がつぶやくと、梨木さんが振り向き、「――なにもないね」とくり返した。

急に自分が空っぽな人間のように思えてきて、無性に哀しくなった。距離を置いて歩く二人には、とりあえずなにも起こりそうにない。

しばらく歩くと梨木さんが立ち止まった。いつの間にか手にした細い竹の先で、地面をつついている。

「これ、なんだろう?」

梨木さんが首をかしげている。

魚の死骸にちがいなかった。ミイラのように干からびている。

「たぶん、箱フグだと思う」

航樹が答えると、「神井君って、案外物知りだよね」と言われた。

そのあとも、いくつかの魚の死骸を見つけ、その名前を航樹は口にした。イシモチ、ボラ、エイ……。最後の一匹は、頭がなく答えられなかった。ここで生きているのは、梨木さんと自分だけのような気がして、それはそれで幸せだった。

「風が冷たいね」

梨木さんは両肩を上げて身を縮めるようにした。

もちろん温めるために抱きしめることも、手をつなぐことさえできない。

「そういえばさ――」

航樹は海を眺めながら昔のことを尋ねた。中学時代の梨木さんは、航樹のことをどう見ていたのか。

「どうって言われても……」

梨木さんは口元をゆるめながら沖のほうを見た。

その表情から、ほとんど関心がなかったことが読み取れ、聞くんじゃなかったと後悔した。

「じゃあ、神井君は？」と尋ねられ、好きで好きでしかたなかった、と正直に答えようかと思ったが、それはできず、航樹は「覚えてることがある」と言った。

「なにを？」

「なにかの授業のときに、将来どんな職業に就きたいか、先生が何人かに質問したんだ」

「そんなことあったっけ？」

「あれは夢でじゃないと思う」

「夢？」

梨木さんを何度も夢に見たことがばれそうになり、あわてて「ほら、将来の夢」とごまかした。

「それで？」

「最初にさされた生徒は答えられなかった。二人目も答えなかった。でも梨木さんだけ、こう答えた」

――小説家になりたい。

「え？」

「僕はちゃんと覚えてる」

「私が？　そんなこと言ったっけ？」

「いいな、と思った。それこそ、夢だよなって」

話の真偽を梨木さんは結局曖昧なままにした。もしかしたら冗談半分の発言だったのかもしれない。だとしても、ずっとそのことは、航樹のなかに残っていた。

「そろそろもどろうか」

航樹は声をかけた。

記憶の位置にホクロがある、うなじの毛を風にちらちら揺らして、細い首がこくりと動いた。

なぜ、梨木さんは自分と一緒にこんなところにまで来たのだろう、と急に素朴な疑問がわいた。最初に二人で会ったとき、説明を受けた彼氏のことは、それ以降自分から話そうとしない。航樹にも彼女の作り話をする場面は訪れない。自分たちが友だちだとすれば、二人でずいぶん遠くまで来てしまったような気がした。

車に乗る際、梨木さんはピーコートを着てきたことを後悔していた。ピーコートの厚い生地の目に、飛び砂がたくさん入り込んでしまったようだ。

海岸線沿いの県道で見つけたシーフードレストランで昼食をとることにした。せっかくだから海のものをと思い、航樹は海鮮丼を、梨木さんはシーフードピラフを注文した。

ひさしぶりに見たかった海を訪れたはずの梨木さんだが、残念ながら目に見えて元気を取りもどす様子はなかった。航樹は、無理に会話を弾ませようとはしなかった。

しばらくして料理が運ばれてくる。昼どきだというのに、店に客が少ないのもうなずけるような、あまりパッとしない海鮮丼が航樹の前に置かれた。地ものを使っている様子はなく、冷凍ものらしきマグロの赤身がメインで、ほかの刺身も薄っぺらく、卵焼きやカマボコが添えられ、色づけされたトビウオの卵が散らしてある。それでも梨木さんと一緒の食事のせいか、不満には感じない。

梨木さんはシーフードピラフを食べながら、小エビをひとつひとつフォークで見つけ出しては、皿のわきに弾くようにした。

「苦手なの?」

「そうなの」

「だったら、どうしてシーフードピラフにしたの?」

航樹は小さく笑った。

「——なんとなく」

梨木さんは静かに答えた。「神井君、エビは?」

航樹は少し考えたあと、「だいじょうぶだよ」とうなずいた。

すると梨木さんはなにを思ったのか、皿のわきに集めた小エビを、航樹の海鮮丼の器にせっせと移しはじめた。おそらく端から見れば、二人は恋人同士に見えただろう。

航樹はなにも言わず、すべての小エビを自分の口に運び、ゆっくり咀嚼《そしゃく》した。エビも冷凍ものらしく、味気ない。

「どう？」

梨木さんが笑いかけてきた。

「うん、好きだよ」

航樹は、やっとその言葉を口にできた。

「――ありがとう」

梨木さんはそう言うと、哀しそうに笑った。

＊

〝ダッチ〟こと、高校時代の友人、安達由紀彦から電話をもらい、飯田橋《いいだばし》の居酒屋で会ったのは、十二月初旬。突然会社に電話があり、「今日会わないか？」と持ちかけられた。

仕事帰りの航樹は当然ながらスーツ姿。通勤用のコートはまだ手に入れておらず、ワイシャツの上に黒のセーターを着込んでいる。一方、編プロに勤めているダッチは、スタジアムジャンパーにジーンズというラフなかっこうをしていた。ネクタイ嫌いの航樹としては、かなりうらやましかった。

航樹がそのことを例に、出版業界の自由な気風に対する憧れを口にした際、「まあ、意識したことないけどね」とダッチは素っ気なかった。

「おれがやってる雑誌の編集なんて、雑用みたいなもんだから」とダッチが言う。「もちろんそういう作業によって、媒体は成り立っているわけだけどさ」

「けど、やりがいはあるだろ?」

「――どうかな」

煙たそうな顔でタバコをくゆらせた。

少し痩せたようにも見えたが、神経質そうな風貌や、注意深く言葉を選ぶしゃべり方は変わらない。そして腹が減っていたのか、よく食べよく飲む。

ダッチの現在の仕事は、パラちゃんが見せてくれたアルバイト求人情報誌の編集で、メインの担当は、募集の空欄を埋める記事づくりらしい。

詳しく聞こうとしたら、「〝埋め草記事〟だよ」とダッチは先まわりして答えた。「つまり余白を埋めるためだけの記事ってこと」。自嘲するような口調になった。

どうやらダッチとしては、今のポジションに満足していないようだ。

航樹は、一年目から責任ある立場を任されていることを含め、自分の会社での仕事について、かいつまんで話した。

「今は少し減って、残業が毎月五十時間くらいかな。もうだいぶ慣れたけどね」

「それって多いのか?」

「おれよりやってるのは、社内ではひとりかな。同期だけど」

「残業した分、金をもらえるの?」

「そりゃあね」

「だったらいいよ。うちなんて、そもそも残業って概念すらないからな」

ダッチはタバコのヤニで黄ばんだ歯を見せて笑った。「遅くなりゃ、置いてある汗臭い寝袋にもぐり込んで、起きたらまた仕事。校正するのは、似たり寄ったりの膨大な数の求人広告。文字数をチェックしたり、電話番号を実際にかけて確認したり、取材のアポを取ったり。広告欄に余白ができたら、新しく発売されたスナック菓子を買ってきちゃ、それを食って、感想を埋め草記事にまとめるわけさ」

「給料は？」

「ときどきさ、自分が大卒だとは思えなくなる」

「でも、担当した本や雑誌が売れたら、会社の収益だって増えるし、個人にも還元されるんじゃないのか」

「うちは出版社の下請けなわけで、多くの場合、ページは買い取り。売れたところで関係ない」

「今のところで編集の実績を積めば、出版社に転職できるんじゃない？」

「どうだかね。実績といったって、求人情報誌の編集だからな。おれが書いた埋め草記事を見せて評価してくれる出版社があればいいけど、実際むずかしいんじゃないかな」

ダッチは親指の爪を噛んだ。

パラちゃんがうらやましがっていた、自分の望む業界に進んだダッチの今は、どうやらそう甘くはないらしい。このところ好景気の話題をテレビなどでよく目にするが、ダッチは完全に蚊帳《かや》の外にいるようだ。

ダッチが店員を呼び、飲み物とつまみの追加をした。

「ところで航樹は、今も書いてるのか？」

「なにを？」

「なにをって、小説だよ」

「なんで知ってる？」

航樹は驚き、問い質《ただ》した。

「大学に入りたての頃かな、航樹の家に遊びに行ったとき、コクヨの原稿用紙が何冊も机に置いてあった。本棚にある文芸誌は、どれも新人賞発表の号だった。それでぴんときた」

航樹は自慰行為をのぞかれたような気恥ずかしさを味わった。言い逃れはできそうになく、過去のこととして、「じつは」と小説を書いていたことを認めた。

「おれだって書いたことくらいあるさ。世の中に小説家になりたい人間はごまんといる。べつにめずらしいことじゃない」

「かもな」

「パラちゃんから話は聞いた。出版業界に入りたかったんだって？」

あのおしゃべり男が、と思ったが、黙ってうなずいた。

「でも今の仕事、少しは出版にも絡んでるわけだし、それなりに順調なんだろ」

ダッチは諭すような口調になった。「だったら、それでいいんじゃないか。それこそ、本は書店で買えばいいわけだし、小説だって書きたけりゃ書けばいいんだ」

ダッチは自分のいる世界をあえて持ち上げようとはせず、そこへ引き込もうともしない。むしろ自分の経験を踏まえて、慎重になるべき現実を声ににじませる。まるで同じ轍《てつ》を踏まぬよう、警告でもするように。

飲みはじめてから二時間ほど経つと、これからまた会社にもどって仕事をするとダッチが言い出した。仕事場はこの近くらしい。

飲み代を割り勘にするつもりで航樹は財布を出した。

すると、ダッチがばつがわるそうな顔を見せた。「わるい、今日手持ちがあまりないんだ」

その割には、ずいぶん食べて飲んでいたな、と航樹は思ったが、「じゃあ、今日はおれが持つ」と答え、レジへ向かった。

「今度必ず埋め合わせするから」

ダッチは両手で拝むようにした。

なぜ今夜急にダッチが連絡してきたのか、よくわからなくなった。高校時代のダッチは女子にもてなかったが、そんなかっこわるい真似をするような男ではなかったはずだ。

店の前で別れると、航樹は寒気を覚え、ぶるっとからだを震わせた。

でも考えてみれば、彼なりの表現方法だったのかもしれない。出版業界はそんなに甘くはない、という。

自分は、出版業界に幻想を抱いているのだろうか。だとしたら、安易にそちらへ向かうべきではないのかもしれない。ようやく仕事を覚え、営業からも信頼されてきた。少しは時間に余裕もでき、今は梨木さんとも会うことができている。なにも無理をする必要はないんじゃないか。総武線《そうぶ》の車窓から、人々の営みの明かりを灯《とも》す街を眺めながら、このままだって、それなりに幸せでいられるような気がした。

十二月に入った銀座の街は、すでにクリスマスを迎える準備も整い、どの通りを歩いても趣向を凝らしたイルミネーションを目にするようになった。それは本来の意味を逸脱し、消費の神様を崇《あが》める祭典のようにも映ったが、航樹にしても強く疑問を抱くことはなかった。初めて正式なボーナスを受け取った航樹ら銀栄紙商事の新入社員は、同期会と称して集まり、早めの忘年会を開いた。

乾杯の前に、支給されたボーナスの額が異なる事実が話題になった。支給額が一番高かったのは、同じ仕入部の樋渡であることが判明した。会社は樋渡を評価している、ということだ。航樹との差額は五千円。とはいえ、額の問題ではなく、おもしろくなかった。立場的に一番辛かったのは自分だと思えたし、それなりに職責を果たした自負もあったからだ。

その件については、預かり社員である業務部の緒方も「なんでだよ」と不満を露わにした。

「おれが一番働いたの」

樋渡があたりまえのことのように主張すると、「残業なら、手当は別にもらってるだろ。

そもそも残業が多いのは、仕事が遅いだけじゃねえの」となおも緒方が嚙みついた。

緒方は緒方で、物流の手配において、気の荒いトラックの運転手相手に自分なりにやった、というプライドがあるのだろう。手配に関しては、帝国製紙担当の倉庫の在庫が狂っているケースが多く、言ってみれば、緒方は樋渡を助けてきた立場でもあった。

「まあまあ、今宵は忘年会ですから、楽しくやりましょう」

幹事役の青野が取りなし、同期の女子に呼びかけ、全員で乾杯した。

一時会社をやめるかもしれないと噂された野尻も、この夜は参加し、笑顔を見せていた。

もう年末。いや、まだ入社して一年経っていない。航樹には今年が、短くも長くも感じられた。四月に入社し、新入社員気分で過ごしていたら、いきなり七月から星崎製紙の仕入担当責任者として、いわば独り立ちするはめになった。仕入困難な紙、スターエイジに振りまわされつつ、なんとか由里と二人で苦境を乗り越えてきた。

会社の評価は、今ひとつわからない。ただ、紙に関する知識をかなりのスピードで吸収し、仕事を覚えてきたのは確かだ。もちろん、もっと知るべきことや、経験すべきことはたくさんあるのだろうが。

酒が入った航樹は、相棒である由里に「お疲れさん」と声をかけ、唐突な気もしたが、遠距離恋愛について尋ねてみた。

「どうしたの、神井君？」

「いや、参考までに」

日頃、航樹が仕事の話しかしないためか、由里は怪しみつつ、「そりゃあ、むずかしいもんですよ」と照れながら答えた。「なかなか会えないわけだからね」

「そうなんだ」

「だってお互いの都合もあるし、会うにはお金もかかるじゃない。どうしても多くの場合、電話になるよね。まあ、クリスマスはどうにかしたいと思ってるけど」

「でも心配じゃない？」

「なにが？」

「ほら、たとえば、相手がだれかと会ってやしないか、とか？」

「そんときは、そんときでしょ」

「どうするわけ？」

「でもなんで？　どうして神井君がそんなこと心配するの？　彼女いないんでしょ」

梨木さんの顔が一瞬浮かぶが、「いないよ」と航樹は答えた。

「そういえば前に、星崎製紙のモニター室の子から聞かれたんだよね、神井君は、彼女がいるのかって」

「だれに？」と問うべきだったが、「それで？」と航樹はうながした。

「いないようだけど、どうも最近怪しいって言っといた。社内でつき合ってるんじゃないかって」

「なんだよ、それ」

航樹は本気で腹を立てかけた。

「嘘うそ、いないみたい、としか言ってない」

「いいかげんなこと言うなよ」

「でもさ、出版営業部の高岡さん、最近神井君のところにちょくちょく来てるよね」

指摘してきたのは、由里ではなく、べつの同期の女子だった。女性は見ていないようで、しっかり見ている。

「あれは、見本誌を持ってきてくれてるだけだよ」

「そうなの？　でも前は持ってきてなかったのにね」と由里がつっこみを入れてくる。

航樹はそれ以上とりあわず、タバコに手をのばした。


数日前のことだ。出版営業部の高岡君恵から再び内線電話があり、その夜、航樹は以前も呼び出された一丁目の店へ向かった。店内には、イギリス出身のデュオ、Ｗ《ワ》ＨＡＭ《ム》！の「Last Christmas」が流れていた。

用件は、彼女がクラブで働くことを知る、同じ会社に勤める男に関する話だった。なんで自分を相談相手にするのかと、航樹は話の途中で店に来たのを後悔したくらいだ。

高岡によれば、男の要求が徐々にエスカレートしてきているらしい。ありそうな話だ。求めに応じなかったところ、彼女の身辺に不可解な出来事がいくつか起きた、というのだ。

「たとえば？」

「会社のデスクの引き出しのなかに、私のものじゃない化粧品が入ってたの」

「化粧品？」

「——香水」

その言葉によって嗅覚《きゅうかく》が働いたのか、彼女がよい香りを纏《まと》っているのに気づいた。しっかり化粧もしている。これから夜の出勤なのかもしれない。

人が行き交う銀座の街を歩いていると、花屋があるわけでも、花壇に花が咲いているわけでもないのに、なぜだかいいにおいがすることがある。それは女性たちが放つ香水の芳香なのだと最近になって知った。

「ものは、クリスチャン・ディオールの『プワゾン』」

「それって、『毒』という名の香水なわけ？」

「そう。かなり高価な品」

「今それを使ってるんですか？」

「まさか」

彼女は首を横に振る。「私のお気に入りは、ギ・ラロッシュの『フィジー』」

「でも、単なるプレゼントかもしれないですよね。もらっておけばいいんじゃないですか」

「気持ちわるいじゃない」

「手紙とかは？」

「品物だけ」

「じゃあ、その男からとは限らない」

「でもね、それだけじゃないの」

高岡が続いてデスクで発見したのは、避妊具であることを明かした。

カウンターには、ほかに男の客が二人。少し離れた席で、別々に飲んでいる。彼女が不用意に「コンドーム」と声に出す度、航樹は思わずからだを縮め、カウンターに身を伏せたくなった。

「それって、まちがいなくあの男よ」

彼女は別段気にもせず、平然としている。

航樹は一杯目に選んだジントニックを一気に半分まで飲んだ。

「これは参考までに聞きたいんですけど、そういう必要性ってあるんですか？　つまり、お客さんと、そういった関係になるというか」

「私の場合はないわ」と彼女は即答した。

「なるほど……」

「ねえ、さっきから人の不幸をおもしろがってない？」

「え？」

航樹は内心を見透かされたようで、少々うろたえた。

「それと、私見たのよ」

彼女は怒りを表すようにグラスを握りしめた。「私のあとをつけてたの」

自分が働く職場のなかに、そんなおかしな男が存在するのだろうか。航樹は想像を巡らせながら薄気味わるく、また滑稽にも思えてきた。

航樹はバーテンダーに声をかけ、二杯目にワイルドターキーのソーダ割りをもらった。

「その人、妻子持ちですか？」

「薬指に指輪をしてる。家族の話は聞いたことがないけど」

「そいつは、たちがわるそうですね」

「私、甘く見てたかも」

高岡は航樹のほうに向き直った。「それでね、もうこの際、きっぱり断ろうと思うの」

「断るって、そもそもなにを？」

「会うことを」

高岡は答え、すぐにつけ加えた。「誤解してほしくないんだけど、もちろん、会ってただけよ。裸で縛られたり、ロウソクを垂らされたりはしてない。そういう関係じゃない。私の副業を黙っている代わりに、ときどき二人で会うことを男が要求してきたから、会っていただけ。最近、その呼び出しが多くなって」

「そういうことなんですね」

「〝同伴〟って知ってる？」

航樹は、単純に言葉の意味かと思い、「ともなうってことですよね」と答えた。

「水商売の世界では、出勤前に客と待ち合わせをして、一緒に食事なり一杯やってから、お店に客を連れて行くことを、同伴って言うの。そのときの食費は客持ち。当然そのあと私が働いているお店に行くから、別途料金がかかる」

「そういうシステムになってるわけだ」

「でも同伴っていうのは、だれとでもするわけじゃない。とくに私の場合はね。つまりあの男は、私の弱みにつけ込んで、店にも来ないくせに、私と会ってるっていうわけ」

「それを今回は断った？」

「そう。おかしな関係になる前にね」

「賢明かもしれませんね」

航樹は、いったいその男がだれなのか想像してみた。そういえば、卸商営業部の小沢が、彼女の後ろ姿を見とれるように眺めていたことがあった。ほかにも好色そうな男性社員の顔が浮かんだが、決定的な根拠は見あたらない。

「——だからね」

高岡は話を続けた。「神井君、私と一緒にその男と会ってくれない？」

「えっ、なんで？」

「一緒にその男と会って、そういうことはやめるよう説得してほしいの」

「ちょっと待ってください。そんなことすれば、大ごとになりかねませんよ」

航樹はあわてた。「やるならば、ほかの人に頼んだらどうですか。たとえば自分の彼氏とか」

「そんな人いない」

高岡は首を横に振る。

「でもその男、会社の、つまりは上司なんでしょ?」

「そんなに偉くないって」

「そういうことじゃなくて……」

航樹はあからさまに逃げを打ったあと、「あっ」と声を漏らした。

「どうしたの?」

航樹はこれまでの彼女と男の経緯を振り返ってみた。そして、ある点に気がついた。最近読んだ小説の筋に、どこか似ている気がしたのだ。

――ひょっとして。

航樹は思い出そうとした。

「高岡さんの、下の名前ってキミエさんでしたっけ?」

「そうだけど」

その名前は、読んだ小説の主人公のものと重なった。

偶然だろうか。

もしかして、あの人では……。

「男の名前はね」と高岡が言いかけた。

「待って」

航樹は右手を挙げ、彼女の言葉を遮った。「少し時間をください。たしかめたいことがあるんで」

穏やかに晴れたその日、社員食堂で早めに昼食をとった航樹は、ある場所へ向かった。今年の七月、昼休みくらい会社の人間と顔を合わせたくない、と思い立ち、たどり着いた松屋銀座の屋上だった。

社内では、陰で「教授」と呼ばれているその人は、あの日と同じベンチに座り、コートの衿を立て、開いた文庫本に読み耽《ふけ》っていた。

「隣、いいですか？」

航樹が声をかけると、室町はようやく顔を上げた。

「ああ、君か……。どうぞ」

室町は驚いたのか、銀縁の丸メガネの奥の小さな目をしばたたかせた。

冬の木漏れ日がつくる薄い影が、淡く黄みがかった文庫本の本文用紙の上に踊っている。

「おれ、だんだんこの街が好きになってきました」

航樹はここが東京とは思えないほど澄んだ、十二月の空を眺めた。

「へえー、そうなんだ」

「ずっと、なんで自分はこの街に来ることになったんだろう、そう思ってました。でもたぶん、吸い寄せられたんです」

「吸い寄せられた？」

「ええ」

航樹はうなずいた。「じつはもうひとつ、疑問がありました。なんでうちの会社って、紙屋なのに銀座にあるのか。室町さん、わかりますか？」

「んー、そう言われてみると、なんでだろうな」

「うちだけじゃありません。帝国製紙や星崎製紙も銀座にある。ほかの代理店にしても」

「たしかに……」

室町は首をかしげ、つまんだ栞をページに挟み、閉じた文庫本を大切そうにコートのポケットにしまった。

「たぶん、室町さんも同じはずです」

「僕も？」

「だと思います。室町さんも、本当はうちの会社に入りたかったわけじゃない」

室町は肯定も否定もしなかった。

「でもおれと同じように、吸い寄せられたんです」

「ん？」

「この街、それと、紙にです」

「よくわからないな」

室町はふっと力を抜き、首を弱く横に振った。

「室町さんに勧められた小説、読みましたよ」

「なんだっけ？」

「永井荷風の『つゆのあとさき』」

「──ああ」

「好きなんですよね、あの作品？」

「まあね」

「舞台はここ、銀座ですもんね」

「といっても、荷風が『つゆのあとさき』を書いたのは遥か昔、戦前だからね。ある意味、いい時代だったのかもしれないな」

「小説に出てくる、『松屋呉服店から二、三軒京橋《きょうばし》の方へ寄ったところ』って、たぶんこの近くですよね？」

航樹は知っていながら尋ねた。

「松屋呉服店といえば、まさに僕らが今いるこの場所だからね。関東大震災後に開業したって話だ。その後、太平洋戦争がはじまり、東京は大空襲を受け、広島、長崎に原爆が落とされ終戦を迎える。戦後、松屋銀座本店となるこの場所は、ＧＨＱに長いあいだ接収されていた時代もある」

「当時の『松屋呉服店から二、三軒京橋の方へ寄ったところ』に、『ＤＯＮＪＵＡＮ《ドンファン》』というカッフェーがあったんですよね」

「それは荷風の小説のなかでの話だろ」

室町はたるんだ目尻を下げた。

「カッフェーというのは、どんな店だったんですかね？」

航樹はかまわず話を進めた。

「どうだろう、もちろん喫茶店とはちがう。今でいえば、銀座のクラブみたいなものかな」

「女給は？」

室町は警戒するような色を瞳に浮かべてから、「まあ、ホステスということになるんだろうね」と答えた。

「ところで室町さん、ご出身は？」

「僕は東京だけど」

「じゃあ、故郷と言ったら？」

「どうかな、帰る場所は、ほかにないからね」

室町はコートの背中をまるめ、よく磨き込まれた黒の革靴の先を見つめた。『ふるさとは遠きにありて思ふもの』。室生犀星《むろうさいせい》も詠《うた》ってるじゃないか」

「じゃあ、〝故郷〟に憧れたりしますか？」

その質問には、室町は答えなかった。

「室町さん、文学にお詳しいですけど、ひょっとして小説家になりたかったとか？」

「なにを急に」

室町は笑おうとしたが、頰がこわばった。「まあ白状すれば、新聞記者になりたかった時期はあったよ」

「なるほど、新聞社ですか。たしか、夏目漱石がそうでしたよね。太宰治は、新聞社の入社試験に落ちて、鎌倉《かまくら》で首つり自殺を図ったこともあったそうですね」

「だからそういうんじゃないよ」

「荷風の『つゆのあとさき』の銀座の描写のなかに、新聞社が出てきます」

航樹は話を続けた。「たしか数寄屋橋《すきやばし》のたもとからの眺めで、屋根の上から広告の軽気球が上がってるって。それを読んで、ああなるほどと思い、ちょっと調べてみたんです。銀座という場所は、もともとは海だった。江戸時代の埋め立て事業により、できたんですよね？」

「関ヶ原《せきはら》の戦いに勝った徳川家康が江戸幕府を開いて、命じた事業のひとつなんだろ」

記者になりたかったという室町は、二転三転する航樹の話についてきた。

「江戸の城下町、銀座には、あらゆる商店が集まって賑わったそうですね。呉服屋や結髪用具の専門店、染物商、織物商、足袋《たび》屋、袋物屋といった、今でいうファッションビジネス。鮨《すし》屋やお茶漬け屋や菓子屋といった飲食業。庶民がたくさん集まれば、情報は錯綜《さくそう》する。そこで関心事の速報を売る、瓦版《かわらばん》という、一枚刷りのメディアが生まれた。もちろん、それは紙でできていた。つまり多くの商店のなかには、その紙を扱う、紙問屋もあったわけです」

「ああ……」

室町は声を漏らした。

「その後、書いてある記事を読みながら売る、『読売』と呼ばれた瓦版は、時代の流れと共に、新聞に取って代わられる。銀座に新聞社が次々にでき、続いて雑誌を出す出版社、今でいう広告代理店、印刷所も集まって来た。こう考えると、紙屋が銀座にあるのは、少しも不思議じゃない。銀座というのは、古くからメディアの街だった、とも言えるんじゃないでしょうか」

「言われてみれば、たしかにそうかもしれない」

室町は愉快そうにうなずいた。

「だからですよ」

航樹は話をもどした。「おれも室町さんも、この街に呼ばれたわけです」

「じゃあ、君は？」

「僕は、出版社に入りたかったんです」

「なるほど……」

室町は顔を上げ口元をゆるめた。

航樹はすかさず本題に入った。

「おれ、うれしかったんです。会社に室町さんみたいな人がいて」

「え？」

「いえ、だから室町さんには、『つゆのあとさき』に出てくる、清岡進《きよおかすすむ》のようにはならないでほしいんです」

室町は、「あ」というかたちに口を半開きにし、背筋をのばした。そして、「君だったのか、店に来たうちの会社の人間というのは」とつぶやいた。

航樹が口にした清岡進とは、永井荷風の小説『つゆのあとさき』の主人公、銀座のカッフェーに勤める女給の君江《きみえ》に、嫉妬心から嫌がらせをする既婚者の男。君江の身のまわりに起こった気味のわるい出来事のいくつかは、清岡の仕業であった。

「君たちはどういう関係なんだ？」

室町は前を向いたまま尋ねた。

「自分は偶然、メーカーの営業マンとあの店に行ったに過ぎません」

航樹は事実を口にした。

見るからに動揺していた室町だったが、観念したように口を開いた。

「僕は清岡進のように小説家ではないし、彼女のパトロンになろうとしたわけじゃない。カッフェーというか、銀座のクラブに通える身分でもないさ。もちろん、行き過ぎた真似をしたと、今は反省してる。彼女が女給の君江と同じ響きの名前だったことから、興味を持ってしまった。偶然、街で見かけて、あとを追ったら、あの『故郷』という店に入っていった。僕は客になりすまし店を訪れ、彼女の弱みを握った。年甲斐《としがい》もなく、彼女との逢瀬《おうせ》を楽しむようになってしまった。もちろん、逢瀬といっても、愛し合ってたわけじゃないけど。でもそれは、彼女の身を心配してのことでもあったんだ」

「出版営業部の君恵のことなら、心配は要らないと思いますよ。高岡さんは、女給の君江以上にしたたかかもしれない」

「いや、ただ、わかってほしい」

室町は頭を抱えてうなだれた。

「もう終わりにすべきです。今後あなたが、彼女にちょっかいさえ出さなければ、このことはだれにも言いませんから」

航樹は腕時計を見た。昼休みがそろそろ終わろうとしている。

「ところで室町さん」

航樹は話題を変えた。「太宰治や織田作之助も、当時この銀座の街へ、やって来ていたんですよね」

「そうらしいね」

「太宰治が通っていた銀座のバーについて、なにか心当たりありませんか?」

「ああ、それなら――」

つぶやいた室町は、あっさりその店の名前を口にした。

その後、出版営業部の高岡君恵のデスクの引き出しで不審なものが見つかったり、あとをつけられたりすることはなくなったらしい。室町からの彼女への連絡は途絶え、関係は自然と消滅した。

「もう終わったこと」と不問に付す決定を、高岡から航樹は伝えられた。

高岡は退社後に働いていた「故郷」という店をやめた。べつの実入りのよい店に移ったと、航樹は本人から聞き、「今度遊びにおいでよ」と誘われたが、もちろん足を運ぶつもりはない。

会社には、じつにいろんな人間が棲《す》みついている。

＊

新しい年を迎えた一月初旬、銀栄紙商事では新年祝賀式なる催しが会議室で盛大に開かれた。社長による年頭の所感は、ずいぶんと景気の良さそうな、いわば楽観的な話に終始した。会社はなにより紙を基本とするが、関連事業にさらに取り組むと共に、銀座近辺に所有する不動産を最大限活用する新たな事業にすでに着手している、とのことだ。銀座の地価はうなぎのぼりに高騰していた。

一月中旬過ぎ、誕生日を迎えた航樹は、同じ日に生まれた梨木さんに電話をかけ、「誕生日おめでとう」と言いたかったが、実際にはしなかった。彼女からも連絡はなかった。

数日後、正月気分がようやく抜けた頃、航樹は課長の長谷川から声をかけられ、仕事のやり方について叱責を受けた。どうやら長谷川が出席した会議で、問題が発覚したらしい。

買掛表を作成している部署から、航樹が扱っているスターエイジに関して、実際の仕入日とコンピュータへの伝票入力日に著しくタイムラグがあることを指摘されたようだ。その事実を知らなかった長谷川としては、監督不行届きとしてメンツが潰れ、おもしろくなかったのだろう。

「しかも君は、同じ仕入ナンバーのスターエイジを、小分けにして在庫計上してたそうじゃないか」

〝ヘイゾウ〟はこめかみに青筋を立てた。

これは長谷川の課長としてのポーズなのかもしれない、と航樹は最初思った。なぜなら、そうでもしなければ、スターエイジの在庫をうまくまわすなど不可能であり、そんなことは、すぐにわかりそうなものだからだ。

だから航樹にとって、とうとうバレたか、というより、なにを今さら、という感が強かった。

「これは明らかな伝票操作だ」

長谷川の言葉を航樹は黙って聞いていた。

「君は意図的に、かつ日常的に伝票操作をしてたわけだな」

怒りが治まりそうにない〝ヘイゾウ〟が続けた。「ひょっとして、今もスターエイジを隠し持ってるのか？」

「はい」と航樹は素直に認めた。

「だったらすぐに出せ」

航樹は言われた通り、デスクの一番下の引き出しの奥から、複数の伝票を取り出した。

「これで全部か？」

「全部です」

長谷川は立ち上がると、由里を呼び、スターエイジの隠し在庫の伝票をすぐにコンピュータに入力するよう指示した。

伝票を受け取った由里は、「ほんとにいいんですか」と口にし、航樹の顔色をうかがうようにした。

「かまわん。一般在庫に全部載っけてしまえ」

由里は渋々といった感じでコンピュータに向かった。

「いいか、いい気になるなよ」

長谷川はデスクにもどり、タバコに火をつけた。

「どういうことですか？」

航樹は感情を抑えながら尋ねた。

「こんなことじゃ、君にはスターエイジを任せられない」

長谷川は鋭くにらみ、言い放った。

耐えていた航樹だったが、その言葉だけは許すことができなかった。

――スターエイジは、おれの紙だ。

おれが仕入れ、おれが営業に割り振ってきた。今では、先輩の上水流が担当していた頃より、多くの数量を仕入れられている。営業からの不満の声も消えつつある。

――それなのに。

電話の鳴り響く社内の喧噪のなか、無言で背を向け歩き出した航樹に、「おいっ、君」と長谷川の大きな声が飛んだ。驚いた周囲の社員たちが動きを止めた。

だが、航樹は立ち止まらなかった。

「おい、どうした神井？」

前から来た卸商営業部の小沢に声をかけられたが、無言ですれちがった。

――ふざけやがって。

怒りがふつふつとわき上がってきた。

男子トイレのドアを乱暴に引き、便器を備えた個室に入り、鍵を掛けた。航樹は、こらえきれなかった。水洗レバーを「大」のほうへまわして水を流し、声を押し殺して泣いた。自分の仕事を認めてもらえないことが、悔しかった。どんな思いをして、どれだけ工夫をして、自分がスターエイジという紙と向き合い、仕入れ、営業に割り振ってきたのか。それも知らずに、簡単に買掛表の上だけで、なぜそこまで言うことができるのか。

――だったら、自分でやってみろ。

個室のドアを蹴飛ばした。

上の人間なんて、なにもわかっちゃいない。

――こんな会社やめてやる。

入社以来、初めて本気でそう思った。

おれはなにをやっているのだろう。ここは本当のおれの居場所じゃない。そういう思いが抑えきれなくなった。

――そうだ、今すぐやめてしまおう。

航樹がドアノブに手をかけたそのとき、だれかがトイレに入ってくる気配がした。

航樹はドアに額を押しつけ、息をひそめた。

外の足音が止まった。

「あーあ、やってられねえよなあ」

わざとらしい声のあと、小便が便器を叩く、しみったれた音が聞こえてきた。

男がため息をついた。

と思ったら、口笛を吹きはじめた。聞いたことのあるフレーズは、矢沢永吉《えいきち》の「時間よ止まれ」のサビの部分だった。

そして、何事もなかったように出て行った。

小沢にちがいなかった。わざわざトイレまでなだめに来てくれたのだ――航樹は便器を抱えるようにして、さめざめと泣いた。辛いのはなにも自分だけじゃない。それぞれの立場に、それぞれの不満や憤りが渦巻いている。高ぶった気持ちを静め、そう思い直すことができた。

しばらくして航樹が自分のデスクにもどると、長谷川の姿はなかった。おそらく衝突することを避けてのことだろう。逃げた、とも感じたが、逃げてくれた、とも思った。それとも床屋にでも出かけたのだろうか。

由里はなにも言わず給湯室に入り、航樹をひとりにしてくれた。上司とのトラブルを知ってか、だれも声をかけてこない。

五分ほどしてもどってきた由里は、航樹のデスクに湯気の立ち昇るコーヒーカップを黙って置いた。

「え？」と由里の顔をのぞく。

「ほら、神井君、お茶は飲まないでしょ。だからこれからは、コーヒーにしてあげようかと思って。インスタントだけどね」

由里は声を震わせながら言うと、目を伏せた。

航樹は、「ありがとう」が言えずに、タバコをくわえ、唇の端に力を込め、火をつけた。吸い込んだ煙は、肺にしばらく留め、薄くなった煙をため息と一緒に吐き出した。

そして、自分がやるべき仕事にもどった。

そんな出来事があった直後、案の定、スターエイジの在庫切れが起こってしまった。経緯を知った卸商営業部の営業マンが仕入部に押し寄せた。彼らの抗議は、星崎製紙担当の航樹ではなく、その上の長谷川課長に向けられた。

「ないものは、ない」

長谷川課長は強気に応じた。

営業マンたちは納得せず、なぜ貴重なスターエイジを大量に一般在庫に計上させたのか、と〝ヘイゾウ〟に迫った。スターエイジの多くは、偶然在庫を発見した印刷営業部がせしめてしまったらしく、余計に怒りは治まりそうにない。

「ないですむなら、卸商の営業なんていりませんよ」

「いくらなんでも無謀でしょ」

先頭に立って抗議したのは、あの日、トイレで口笛を吹いていった小沢と、鬼越商店担当の志村だった。

押し問答の末、仕入部と卸商営業部のトップがあいだに入り、なんとか騒動は収まった。

「おまえらのせいじゃないからな」

小沢が帰りがけに、航樹と由里に声をかけてきた。

自分のやり方を庇《かば》ってくれる部外者の存在に救われる思いがした。入社前、人事部の菅原が口にした「アットホームな会社なんですよ」という言葉を、ふと思い出した。それでも航樹は自分の責任を感じていた。

〝卸商営業部の乱〟のあと、長谷川からは、こう言われた。

「いいか、うまくやってくれ」

航樹があぜんとしていると、もう一度くり返した。「うまくやってくれ」

あまりにも漠然とした、我関せずといった、無責任にも聞こえる上司の言葉に、航樹は打ちのめされた。

長谷川の言葉を反芻する度に、怒りさえわいてきた。

しかし時間が経って冷静に考えれば、その言葉は、自分が生きる会社員の世界では、最も適切な上司の指示のひとつであるようにも思えてきた。

いや、至言かもしれない。

——うまくやれ。

——うまくやりさえすれば、文句はない。

だとすれば、自分は、それに応えるしかない。

もしかしたら、もっとうまくやる方法はあるのかもしれない。

二月の初め、異例ともいえる人事が発表された。

仕入部第三課、星崎製紙担当の航樹の上に、いわば助っ人《すけと》として、係長を配属させるというのだ。課長の放った、「君にはスターエイジを任せられない」との言葉に端を発した人事であるならば、まったくの見当ちがいに航樹には思えた。

なぜなら、その人物とは、仕入部第二課、太陽製紙を担当する室町だったからだ。

「マジか……」

航樹は思わずつぶやいた。

「そういうわけなんで、よろしく」

課長と航樹のあいだにデスクを移した〝教授〟が頭を下げた。

「でも、なんで僕なんだろうね」

今回の人事には室町自身が戸惑っている様子だ。仕入部第二課の連中は、厄介払いができたと陰で喜んでいる、という噂が流れた。

「よかったな、最強の助っ人が上に来て」

残業のとき、樋渡がやけにうれしそうにしていた。

仕入部に配属された新人の多くは、三年目の春に営業に転属される。その転属先として、社内の出世コースと目されている出版営業部を同期の樋渡が望んでいることは、容易に想像できる。今回の件は、航樹にとって仕入担当責任者からの降格に等しく、そういう意味では、社内的に大きなイメージダウンといってよかった。

星崎製紙を担当した経験を持たない室町は、即戦力とは言い難く、それどころか業務の混乱さえ招いた。由里は室町を端《はな》からあてにせず、仕事を任せようとはしない。口もきかない始末だ。

とりあえず、航樹もそんな室町に多くを望むことはやめ、主にメーカーへの〝おつかい〟を頼んだ。航樹が仕入部に配属された当初にやっていた役目だ。それでも室町は嬉々《きき》として出かけ、代理店ごとに用意された引き出しから、星崎製紙の在庫表やオーダーリストを回収してきた。しかしその帰りはいつも遅く、たぶん本屋か喫茶店でサボっているのだろう。

外出からもどった長谷川課長に、「室町はどうした？」と問われた航樹は、「さあ……」としか答えようがなかった。

〝ヘイゾウ〟はむっとした表情を見せるが、それ以上なにも言わず、業界新聞で顔を隠し、タバコを吸いはじめる。

＊

「まったく、やってられないよ」

航樹は自分で買って来た缶入りのホットコーヒーを開け、ゴクリとやった。

「第二すずかけ荘」の六畳一間の住人は、静かに笑い、「まあ、会社っていうのは、どこもそんなもんだよ」とわかったようなせりふを吐いた。

「新入社員じゃあるまいし、なんでおれが係長相手に、紙の銘柄をいちいち教えなきゃならないんだよ」

航樹は、覚えのわるい上司のゆるんだ顔を思い出し、「はあー」とため息をつく。

「じゃあ、航樹はいっこうに楽にならないわけだ」

「〝ヘイゾウ〟よりは、〝教授〟のほうがやりやすいけどね」

「その人、室町さんだっけ、ずっと部署は仕入なの？」

「いや、営業からの出もどりらしい。聞いた話では、出版営業部にいたこともあるとか。わるい人じゃないんだけどね」

「そこって、航樹が行きたい部署なんだよね」

パラちゃんは14型テレビの画面でファミコンゲームをやりながら会話を続けた。

「まあね。でもこのままだと、どうかな……」

航樹は不安を口にしかけたが話題を変えた。「ところで、今度の仕事はどうなの？」

三ヶ月も経たずに会社をやめてしまったパラちゃんが勤め直した新たな職場は、住宅設備機器を扱う卸売業者だと聞いていた。

「まあ、今のところ、僕の仕事は配達がメインだからね」

航空業界から建設業界へ転身したパラちゃんは答えた。「基本ひとりだから気楽ですよ」

どうやら今のところ順調のようだ。

「配達ってどこになにを運ぶの？」

「扱ってる商品はね、たとえば照明器具とかトイレの便器とか。リフォーム中の現場なんかにね」

パラちゃんはファミコンのスイッチを切り、テレビを消し、航樹に向き直った。「ところで、その後、例の中学の同級生とはどうなったの？」

「梨木さんとは、今でもたまに会ってるよ」

航樹の声は低くなった。

「それも不思議な関係だよね。遠距離とはいえ、彼女にはつき合ってる人がいるわけでしょ」

「――まあね」

航樹はその話はあまりしたくなかった。

梨木さんとは、九十九里浜へのドライブ以降も実際何度か会ったが、パラちゃんの指摘したように微妙な関係が続いている。

おそらく去年のクリスマスイブ、梨木さんは彼氏と過ごしたのだろう。航樹は誘いもしなかった。週末に会おうと電話をして、断られたこともあった。きっとそのときも、彼氏と会う約束があったにちがいない。誘うんじゃなかったと後悔した。

梨木さんから聞いた、太宰治が通っていた銀座の店については、室町から詳しく教えてもらった。その店、銀座五丁目にあるバー「ルパン」のことは、すでに梨木さんには伝えていた。

一九二八年に開店した「ルパン」は、当初は『つゆのあとさき』に出てくるカッフェーと同じように、女給がサービスを提供する店だったらしい。当時の名だたる文豪が数多く訪れる店として賑わった。客のなかには、永井荷風もいた。荷風の『つゆのあとさき』が雑誌「中央公論」に掲載されたのは、「ルパン」開店の三年後になる。

その後、「ルパン」はカウンター・バーに改装され営業を続けるが、戦争がはじまり、政令によって休業。終戦の年の一月には、銀座は大空襲を受け、多くの建物が被害を受けた。

それでも「ルパン」は戦後に営業を再開し、再び多くの作家や出版関係者らを集め、文壇バーとして名を馳《は》せる。そこには、太宰治、織田作之助、坂口安吾といった無頼派と呼ばれる作家の姿もあったという。

「ルパン」には、小説家だけでなく、多くの芸術家が集った。そのなかには写真家もいたようだ。そのため、梨木さんが目にしたと話していた、店でくつろぐ太宰治らの姿が写真に残されたのではないか、と室町は推測していた。

そんな文壇バー「ルパン」に、会社帰り、下見のつもりで訪れた航樹だが、仄暗《ほのぐら》い路地に入り、いざ店の前にひとりで立つと、畏れ多くて地下に続く階段の一歩目も踏み出せなかった。

今も「ルパン」には、出版関係の客が多いと聞いた。航樹はひとりで酒を飲みに行った経験もなかったが、それ以前に、紙屋に勤める自分には、この店に入る資格がないようにさえ思え、おずおずと路地を引き返した。

＊

四月、航樹は銀栄紙商事に勤めて二度目の春を迎えた。

会社は昨年に続き新入社員を採用、男女計八名の内四名が仕入部に配属されたが、航樹の下にはこなかった。後輩ができた樋渡をうらやましくも思ったが、残業の際に仕事を教える樋渡の姿を目にして、それはそれで骨が折れることのように映った。

仕入部二年目を迎えた航樹は、引き続き星崎製紙の担当を由里と共に続けていた。仕事の内容は、室町が来てからもほぼ変わらない。課長の長谷川から「君にはスターエイジを任せられない」と言われたものの、自分なりのルールに則《のっと》り、今も自分のやり方でスターエイジの手配を取り仕切っている。室町は、課長と航樹のあいだに入り、いわば緩衝材のような役割を担っているに過ぎなかった。

その朝、室町が首をのばすようにして航樹に耳打ちした。「前から気になってたんだけどさ、なんで神井君だけ、朝コーヒーが出るの?」

「ああ」

航樹はタバコの煙を吐いた。「おれ、お茶よりコーヒーがいいんで」

「そんなのアリなわけ?」

「いや、由里がそうしてくれたから」

「ああ、そういうこと……」

「なんなら、室町さんも頼めば?」

「いやいや、そういうつもりじゃないんだ」

室町は目尻を垂らし、「へへっ」とだらしない声を漏らした。

航樹は朝九時きっかりに星崎製紙のモニター室に電話をかけ、入荷予定のスターエイジを中心に必要な紙を仕切っていった。うまく買える紙もあったが、買えない紙もあった。

今年の一月には、星崎製紙のモニター室の女性陣と新年会を開いた。といっても参加者は、銀栄紙商事からは、航樹と由里、星崎製紙からは、星野と恩田。モニター室のリーダー的存在の結城は、都合がわるくなったらしく不参加だった。

そんな社外での交流もあり、今ではモニター室とのやり取りは、かなりやりやすくもなっている。毎日電話で会話をするわけで、あたりまえの成り行きかもしれないが。

「もしかしたら、結城はやめるかもしれない」

その日、電話を切る前に、星野が声を低くした。

「そうなの？」

「まあ、前からその兆候はあったといえば、あったんだけどね」

星野は一拍置いて、「それよりアイスバイン食べに行こうよ」と何度も聞いたせりふを続けた。

航樹はすばやく周囲をうかがった。課長と室町は外出中。由里は給湯室に入ったきり、出てこない。おそらく女子社員同士でおしゃべりでもしているのだろう。

「そうだね、今度行こうか」

航樹もついかるく言ってしまった。

「ほんとに？」

試しているような声がした。

「だれか誘うの？」

「私ひとりだよ」と星野は答えた。

ということは、二人で会うことになりそうだ。

航樹はやや緊張しながら、待ち合わせの日時や場所を決めた。お互いの声が低くなるのは、やはりどこかで人に聞かれたくないという心理が働いてのことだろう。

その話は、由里には教えなかった。一月の星崎製紙との新年会の際は、事前に長谷川課長に許可を得て、費用を会社持ちにしてもらった。

でも今回は、その手続きを踏まなかった。

「――やっと食べられる」

全体的に春めいた色で合わせた服装の星野は、運ばれてきた料理に目を輝かせた。

ナイフとフォークを手にすると、銀座七丁目の「ビヤホールライオン」の定番メニュー「アイスバイン」に取りかかった。香味野菜と一緒に煮込まれた、豚の骨つきのすね肉を器用に切り分けていく。その顔はなんとも幸せそうで、こちらもうれしくなる。

「あれから一度も食べてないの？」

「食べてないよ」

「近いんだから、だれかと来ればよかったのに」

「そういうものでもないんだよね」

星野は思わせぶりな目をした。

話し慣れてきた星野は、航樹から見ればやはり年下の女性で、その無邪気さには思わず笑みが漏れるが、ときおり、どきりとさせられる瞬間があった。

二人で生ビールのジョッキを合わせ、乾杯。さっそく白くやわらかな肉にかぶりついた。

なんだかそれは、肌の白い星野の二の腕のようでもあり、そう想像してしまう自分に、微かな罪の意識を覚えた。

「うまいね」と星野が笑う。

「おいしいね」と航樹。

星野はルージュを引いた唇に赤い舌を這わせる。「今日のことは、由里さんに話したの?」

「いや、話してないけど」

「そうなんだ」

星野は照れくさそうにした。「じゃあ、私からも言わないほうがいいかもね」

その言葉に航樹は黙ってうなずく。

仕事で毎日電話をしているなかで、鈍感な航樹といえども、星野の自分への興味を感じ取っていた。航樹が会社に入りたての頃には、なにかと星野が教えてくれ、助けてもらった。融通を利かせてくれたことも一度や二度ではない。

上水流の送別会の際に会ってからは、何度か「アイスバイン」を食べに行こうと誘われた。去年の十二月には、映画『私をスキーに連れてって』を観にいかないか、と言われた。チケットでも余っているのかと思ったら、そういうわけでもないらしい。曖昧な返事をしていたら、「じゃあ、映画はいいから、一緒にスキーに行っちゃおうか?」と話が飛躍し、返事に窮したこともある。

最初は仕事の話題しか口にしない、堅物の航樹をからかっているのかと疑った。航樹は愛想もなく、女性にモテるタイプではないと自覚していた。

仕事に慣れてからは、電話でのオーダー切りの待ち時間に、少しは世間話ができるようになった。四六時中電話を取っている星野にとっては、そんな息抜きが必要なのかもしれない。

からかわれていると疑いながらも、わるい気はしなかった。嫌っていれば、相手にさえしないだろう。仕事で落ち込んでいるとき、電話で話す星野の艶っぽい声は、心の渇きを癒やし、なぐさめの声のようにさえ耳に響くこともあった。

そのお礼に自腹を切って「アイスバイン」をご馳走するくらい、なんでもないことのようにも思えた。

この日も、星野はよく食べ、よく飲み、よく話した。気持ちよいくらいに。星崎製紙における人間関係のみならず、航樹と同じ立場である代理店の仕入マンの噂話も聞けた。〝総通〟の間宮は、早口であわてると吃音《きつおん》になるが仕事はかなりできる。亀福商会のベテラン仕入担当者の宇田川は、「なんで？」が口癖で、粘着質であり、モニター室の女性のあいだでは評判が芳《かんば》しくない。〝GP〟ことゼネラル紙商事の今泉は、見た目がさわやかで女子社員に人気だが、星野にとってはやりにくい相手らしい。

「けっこう、誘ってくるんだよね」

「今泉さんのほうから？」

「そう。一度、飲みに行ったことあるけど、なんか、つまんなかった。あの人、あまり食べないし」

「へえー」

航樹は意識的にフォークをソーセージにのばしながら、それ以上深くは尋ねなかった。

明るい性格の星野は、代理店の仕入マンのなかでは、〝総通〟の間宮がやりやすい相手だと口にした。

「なんていうかな、いつもあわててる感じがあるんだけど、どこか力が抜けてて、笑わせてくれるんだよね。構えてないっていうかさ」

つまりは、気取っていない、ということだろうか。

「なるほど」

航樹にもなんとなくわかった。

「宇田川さんからも、飲みに行こうって言われるけど、私は遠慮してる。結城なんかは、ご馳走してもらってるみたいだけど、なんか苦手。下心ありそうっていうのかな」

「下心？　それって仕事上の？」

「まあ、両方じゃないの」

星野はあっけらかんと答えた。

「飲みに行って、仕事の話ばかりしてる人は、ちょっとね。また、その逆も問題ありそうだけど。今泉さんみたいに、さわやかに笑っているだけの人も、よくわからないし」

そのバランスはむずかしそうだ。

航樹は、自分がどう思われているのか不安になったが、さすがに聞けない。

「ほら、うちの営業の〝バンちゃん〟みたいな人はさ、話しやすいじゃない。自分で馬鹿やるしさ」

「ああ、板東さんね」

航樹は、飲みに連れて行ってくれた、がに股の営業マンの顔を思い浮かべた。〝総通〟の間宮にしろ、板東にしろ、二枚目ではない。それでも慕われるのは、人当たりがよい、ということになりそうだ。

「まあ、二人ともおじさんなんだけど」

星野はアルコールで染めた頰をゆるめた。

ふだんは聞けない職場にまつわる話を航樹は続けたかったが、星野がなにげない感じで話題を変えた。

「由里さんに聞いたけど、神井さん、彼女いないの？」

「――だと思う」

航樹はビールのジョッキをテーブルに着地させ、肩の力を抜いた。

「ふつうに、いない、じゃなくて？」

「なんていうか、たまに会ってる人がいる」

航樹は馬鹿正直すぎるとも思ったが、梨木さんのことを話した。

「でもその人に、二股をかけられてるわけだよね？」

「いや、僕とはつき合っているわけじゃないからね」

「でもそれって、会ってる以上、好意があるってことでしょ」

「僕に？」

「お互いにだよ」

「――どうかな」

航樹は自信がなかった。

「だったら、たしかめてみればいいじゃない」

「どうやって？」

「そりゃあ、段階ってものがあるでしょ」

アイスバインを平らげた星野は、はっきりしたもの言いをした。梨木さんよりもはるかにわかりやすい。

航樹は思わず笑ってしまった。

たしかに去年の同窓会で再会して以来、彼女の気持ちをたしかめたことはない。言葉でも、行動でも。それは、今の二人の関係を終わらせたくないからかもしれない。

「でもさ、好きなんでしょ」

星野が唇をとがらせた。

「まあ、それはね……」

「男の人って、そういうとこ、じれったいよね。その人だって、待ってるかもしれないじゃない」

そういう考えは自分にはなく、航樹は、はっとした。

星野はなかなかユニークで、年下とはいえ、教えられることも少なくない。

「もう一軒行こうか」

店を出ると、星野がまるで〝バンちゃん〟のように言い出した。

航樹は帰るつもりだったが、新橋まで歩き、駅近くの居酒屋の暖簾《のれん》を二人でくぐった。航樹は終始聞き役にまわった。星野には少し前までつき合っていた男性がいたが、別れたらしい。未練があるようでもなく、サバサバと話していた。

約一時間半後、居酒屋を出た航樹は、昨年の国鉄の分割民営化により呼び方の変わったJR新橋駅の前まで星野と一緒に歩いた。自分は都営浅草線で帰るつもりだった。

「じゃあ、気をつけて」

航樹が声をかけると、星野は頬をふくらませた。「送ってくれないの？」

「え？」

立ちすくんだ航樹の手を、星野がつかみ、ぐいっと自分のほうへ引いた。

思わず、「うわっ、危ないよ」と口にした。

よろめいた航樹は、危うく星野の胸に飛び込むところだった。

梨木さんとは何度も会っていたが、いまだに手にふれたことすらない。それなのに初めて二人で会った星野とは、こんなにあっさり、それもしっかり手を握っていた。人と手をつなぐとは、こんなに容易《たやす》いことなのか、と驚かされたくらいだ。

新橋駅の構内に入ると、どちらからともなく手を離した。星野はなにも言わない。航樹も黙って券売機に向かった。

山手線の内まわりの電車に乗り込み、ドアの近くに二人で立った。詳しい行き先は尋ねずに、航樹は「だいじょうぶ？」と声をかけた。

「酔ったかも」

星野は目をつぶって、はにかむように口元をゆるめた。

＊

梨木さんに会ったのは、日比谷《ひびや》公園の桜が散った、四月中旬のことだった。

平日の夜、父親の車を拝借し、近場ながら二人でドライブに出かけた。船橋ヘルスセンター跡地にできたショッピングセンター「ららぽーと」へ行き、鉄道車両を転用したステーキハウスで夕食をとり、船橋港に駐めた車のシートにもたれ、どんよりした夜の海を二人で眺めながら話をした。

太宰治が生前、今の船橋市である千葉県船橋町に住んでいたことを航樹が話すと、梨木さんは興味を示し、思いがけず会話が弾んだ。しかし航樹は内心、そろそろふたりの関係をはっきりさせるべきだと考えてもいた。きっかけをくれたのは、アイスバインを一緒に食べた、星野だったかもしれない。

あの夜、航樹は、初めて降りた駅から、ひとり暮らしをしているという星野のアパートまで肩を並べて歩いた。かなり酔ったのか、星野は眠たそうでもあった。

「コーヒーでも飲んでく？」

ドアの前で言われたが、航樹は急ぎ駅に引き返した。

——いったいおれはなにをやっているんだ。

自分に憤りながら、名も知らぬ川沿いの道をスーツ姿で走った。

頭には、アイスバインのような星野の二の腕がちらついた。

幸い終電にはぎりぎり間に合った。無事に送ったことで、自分の役目は果たせた。ただ、このままではいけないという思いを強くした。

それは、梨木さんとのことだ。

梨木さんは、フロントガラス越しの港の眺めに飽きたのか、外を歩きたいと言い出した。すでに午後九時をまわっている。港を出て、埋め立て地にできた新しい幹線道路を車で走り、南に向かった。

稲毛《いなげ》海浜公園の駐車場に車を駐め、二人で歩き出した。

「こんなところに、ほんとに砂浜があるの？」

「それがあるんだよ。もっとも人の手によって復元された人工海浜だけどね」

「へえー、そうなんだ」

「人間は身勝手だよね。自分たちで自然を破壊しといて、大金をかけてまたそれを取りもどそうとするんだから」

梨木さんは関心を示さず、「まだ夜は寒いね」と春物のジャケットの自分の肩を抱くようにした。もうすぐ五月とはいえ、寒暖の差がいまだ激しく、たしかに夜気は肌寒くも感じられた。

この日、梨木さんは食事のときから楽しそうに話をしていた。仕事の愚痴を漏らしたが、二人の会話はいつになく弾んでいた。

だからこそ航樹は、梨木さんの気持ちをたしかめる絶好の日であり、思い切って距離を詰めようと考えた。

腰の高さくらいの砂の浮いた堤防を二人で乗り越え、東京湾の東岸に造成された人工の砂浜に立った。少しべたつくような海からの風が吹いてくる。たしかに低い波が立っている。でも海を渡ってくる風は、不思議なくらい潮の香りがしなかった。

梨木さんは暗い海に近づいていく。

航樹は、少し遅れてついていった。

二人の関係は、再会した同窓会のときよりもかなり近しくなっている気がした。会話は自然に運び、お互いにそれほど遠慮せずに口をきき、ときには軽口も叩き合う。食事の際には、梨木さんの苦手なものを航樹が引き受けた。梨木さんは、そんな航樹との時間をそれなりに楽しんでいるようにも見えた。

限られた時間とはいえ、少なからず二人は同じ時を過ごしてきた。航樹にとっては、今の関係は、その積み重ねた奇跡のような時間の賜物《たまもの》のように思えた。

そして、以前はどうしていいかわからなかった不意に訪れる沈黙に、怖れることはなくなった。お互いなにも言わなくても心は平穏で、それはむしろ歓迎すべき瞬間なのかもしれなかった。

暗い海をしばらく眺めていたが、梨木さんは帰りたい素振りを見せない。だから航樹はもう少し二人で園内を歩くことにした。夜の芝生広場にはところどころ灯《あか》りが点在している。その白い灯りを結ぶように続くアスファルトの小径《こみち》を歩いているとき、航樹は、梨木さんと肩を並べた。二人はなにも語らなかった。

航樹は、ごく自然に梨木さんの手にふれた。

しかし彼女が手を握らせてくれたのは、ほんの一瞬に過ぎなかった。

はねつけるように手を離した梨木さんは、二、三歩前に駆け出したのだ。

航樹は呆気《あっけ》にとられた。

「ちょっと待って」

振り返った梨木さんはあわてていた。

それ以上に航樹は動揺し、その場に立ち尽くした。

「神井君、そういうのはちがうよね」

梨木さんの声が微かに震えている。「ちがうと思う」

航樹には自然だと思われたことが、彼女には受け入れがたい行為だったらしい。

「ごめん」としか航樹は言えなかった。

「ちがうよね、そういうのは」

梨木さんはくり返した。「だって、私にはつき合ってる人がいるし、神井君にだっているんだから」

距離を取り、池の畔《ほとり》の花が散った桜の前に立つ梨木さんは、哀しそうな瞳で航樹を見た。

「ごめん……」

航樹は泣きたくなった。

「だってそうでしょ？」

航樹には説明のしようがなかった。自分のとった行動は、梨木さんには予期せぬものだったようだ。航樹にすれば、今しかない、それくらいのタイミングに思えたのだが。

二人のあいだに霧のように気まずい沈黙が舞い降りてきた。

沈黙は、もはやチャンスから、罰に変わってしまった。

「ごめん、もうしないよ」

「だって……」

梨木さんは自分の両肘をつかみながら、何度も首をひねった。

「それからいくぶん冷静さを取りもどしたのか、「そうだよね」とうなずいてみせた。「こんな夜中に、二人で公園にくれば、そういう誤解もしちゃうよね。そうだよね、おかしいよね、こういうの」

「いや、そうじゃなくて」

「おかしいよね、お互いに、こんなの……」

梨木さんは自分に腹を立てているようにも見えた。

暗がりに向かう二人から、からだを寄せ合った見知らぬカップルが二人の横を通り過ぎた。

クスクスと笑い声が漏れてくる。

もしかしたら梨木さんは、航樹と二人でいるときも、遠く離れた彼氏のことを考えていたのかもしれない。だとすれば、やるせなかった。彼女は単に話し相手が欲しかっただけなのかもしれない。

おれって馬鹿だな、と航樹は自分を笑った。

仕事だけじゃなく、恋愛でも、うまくやることができない。

「――帰ろう」

航樹は自分から申し出た。ここにこれ以上二人で長居するべきではない。

言い知れぬ敗北感を味わいながら、先に歩きはじめた。

もう会うのはやめよう。

彼女にしても、そう思っているにちがいない。

梨木さんは帰りの車の助手席でずっと黙っていた。

沈黙に耐えられず、航樹はラジオをつけた。

空々しいディスクジョッキーの声が、やけに耳につく。ラジオからは笑い声が流れてきたが、なにがおかしいのか、さっぱりわからなかった。自分をあざ笑っているようにさえ聞こえた。

車から降りるとき、梨木さんは「おやすみ」とささやいたが、航樹は小さくうなずいただけで、なにも言葉は返せずに車を出した。

大型連休を一週後に控えた四月第四週の木曜日、航樹はデスクに在庫表を広げながら、無意識にため息をついた。

昨日、めずらしく梨木さんのほうから自宅に電話があった。取り次がれた受話器を取る前に、航樹は覚悟した。

もうあなたとは会えない、という最後通告の電話なのだと。

しかし梨木さんの最初に発した言葉は、「こないだは、ごめんね」だった。

こないだとは、航樹が夜の海浜公園で梨木さんの手を取り、拒絶された日のことだ。なぜ梨木さんがあらためて謝るのか、よくわからなかった。

それについて、梨木さんは説明を省き、一転明るい口調になった。

「神井君は、連休どうするつもりなの？」

「連休？」

航樹はなにも考えていなかった。

四月二十九日からはじまる大型連休は、あいだに挟まった平日を二日休めば、最長で十連休にもなる。少し前に由里から、できればその二日を休みたいと相談され、「好きにすればいい」と答えた。特段の用事のない航樹は、カレンダー通りに出勤するつもりでいた。

「いや、とくには」

航樹が少し遅れて答えると、梨木さんは声の明るさを保ったまま、「私ね、旅行に行ってくる」と言った。

「だれと?」とは問えず、「そうなんだ」と航樹はつぶやいた。

でもそれは、彼女がつき合っている人と泊まりがけの旅行に行く、そういう意味なのだと理解した。なぜそのことをわざわざ自分に伝えるのだろう。疑問がわいたが、余計な詮索はしなかった。これ以上、辛い思いはしたくない。

すると梨木さんが言ったのだ。「帰ったら、また会おうね」

航樹はどう反応すればいいのか、わからなかった。自分から、もう会いませんとは言い出せなかった――。

*

「在庫、足りないんだけど」

午後三時半を過ぎた頃、由里が航樹に声をかけてきた。十連休には遠距離恋愛中らしい彼氏と会うのだろう由里は、最近とくに機嫌がよかったはずなのに、表情がひどく曇っていた。

「どこの手配?」

航樹は在庫表に視線を送ったまま尋ねた。

毎日毎日、くり返される紙の手配。そのくり返しのなかで、断る術《すべ》も身につけた航樹は、最近仕事の上で物怖《ものお》じしなくなった。手配ごとの重要度が読めるようになったこともある。やみくもに紙を探しては、一喜一憂した新入社員の頃に比べれば、少しはずる賢くもなっていた。

だが、由里が口にした得意先は、「出版社の流先社」。この春、出版営業部、出版第一課の課長に昇進した、清家が担当する得意先だ。

「スポットなの？」

「ちがう、定期品」

「えっ？」

航樹は広げていた在庫表からようやく顔を上げた。「それって、摘要は？」

『週刊ダンディ』の表紙」

航樹の頭に刻み込まれている明細が浮かんだ。オリオンキャスト　383×（1085）〈53〉。もちろん一般品ではなく、特抄《とくず》き。〝別寸〟のしかも巻取だ。

「オリオンキャストの巻取か」

「――そう」

由里の声が小さくなる。

「ないわけないだろ。メーカー在庫もすべて確認した？」

「あることはあるんだけど、足りないの」

「足りないって、何本？」

「手配は、七連巻きで二十六本」

「二十六本？　それっていつもより多くないか？」

航樹は言い直した。「いや、まちがいなく多いだろ」

「──だよね」

由里も訝る声を漏らした。

入社当時は、航樹と同じ仕事をこなそうと躍起になる場面もあった由里だったが、その後、職場の現実を知ったのか、任された自分の仕事の範囲を広げようとはしなくなった。そして最近は、どこかおとなしくもなっている。

「在庫は何本ある？」

「二十二本」

であるならば、いつもの手配の本数なら、じゅうぶんに足りるはずだ。このところ『週刊ダンディ』は部数が増えている、とはいえ。

「手配の連絡は、高岡さんからだよね？」

「そう。二時過ぎに電話があった」

航樹はデスクの受話器を取り、出版営業部、出版第一課に内線をかけた。

オリオンキャストの手配の本数を確認したところ、高岡は「二十六本でまちがいない」と答えた。

「でも、それって多すぎない？」

「たしかにいつもより多いけど」

「清家さんは？」

「今、外出中」

「マジか……」

航樹は思わず小さく舌打ちした。

「明日、印刷所入れだからね。もし紙がなかったら、神井君のせいで、『週刊ダンディ』が店頭に並ばなくなっちゃうよ」

高岡の言葉は、どこかおもしろがっているようにも聞こえた。

——なんとかするしかない。

しかし、在庫が足りない紙は、スターエイジの一般品とはわけがちがう。銀栄紙商事が星崎製紙に特注している紙なのだ。しかも平判ではなく、巻取。ほかの代理店に電話をかけて借りられる紙ではない。

これは航樹が初めて遭遇するケースといえた。

時計を見ると午後四時をまわっている。手配の締め切りは、基本的には午後五時。あと一時間を切っている。それまでになんとか、足りない四本を用立てる算段を講じなくてはならない。

航樹は、まずはタバコを一本吸いながら、気持ちを落ち着け考えた。どう動くべきか。

タバコの火を灰皿でもみ消すと、工場に紙を発注する部署である星崎製紙の業務部に電話をかけた。しかし忙しいのか、なかなか電話に出てくれない。ようやくつながって、オリオンキャスト担当の藤岡主任に事情を話した。

藤岡は、メーカー、各社代理店、すべての在庫を確認したが、「ないなー」と重たい声をのばした。

航樹はゴクリと唾を呑み込んだ。

すると、「おお、あった」と声が聞こえた。

「ほんとですか？」

思わず航樹は声を上げた。助かった、と安堵しかける。

「ただ、あるのは工場だ。おたくの注文分が出来上がってる」

ということは、モノはまだ四国の工場にあるということになる。

「手配っていつだ？」

「明日、印刷所入れです」

「金曜日か……」

つぶやいた藤岡の声が苛立つ。「てことは、金曜に印刷して、土曜に製本か」

「だと思います」

「そりゃあ、厳しいな。工場から送っても到着までに中一日かかる。今日船に載せたとしても、千葉港に着くのは土曜日だ」

『週刊ダンディ』は毎週月曜日発売。それでは、間に合わない。月曜日に店頭に並ばない。

「神井君のせいで、『週刊ダンディ』が店頭に並ばなくなっちゃうよ」

高岡の言葉が現実になってしまう。

――どうすれば。

手のひらに、じわりと汗がにじんでくる。

「船便じゃなくて、トレーラーは出せませんか？」

「簡単に言うな。一台いくらかかると思ってるんだ。それに今からじゃ手配するのはむずかしい。とはいえ、やらなきゃならんだろ。営業に相談してみたらどうだ」

「わかりました……」

しかたなく航樹は電話を切った。

由里は心配そうにチラチラと航樹に視線を送ってくる。

腕時計を見る。午後四時半を過ぎている。

そんな緊迫した職場へ、外出していた室町が呑気そうにもどってきた。

「どうかしたの？」

室町が尋ねたが、「今忙しいんで」と答えなかった。

「課長は？」

「まだ帰ってきてません」

代わりに由里が答え、そっぽを向いた。

航樹は受話器を握り、再度、出版営業部、出版第一課に内線をかけた。

「もっしー……」

電話に出たのは、清家だった。

「『週刊ダンディ』の手配の件なんですけど」

「ああ、うまくいったか？」

「それがまだ、四本足りないんです。いつもの手配より本数が多いみたいで」

「なにを言うとる。大型連休前には、『週刊ダンディ』は合併号になる。翌週に発売されない分、ページも部数もいつもより多くなる」

「でも、そんなこと聞いてないですよね？」

「聞いてない？　出版の世界じゃ、常識やろ。雑誌とは、そういうもんだ。国民の休日は、出版社や印刷会社や取次だって休む権利がある。おまえだって、休むやろ」

「まあ、それは……」

出版に関する自分の認識不足をこれ以上晒《さら》したくなかった。

「なんとかせい。よう頭を使って考えてみろ。足りない四本をどうすれば用意できるのか。いいか、紙は、紙でできてるんだ」

清家はいつものせりふを口にした。「ないじゃすまされん。——出版だからな」

航樹は受話器を置き、動きを止めた。

手配の締め切り時間が迫る社内は、いつもの喧噪に包まれている。

電話で話した清家は、どう対処すればいいのか、答えを知っているような口振りだった。試されているのかもしれない。だとすれば、なにかしら打開策があるはずだ。

「紙は、紙でできている」

航樹は、清家の言葉を反芻した。

いったいどういう意味なんだ？

航樹が扱う紙とは、植物の繊維などを水のなかで分散させ、絡み合わせ、薄く平らにのばして乾燥させたものを言う。そんなことは常識だ。清家の口にした紙とは、印刷用紙、しかも大量に刷るため平判ではなく巻取の形状をしている、紙のことだ。

もう一度手配の明細を確認してみる。

オリオンキャスト　３８３×（１０８５）〈53〉。七連巻きで二十六本。納入日、四月二十二日（金）。納入先、赤富士《あかふじ》印刷越谷《こしがや》。

そもそもなんでこの紙は、こんなおかしな寸法なのだろう。

高岡が先週見本として持って来てくれた『週刊ダンディ』を手にした。男性誌らしく表紙には、胸の豊かなアイドルの水着写真が使われている。判型は、Ｂ５判。１８２×２５７。大学ノートと同じ大きさだ。多くの週刊誌がこのサイズを採用している。

Ｂ５判であるならば、印刷をするのに適した紙は、Ｂ系列の原紙、すなわちＢ列本判、７６５×１０８５のサイズとなるはずなのだ。

――なのに、どうして？

オリオンキャストの一般規格は、菊判（６３６×９３９）と四六判（７８８×１０９１）の平判二種類しかない。だから、それ以外は特注品となる。平判ではなく、巻取で特別に注文するのは、〝オフ輪〟と呼ばれるオフセット輪転機を使って大量印刷するためだ。『週刊ダンディ』は、B5判。なのになぜ、B判の巻取ではなく、383などという、幅の狭いサイズなのか……。

──いや、待てよ。

航樹は巻取の紙の寸法表示に注目した。

383×（1085）というサイズ表記の（ ）は紙が巻取であることを示している。（1085）という縦寸法は、B判の765×1085と同じだ。もしやと思い、注文品の紙幅である383という数字を電卓で二倍にしてみた。すると、「766」といううきわどい数字が画面に表示された。B判の紙幅765と1ミリしかちがわない。つまりは、383×1085という規格外のサイズは、B判の全紙を半分の幅にしたものではないのか？

──だとすれば。

航樹は星崎製紙のモニター室の短縮番号「01」を押した。

電話に出たのは、幸い先日飲んだばかりの星野だった。念のため、オリオンキャスト 383×（1085）〈53〉の在庫を尋ねると、やはりなかった。あるのは、〝銀栄〟が注文してすでに自社在庫にしている七連巻き二十二本のみ。

そこで、同じ紙厚、米坪であるオリオンキャストの765×（1085）〈106〉の在庫がないか尋ねてみた。

「巻取だよね。フリー在庫はもちろんないよ」と星野は答えた。「一般品じゃないからね」

「じゃあ、どこかの特注品はあるのかな？」

少し間を置いて、「ほかの代理店の在庫だからね。私には、何本か『ある』としか言えないけど」と星野はわざと素っ気なく答えた。

「そうか、あるんだね」

航樹は受話器を握る手に力を込めた。「サンキュー、またアイスバインを食べに行こう」

「え、ほんと？」

航樹は答えずに、親指でフックスイッチを押して電話を切り、急ぎ星崎製紙営業部のダイヤルをプッシュした。

「こんな時間の電話は、飲みに行こうって誘いかい？」

板東のにやついた声が聞こえてきた。

「いえ、ちょっとトラブってまして」

航樹はわざとあらたまった声を出した。「板東さん、助けてください」

「おっ、どうした？」

義侠心《ぎきょうしん》をくすぐられたのか、板東の声色が変わった。

「出版の手配なんです。『週刊ダンディ』の表紙用のオリオンキャストが四本足りなくて」

航樹は手配の明細を口にした。

「流先社か。そりゃあ、なんとかせんと、あかんじょ。で、いつ？」

「明日、印刷所入れです」

「業務部には相談したん？」

「ええ、藤岡さんには」

航樹はかいつまんで経緯を説明して続けた。「で、思いついたんですけど、B判の巻取から、つくれないかと思いまして」

「ほな、二本を断裁にかけるってことか？」

「それしかないと思うんです」

断裁とは、重なった紙を所要の寸法に裁つことで、専用の断裁機が用いられる。知識としては知っていたが、航樹は依頼したことがない。

「そやな、切るしかなさそうやな。『週刊ダンディ』の表紙は、印刷に〝ベビーオフ輪〟を使ってるわけやな」

「それって、小型のオフ輪印刷機のことですか？」

「そうや」

板東は小さく舌打ちした。「問題は、オリオンキャストのBタテ巻きの在庫が余ってるかどうかや」

「在庫はあるみたいです」

「ほんまに？」

「ほかの代理店が持ってるはずです。たぶん、用途は出版向けなんでしょうけど」

「あるなら、いけるで。二本くらい、なんとかなるやろ」

「その交渉は、板東さんにお願いできないでしょうか」

「よっしゃ！」

板東は声を大きくした。「頭下げるのは、〝バンちゃん〟の得意とするところやからな。話つけるから、そっちは断裁所をあたっときよー」

「よろしくお願いします」

航樹は声をしぼり出し、電話を切った。

もう一度、出版営業部に内線をかけた。電話に出た清家に、オリオンキャストのBタテ巻きを仕入れ、二本を断裁し、足りない四本に充てることを提案した。

「――気づいたか」

清家は声に笑いをにじませた。「だれかに教えてもらったのか？」

「いえ、自分で思いつきました」

「ほー、そうか。まあ、それしかないやろ」

清家は鷹揚《おうよう》な口調で答えた。「ただし、断裁賃は仕入持ちだぞ。あとで必ず値引きを振ってくれよな」

「わかりました」

航樹は受話器を置いた。

時計を見ると、午後五時をすでにまわっている。

社内で断裁を頼む部署は業務部。手配の締め切り直後の一番忙しい時間帯に入っていた。

航樹は同期の緒方を捕まえ事情を話した。

「〝ギロチン〟の手配？　今から」

緒方は片方の眉毛をぴくりと上げ、断裁機の物騒な別名を口にした。

「わるいんだけど、出版の手配でモノがなくて。平判じゃなくて、巻取なんだ」

「ちっ」

緒方はあからさまに舌を鳴らし、「明日だよな。どこ入れ？」と早口になる。

航樹は印刷所の名前を口にした。

「しょうがねえな、なんとかする。神井のとこで切るのは、めずらしいもんな。樋渡のとこなんか、しょっちゅうモノがなくて切ってやがるけどな」

緒方はすばやく受話器を手にした。「で、仕上げ寸法は？」

航樹が説明すると、「じゃあ、〝スリッター〟で半分にぶった切ればいいんだな」と緒方は乱暴に言い、記入すべき「断裁指示書」を航樹に投げて寄こした。緒方も忙しく、かなりテンパっている様子だ。

断裁をするには当然経費がかかる。その経費は、できあがった紙の値段に上乗せされる仕組みだ。そのため責任の所在が問われることにもなる。課長の長谷川が、なぜか直帰してしまったため、書類の決済印は室町からもらうしかない。

「断裁するしか手はないんだね？」

「はい、切るしかありません」

航樹は強い口調で断言した。「出版ですから」

室町はゆっくりうなずくと、自分のシャチハタに「はあー」と無駄な息を吹きかけた。

あとは、星崎製紙営業の板東を信じるしかなかった。

と、そのとき、航樹のデスクの電話が鳴った。

「はい、銀栄紙商事、仕入の神井です」

「おお、神井ちゃん」

板東の声だった。「たしかに〝GP〟さんが持ってたよ。よくわかったね？」

「それで？」

「今泉さんからもろたで。散々ごねられたけどな」

「よしっ！」

航樹は右手でこぶしを握った。

「ありがとうございます」

「このあと、飲み行くか？」

「あ、――ぜひ」

「じゃあ、早いとこ手配済ましちゃってな」

「承知しました」

航樹は受話器を静かに置き、深く深呼吸した。

「ああ、よかったあ」

事情を察した由里が、泣きそうな笑顔を見せた。

隣のデスクの室町が懐かしそうに目を細めた。「僕も昔はよく、〝ギロチン〟を頼んだもんだよ。多くの場合、自分のミスだったけどね」

「あ、そっか、室町さん、出版営業部にいたんですもんね」

めずらしく由里が声をかけた。

「まあね。仕入に舞いもどってきちゃったけど」

室町はだらしなく頰をゆるめながら、決済印を押した断裁指示書を差し出した。

「おい神井、まだかっ！」

緒方が怒鳴った。

「わるい、今持ってく」

航樹は席を立ち、業務部へ急いだ。

席にもどるや星崎製紙のモニター室に電話をかけ、〝GP〟の在庫の名義振替を依頼し、緒方から指示された断裁所入れの手配をようやくすませた。

「なんかトラブって切ったのか？」

樋渡に声をかけられた。「出版か？」

「ああ、セイさんとこ」

「うまくいったの？」

「なんとかね」

「綱渡りしやがって」

「おまえほどじゃないさ」

航樹が言い返すと、「おれは好きで切ってるんじゃない。在庫が合わないからだ」と樋渡は顔をしかめてみせた。

――ああ、そうか。

航樹は、そこでようやく思い至った。

清家の言った「紙は、紙でできている」という意味についてだ。紙は、断裁することで寸法を変え、またべつの紙に生まれ変わる。そういう意味なのだと。

この一件で、航樹は自分自身、まだまだ半人前だという思いを強くした。もっと紙のことを、紙にできることを、学ばなければならない。


休み明けの月曜日、航樹は昼休みに銀座通りの書店へふらりと出かけた。

店頭の雑誌コーナーには、真新しい合併号の『週刊ダンディ』が平積《ひらづ》みされている。オリオンキャストを使った表紙が、陽光を受けピカピカと光っている。その一冊を手に取って広げ、鼻を近づけると、インクと紙のにおいがした。

デスクの上でのこととはいえ、この雑誌の表紙の紙は、自分が仕入れ、自分が手配をかけたものだ。そう思うと、出版の世界に自分も関わっている、そんな実感を得ることができた。

若い会社員らしき客が近づいてきて、『週刊ダンディ』を無造作につかみ、すぐさまレジへ向かった。

その後ろ姿を眺めながら、航樹は右手の拳を小さく握りしめた。

＊

五月中旬、航樹は徳島県にある星崎製紙の工場見学会に参加した。

代理店などの得意先を対象とした一泊二日の工場見学ツアーには、長谷川課長が当初出席する手筈になっていたらしいのだが、なぜか直前になって航樹にお鉢がまわってきた。理由はよくわからない。由里はうらやましそうにしていたが、急遽《きゅうきょ》決まったこともあり、航樹には戸惑いもあった。

工場見学が主な目的とはいえ、二日目にはゴルフコンペが催される。航樹にゴルフの趣味はなく、参加者のなかでは唯一の二十代であり、気を遣う場面が多く、あまり居心地の良い旅にはなりそうになかった。

海に面した広大な敷地を擁する製紙工場の見学は、初めて目にする紙の製造現場ということもあり、とても刺激的で、かなり勉強になった。自分が仕入れている紙ができる工程を実際に目にし、イメージとのギャップを埋めていく作業を行った。軽々しく考えていたことが、現場ではそう簡単ではない理由も理解できた。紙を産み出す抄紙機が、これほどまでに巨大なマシンであるとは想像もしていなかった。

工場敷地内の臭い、構内の騒音には、少々驚かされもした。まさにこれが現場であり、紙は大量に生産される工業製品であると再認識した。

今回の参加者の多くは課長クラス。工場見学をすでに何度か体験しているせいか、ヘルメットを被《かぶ》っての構内の見学には、さほど執着を見せず、実際時間を長くとってもらえなかった。航樹としては、せっかくだからスターエイジを造るところをこの目で見たかったが、叶わなかった。ともあれ紙を造る現場を見学したことは、貴重な体験として記憶に刻まれた。

「神井さん、明日は？」

「自分は留守番です」

工場内を移動するバスのなかで、ゴルフコンペが話題になった際、〝総通〟の間宮から、「神井さんもゴルフはじめたほうがいいぞ」と言われた。それは会社員である父の口からくり返し聞かされたせりふでもあった。

樋渡をはじめ、同期の何人かがゴルフの道具を揃えたと聞いてもいた。営業職になれば、その手のつき合いの必要があるのかもしれない。それでも航樹には、処世術のひとつとしてスポーツをやろうとは、なかなか思えなかった。


夕食は広間での宴会。地物の海産物を中心としたご馳走が存分に用意された席で、工場長からの挨拶のあと、一同乾杯。歓談という流れになった。

航樹は新鮮な海の幸を堪能しながら、代理店の先輩仕入マンたちと交流した。〝総通〟の間宮のほか、亀福商会の宇田川、〝ＧＰ〟ことゼネラル紙商事からは、今泉ではなく、彼の上司が参加していた。本来であれば、ウチからは長谷川課長か、係長の室町が参加すべき会のような気がした。

「神井さんは、二年目だよね」

間宮に問われ、「ええ、そうです」と答えた。

「〝銀栄〟さんの場合、来年くらいに営業に出るわけ？」

「かもしれないですね」

「いいよな、おれなんてずっと仕入だから」

間宮はアルコールで火照らせた顔で笑った。

「やっぱり仕入より、営業のほうがいいもんですかね？」

「そりゃあ、営業にも苦労はあるだろうけど、仕入でデスクに張りついてばかりじゃね。で、どこの部署が希望なの？」

「やっぱり、出版ですかね」

「だろうな」

間宮はうなずいた。「だったら、なおさらゴルフやらなきゃ」

「そういうもんですか？」

「出版は、接待とか当然多いでしょ」

間宮の言葉に、「そりゃあ、そうさ。飲みのほうも、あるだろうしな」と宇田川が同調した。

やはりそういうものなのか、と航樹は少し憂鬱になった。その話のとおりなら、出版営業部に配属されたとしても、本づくりに近づけないようにも思えてしまう。

「まあ、若い人はいいよ。将来に希望があるし、モニター室の女の子とも仲良くできてさ」

宇田川にはそんな皮肉めいた言葉も浴びせられた。

宴会の席には本社の人間だけでなく、工場長をはじめ、何人かの工場勤務の社員も参加していた。せっかくだからと思い、航樹は工場で働く同世代らしき星崎製紙の社員の隣に席を移した。

航樹が話しかけた、地元出身の実直そうな男性社員は、工場勤務三年目で、本社のある銀座に憧れているらしかった。

「まだ一度しか行ったことないんですよね、銀座。それもとんぼ返りだったんで」

作業着姿の彼は照れくさそうにした。「すごく華やかで賑やからしいですよね」

「まあ、そういうイメージですかね」

「〝ディスコ〟って言うんですか、そこで夜な夜な若い男女が踊ってるって言うじゃないですか。なんでも〝お立ち台〟とかいう高い台の上で、ピチピチの服着た女子が、さかんに腰を振って踊りまくるって聞きました」

「どうなんですかね、よく知りませんが……」

航樹はゆっくりと首を横にねじった。さっきまで焼き網の上でウネウネと白い身をくねらせていたアワビを思い出しながら。

「神井さんは、銀座ではどんなところに飲みに行くんですか?」

「やっぱり、僕なんかは居酒屋ですね」と航樹は即答した。

「えっ?」

なぜか彼はビールを噴きそうになった。「銀座に、居酒屋があるんですか?」

「そりゃあ、ありますよ。フツーに」

「へえー、でも〝ディスコ〟は入る際に、服装のチェックがあるって聞いたんですけど」

「居酒屋には、もちろんありません」

「そうですか。居酒屋があるんですね、銀座にも」

彼は少し安心したような表情でメガネのツルを持ち上げた。

「自分は毎日銀座に通勤してますけど、ほぼ行って仕事して帰って来るだけなんでね」

航樹は苦笑いを浮かべた。

「東京は忙しいんですね」

「毎日残業です。だから銀座の街にも詳しくない。でも、どこか惹かれる街ではあります」

航樹はビール瓶を手にし、彼の空いたグラスに注いだ。

自分でも知らぬ間に、そこそこ酒が飲めるようになり、宴会での作法も身についてきていた。この夜は、少しだけ日本酒も試してみた。

＊

工場見学から帰ってしばらくして、長谷川課長に呼ばれた。窓際の応接セットの席には、室町も同席していた。

話は、代理店間で今も争奪戦が続いているスターエイジに関するもので、なぜか〝銀栄〟の仕入高が他代理店と比較してかなりの伸びを示している、という話だった。五月末の仕切りが終わったあと、星崎製紙を訪れた長谷川の耳に入ったようだ。

仕入担当者である航樹としては誇らしかった。

しかし長谷川の話のニュアンスはどうもちがっている。〝銀栄〟のスターエイジの仕入高が伸びている件を喜んでいるわけでもなさそうなのだ。

「スターエイジに関する仕入枠は、各代理店で決まっているわけだ。それなのになぜその枠以上にうちが仕入れられているのか、先方も不思議そうでね」

長谷川はタバコをくゆらせ、眉間にしわを寄せた。

「それは神井の努力によるものなんじゃないですか」

室町が和やかに口を挟んだ。

航樹は毎朝、午前九時ちょうどに、二つの受話器を操り星崎製紙のモニター室に電話をかけ、紙を仕入れる業務を続けている。一日たりともサボったことはない。買うべき紙の入荷時期を綿密に調べ、計画的に狙いを定め、仕入れている。その最たる紙こそがスターエイジだ。

長谷川はそういう航樹の地道な努力をおそらく見ていないし、評価もしていないのだろう。もしかしたら、さほど興味もないのかもしれない。

気味のわるい沈黙のあと、長谷川がタバコを灰皿でもみ消し、航樹に視線を据えた。

「ひとつ忠告しておくが、メーカーの女性とのつき合いには、じゅうぶんな注意が必要だ。個人的につき合う場合などは、当然ながら責任が伴ってくる。その点は、重々承知しておいてほしい」

「は？」

航樹は思わず声を漏らした。

「いや、一部の代理店では、スターエイジの仕入高が注文請書の枠にすら満たない場合があるらしい。うちがスターエイジをほかより多く仕入れられているのは、そういった代理店の枠を食い荒らして買いつけている、という話にもなりかねない。そのことが、そういったつき合いと関係しているとすれば、当然問題になる。そうではないかと勘ぐる声も上がってるって話なんでね」

「なんですか、それ？」

「あくまでこれは私が聞いた話だ」

長谷川は視線を外した。

航樹はまわりくどい説明に、首をひねるしかなかった。

先輩の上水流のアドバイスもあり、星崎製紙のモニター室の女性とはよりよい関係を築くよう心がけてきた。そのため一月には新年会を開いた。その後、星野と二人で酒を飲みに行ったが、星野自身が話していたように、ほかの代理店の仕入マンもしていることだ。度を越したつき合いをした覚えはない。まるでメーカーの女性をたぶらかしてスターエイジをかすめ取っているような言い方に、航樹としてはいい気持ちがしなかった。

「――それから」

長谷川は話題を変えた。「印刷営業部の上から頼まれてね。赤星《あかほし》印刷という新規の得意先なんだが、今ひとつ売上が伸び悩んでいるらしい。そのため、スターエイジについて相談を受けた。力を入れたいらしいから、優先的にまわしてやってくれ」

話はそれで終わった。

最後の話は、スターエイジを握っているのが航樹であることを暗に認める発言でもあった。

打ち合わせ後、航樹が不満そうにしていたせいか、二人になった際、室町から声をかけられた。

「気にしないほうがいい。部下を誉《ほ》めるのがうまくない上司もいる。それに、出る杭《くい》は打たれる。いつの世もそういうもんさ」

長谷川の口から名前の挙がった赤星印刷については、問い合わせがあった場合、スターエイジを優先してまわすよう航樹は努めた。つかみどころのない上司ではあったが、航樹としては、認めてもらわなければならない立場でもある。希望の部署である出版営業部に移るためにも。

長谷川課長の言葉のように、う、ま、く、やるしかないだろう。

*

「ジェイ・マキナニーは、もう読んだの？」

「今年になって出た、『ブライト・ライツ、ビッグ・シティ』なら読んだけど」

「そう。うちの書店でも売れてるみたい。どうだった？」

「どうかな。ああいうドラッグとかが出てくる、ある種退廃的な青春小説は、じゅうぶんに理解することがむずかしい気がする」

「どうして？」

「やったことないから」

「──なるほど」と梨木さんは微笑んだ。

彼女と再び会ったのは、たぶん自分の弱さゆえなのだと航樹は自分自身で認めた。

この日、会うために連絡を取ったのは、航樹のほうからだった。彼女が大型連休に遠距離恋愛中の彼氏と旅行に行ったことを想像すると、やりきれなかったが、それでもまた会いたいと思ってしまう自分がいた。

ただ、自分たちの関係については、今日こそはっきりさせるつもりでいた。もう一度ふられるなら、それでもいいと覚悟していた。その上で、この日思い切って、梨木さんと彼氏との関係について、航樹のほうから尋ねてみた。

「そりゃあね、遠くにいる人より、近くにいてくれる人のほうがいい。そう思っちゃうときもあるよね」

ひさしぶりに会った梨木さんは、航樹とは何事もなかったかのように、明るい口調で答えた。

近くにいてくれる人とは、自分のことだろうか。思わせぶりな言いまわしに、航樹は早くも気持ちがゆらいだ。

夕食のあと、こうして人気《ひとけ》のない夜の公園のベンチに並んで座っていること自体、二人の関係について「おかしいよね、こういうの」と梨木さんが指摘していたあの夜の発言とは矛盾している。よくわからない。

手をつなごうとして拒絶されたあの夜のことがあったため、航樹は自分から意識的に距離を置こうとした。でも彼女は航樹の近くに座り、以前の件に無頓着のようにさえ映る。再び手を取ろうと思えばできたし、髪にふれようとすれば可能な距離にもどっていた。

梨木さんは、航樹がそういった行動を自粛すると予測しているのかもしれない。だからその距離を許している、とも受け取れる。

彼女の曖昧な答えに対して、自分の気持ちは高校時代から変わっていないことを航樹は伝えた。今さらとも思えたが、「ずっと好きだった」と言葉にした。

「でも、神井君も、つき合ってる人がいるんだもんね」

梨木さんは口元をゆるめた。ごまかしたようにも見える。

じつは自分には彼女はいません――航樹は白状しようかと思った。

でも今になって口にするのは卑怯《ひきょう》な気もする。だから別な言い方で、梨木さんの気持ちをたしかめようとした。

「もし僕が、彼女と別れる、そう言ったら？」

航樹は膝の上に貼りつけるように置いた自分の両手を見つめた。

「でも、それって仮定の話でしょ」

「いや、君が僕とつき合ってくれるなら、そうしてもいい」

「私にも彼と別れてくれ、そういうこと？」

自分本位でとても傲慢な提案であることはわかっていた。でも、それほどまでに好きである気持ちに嘘はないつもりだ。奪えるものであれば、奪ってしまいたかった。

「今日の神井君、ちょっとおかしいよ」

梨木さんは声に明るさを保たせたまま続けた。「私もね、彼に対して不満はあるの。会いに行くのはいつも私のほうだし、費用だって全部私持ち。趣味が合わないところもある。彼とは、ジェイ・マキナニーの話はできない。たぶんジョン・アーヴィングすら無理。でも堅実で、頼もしく思える部分もある。それなりに長くつき合ってきたわけだし、そんなに簡単な問題じゃない」

大型連休中に彼氏と会ってきたせいだろうか、梨木さんには、彼氏との関係について自信というか、余裕のようなものが感じられた。ある種の契約を成立させてきた保険の外交員みたいに。

「じゃあ僕と会うことについては？」

自分の声が他人の声のようにみすぼらしく聞こえた。

「──そうだね」

梨木さんの言葉が少し遅れて返ってくる。「もうやめたほうがいいのかもね」

航樹は黙ってうなずくしかなかった。

結局、最初からこうなる運命だったのかもしれない。同じ女性に、またしてもふられてしまった。

背中に浮いた汗が、背筋をゆっくりと滑り落ちていく。まるで奈落の底に向かう、自分自身のように。

「私ね、ほんとは、太宰治がそんなに好きなわけじゃないの」

梨木さんが唐突に口にした。「作品は読んで共感する部分もあったけど、実際の生き方については、よくわからない。でもあのときは、神井君と話がしたくて、つい名前を口にしちゃったの」

「あのときって、同窓会の夜？」

梨木さんはこくりとうなずいた。

「そうだったんだ……」

「——そう。本の話ができてうれしかった」

あれからのことは、航樹にとって、夢のような時間でもあった。まともに話したことのない、ふられた初恋の人と再会し、お茶を飲んだり、ドライブをしたり、いろんな話をした。彼女の好きな本、好きな作家、好きな場所、苦手な食べ物も知った。でも彼女には、すでにつき合っている人がいた。

「もっと早く打ち明けるべきだった」

航樹は後悔を口にした。

「かもね……」

梨木さんはそう答えたが、航樹をどう思っていたのかは、遂に最後まで口にすることはなかった。おそらく自分に禁じているのだ。

「神井君は、今の仕事のことで悩んでもいるようだけど、もっと現実的になるべきだと思う」

「え？」

「出版の世界に近づきたいって気持ちが強いのはわかる。でも、夢を追いかけてる人って、私くらいの年齢の女性から見ると、どこか危うくも映っちゃうんだよね。いつまでも高校生じゃないわけだし。彼が言ってた。アメリカではね、よく言われるらしい。He is nothing more than a dreamer。彼は夢想家にすぎない、って」

頭が混乱していて、梨木さんがなにを言いたいのかよくわからなかった。ただ、航樹より彼氏のほうが大人であり、安心できる、そういう意味にも受け取れた。たとえば、将来を共に暮らす伴侶として。

「神井君、まだ小説を書いたりしてるの？」

航樹は答える代わりに、「君は？」と問い返した。

「私はぜんぜん。昔は、いつだって書けるような気がしたんだけどね」

「僕も今は書いてないよ」

「そうなんだ。そういうもんだよね」

「でも、あきらめてはいない。たぶん、しつこいんだ」

「どういうこと？」

「ひとつのことを、ずっと想い続けてしまう」

航樹は、梨木さんの目を見つめた。

ふっと力をゆるめ、「でもそれって、才能かもよ」と梨木さんがつぶやいた。

「だとしたら、哀しき資質だね」

航樹は心の痛みをこらえながら続けた。「でもね、いつかはって話だけど、小説に書いてみたいな」

「なにを？」

「梨木さんとのことを」

少し間を置いて「書いてよ」という声が聞こえた。

梨木さんは顎を無理に持ち上げるようにして夜空を見上げていた。「けど、私たちのことなんてありきたりすぎて、きっと本になんてならないだろうな」

「かもしれない。それでも書きたいんだ」

「それに、売れないと思うよ」

「だとしても、僕が書きたいのは、そういったありきたりな人生なのかもしれない」

湿気を含んだ風が緑に囲まれた公園を渡り、梨木さんの髪をゆらした。ほどけた髪が頬にかかっても、なぜか彼女は動こうとしなかった。髪の何本かが、触手をのばすようにして航樹の首筋にふれた。

今なら梨木さんを強く抱きしめ、少し開いた唇を奪っても許されるような気がした。彼女もそれを望んでいる。そんな気すらした。

もし抱きしめたら、時間を巻きもどすことができるだろうか。唇を奪えば、世界を変えることができるだろうか。

けれど実際に試そうとはしなかった。

手を握ろうとして拒絶された記憶が、自分を臆病にしていた。二度ふられたばかりの身としては、無謀すぎる冒険のような気がする。三度目は、さすがに勘弁してもらいたい。

――もう終わったんだ。

くり返し、自分にそう言い聞かせ、心に重しを置いた。

後日、梨木さんから長い手紙が届いた。

梨木さんは、彼氏とは別れられないという結論をあらためて書いていた。重ねて伝えてきたのは、自分でも気持ちを整理する必要があったからかもしれない。航樹としては、すでに終わったこととして受けとめるだけだった。

梨木さんが近い将来、彼と結ばれることを望んでいる様子がうかがえた。少なくとも航樹は行間からそう読み取った。そして早く、彼の近くに行きたいのだと。

そこまで二人の関係は進んでいたのか、と航樹は今さらながら思った。

肝心なことに気づくのが、いつも自分は人より遅い。

読み終えた手紙は封筒にしまい、すぐに処分した。いつか読み返そうとは思わなかった。

航樹は返事を書くことさえ思いつかなかった。

すべては終わったのだ。

＊

「困るんだよ、それじゃあ」

自分のデスクの椅子に座ったまま、長谷川課長が苛立たしそうに航樹を見上げた。眉間に縦じわを寄せている。

「と言いますのは？」

航樹は、室町が座っている椅子の背もたれ近くに立っていた。

「赤星印刷だよ。スターエイジだよ」

「その件でしたら、指示どおり、まわしたつもりですけど」

「そういうことじゃない。というか、問題になってる」

「なにがですか？」

「赤星印刷に、なぜ大量のスターエイジの売上が立っているのか」

「はっ？」

「卸商営業部からクレームが入ってるんだよ」

その言葉に、室町の背筋がびくりと反応した。

「どういうことですか？」

航樹は自分の耳を疑った。

「赤星印刷は、うちからほぼスターエイジしか買ってない。なぜあんな新規の得意先をそこまで優遇するのかって騒いでるんだよ、あいつら」

「でもそれは……」

航樹は言いかけて、止めた。

印刷営業部の上から赤星印刷に力を入れたいという話があり、優先的にスターエイジをまわせと航樹に指示したのは、長谷川本人だった。

それなのに、ほかの部署から批判が出るや、矛先を部下に向けてくるとは……。おかしい。矛盾している。でもたぶん、この人はそれを承知で言っているのだ。

航樹は、室町のまるめた背中に視線を送った。話は聞いていただろう。なのに室町は顔を伏せたまま、なにも言おうとしない。

航樹はますますヒートアップしていく長谷川の話の続きを聞いた。

目眩がしそうだった。こんな理不尽な話はない。

しかし航樹は、反論を思いとどまった。

その場で涙をこらえたのは、悔しかったからじゃない。

ただ、虚《むな》しかったのだ。


「そりゃあ、神井君の気持ちはわかるさ」

室町はとろんとした生気のない目を向けてきた。

「だったら、なんであのとき、言ってくれないんですか」

航樹は持ち上げかけたビールジョッキをテーブルに着地させた。盛り上がった白い泡がしぼんでいく。

めずらしく室町に誘われ、並木座の脇道奥にある「三州屋」のカウンターで肩を並べていた。以前、星崎製紙の板東と来て以来、よく訪れる店だ。

「ふーむ」と室町は鼻を鳴らした。

「自分は、あの人がやれと言うから、やったまでですよ。赤星印刷なんて得意先は、それまで聞いたこともありませんし」

「印刷営業部の部長の差し金だろうな。上から直接頼まれたもんだから、長谷川さんはすぐに神井君に伝えた。でも実情をご存じなかった。そういう流れじゃないかな」

「要するに、それほど力を入れるべき得意先でもないのに、おれがやりすぎた。そういうことですか？」

「かもしれないな」

「けど、それって――」

航樹が声を大きくすると、室町が右手で制した。「わかる。わかるよ。あの人はいつも言葉が足りないんだ。時代小説をよく読んでいるわりにはね」

「結局、もっと『うまくやれ』って話ですか」

航樹は首を弱く横に振ってみせた。

室町は冷や酒を白磁《はくじ》のお猪口《ちょこ》からすすると、なにやらテーブルの下に置いたカバンのなかをごそごそとやりはじめた。

航樹は鮮やかな緑に茹《ゆ》で上がった枝豆をつまみ、生ビールのジョッキを傾けた。

「これ」と室町が言った。

「なんですか？」

「興味ないかな、と思って」

室町が差し出したのは、〝銀栄〟の名前の入った社用封筒。かなり厚くふくらんでいる。

「おかしなもんじゃないでしょうね？」

前科のある室町に対して、航樹は冷ややかな目を向けた。

室町は顔の前で手をひらひらさせ、メガネの奥の人のよさそうな目で笑った。

封筒のなかをのぞくと、茶色の分厚い上製本が入っている。紙の切断面である小口《こぐち》は日に焼け、ところどころシミもあるが、いかがわしい類いのものではなさそうだ。

室町のことだから、古い小説の全集かなにかかと思ったら、擦《かす》れた金の箔押《はくお》しのタイトルは、『改訂版　基本・本づくり』とあった。

航樹は手に取り、副題を読み上げた。

「編集制作の技術と出版の数学」

タイトルは簡潔。それでいて副題は、どこかよそよそしい。

発行は、印刷学会出版部。著者は、鈴木敏夫《すずきとしお》。

とたんに、A5判の上製本は、航樹の手のなかでずしりと重みを増した。

黙ってページをめくる。縦書き二段組みのページは、細かな文字で埋め尽くされている。ぱっと見ただけでも、航樹の知らない「字詰め」や「念校」「原価率」などの言葉が散見される。本づくりに関する、ありとあらゆる事柄がイラストや図版を交えて解説されていることがわかる。まさに本づくりの教科書、いや百科事典とでも言えそうな壮観な内容だ。

あらためて目をとおした目次には、「本づくりの面白さ、むずかしさ」「企画について」「〝編集〟という仕事の実際」「出版と法律」「原価計算と採算」「紙の常識」「印刷の常識」「製本の常識」などと、航樹が知りたいと思っていた多くのテーマが章立てされて並んでいる。

「――これはすごい」

　思わず声を漏らした。

「おもしろそうな本だろ？」

「どうしたんですか、この本？」

　航樹は目次に視線を落としたまま尋ねた。

「出版営業部時代に、会議室の本棚で見つけたんだ」

「じゃあ、会社の備品ですか？」

「まあ、当時はね」

「てことは？」

　ようやく航樹は本から顔を上げた。

「昨日まで、私の自宅の本棚に並んでた」

「でも、それって」

「正直、だれも読んじゃいなかったよ。その証拠に、この本が紛失したとかって騒ぎも起こっちゃいない」

　室町は愉快そうに鼻の孔をふくらませた。

　そういう問題じゃないでしょ、と思ったが、「じゃあ、これは？」と尋ねた。

「読みたきゃ、差しあげるよ。私にはもう必要ない」

室町は目尻にしわを寄せた。「たぶんこの本は、ふつうの本屋には置いてない。入手するのはむずかしい。初版が昭和四十二年。何度か改訂している。本づくりに関して、これほど詳しく書かれた本を、私はほかに知らない」

「でもどうして？」

「出版に興味があるんだろ？」

室町が静かな口調で続けた。「君は、君なりによくやってる。だからそんなに落ち込む必要はない。それに、あきらめてほしくないんだ」

盗んだ会社の備品を部下にプレゼントするとは、いかにも変わり者の〝教授〟らしかった。だがその本は、まさに航樹が知りたかった出版の知識が無数にちりばめられた、宝の本でもあった。

「じゃあ、遠慮なくお借りします」

そう言って受け取ったものの、すでに返す気はなく、航樹はそそくさと自分のカバンの奥に本を押し込んだ。

室町に言われたように、このところ落ち込んでいたのは、なにも課長とのやり取りのせいだけではなかった。梨木さんとの関係が終わった、その日以来、からだにエネルギーがまわらなくなり、どうにも気持ちが上向かない。

梨木さんは手紙にも、もっと現実的になったほうがいい、と書いていた。航樹が出版の世界へ近づくことを諌《いさ》めているようにもとれた。大人になるべきだ、と。多くの人は、自分のやりたい仕事に就けない。その現実を受け入れるべき時期なのだと。

だが航樹は、室町からもらった『改訂版　基本・本づくり　編集制作の技術と出版の数学』を貪るように読みはじめた。小説ではなく、こんなに分厚い実用書を読むのは初めてのことだ。それでも楽しくてしかたない。夢中になったのは、自分の好きな「本」に関する書籍だったからだ。

とくに刺激的だったのは、第三章「〝編集〟という仕事の実際」。これまで編集とはどういう仕事なのか具体的につかめていなかった航樹には、その実態にふれる絶好の機会となった。具体的な編集会議のありかたや、原稿依頼の仕方などは、今の職場では到底学ぶことができない。著者は、新聞社や出版社での自身の経験を元に、惜しげもなくそれら出版の現場の実践的な情報を、気取りのない文体で披露してくれる。

早くも第六章「紙の常識」まで読み進めた。この章では、本づくりのなかで、いかに紙が重要な位置を占めているのか説明している。

章の書き出しには、「実際に計算してみるとよく判るのですが、紙代はたいていの本の造本原価のうち、最高のパーセンテージを占めるのがふつうです」とある。この記述は驚きだった。著者の印税や印刷費よりも、紙の値段のほうが高いというのだ。

本は、紙でできている。

紙は、本づくりにとって不可欠な存在であり、高い比重を占めているのだ。

そのため著者は、本にたずさわる者が、紙について学ぶ必要性をくり返し説いている。「どうも紙の話ののっけから、専門くさい話になってしまい、『やっぱり紙はむずかしすぎる』と敬遠されそうですが、紙が本づくりとは切っても切れない関係のものである以上、出版人にとり、なんとかマスターしておかねばならぬ大事な事柄です。

実際の話、何千人あるいは何百人という大出版社でも、従業員の中でほんとに紙にくわしい人はホンの数人、片手でかぞえて指が余るぐらいしかない、というのが実情のようでもありますが、これでは困ると思うのです」

この記述を読んだ航樹は、なぜか泣けてきた。自分のやっている仕事が、出版に近づくために無駄ではなかった、と心から思えたからだ。

実用書を読んで泣くのは、初めての経験だった。

――本は、なんて素敵なんだ。

人生の助けとなり、励ましとなる。

あらためて、そのことに気づいた。

本という歴史的な大発明でもある装置は、ふだん会うことのできない貴重な知識や経験を持っている著者と、紙の上で会わせてくれる。自分の興味を持ったことについて、じっくり教えてくれる。知らなかった世界について伝えてくれるのだ。夢の叶え方が載っている、と言っても過言ではない。

また、小説などの物語であれば、表紙をめくって扉を開くと、何者にでもなれる、夢へと誘ってくれる。

いつどこでも、自分のペースで読むことができ、一度で理解できなければ、くり返し読むことだって可能だ。読むのに特別な機材やバッテリーもいらない。ただ、自由に読めばいいのだ。なんて素敵な存在なのだろう。

そんな本を、自分でつくれたら。

航樹の夢はしぼむどころか、ふくらんでいった。

仕事が終わって帰宅した航樹は、眠い目をこすりながら、寝床に入ってからも『基本・本づくり』に夜遅くまで読み耽った。

＊

七月も半ばを過ぎ、蒸し暑さが増した頃、高校時代の友人、ダッチから会社に電話があった。

会って話がしたいと言う。こっちに来るよう誘うと、銀座はおれには無理、と渋った。ここにも、この街を誤解している者がいる。しかたなく去年の十二月と同じく飯田橋まで出向き、神楽坂《かぐらざか》の居酒屋で再会した。

あいかわらず学生のようなラフなかっこうで現れたダッチだったが、開口一番、「今日は、おれがおごるから」と宣言した。前回は店を出る際、手持ちがあまりないとダッチが言い出し、航樹が二人分の飲み代を払ったのを思い出した。たぶん、そのことを気にしていたのだ。

汗をかいた生ビールのジョッキで乾杯したあと、「じつはさ、雑誌をはじめた」とダッチは無精髭《ぶしょうひげ》を生やした口元をゆるめた。

「アルバイト求人情報誌じゃなくて？」

「新雑誌、立ち上げたんだ」

ダッチの声は明らかに高揚していた。

「でも、ダッチのとこ、編集プロダクションだよな」

「雑誌といっても、正規の書店ルートを通すわけじゃなくて、契約書店への持ち込みの媒体なんだけどね」

「『本の雑誌』みたいな？」

「そうそう。でね――」

ダッチはおもむろに名刺を差し出した。

安達由紀彦の名刺の肩書きには「編集長」とあった。

「おっ、出世したな」

航樹は口に持っていきかけたジョッキを宙で止めた。「すごいじゃないか」

「まあ、ほぼひとり編集部なんだけどね」

ダッチはタバコのヤニで黄ばんだ歯を見せ、カバンから大事そうにそれを取り出した。

表紙には、『月刊フリーマーケット』とタイトルが大きく印刷されている。判型はＢ５判。

雑誌といってもかなり薄い。フリーマーケットの情報を専門に取り扱っているミニコミ誌のように見える。八月号だからか、素人くさいが味のある、縁日のような風景のイラストを使っている。

「なるほど……」

航樹はパラパラとページをめくった。

印刷に四色、いわゆるカラー印刷を使っているのは、少し厚めの紙を使った表紙まわりだけ。当然コストの問題だろう。六十四ページの本文部分は、すべて一色。しかし製本するための一折り、十六ページごとに刷り色を変える工夫をしているため、それほど安っぽくは映らない。価格は、「二百五十円」と手頃だ。

「刷り部数は?」

「今のところ四千部」

職業柄、航樹の目は、使っている紙へと向かう。

「本文は、微塗工紙だな」

航樹は一枚をつまみ、指先で折り曲げるようにして鳴らし、紙の〝腰〟をたしかめた。

「米坪は81・4グラム。判型がB5判だから、B判の67・5キロあたりでの印刷じゃないか。だとすれば、片面に十六面が取れる。ページ換算だと表と裏で二ページだから、十六面取りで倍の三十二ページになる。つまりB判二枚で一冊分の六十四ページの本文を刷り上げることができるはず」

「おっ、さすがに詳しいな」

「部数が四千部であれば、B判二枚×四千部だから、八千枚が必要だね。つまり、八連という計算になる」

「へえー、そうなんだ」

「紙の単価がキロ百七十円だとすれば、67・5キロの紙八連に、百七十円を掛けるわけだから、本文用紙だけで十万円近くかかる」

「すごいね。そんなことまでわかっちゃうのか」

「いや、わかるようになったのは、つい最近さ」

航樹は自然と口元をゆるめた。室町にもらった、あの本のおかげでもあった。

「へえー」

ダッチは感心した様子だ。

「で、実際紙はいくらで買ってるんだ？」

「え？」

「話って、印刷に使う紙の話じゃないの？」

「いや、そうじゃない」

ダッチはさもおかしそうに首を横に振る。「紙は、印刷屋に任せてる」

「この数量なら、当然だろうな。キロ単価が一円安くなっても、たかが知れてる」

「頼みたいのは、紙のことじゃない」

ダッチは身を乗り出すようにした。「原稿だよ」

「え？　どういうこと……」

「誌面を見てもらえばわかるとおり、なかにはフリーマーケットの情報がぎっしり。だから息抜きみたいなコーナーをつくりたいんだ。前のアルバイト求人情報誌でやってた〝埋め草記事〟みたいなやつじゃなくてさ」

話の行方が見えず、「ふーん」と航樹は鼻を鳴らした。

「書いてみないか？」

「書くって、なにを？」

「できれば、小説がいい。といっても短いやつ」

「えっ？」

航樹は思わず息を呑んだ。

「航樹なら、書けるんじゃないかと思って」

いくらなんでも買いかぶりすぎ、というものだ。学生時代、小説を書いていたとはいえ、一度も仕上げたことはない。小説を書き上げるために留年までしたのに、新人賞に応募さえできなかったのだ。

だのにダッチは疑いもせず、話を続けた。「ただし、一ページに収めたい。できれば挿絵を入れたいから、二千文字前後ってとこかな」

「本気なのか……」

航樹はもう一度雑誌を開いた。書店への持ち込みの雑誌とはいえ、この誌面に自分の書いた小説が載る。そして数千人の読者の目にふれる――。

「もちろんおれは本気だ。もっといい雑誌にしたい。ただ、申し訳ないけど、原稿料は出せない。予算がないんだ」

ダッチの声が小さくなる。「むずかしいかな？」

「いや、むずかしくなんかない！」

航樹はテーブルに両手をつき、声を大きくした。「ぜひ、おれに書かせてくれ」

ダッチの目を見た。

自分の胸の鼓動が高鳴った。

――書きたい。

今なら書ける気がした。

あれから自分なりに世の中を見てきた。知らなかった世界をのぞき、人や本と出会い、現実を思い知らされた。視界に入る景色は、ずいぶんと変わったような気がする。

航樹は人生で初めて、編集者から原稿依頼を受けた。

四百字詰めの原稿用紙で五枚前後。短いとはいえ、小説の原稿だ。締め切り期日は、約一ヶ月後の八月二十五日。なにを書くかは任せるという話だが、フリーマーケットの雑誌であるからには、そこらへんを踏まえたストーリーにするようにと求められた。

また、あまりにもできがわるければボツもあり得るとの話で、逆におもしろければ続けて掲載する可能性もあるという。

持つべきものは友人だ。

このチャンスが巡ってきたのは、航樹が小説を書いていたからだ。

そして、そのことをダッチが知っていたからこそだ。

航樹には、会社の仕事とはべつに、〝締め切り〟という期限つきのやるべきことができた。澱《よど》んでいた体内に新たなエネルギーがまわりはじめ、気持ちの矢印が一気に上向きに変わった。

この一件についても、手に入れた『基本・本づくり』が役に立った。小説を書くにあたって、本文中の「原稿の書きかた」をもう一度じっくり読み返してみた。

原稿を書く場合の「5W1H」――いつ（When）、どこで（Where）、だれが（Who）、なにを（What）、なぜ（Why）、いかに（How）――の六つの鉄則については、航樹も知っていた。しかし文章の心得としての「3C1V」というのは、初めて目にした言葉だった。それは「正確（Correct）、明快（Clear）、簡潔（Concise）、変化（Variation）」の四つ。小説を書く場合にすべてが当てはまるとは限らないが、参考とした。

思い続けた梨木さんとの関係が終わったとたんに、素晴らしい本と出会い、小説原稿の執筆依頼を受けた。ツキがまわってきた。不思議なものだ。

＊

八月上旬の日曜日、「海へ行こう」と誘われ、蓮が運転する車でドライブに出かけた。パラちゃんも一緒だった。

「え、もう着いたの？」

助手席に座った航樹は視線を泳がせた。「まさか、海ってここかよ」

蓮がサイドブレーキを「ギャッ」と強く引いたのは、稲毛海浜公園の駐車場。航樹が梨木さんと手をつなごうとして、振り払われた苦い思い出の地だ。

「そもそもここで泳げんの？」

ドアを開け外に出た航樹が夏の強い日差しによろめくと、「今日は焼きに来たの」と蓮が突きだした腕を撫でた。

その言葉どおり、園内にある人工海浜では、砂浜で三人並んで日光浴をした。蓮はすでに何度か彼女と海に行ったのか、ほどよく日に焼けている。それに比べてパラちゃんの痩せたからだの肌は生白く、まるで水死体のようだ。その表現を航樹が使うと、「そういうこと言うのやめて。ただでさえ落ち込んでるんだから」と真面目な声が返ってきた。

「なんかあったの？」

「――会社やめた」

パラちゃんのくぐもった声がした。

「会社クビになった」

タオルを顔の上に置いたパラちゃんは言い直した。

「え、また？」

航樹は上半身を起こした。「今度も勤めて半年も経ってないよね」

その日、パラちゃんはいつものように会社の軽トラックで配達へ出かけたらしい。積み荷は、三面鏡つきの洗面化粧台。届け先のリフォーム現場に到着して、パラちゃんが軽トラックから降りて荷台へまわると、積んだはずの洗面化粧台が跡形もなく消え失せていたらしい。

「なくなってたって、どういうこと？」

「それが僕にもさっぱりわからないんだよ」

「途中で落としたとか？」

航樹が尋ねると、タオルを載せた面長の顔が左右に弱く揺れた。

「そう思って来た道を急いで引き返してみた。でも、なかった」

「あり得ないだろ、それって」と蓮が口を挟む。

「上司からも、同僚からもそう言われた」

「積み忘れたとか？」

「それはない。僕自身で積んだから」

「じゃあ、なんでだよ？」

航樹は思わず笑ってしまった。

「だからわからないんだ。謎なんだよ」

パラちゃんの声は笑っていなかった。

「それでクビ？」

「やんわりと言われたんだよね。『原君、これが初めてじゃないよね』って」

「前にもあったわけ？」

「うん。そのときは照明器具だったけど」

「でもさ、洗面化粧台ってかなり大きなものだよね。ふつう落としたら、気づくんじゃないかな？」

「ふつうはな」と蓮がしれっと言った。

「でもまったく記憶にないんだ。蒸発したとしか思えない」

「洗面化粧台が？　いったいなんのために？」

航樹はつぶやいたが、パラちゃんは半開きにした口にタオルを吸い込んだまま動かない。彼のなかでは、もう終わったことなのかもしれない。

「で、どうするの？」

「考え中。というか、今はからだを焼くことに専念したい」

航樹は寝そべった二人に視線を置いたまま、ため息をついてから、しかたなく同じ姿勢をとった。他人事《ひとごと》とはいえ、なんともやるせなかった。

しばらく太陽に焼かれていると、唐突に蓮が打ち明けた。

「おれ、別れるかも」

航樹は寝そべったまま「え？」と声を発した。閉じたまぶた越しに、強い陽の光を感じた。まるで母親のお腹のなかにもどって目にしたかのような景色だ。

パラちゃんは眠ってしまったように、なにも言わない。たぶんすでに蓮から聞いていたのだろう。

「それって、エリちゃんと？」

二人は高校時代から交際を続けていた。お似合いのカップルだし、結婚するものと思っていた。

「またどうして？」

「前から話してたよな。おれは今の会社をやめたい。べつの場所へ行きたいんだ。でもエリは反対してる。おまけに同世代の友だちの結婚が続いて、もう待てないなんて言い出すし。おれはまだ、そんな気になれない」

もちろん別れる動機はそれだけではないのだろうが、蓮は多くを語ろうとしない。知らないうちに親しい友人のあいだでもさまざまな〈事件〉が起きている。

「もっと遊んでおけばよかったな」

蓮が悔しげにつぶやいた。

「じゅうぶん遊んだんじゃないの」

パラちゃんが顔に載せたタオルの下で口をパクパク動かした。

「そんなことねえよ。高校出てからは、バイトしながら専門学校に通ってた。やりたかったサーフィンだってやってない」

「へー、サーフィンやりたかったんだ」

「いつもうらやましかったよ。明け方、車にサーフボード乗っけて海に向かう連中が。こっちはひとり寂しく朝までレジ打ちだっていうのにさ」

蓮は専門学校時代に働いていた二十四時間営業のストアでのバイト話をはじめた。

航樹はまどろみながら聞いていた。語られる蓮の経験が、まるで自分に起きた出来事のように記憶に溶け込み、妄想がふくらんだ。現実から遊離した想像の世界で、ささやかな蓮の夢を叶え、今の自分に投影してみる。すると思いがけず、短いストーリーが浮かび上がった——。

航樹はダッチと会い、原稿依頼を受けた話をするつもりだったが、まだかたちになったわけではないので思いとどまった。その代わり、二人の話の流れから、この場にふさわしそうな自分の〈事件〉を話題に持ち出した。

「そういえばさ、おれも駄目になった」

「駄目ってなにが？」

蓮が冷めた声で尋ねた。

「ほら、中学時代の初恋の……」

「梨木さん？」

なぜかパラちゃんの声がうれしそうだ。

「うん、駄目になった」

航樹はくり返した。

「うまくいかないもんだよな、人生って……」

蓮が起き上がりサングラスを外し、どう見ても青くは見えない、どんよりとした海をにらむように眺めた。

子供たちが砂浜を走って行く。ビーチサンダルがパタパタと砂を叩く音がする。カップルらしき男女がやって来てビニールシートを広げ、女が水着になって日焼け止めを塗りはじめる。男は持参したラジカセをいじっている。

「あーあ、なんかいいことねえかな……」

蓮が背伸びをしながらあくびをした。

パラちゃんは水死体のように動かない。

航樹はカップルらしき男女から目を逸らし、顔をしかめながら夏空を仰いだ。

ラジカセから曲が流れてきた。桑田《くわた》佳祐《けいすけ》が、愛する女性のことを、今も忘れられないと歌っている。

今頃、梨木さんはどうしているだろう。彼氏と一緒にもっときれいな、本物の海辺に横たわっているだろうか。二人の手は焼けた砂の上でつながれているだろうか……。

約二時間、航樹たちは砂浜でからだを焼いた。パラちゃんの白い肌は急激に焼きすぎたせいか、露出していた部分が桃色に染まって痛々しかった。

三人は海に来たというのに、一度も泳がず、浜辺をあとにした。

＊

星崎製紙のエレベーターホールで、廊下の先にある会議室から太い黒縁メガネをかけた男が出てくるのを見かけた。出版営業部の清家だった。一緒にいたのは、星崎製紙の営業マン。それに見たことのない人物。

清家がこの日、星崎製紙を訪れることを航樹は知らなかった。

――なんの用で来たのだろう。

素朴な疑問がわいた。星崎製紙の仕入を担当している以上、当然気になる。

「では、よろしくお願いします」

清家が二人に深々と頭を下げ、エレベーターホールに向かって歩いて来た。浮かない顔をしている。

「どうかしたんですか？」

エレベーターをやり過ごし、待っていた航樹は声をかけた。

清家は考え事をしていたのか、驚いた顔をしたあと、「ああ、神井か。ちょっとな」と言葉を濁した。

「ちょっとって、なにかあったんですか？」

「まあ、営業の話だから」

「そんなこと言わず、教えてくださいよ」

航樹は粘り、清家と一緒に下りのエレベーターに乗り込んだ。

エレベーターの箱のなかには、ほかにも人がいたせいか、清家はなにも口にしない。冷房の効いた星崎製紙のビルから出ると、モワッとした熱気に包まれた。

「今日も暑いなあ。じゃあ、ちょっくらお茶でも行くか」

清家の態度が変わり、表情が少しだけゆるんだ。

以前、メーカー帰りに上水流と何度か入った喫茶店でコーヒーを注文すると、「だれにも言うなよ」と清家が声を低くして、ボソボソとしゃべった。

「えっ、それって雑誌の立ち上げですか？」

航樹が声を上げると、「しっ！」と清家が立てた人さし指を自分の低い鼻に押しつけた。

「あ、すいません」

航樹は首を縮める。「で、どちらの？」

「それは言えん。まだ先の話だ」

「じゃあ、どうしてまた星崎製紙に？」

「先方の出版社からの要望でな」

清家はさらに声を低くした。「新しい紙を造る」

――新しい紙。

航樹にとって、初めて耳にするフレーズだった。

清家によれば、来春創刊予定の月刊誌は、これまでにないハイセンスな女性向けファッション雑誌を目指しているという。そのため創刊を担当する編集長が、カラーグラビアにかなりこだわっているそうだ。

そもそもグラビアとは、写真印刷に適した凹版印刷の一種であり、その印刷方法で刷られたページのことをさす。印刷の仕上がりを高い品質に向上させる決め手を、先方の出版社から求められているというのだ。

――つまりは、紙だ。

清家がいくつかグラビア用紙の印刷見本を持参し提案したが、業界でも有名なほど新しもの好きな名物編集長は、首を縦に振らない。競合する他誌よりも高級感を出すために、妥協はしないと明言したそうだ。

「創刊は来春。とはいえ、その前にパイロット版をつくるらしくて、時間はそれほどない。流先社の資材部が、別の代理店にも声をかけ、他メーカーにも当たらせるつもりらしい」

「新雑誌を出すのって、『週刊ダンディ』の流先社なんですね?」

「あ、マズっ。言っちゃったか……」

清家は頭を掻いた。「それでな、星崎製紙の営業と相談して、納得してもらえないなら、新しい紙を造ろうって話になったわけだ」

「雑誌の創刊って、そこまでやるんですか」

「創刊部数は、二十万部。雑誌としてはけっして多くはない。だが、定価設定が高い。一流ブランドの広告を取るためにも、これまでにない高級感が必要なんだとさ」

「その編集長は、どんな紙を望んでるんですか?」

「そこがむずかしいところでな……」

「新しいグラビア用紙ってことですよね」

「まあ、そうだ。でもな、じつはすでにあるんよ」

清家が目を細くした。「おれが知っている限りでは、この国ではまだ造ってない。だが、海外には存在する。ドイツの雑誌らしいんだが、その雑誌のグラビアに使われている紙がすごくいいと、編集長殿はおっしゃっているわけだ」

「じゃあ、ドイツの紙ですか?」

「いや、造ってるのはスイスの製紙メーカーらしい」

「へえー、どんな紙か見てみたいですね」

「おれだって一刻も早く見たいさ。時間との競争でもあるからな。だが実物が手元にない。それで今、星崎製紙の技術部のほうで、その雑誌を取り寄せる段取りになってる」

「ちなみに、なんて名前の雑誌ですか?」

「なんだっけな。『白鳥』って意味だって言ってたな」

「『スワン』ですか?」

「いや、ドイツ語だから、スワンじゃない。『シュヴァーン』だったかな」

「ああ、なるほど……」

大手の出版社が雑誌を立ち上げるともなると、やはりスケールがちがう。言ってはなんだが、航樹に無償で原稿を依頼するダッチの刷り部数四千部の持ち込みの雑誌とは、予算に雲泥の差があるのだろう。もちろん媒体のひとつひとつに、異なる目的や役割があるわけだが。

清家はタバコに火をつけ、ふーっと煙を吐いた。どちらかといえばいつも不機嫌そうな昆虫顔の清家であったが、険しい表情は、今話した案件の進展が思わしくないことを物語っていた。

その日の夕方、航樹は食事をとりに、ひとりで銀座の街へ出た。清家と喫茶店に寄ったこともあり、昼食をとっていなかった。

残業をする際、会社で出前を取る手もあるが、近所にある「利休庵《りきゅうあん》」の蕎麦《そば》や、「勝よし」のカツ丼は少々食べ飽きてもいた。航樹は、銀座の街に親しみを覚えてからは、いわゆる老舗と呼ばれる店にもひとりで足を運ぶようになった。

近くには、明治二十八年創業の洋食店、日本で最初にカツレツやオムライスをつくったと言われる「煉瓦亭」がある。この店は、長谷川課長がランチでよく行くらしい。なぜなら〝ヘイゾウ〟が愛読している『鬼平犯科帳』の著者・池波正太郎も通っていたからだ。

足を踏み入れたガス灯通りには、天ぷら屋の「ハゲ天」をはじめ、関東炊きのおでんの「元祖お多幸《たこう》」など庶民に愛されてきた店がある。

どこへ入ろうか迷っていると、昼間清家と交わした会話が不意に耳によみがえった。創刊雑誌の編集長がドイツの雑誌を例に挙げたという件は、海外にも目を配っている、ということになる。

考えてみれば、すごい話だ。

その雑誌を、その紙を見てみたい、航樹は純粋に思った。ドイツの雑誌に使われているスイスの製紙メーカーが造ったというグラビア用紙を。印刷物を――。

ふと、先日、偶然見つけた書店を思い出した。

――もしかしたら、あそこなら。

それは星崎製紙の帰りにいつも店の前で足を止める、銀座通りに面した「教文館《きょうぶんかん》」ではなく、数寄屋橋交差点の東芝《とうしば》ビル一階に入っている大型書店の「旭屋《あさひや》書店」でもなかった。晴海通り沿いにある「近藤《こんどう》書店」に立ち寄った際、上の階に、別の書店が存在することに偶然気づいたのだ。

ガス灯通りを抜けて晴海通りに出た。皇居のほうを向くと、西の空を夕陽が焼いている。

横断歩道を渡っている途中で腹の虫が「ぐーっ」と鳴った。

狭い階段を上って訪れたのは、「近藤書店」の上階、ビルの三階にある洋書が専門の「イエナ書店」。店内に入るや、和書とはかなり趣の変わる装幀《そうてい》の本がずらりと並ぶ書架に迎えられた。おそらく欧米では、ブックデザインにおける色使いの嗜好《しこう》が異なるのだろう。

通りに面した窓の前のラックに、洋雑誌がずらりと陳列されている。洋書だけでなく、海外の雑誌までこれだけ揃えているのはめずらしい。

「えっ」

と、思わず声が出た。

航樹の目に、いきなり『Schwan』という文字が飛び込んできたのだ。まるで航樹を待っていたかのように、一冊だけが面出しになってラックに収まっている。

高級感漂う、優雅さを纏ったたたずまい。清家が一刻も早く見たい、と口にした例の雑誌にちがいなかった。

航樹は迷わず手に取って、そのままレジへと運んだ。輸入雑誌だけに値は張った。それでも惜しくはない。本や雑誌は値段が決まっている。でもその価値は、人それぞれでちがうのだ。雑誌を買うのにこんなに興奮を覚えたのは初めてだ。

食事もとらずに会社に急ぎもどった。街路樹のマロニエの下で社屋を見上げると、出版営業部のある三階の明かりがまだついている。階段を一段飛ばしで駆け上がった。

「あれ、神井じゃん？」

そこにはなぜか仕入部の樋渡がいた。

フロアの手前に十人ばかり男性社員が集まり、なにやら談笑している。同期の緒方や野尻の姿もあった。面子《メンツ》を見ると、どうやら社内の野球部の打ち合わせのようだ。出版営業部には野球部員が少なくない。そういうつながりを持たない航樹には、場ちがいな場面といえた。

清家は、と見れば、ひとりぽつんとデスクに座って団扇を動かしている。

航樹は野球部の面々にかるく頭を下げ、奥に進んだ。

「おお、どうした？」

気づいた清家が声をかけてきた。

「じつは、これなんですけど――」

航樹は手にした袋から、買ってきたばかりの雑誌を取り出した。

航樹の話を聞きながら、清家の団扇を動かす手が止まり、顔色が変わっていくのがわかった。

「灯台もと暗し、とはこのことだな。まさか銀座の本屋にあるとは……」

清家は『Schwan』を受け取ると席を立ち、磨《す》りガラスの入った衝立《ついたて》の奥にある打ち合わせスペースに場所を移した。

「見てみろ、わかるか？」

しばらく『Schwan』の巻頭グラビアページに視線を置いたあと、清家が口を開いた。

航樹は前のめりになり、誌面をじっと見つめた。

それは格式のあるホテルらしき屋内で撮影された見開きグラビアで、バッグを手にした黒いドレスの女性がポーズをとっている。背後には正装した何人かのダンディーな男たちがいて、女性に見とれるように視線を送っている構図だ。白地のスペースに説明文らしき独文が印字されている。

『Schwan』という雑誌は、どうやらドイツの女性向け雑誌であるらしかった。といっても、単なるファッション誌ではなさそうだ。香水、腕時計、ジュエリー、家具、服などの有名ブランドらしき広告が載っている。読者ターゲットを富裕層に置いているのかもしれない。

航樹は目を凝らしたが、正直よくわからなかった。

航樹も月に何冊か定期刊行物を買うが、この手の雑誌にはあまり縁がない。『MEN'S CLUB』や、二年前に創刊され話題を呼んだ男性ファッション誌『MEN'S NON-NO』は何度か購入した。高岡からもらった見本誌以外に、姉が読んでいる女性ファッション誌を暇つぶしに眺めたこともある。しかし『Schwan』は、ジャンルこそ同じかもしれないが、明らかに誌面の雰囲気がちがっていた。

ただ、グラビアページの紙質のちがいまでは言葉で説明できない。

「なんか、高級感がありますね」

感じたままを航樹は口にした。

「――だよな」と清家がうなずく。

「グラビアというのは、昔は一色のモノクロだった。といっても、紙の地色があるわけで、二色、主に白黒だ。さらに黒といっても濃淡が出せる。グラビア印刷の特徴は、グラデーションの再現性の高さにある。だからグラビア用紙と言えば、中質の紙をカレンダーに通して、写真印刷に適した状態にした、なにも塗っていない紙のことだった」

清家の言うカレンダーというのは、複数の金属ロールのあいだに紙を通し、光沢や平滑性を高めるためのマシンのことだ。航樹は、先の星崎製紙の工場見学で目にしていた。

「だが、やがてカラーの時代がやって来た」

清家は話を続けた。「そこでグラビア用紙も一色から四色に対応するために、非塗工紙から、塗工紙へと進化した。塗工したグラビア用紙は、雑誌のファッション誌の四色ページなどで使われ、急速に普及したわけだ。雑誌がたくさん出るようになると、今度は差別化を図るために、グロス調の光沢のある誌面ではなく、落ち着いたマット調のグラビアづくりを目指すファッション雑誌が登場した。でもな、光沢の乏しい誌面では、鮮烈さをどうしても欠いてしまう。そこで求められるのが、さらに上をいく紙だ」

「グロス調でも、マット調でもない、ということですか?」

「いいか、こいつをよく見てみろ」

清家は誌面に置いた指先を動かした。「白の部分と、四色で印刷された部分だ。白地、つまりインクが載ってない紙の部分は照りがなくマット調だが、インクが載っている部分は、鮮やかな光沢が出て、グロス調になっている」

「——たしかに」

航樹はつぶやいた。「写真は鮮やかに再現されているのに、白地部分は目にやさしく感じます。そのせいか、白地に印字された文字はとても読みやすい」

「そのとおりだ。誌面にメリハリができている。これなんだよ、編集長殿が求めているのは」

「これが、まだこの国にない紙?」

「そうだ。新しいグラビア用紙だ」

太い黒縁メガネの奥で、清家の目尻にしわが寄った。「グロス調でも、マット調でもない、ダル調だ」

「ダル調？」

「すでに星崎製紙では、ダルアートを開発している」

自分が担当するメーカーだったが、航樹は知らなかった。

「それが、アート紙のサテン北斗だ」

清家はしゃべり疲れたように小さく息を吐いた。「この雑誌、預かっていいか？」

「もちろんです」

「明日、この雑誌を星崎製紙の技術部に渡す。一日も早く欲しかったから、助かったよ。うちが他社より先に手に入れたことも大きい。鼻が利くのは、営業にとって大事なことだ。よくやった、神井」

清家はうなずくと、大切そうに『Schwan』を胸に抱えた。

「――いえ」とだけ航樹は口にした。

偶然にも『Schwan』を自分が見つけられたのは、その雑誌を扱う書店が、この銀座という街にあったからだ。伝統を守る老舗だけでなく、他にない商品を扱う新しい店もまたこの街には存在する。地価が高く、競争が激しく、経営は楽ではないだろう。生き残っていくためには、常に創意工夫が必要なはずだ。そんなだれもが一目置く街で働けることが、今や航樹には誇らしくさえあった。

それにしても出版の世界はおもしろい。

新雑誌のために、海外の雑誌を参考にし、新しい紙まで造ろうとするとは――。

出版社相手に、その実現を手助けする清家の姿もまた、航樹にはかっこよく見えた。
＊

原稿の締め切り日当日、ダッチの指示どおり、仕上げた短篇小説の原稿を会社のファックスを使って送信した。ふだんファックスを使わないため、怪しまれないかドキドキした。しかし忙しい社内で、個人の行動にいちいち注意を払う者などだれもいなかった。

念のため一時間後にダッチに電話を入れると、「なかなかいいじゃん」と弾んだ声が返ってきた。

「ところで航樹って、サーフィンやってたのか？」

「いや、やってないよ」

「だよな。これって創作だもんな」

笑いを漏らしたダッチに、ペンネームについて問われたので、「それでいきたい」と航樹は答えた。掲載誌である十月号の発売日は、九月十六日だと聞いた。

自分の作品が初めて活字になり、雑誌に載る。持ち込みの雑誌だろうと航樹は浮かれ、その夜、同期の誘いに乗って飲みに出かけた。メンバーは仕入部の樋渡、野尻、航樹、計数室の青野の四人。業務部の緒方は、得意先の運送会社の社員に身内の不幸があったとかで不参加となった。

青野によれば、この夜の集まりは、会社をやめるべきか悩んでいる野尻を励ますためだとか。しかし――。

「まだそんなこと言ってんのかよ」

のっけから、樋渡がキツイ言葉をかけた。

もっとも航樹も、おおかた同感だ。「ラーメン屋にでもなろうかなんてな」。そう話していた卸商営業部の志村も同じだが、やめるやめると口にする者ほど、実際には会社をやめない気がした。やめると言えば、だれかに引き留められるとでも思っているようにさえ感じる。やめるなら、黙ってさっさと辞表を書けばいいのだ。

「まあまあ」

野尻と親しい青野が気遣った。

「どこも大変なんだよ」

樋渡がネクタイの結び目をゆるめた。早くも一杯目のジョッキを空けそうな勢いだ。

「――だろうね」

野尻が愛想笑いを浮かべる。「もちろん大変なのは、自分だけじゃない。わかってるつもり。でも、こんな状況がずっと続くかと思うと……」

「ていうか、野尻は残業も少ないほうじゃん。こっちなんて在庫は合わないし、買掛も合わないし、後輩は育たないし、うんざりだよ」

樋渡は整った顔立ちをわざとらしくゆがめる。

「それに、やめてどうすんの？」

航樹が尋ねた。「なにかやりたいことでも、あるとか？」

「いや、具体的には……」

野尻は親のコネで〝銀栄〟に入った。ならば次もコネを使うつもりだろうか。

「状況はまちがいなく変わるだろ」

樋渡の言葉に、野尻の口から「え？」と声が漏れる。

「来年には、おれたち動くだろうから」

察した航樹も、人事異動の可能性を口にした。

「だよな。仕入部ともおさらばだ」

「それについてはどうなの？」

青野が尋ねる。

「僕ですか？」

野尻は太い眉をハの字にして、「こわいです」と答えた。

「こわい？」

「だって営業ですよ」

樋渡がフンと鼻を鳴らす。

「神井君なんて思い知ってるでしょ。鬼越商店の仕入部長みたいな人を、毎日相手にしなくちゃならないんだよ」

「――もしもし、オニゴエだ」

樋渡が受話器を手にしたポーズをとり、鬼越商店の仕入部長の嗄れ声を真似する。「ああ、神井か、スターエイジどうなってんだ。なんとかしろ！」

「やめろって」

航樹はたしなめた。「鬼越さん、そんなふうに言わないから」

「樋渡君はいいよね。きっと出版営業部だろうから」

野尻の言葉をだれも否定しない。

じゃあなにか、と航樹は思った。卸商営業部に行くのはおれで決まりかよ。

「まあ、おれは営業ならどこでもいいのよ」

樋渡が余裕を見せる。「出版もわるくないね」

航樹は生ビールをぐいっと飲んだ。自分が仕事の上で樋渡に負けているとは思わない。だが、樋渡が仕入を担当しているのは、業界最大手の帝国製紙。その時点で勝ち目はないのかもしれない。

「そういえばこないだ、三階の清家課長と神井が話してたよな」

樋渡が二杯目の生ビールを店員に頼んでから航樹を見た。

「ああ、ちょっとな」

「ちょっとって、なんの用だよ？」

「おれが三階に行っちゃまずいのかよ。あのとき、おまえらだっていただろ」

「あれは野球部の集まりだ」

「おれは仕事」

「だからどんな仕事なのか聞いてんだよ」

樋渡が早くも絡んでくる。

どうやら出版営業部の話が気になるらしい。

樋渡の酒癖のわるさは、今や社内では評判になっている。去年、帝国製紙の工場見学に参加した際、夜の宴会でやらかしたのは有名な話だ。酔っ払った樋渡は、「今夜は無礼講で」と挨拶した工場長を後ろから羽交い締めにし、さらに思い切り頭をひっぱたいたらしい。工場長は禿げていたため、「パチン！」といい音がしたそうだ。

同行した〝銀栄〟の社員たちは凍りつき、後日、航樹のところへやってきて、「あいつはなんなんだ」とこぼしていた。しかし今年になって東京で樋渡と顔を合わせた際、「ああ君か、私の頭をひっぱたいたのは」と工場長は笑っていたそうだ。新入社員の分際でそこまでやる樋渡を逆におもしろい、大物だと評価する者もいる。

「まあ、出版の話だよ」

航樹はわざと杓子《しゃくし》定規に答えた。「口外するなと言われてる」

「口外するなって言うのは、社外の人間には黙っていろ、という意味じゃないのか？」

「こんな場所で口にする話題じゃない」

「じゃあ、どんな場所ならいいんだ？」

樋渡が突っかかってくる。「だいたい今日だって星崎製紙のスターエイジがないから、帝国製紙のエンペラーマットでどうかなんて引き合いがきて、こっちは忙しくなったんだ」

「んっ？」

航樹にしてみれば、聞き捨てならないせりふだ。

「逆だろ。おまえんとこの返事がいつも遅いから、星崎製紙のシリウスコートで対応してやってんだろ」

「あれ、神井はそんなふうに思ってたわけ？」

「言い出したのはおまえだ」

「おまえとはなんだ。おまえなんかに、おまえって言われたかない」

「だいたいスターエイジはな、マットコートのブランド商品なんだ。帝国のエンペラーマットで代替なんて、客が納得するわけないんだよ。結局、今日の手配だって、こっちで探したじゃないか」

「なんだと！」

「まあまあ」

再び青野が割って入る。

「ところで、緒方はどうなんだろうね？」

野尻が話題をここにいない同期に移した。

「まあ、あいつは預かり社員だからな。そろそろオヤジの会社にもどるんじゃないか」

荒いため息で興奮を冷ましたあと、樋渡がうらやましげに続けた。「なんたって、次期社長だからな」

「それはそれで大変そうですね」と野尻。

「だから最初から言ってるだろ。どこも大変なんだって」

樋渡があからさまにため息をつく。

話は堂々巡りになる。いつものことだ。

自分たちには、出口なんてない。樋渡はそう悟っているようでもあった。焦ってもしかたない。今をうまく乗り切るしかない。うまくやるしかない。もしかしたら航樹が苦手な長谷川課長に近い考え方なのかもしれない。いや、つまるところ会社員とは、そういう考え方に至る宿命なのだろうか。

青野が生ビールを三つと、樋渡のチューハイを追加注文した。

まあいいさ、と航樹は思い直した。自分は今日、原稿の締め切りを守り、編集者から「なかなかいいじゃん」と誉めてもらった。約二十日後に店頭に並ぶ『月刊フリーマーケット』十月号には、自分の作品が掲載されるはずだ。

それを楽しみに生きればいい。仕事とは別のやるべきことを手に入れた航樹は、こころのなかで、ほくそ笑んだ。

遂にその日がやって来た。九月十六日、金曜日。

航樹は星崎製紙の帰りに、書店を訪れた。目的はもちろん、自分の書き上げた小説が掲載されている『月刊フリーマーケット』十月号を手に入れることだ。

メーカーからの帰りに銀座通りの教文館に立ち寄った。一階の雑誌コーナーを丹念に探したが見つからない。ならばと思い立ち、数寄屋橋交差点の東芝ビル一階に入る旭屋書店を訪れた。しかし、ここにもない。近くの近藤書店にもやはりなかった。

しかたなく最後に八丁目の福家《ふくや》書店まで足を延ばし、店員に在庫を尋ねたが、そもそも取り扱い自体がない、との返事だった。

「ずいぶん遅かったねー」

会社にもどると、由里が低い声で迎えた。

「なにかあったの？」

室町にまで問われたが、「いいえ、べつに」と答え、しばしうなだれた。

もしかしたら発売日を聞きまちがえたのかもしれない。午後六時過ぎ、ダッチの勤める編集プロダクションに電話を入れた。しかしダッチの話では、配本は昨日までにすんでいるという。

事情を話したところ、「銀座だろ、銀座には契約書店がない」とのすげない返事。銀座から近い、確実に置いてある店を尋ねると、いくつかの書店名をダッチが挙げた。

早めに仕事を切り上げた航樹は、丸《まる》ノ内《うち》線で淡路町《あわじちょう》へ向かった。目指すは三省堂《さんせいどう》書店神田本店。一階の雑誌売り場をしらみつぶしに探すと、棚の端っこに、張りつくように差してある『月刊フリーマーケット』十月号を遂に発見した。雑誌の厚みが二ミリほどしかないため、棚差しの状態だと見つけるのは至難の業だ。ダッチの編集する持ち込みの雑誌の哀しい現実でもあった。

それでもありがたいことに、表紙には航樹が書いた小説のタイトルが載っている。はやる気持ちを抑えきれず、その場で手に取った雑誌を開こうとした。ページをめくろうとする指先が震える。胸の鼓動が高まっていく。

――あった。

十八ページ。

まちがいなく航樹の書いた作品が載っている。

タイトルの下に、自分のペンネームを見つけた。

金縛りにでもあったように、雑誌売り場で動けなくなった。でもその拘束は、からだを硬直させる忌まわしいものではなく、逆にとろとろに弛緩《しかん》させてしまう心地よさを伴っていた。

右手の人さし指でタイトルをなぞってみる。

続いて考え抜いたペンネーム。

ペンネームに関しては、ダッチに「本当にこれでいいのか？」と念を押された。航樹は本名を使う気はさらさらなかった。だれかに知られて、めんどうなことになるのはごめんだし、自分の名を売りたいなどとは思いもしなかった。ただ、ふつうのペンネームとはちがうユニークなもの。それでいて、ごく親しい人にはわかってもらえる、そんな筆名にしたかった。「なんだか昔のフォーク・グループの名前みたいだな」とダッチには笑われてしまったけれど。

航樹はその場で、自分の書いたショート・ストーリーを目で追いはじめた。

彼女のサーフボード

紙ひこうき・作

国道296号線沿いの二十四時間営業のチェーン・ストアで深夜働いていたのは、僕が十八歳の夏だった。

ＰＭ９：００からＡＭ９：００までの勤務は、それなりに辛く、孤独だった。週三回その時間帯の店をひとりで任されていた僕は、いくつかの奇妙な体験をし、朝を迎えるといつも何かを削り落とされたような欠落感を、自分の身体《からだ》に覚えた。ときおり店長が、僕の引き継いだ９：００以降も少しの間居残っていたが、監視役の地区マネージャーによる不意の来訪以外、深夜はいつもひとりきりだった。

もちろん、わずかながらにしろ深夜２：００にも客は来る。しかし彼らは他人であり、けっして僕の代わりに床をモップがけしたり、賞味期限の過ぎたサンドイッチを下げたりするのを、手伝ってはくれない。あたりまえだ。彼らは客であり、僕はレジスターボーイでしかないのだから。

でも僕はこのアルバイトが割と気に入ってもいた。時給がよかったし、決められたいくつかの仕事をひと通りこなしてしまえば、あとは客が来ない限り、することはない。店に並んだ雑誌を読んだり、有線放送で好きなチャンネルを聴いたり、店の前のベンチに座って北斗七星を眺めたり、気ままなものだ。

深夜来る客を観察するのも、楽しみのひとつだった。タクシーの運転手、仕事帰りのクラブのホステス、暴走族、酔っ払いの会社員、九十九里方面へ向かうサーファーたち……。寝静まった街で、動きまわっている人間に対して、ある種の親しみさえ覚えた。そして実際に彼らの多くは、なぜだか優しく、人懐っこく僕には思えた。

彼女もそんな中のひとりだった。

男三人、女三人のグループがドアを開けて入ってきたのは、明け方の4：00頃だった。店にはその頃僕が一番気に入っていた石川《いしかわ》セリの曲「ムーンライト・サーファー」が流れていた。毛さきを不揃いにした長い狼《おおかみ》ヘアーのサーファーカットに、当時の女の子ならだれもが持っていた紺のスラックスをはき、派手なオフショアのTシャツを着ているのが、彼女だった。他の連中もひと目で彼らの〝職業〟がわかる恰好《かっこう》をしていた。焼けた肌、色の抜けた髪、花柄のシャツ、かかとを潰したエスパドリーユ、ダイバーズウオッチ、砂のついたビーチサンダル……。

僕は仲間の男が注文したカップヌードルをつくってやっているあいだ、彼女と次のような短い会話をした。

「大変ね、夜遅くまでひとりで」

「ええ」

「アルバイト？」

「そう」

「ほかになかったの？」

「短期間でお金を稼ぎたかったから……欲しいものがあるんで……」

「へえ」

「これからどこまで？」

「一宮《いちのみや》の先までかな……、ねえ、なに買うの？」

「ボード」

「え、サーフボード？」

うなずく。

「サーフィンやるんだ」

「やりたいと思ってる」

「これから？」

「――譲ってあげようか、ボード、古い傷だらけのやつだけど……」

「本当に？」

「うん」

自分より幾つか年上に見えるサーファーガールは微笑み、うなずいた。

後日、彼女から連絡があり、僕は一晩徹夜分のバイト料で彼女のクリーム色のサーフボードを買い取った。それは映画『ビッグ・ウェンズデー』のなかで、酔っ払ってボードを忘れたマット・ジョンソンが、ようやく少年から借りたボードのように見事だった。合成樹脂を染み込ませたグラス・ファイバーには幾筋ものひびが入り、リペアーの跡がいたるところに、年表の西暦みたいに並んでいた。「無料《ただ》であげてもいいんだけど」と彼女は言った。「大切にして欲しいから、一日分のバイト料をいただくわ」

僕にはその言葉がとても新鮮に聞こえた。

もしかしたら彼女はそのサーフボードを、何かの理由で（それについての想像は尽きない）持て余していたのかもしれない。捨てるに捨てられず、適した引き取り手を探していたのかもしれない。

実際に僕がそのボードを使ったのは、ほんの一年足らずだったけれど、僕に多くのことを、優しく教え、また叩き込んでくれた。僕はボードのフィンで何度も身体を傷つけたが、〝彼〟もビギナーの僕によって寿命を縮められた。

あの日以来、僕は一度も彼女に会っていない。どこかのサーフ・スポットで偶然にでも会えたらと思ったが、残念ながら実現しなかった。いつしか僕はボードを乗りかえ、ここ最近は海へも足が遠のきつつある。しかし、彼女から譲ってもらったボードは、今も捨てずに部屋の片隅に残っている。

僕は今、二十四歳になり、不器用に通勤電車の人の波に揺られている。残業で夜遅く帰るときは、二十四時間営業のストアにたびたび立ち寄る。だれも客のいない深夜のストアに足を踏み入れると、自分が昔レジスターボーイをやっていた頃を思い出す。深夜二時の緊張や、有線放送の気だるい歌声、ゴミ箱に捨てられた、すえたサンドイッチの匂いや、レジスターを打つ音。サーフボードを積んで西へ向かう車。それに彼女のこと……。

（了）

航樹は小さくため息をつき、静かに雑誌を閉じた。

何度もくり返し読んだ自分の文章だったが、実際に活字となって雑誌に載ると、自分から旅立った分身のように思え、得も言われぬあたたかな懐かしみがわいてきた。

このことを、だれかに知らせたくなった。

でも、だれに知らせたらいいだろう。

考えてみれば、自分には伝えるべき相手などいない。

会社の上司や同僚になど見せられない。両親などもってのほか。パラちゃんや蓮にしても、興味がないだろう。

――梨木さんに読んでもらえたら。

思いかけたが……、もう、終わったのだ。

それでも航樹は、三冊棚差しになっていた『月刊フリーマーケット』のうち二冊を持ってレジへ向かった。一冊は自分のために。もう一冊は、いつか読んでもらえる相手ができたときのために。

レジで対応してくれた男性店員が、「おや」と意外そうな表情を浮かべた。持ち込みの雑誌を二冊同時に購入する客などめずらしいのだろう。

「じつはこの雑誌に、僕の書いた小説が載ってるんです」

航樹はそう口にしてみたかったが、もちろん黙ったまま支払いをすませた。

暑さも一段落した秋風の吹くなか、駿河台下《するがだいした》の交差点の横断歩道を足早に渡った。いっぱしの新人作家にでもなったような、かなり幸せな気分で足取りも軽く、ゆるやかな坂道を御《お》茶《ちゃ》ノ水《みず》の駅へと向かった。

＊

――なぜだろう？

九月中旬、航樹が担当する星崎製紙の仕入業務において、気がかりな出来事に遭遇した。

これまで大きく動かなかった銘柄の問い合わせが相次いだのだ。かといって実際にモノが動いているわけではなく、多くの場合、在庫確認で終わってしまう。

その紙とは、塗工紙のなかで最高のグレードの高級印刷用紙であるアート紙「サテン北斗」。清家が話していた、グロス調でも、マット調でもない、ダル調のアート紙だ。

いわゆる〝塗りもの〟と呼ばれる塗工紙は、塗料の量によって、大きく三つに分類される。そもそも塗料とは、顔料と接着剤を混ぜた薬品で、原紙に塗布することにより、紙の表面の白色度や平滑性を高める効果がある。その塗料の塗布量が多いほど紙のグレードも上がり、一般的には値段が高くなる。

塗工紙のグレードは、塗料の塗布量の多い順にA1「アート紙」、A2「コート紙」、A3「軽量コート紙」に分けられる。在庫確保がむずかしい星崎製紙のスターエイジは、A3「軽量コート紙」の分類に当てはまり、サテン北斗は、最上級のA1「アート紙」に属する。スターエイジはマット調、サテン北斗はダル調の紙だ。

とはいえ、二つの印刷用紙には類似点がある。印刷しない白紙の状態では、いずれの紙も光沢を抑えたマット調であることだ。

その後もサテン北斗の問い合わせが何件か続いた。新入社員当時の航樹であれば、おそらく気にも留めなかっただろう。しかし今の航樹には、この引き合いは、なにかの前兆ではないかと思えた。

その日、比較的大口の引き合いが、しばらくして決まった。明細は、サテン北斗　788×1091〈110〉四十連。

「これ、用途はなんですか？」

航樹は、手配のメモを持って来た卸商営業部の春山に尋ねた。

「店入れだから、在庫品でしょ」

春山はあいかわらず化粧が濃いものの、返事は素っ気なかった。

手配の得意先は鬼越商店。おそらく仕入部長、切れ者の鬼越による発注だ。

「でもアート紙の在庫にしては、大口ですよね。しかもアート紙の従来品の北斗じゃなく、サテン北斗じゃないですか？」

「あらそうね」

春山は一瞬めんどくさそうな顔を見せたが、デスクで電話をしてからもどってきた。どうやら鬼越商店に問い合わせてくれたようだ。

「来年のカレンダー用だってさ」

春山は青く塗った爪をいじりながら答えた。

「もうそんな季節か……」

隣で呑気そうに室町が伸びをした。

——カレンダー。

航樹は、ふと考えた。

カレンダーと言えば、多くの企業が年末年始の挨拶まわりに配るのが恒例だ。自社の宣伝のために使われる定番の粗品。手帳と共に季節商品と呼べるだろう。

航樹の家にも近所の銀行や商店、車のディーラーなどのカレンダーが部屋ごとに掛けられている。毎年、母が喜んでもらってくるからだ。父の会社のカレンダーもある。〝銀栄〟でも何種類かつくっている。印刷は、これからピークを迎えるはずだ。

とはいえ、カレンダーに使われる紙はさまざまだ。上質紙、コート紙、アート紙。それらは、いくつもの製紙メーカーが造っている。

だが、カレンダーにも当然流行というものがあるはずだ。

電話が鳴った。

「はい、仕入部第三課です」

由里が受けたのは、印刷営業部からの在庫確認。銘柄は、またもやサテン北斗だった。

航樹が担当する星崎製紙は、〝塗り物のメーカー〟と呼ばれている。主力商品が塗工紙だからだ。なかでもスターエイジやオリオンキャストといった銘柄は、マットコートやキャストコートの代名詞とも呼ばれるほど知名度がある。アート紙の北斗にしても戦前から造られてきた銘柄だ。サテン北斗は、星崎製紙が一九七八年に生産を開始した、比較的新しい紙になる。

では、なぜ今、サテン北斗なのか。

航樹には、それが同じマット調の紙であるスターエイジからの流れのような気がしてならなかった。清家が言っていた新雑誌の編集長が望んでいる紙の話とも通じている。もちろん用途は、雑誌ではなく、カレンダーなのだが。

では、多くのカレンダーに使われる紙とは、どんな紙だろう。企業などが大量発注する壁掛けカレンダーのレイアウトといえば、上段に季節の風景写真などが入り、下段には暦が入るのが定番のデザインだ。

利用者にとってのカレンダーの役割は、大きく分けて二つ。壁に掛ける装飾品として、そして暦としての利用——二つの異なる要請がある。装飾品としては当然印刷の美しさが求められる。暦としては、使いやすさ。

カラー印刷を施す場合、非塗工紙である上質紙は向かない。コート紙やアート紙なら、装飾品としての美しい印刷が可能だ。

でもそう考えたとき、再び母を思い出した。母の使っているカレンダーには、必ず予定の書き込みがある。いくら写真や絵が美しくても、書き込みのスペースのないカレンダーは好まない。そういう人は少なくないはずだ。

塗工紙であるアート紙やコート紙は、印刷再現性は高いが、書き込むのには不向きな面がある。書きやすいのは、上質紙かマットコート。しかし上質紙は印刷再現性に劣る。マットコートはカラー印刷の再現性に優れてはいるが、性質上、光沢が抑えられてしまう。光沢を高め、鮮烈な高級感を演出する場合には向かない。

ではどんな紙が、といえば、清家の口にしていた新雑誌のグラビアページと同じ性質の紙が求められる気がした。カラー印刷面は光沢のあるグロス調で、白地の部分は光沢を抑え、文字の可読性、記入にも適した、しっとりとした質感のマット調——すなわち、ダル調のアート紙だ。

今年は好景気に沸く企業が、高級なカレンダーを大量に発注する可能性がある。多くの場合、無償で配られるカレンダーだが、企業のイメージアップや、得意先に喜んでもらうためには、高級感を演出したいにちがいない。さらに暦としての機能もしっかり果たさねばならない。

そんな要望に最も合致する紙に選ばれるのは、最高級グレード、他メーカーに先んじて星崎製紙が開発したダル調のアート紙、サテン北斗。鬼越商店の仕入部長は、そう見込んでいるような気がした。

「室町さん、ピーコック持ってますか？」

「ああ、あるよ」

室町はデスクの引き出しから紙厚を測定するペーパーゲージを取り出した。

航樹はそれを使って、会社にあるカレンダーの紙の厚さを片っ端から測ってみた。おおむね斤量は〈110〉ベース。米坪は、１２７・９グラム。

次に寸法を測ってみる。一般的な大判のカレンダーは、縦の長さが７５０ミリ前後、幅が５００ミリほどだ。だとすれば、印刷する場合、７８８×１０９１、四六判で二面取れる。もちろんカレンダーにはいろいろなサイズがある。ただ、紙の使用量が多くなるのは、やはり大判のカレンダーにちがいない。

「仕切りをお願いします」

航樹は星崎製紙のモニター室に電話をかけた。

「――どうぞ」

「サテン北斗、７８８×１０９１《シロクタテ》の１１０《ヒャクトウ》なんですけど」

「何連ですか？」

星野が澄ました声で尋ねた。

「あるだけ全部」

「えっ、あるだけ？」

星野が調子の外れた声を上げた。

航樹はまだ引き合いの多い段階だったが、その日からサテン北斗を買いまくった。ほかの代理店に先んじて、カレンダー用のサテン北斗を大量に確保するためだ。

そして、読みは的中した。

その後、九月下旬から十月にかけて、サテン北斗が一気に動き出し、スポットの引き合いが次々に決まっていった。

航樹は仕切ったサテン北斗をすぐにメーカーの倉庫から自社倉庫へ移す方法を取ったため、市場で品薄になった際、メーカーや他代理店から狙われることもなかった。

それでも十月半ば過ぎには、自社のコンピュータに入力した一般在庫は品切れてしまった。

「なんでなの。ただでさえスターエイジが品薄なのに、サテン北斗まで……」

由里が苛立たしげに嘆いた。

「サテン北斗、どないなってるんや！」

卸商営業部の根来部長がやって来て、関西弁でまくし立てた。「一般品がないのは、あかんやろ」

「だったら、なんで前もって注文してくれないんですか?」

由里が強気に出た。

「そんなもんわかったら苦労せんわ」

根来は鼻の孔をふくらませた。

その日の夕方遅く、航樹が電話を取ると聞き覚えのある声がした。

「サテン北斗はあるか?」

「どちら様ですか?」

わかっていたが航樹は尋ねた。

「──鬼越だ」

不機嫌そうな声が答えた。

「788《シロ》×1091《クタテ》の110《ヒャクトウ》ですか?」

「──そうだ」

「カレンダー用ですよね?」

「──うむ」

「これって、鬼越さん、先月仕入れましたよね?」

「ん?　ああ、あれはもう全部捌《さば》けたさ」

「てことは、読みが外れましたか？」

「いや、売れたんだから、おれの読みどおりだ。来年のカレンダー用紙の一番人気は、サテン北斗で決まりだ」

「じゃあ、足りなかったってことですね」

「あるのかないのか、はっきりしろ」

苛立ちのまじった声がはね返ってきた。

「ありますよ」

航樹は小声で言い、デスクの引き出しの奥から、サテン北斗の伝票を引っぱり出した。

「鬼越さんのために取っておきました」

「おっ、ほんとか？」

フッと息を吐く声のあと、「──やるじゃないか」と声がした。

「営業の志村から電話させますから、数量は、彼に伝えてください。星崎製紙のほかの紙も買ってくださいね」

「ああ、買ってやるわ」

鬼越の声に笑いがにじんだ。

「毎度ありがとうございます。今後とも銀栄紙商事をよろしくお願いします」

航樹はわざと丁寧に言ってから、静かに受話器を置いた。

＊

来年のカレンダー向けサテン北斗が好調だったこともあり、九月、十月はこれまで以上に忙しかった。

航樹はダッチからの要望を受け、『月刊フリーマーケット』の小説執筆をその後も続けていた。ペンネーム・紙ひこうきの三作目が掲載された十二月号が、ごく限られた書店の片隅に並んだ十一月中旬、長谷川課長に六階の会議室に来るよう声をかけられた。

「いつですか？」

航樹が尋ねると、「今すぐにだ」と〝ヘイゾウ〟は苦々しく返してきた。

まさか『月刊フリーマーケット』の小説連載がバレたのでは……。

心配になった航樹だが、原稿の送信に会社のファックスを使ってはいたものの、原稿料をもらっているわけでもなく、やましいことはなかった。そもそも、会社のだれにも話してはいない。

しかたなく手隙になった頃合いをうかがって、エレベーターに乗り込んだ。会議室に入室するのは、新年祝賀式以来のことだ。考えてみれば、これまで会議らしきものに参加した覚えがない。仕入部の若手社員は日々のルーティンワークに忙殺《ぼうさつ》され、そんな時間など取れるわけもなかった。とはいえこのあたりに、銀栄紙商事の組織としての課題がある気がした。

会議室には、両肘をつき両手を組んだ仕入部部長の大石、隣にいつもより眉間のしわが深い長谷川課長、向かいに背中をまるめた室町係長が着席して待っていた。

大石が腕時計をちらりと見て、長谷川がわざとらしく咳払いをする。

室町は目を合わせようともしない。

三人が醸しだす雰囲気から、これはよくない話だな、と直感した。

航樹は部長の正面にあたる席、室町の隣の椅子に腰を下ろした。

「忙しいかね？」

大石の問いかけに、「いえ、いつもと変わりません」と航樹は答えた。

「――そうか」

部長の大石は待たされたことを注意することなく、同じ姿勢のまま、穏やかな口調で話しはじめた。「じつは先月、我が社の対星崎製紙の仕入高が、過去最高を記録した。数量は三千五百トン。仕入総額は六億二千万円。ちなみにこの数字は、対帝国製紙の仕入高を上まわる額でもある」

その言葉に、航樹は目を見開いた。

いつもより多く紙を仕入れた手ごたえはあった。しかしそこまで数字が伸びていたとは思わなかった。同時に、胸がすく思いがした。業界第一位の帝国製紙の仕入高を、帝国製紙を担当する樋渡を、初めて超えたのだ、と。

しかし仕入部部長の顔には笑みはない。長谷川の眉間のしわも消えていない。

「なぜこのような数字に至ったのか、わかる範囲で理由を説明してくれないか？」

それこそ星崎製紙担当の航樹や由里のがんばりがあったからにほかならない。しかしさすがにそう答えるわけにもいかず、カレンダー用のサテン北斗の大量仕入があったことに加え、人気商品であるスターエイジの仕入が順調だったこと、また、日々の引き合いやスポット注文に積極的に対応したことを理由に挙げた。

仕入高が過去最高を記録して、必要以上に自社在庫が増えたのであれば問題視されてもしかたない。しかし仕入れた紙は売上につながり、星崎製紙商品の自社在庫はだぶついていない。だから航樹は胸を張って答えた。

「──なるほど」

大石部長は色白だが、赤べこ人形のように首をゆらした。「たしかに、スターエイジは引き続き売れている。その人気商品に牽引《けんいん》されるように、星崎製紙のほかの銘柄も好調だ。動きの大きかった高級印刷用紙であるサテン北斗は、単価が高い。そのため数量、仕入金額が過去最高となった、というわけだね」

「そういうことになるかと思います」

大石部長は再び首をゆらし、手元にあるプリントに目を落としたあと、航樹に視線を向けた。年のせいか常にやや潤んでいる目は、愁《うれ》いの色を湛《たた》えている。

「ところで君は、卸商営業部の営業マンがスターエイジをいくらで売っているか、知っているかね？」

「売値ですか？」

「まあ、知らないよな」

「はい、そこまでは」と航樹は正直に答えた。

自分の仕事は仕入であり、仕入単価はもちろん知っているが、営業の得意先ごとの販売単価まではさすがに把握していない。当然のことだと思った。

しかし次に大石が例として挙げた得意先のスターエイジの販売単価を聞いて、航樹は愕然《がくぜん》とした。なぜなら航樹が仕入れている単価よりも安い額だったのだ。

――そんな馬鹿な。

戸惑ったが、だがそれは事実であり、その得意先に限ったことではないらしい。だとすれば、売れば売るほど赤字になってしまう。

「君が星崎製紙から毎月一番たくさん仕入れている紙といったら、なんだね?」

「シリウスコートです」

航樹は即答した。

「A2コートだな。それでは、帝国製紙における同じグレードのコート紙と言ったら?」

「エンペラーコートです」

「そのとおり。では、エンペラーコートの仕入単価はいくらか知ってるかね?」

そのときだけ、大石の目が極端に細くなった。

航樹は答えられなかった。

「――そうか」

大石は首をゆらさず、しっかりうなずいた。

上司らは、事細かに仕入単価や販売単価について説明することはしなかった。おそらく、末端の若手社員がすべてを知らなくてもいい情報だという判断もあったのだろう。ただ、銀栄紙商事にとって、航樹が担当する星崎製紙の紙よりも、業界最大手の帝国製紙の紙を売るほうが、有益であることを言外に含ませた。

紙業界においては、仕入数量に応じて行われる値引きやリベートが存在することを、航樹はそのとき初めて知った。さらに、それらのきわどい交渉については、上役である長谷川課長が陰で担っている事実も――。

航樹は言葉を失った。

頭のなかが紙のように真っ白になった。

これまで航樹は、卸商営業部などから、メーカー指定のない紙の問い合わせがあれば、仕入部のなかで一番早く返事をすることを心がけてきた。営業からの引き合いやスポット注文が、自分の担当する星崎製紙の紙に決まるのを望んでのことだ。帝国製紙のエンペラーコートではなく、星崎製紙のシリウスコートを、エンペラーマットではなく、スターエイジを売ってもらえるように努めた。いわば仕入における競争こそが、やりがいでもあった。その結果、自分が担当する製紙メーカーの仕入高が増えることを喜びとした。それこそが自分の仕事の成果であり、誇りだとさえ思っていた。

しかしそういった努力は、会社にとって裏目に出ている、という話だ。上から見れば、出過ぎた真似に映っていたのかもしれない。

物憂げな表情に終始している大石部長は、個人的に航樹を責めなかった。長谷川課長からもそういった言葉は出てこなかった。室町は両手を組んだまま、ある種の生物がそうやって身を守るように、じっとしている。

話が終わり、三人の上司が退室してからも、航樹はしばらく会議室の席から立ち上がれなかった。

自分が夢中になって仕入れた紙が、このような結果を招いたことが虚しかった。これまでの努力はなんだったのか、とため息が出そうになる。けれど不思議なくらい、平静でいられる自分がいた。

――これが自分の今の仕事の現実なのだ。

そのことを静かに受け入れた。


残業の途中、航樹はふと思い立ち席を離れた。

腕時計の針は午後九時半をまわっている。すでに由里は退社し、仕入部には帝国製紙担当の樋渡と新人しか残っていない。

航樹は、缶コーヒーを買いに行くつもりでエレベーターに乗ったが、ボタンを押すとき、自販機のある一階ではなく、六階を押した。

エレベーターのドアが開いた六階のフロアはすでに消灯され、しんとしている。廊下の途中に設置された非常灯の赤い照明を頼りに、昼間訪れた会議室に足を向けた。目的などなかった。ただ、ひとりになりたかった。そして束の間、これからのことについて考えたかった。月明かり、あるいは街明かりなのか、会議室の通りに面した窓のほうから、ほのかな青白い光が差し込んでいる。大型のテーブルを囲むように並んだ椅子の後ろをまわって窓の近くへ足を運ぶ。そこには古めかしい大型の書棚があった。棚には、紙パルプ業界のあらゆる資料が並んでいる。おそらく、室町がくれた『基本・本づくり』もかつてはここに収まっていたのだろう。

窓辺に立った航樹は、黄葉《こうよう》した街路樹のマロニエが影を落とす通りを眺めてから、近くの椅子に腰かけた。

ようやく会社の仕事にも慣れ、仕入マンとしてひとつの製紙メーカーを任されている。月に約三千トンの紙、約五億もの金を、いわば動かしている。自分に務まるか不安だった当初の頃を考えれば、よくぞここまでやって来られたとさえ思った。

だれもがそうであるように、航樹にも会社に対する不満はある。仕事は毎日忙しい。残業も少なくない。それでも「やった！」と思える瞬間がある。給料もボーナスもそれなりにもらっている。人間関係についても、問題を抱えているとまでは言えない。今日この場所での話で、部長も課長も航樹を必要以上に責めなかった。そのことは、ありがたくも思えた。

けれど航樹は、自分の腹のなかではすでに決めていた。

この会社を離れることを。

結局、やめる理由は、会社にはない。

――自分自身の問題なのだ。

自分がどんなふうに生きたいのか。なにをやりたいのか。なにを大切にしたいのか。問題は、そのことなのだ。自分でとことん考え、自ら決断しない者に、真にやりがいのある仕事などつかめるわけがない。至極あたりまえのことに、ようやく今日、この場所で気づかされた。

職場を変えることには、もちろんリスクがある。自分のデスクがあるこの会社、慣れ親しんだこの場所から離れることには痛みを伴う。失うものもあるだろう。そこには、強い気持ち、培ってきたさまざまな人々との関係を断ち切る勇気が求められる。果たして本当に、自分にそれらがあるだろうか。

航樹は立ち上がり、書棚に目を移した。

星崎製紙の見本ファイルを見つけ、そのなかから、「スターエイジ　104・7g／㎡」と印字されたA4判のペラの見本紙を一枚抜き取った。航樹にとっていろんな意味で特別なその紙は、青白く妖《あや》しく光って見えた。

紙をテーブルに置き、しばらく眺めた。

突然、その紙を破りたい衝動に駆られたが、なんとか思いとどまった。

破るのではなく、しかしこの抑えきれない強い思いを忘れないために、なにかをしておきたかった。

ふと思いついた航樹の手が、自然に動いた。手早く折ったのは、子供の頃得意でペンネームにも使った、紙ひこうき。折り方は、指先が覚えていた。

ブラインドが上がっている窓を開けると夜風が吹き込んでくる。思いの外《ほか》、風は冷たい。向かいにもほぼ同じ高さのビルが建っているため、銀座通りの景色は遮断されている。空もわずかしか見えない。幸い下の通りに人影はなかった。

航樹はスターエイジで折った紙ひこうきで、自分の今後の人生を占うことにした。

紙ひこうきがうまく飛び立つには、風向きが大切になる。できれば向かい風は避けなければならない。

冷たい風を浴びながら待ち、タイミングを計った。

――やがて、その瞬間が訪れた。

航樹は窓から身を乗り出し、紙ひこうきを指先から放った。

銀座の街を飛び立った白い紙ひこうきは、ふわりと風に乗った。途中、ビル風に煽《あお》られふらつきながらも、暗闇のなかを前へ前へと進んでいく。まるで糸を引く白い閃光《せんこう》のように――。

頼りなくも勇敢なその後ろ姿を眺めながら、いったいこれから自分はどうなっていくのだろう、と怯えた。

うまく飛べるとは限らない。

どこへたどり着けるかもわからない。

おそらくまわりの人間はいい顔をしないだろう。

だが、どこかで飛び立たなくては、ここからどこへも行けない。

小さくなっていく紙ひこうきの航跡を追いながら、自らを奮い立たせた。

夢に向かって飛べ。

勇気を持って。

＊

「航樹、電話だよ」

土曜日の夕食後、階段の下から母の声がした。

自室にこもっていた航樹が「だれ？」とぞんざいに問いかけると、「女の人」と返ってきた。

「女？」と首をひねりながら階段を下り、受話器を取る。

梨木さんだった。

突然のことで航樹はあわてた。電話は家族のいるリビングにあるため、コードをのばし、電話機ごと玄関に持ち出した。

「——ひさしぶりだね」

梨木さんの声はどこか沈んでいた。

黙っていると、「じつはね」と梨木さんが話しはじめた。

航樹は受話器を耳に当て、すでに懐かしくも思える声を聞いていたが、「ちょっと待って」と途中で彼女の言葉を遮った。

梨木さんは遠距離恋愛中だった彼氏と別れたことを口にした。彼は自分の思っていたような人ではなかったのだと。「それでね」と梨木さんは話を続けようとした。

しかし航樹はあふれだす感情を抑えきれず、「わるいけど、会社をやめようと思ってる。だから今は自分のことで精一杯なんだ」と口にしてしまった。

梨木さんは一瞬言葉に詰まってから、それでもなにかを言いかけた。

航樹は思わず受話器を強くフックに置き、通話を切ってしまった。

あまりにも唐突な話で混乱してしまった。

それにすごく身勝手な気がした。

航樹は自分の部屋にもどらずに、サンダルをつっかけて外に出た。しばらくあてもなく、近所を歩き続けた。上着を着てこなかったが、気持ちが高ぶっているせいか、寒さは感じなかった。

彼氏とどういう経緯で別れることになったのかは、聞かなかった。そのことについて梨木さんは説明しようとしていたのかもしれない。でも聞く気にはなれなかった。

梨木さんには、高校時代に一度、そして今年の五月に気持ちを打ち明け、二度目の失恋をした。彼氏がいることを知りながら、それでも自分としては最後のチャンスと思って挑み、あえなく散った。彼とは別れられないと彼女から直接言われたし、もらった手紙にもそう明確に記されていた。

自分ではなく、ほかの男との人生を選んだのだ。決断したのだ。それなのに今になって自分を必要とするのは、なにかちがうというか、許せなかった。

「おかしいよ、そんなの」

思わずひとりごとが口を衝いた。「自分で決めたんじゃなかったのかよ」

同じ相手に二度ふられた失恋の痛手は、傷が深いというよりも、とどめを刺された感じだ。どれだけ航樹が悩み、打ちひしがれたのかを、彼女はわかっていない。

「なんで今さら……」

語気が強くなり、ため息が白く散った。

それに今、航樹の頭のなかでは、自分の人生の舵《かじ》を大きく切るための計画がふくらんでいて、ほぼ飽和状態と言ってよかった。

あるいはもっと落ち着いた状況であれば、二人にとっての未来はちがっていたかもしれない。たとえば電話ではなく、会って直接話をしていれば——。

しかしそう思えたのは、もう少し先になってからのことだった。

その後、梨木さんから何度か家に電話があったらしい。

航樹はその電話を受けることができなかった。

なぜなら、十二月上旬、航樹は家を出て、ひとり暮らしをはじめていたから——。

＊

きっかけは、父との口論だった。

それ以前から、家を出ることを考えてもいた。

父と顔を合わせるのは、平日のあわただしい朝、残業から帰り疲れた夜の、合わせても三十分足らずに過ぎなかった。

ある日、残業から帰宅した航樹は、夜食をとりながら母に最近の仕事について尋ねられた際、転職を考えていることをほのめかしてしまった。その話を母から又聞きした父が、休日の夕飯の席で、「わるいことは言わない。やめておけ」と釘を刺してきたのだ。

銀栄紙商事は業績も好調、安定していて、航樹にはもったいないくらいの会社であり、なにが不満なのか、と。航樹は、大きな不満はない、それでも転職するつもりだと静かに答えた。今の段階で母に漏らしたのは軽率だったと後悔しながら。

理由を話したところでわかってもらえるとは思えず、会社を変わるのは、自分の自由だと主張した。航樹は毎月給料から二万円を食費として家に入れていたが、父はこの家で暮らしている以上、説明の責任があると考えたようだ。

「そんなに社会は甘くない」

ビールで顔を赤くした父はいつものせりふを吐いた。「勝手をするなら、独立してからにしろ」

つまり家を出てから、と受けとめた航樹は、「いずれ出て行くよ」と答えた。するとを腹の虫の居所がわるかったのか、父は「だったら、さっさと出て行け」と口走った。

「――わかった」

航樹は食事の途中だったが、箸を置いた。

売り言葉に、買い言葉だった。

涙ぐんだ母に「行くんじゃない」と止められたが、その日のうちに荷物をまとめて家を出た。午後十時過ぎ、京成津田沼駅から電話をして事情を伝え、「第二すずかけ荘」二〇一号室へ向かった。

「おかえり」

パラちゃんは、へらへら笑って迎えてくれた。

以前にも同じようなことがあった。就職活動中の大学四年のときだ。おそらく両親はあのときと同じように、しばらくしたら帰って来る、と思っていたにちがいない。

家を出てから迎えた最初の日曜日、京成津田沼駅前にある小さな不動産屋を訪ねた航樹は、その日のうちにアパートを決めてしまった。入居の審査に数日かかったものの、こんなにも簡単に部屋を借りられるものだとは思わなかった。会社に勤め、定期収入を得ているのは、すごいことなのだとあらためて知った。

家具などまったくない空っぽの部屋で、航樹の新しい生活がはじまった。自分で稼いだ金だけでひとりで暮らすのは、思いの外新鮮でもあった。自活するための道具は、必要なものから少しずつ買い揃えていった。

ひとりではあったが、やるべきことがあるので、孤独だとは思わなかった。余計な物がない分、本を読む時間や、自分と向き合い考える時間が増えた。案外自分には、ひとりが向いているのかもしれない、とさえ思ったほどだ。

書店で買い求める本は、小説から、実用書に変わった。多くは、出版に関する本。日本エディタースクールから出ている『標準 編集必携』もその一冊だ。〝編集者は、なぜ本を作るか〟と帯に入った『本の誕生 編集の現場から』も読んだ。さらに編集者に必要な校正技術を学ぶ通信講座にも申し込んだ。

ひとり暮らしがさびしくない、というのは嘘だ。航樹はひとりの部屋で酒を飲むようになった。探偵小説で覚えたバーボン・ウイスキーをロックで。飲みすぎた夜に限って、梨木さんの夢を見た。中学校の卒業式、告白したいと思っているのに言えず、あたふたしている夢。教室で斜め後ろ二十五度から眺める、梨木さんの横顔とうなじ。なぜかいつも彼女は中学生のままだった。もしかしたら自分が好きなのは、あの頃の梨木さんなのかもしれないと思った。

電話を引いてからは、何度か梨木さんに電話をしようか迷ったが、結局しなかった。二度の失恋で学んだのは、自分の思いはなるべく早く正確に伝えるべきだ、ということ。後悔しないためにも。駄目なら駄目で、前に進める。今の自分のように。

それと、人には縁というものがあるような気がした。どんなに好きであっても、すれちがい、結ばれないことがある。恋愛でも、仕事でも……。

「なんで神井は、暮れも押し迫ったこの時期に、ひとり暮らしなんておっぱじめたんだ?」

その話になったのは、飲みはじめてかなり経ってからだ。言い出したのは、最近コンタクトレンズをやめ、銀縁メガネをかけるようになった、仕入部同期の樋渡。

巷《ちまた》では、秋に入院した天皇陛下の容態悪化で自粛ムードが広がっていた。同期の忘年会が取り止めになったその夜、男子社員だけで飲んだ。と言っても、メンバーは仕入部の樋渡と航樹、業務部の緒方。このところ、この三人で飲む機会が多くなっている。やめるやめると口にし、今も仕入部に所属する野尻、計数室の青野は、この日もいなかった。

樋渡は、星崎製紙の仕入高が、帝国製紙を上まわったことを耳にしているはずだが、その件にはふれなかった。航樹も黙っていた。

「だって津田沼だろ。ちっとも銀座に近くないじゃん」

「まあ、そうなんだけどさ」

航樹は二人に合わせて焼酎《しょうちゅう》のお湯割りを飲んだ。

「わかった、女だろ?」

緒方の低い声に、航樹は首を横に振った。

「ないない、こんな冷たい男に、彼女なんてムリムリ」

樋渡が自分の顔の前で手を振る。

樋渡と緒方は、航樹と比べればかなり酒が強い。それでも二人ともハイペースのせいか、すでにかなり酔っている気配だ。疲れもあるのか、樋渡の目は充血している。

「まったくまいっちまうよ」

樋渡は今年の新入社員である同じ課の後輩について愚痴をこぼした。

愚痴の対象は後輩だけにとどまらず、課内の女性社員にも及び、上司の国枝以外頼りにならない、と言いたげだ。あいかわらず彼の残業時間は、社内で一番長い。

「おまえはいいよな、由里さん仕事できるから」

うらやましげに樋渡が言う。

「でも彼女も、かなりストレス溜まってるみたいだぞ。星崎製紙の仕入はキツイってさ」

樋渡は愚痴を言い飽きたのか、話題を変えた。

由里が樋渡相手になにを話したか知らないが、航樹にすれば、あまり良い気分ではなかった。さっき言われた「冷たい男」という言葉も引っかかっていた。

そこで思い出してしまったのは、梨木さんのことだ。あの電話での対応は、冷たすぎたのではないか。少なくとも話くらい最後まで聞いてもよかったのではないか。そう思うと、早く自分の部屋に帰りたくなった。ぐだぐだ酒を飲んでいることが、無駄なように思えてきた。

「飲みに行けばいいんだよ」

緒方が口を挟んだ。

なんの話かと思えば、樋渡がうまくコミュニケーションがとれないと愚痴った後輩との件らしい。酔っているせいか会話がずれている。

「おれには無理」

樋渡が首を強く横に振る。「飲みたくないやつとは、無理に飲む気はない」

「そんなことねえだろ」と緒方。

「あるんです。あいつはおれとは合わない」

「相性の問題かよ」

航樹は笑ってしまった。

「神井みたいに、ひとりで仕事やってるやつには、わからないだろうな」

樋渡は目を合わせず、見るからに新しい銀縁メガネを外して、赤い目をこすった。「由里さん嘆いてたもんな。神井君は相談してくれないって。なんでもひとりで決めちゃうってさ」

また由里の話か、と航樹はうんざりした。

「よそのことはいいから、自分の課のことだけ心配してろよ」

航樹はなにげなく言った。

と、いきなりテーブル越しに樋渡の右手が伸び、航樹のネクタイの結び目をつかんで引いた。その勢いでグラスが倒れた。幸いなかは空っぽだった。

「おい、よせよ」と緒方がたしなめた。

そのあとのことは、よく覚えていない。航樹もかなり酒に酔っていたようだ。

店を出るとこまかい雨が降っていた。店の前の通りで樋渡と向かい合って立った航樹は、ネクタイを直しながら樋渡をにらんだ。

その後、先に手を出したのは、航樹だった。記憶は定かでないが、おそらく樋渡の挑発に乗ったのだ。よろめいた樋渡のメガネがすっ飛び、濡れた舗道を滑っていった。

通りすがりの会社員らしき太った酔っ払いが、そのメガネを拾ってくれた。

「あーあっ」

樋渡は両手でつるを持ったメガネを夜空に向けた。「どうしてくれんだよ」。レンズの片方にヒビが入ったメガネをわざとかけ、航樹に迫ってきた。

「知るかよ」

航樹は背中を向け、そのまま歩き出した。

「おい、待てよ」

緒方の呼び止める声は無視した。

去年よりクリスマスの飾りがかなり控え目な銀座の街を、航樹は足早に地下鉄の駅へ向かった。

人を殴ったのは、高校生のとき以来だ。そのときは「殴ってみろよ」と相手に挑発され、思わず手を出してしまった。殴り返され、お互い顔を腫らし、もうこういう真似はやめようと誓った。

なのに……。

もちろん、社会人としてあるまじき行為だ。酒に酔っていたとはいえ、愚かであり、自分に嫌気が差した。

樋渡のことが急に心配になった。

もしこのことが会社で問題とされれば、クビになるかもしれない。

――馬鹿だな、おれって。

つくづく思いながら、とぼとぼと地下鉄の階段を下っていった。

翌日、航樹が出勤すると、樋渡はすでにデスクに着き、在庫表を見ていた。

人が近くにいないときに歩み寄り、「昨日はわるかったな」とまずは謝った。樋渡のメガネは、片方のレンズにヒビが入ったまま、透明なテープで補修されていた。それをこれ見よがしにかけているのが、彼らしかった。

「メガネは弁償する」

「いいよ」

「いや、弁償する」

「いいって」

樋渡は鬱陶しそうに手を振ると、「さっさと仕事しろ」と追い払うようにした。

その日、航樹が総務の人間から呼び出しを受けるようなことはなかった。上司から叱責されもしなかった。樋渡は大ごとにせず、会社には黙っていてくれたのだ。緒方にしても同じだった。

このところ自分が苛立っていることを航樹は自覚し、反省した。樋渡から指摘された由里の件について、もう少し考えてみることにした。

ほとぼりが冷めた頃、樋渡は親しい者にだけ、〝銀座の決闘〟をおもしろおかしく大げさに話して聞かせていた。航樹は黙って聞こえないふりをした。

「ほんとアホだよな、おまえらは」

残業の際、樋渡の上司の国枝に笑われた。

結局、樋渡はメガネの修理代を受け取らなかった。彼は彼なりに、殴られた自分にも少なからず非があったことを認めていたのかもしれない。とにかく自分たちのなかで話を収めた。

航樹は緒方に誘われ、樋渡と三人で、また飲みに行った。樋渡はあいかわらずで、酒に酔い、言いたいことを口にした。航樹もそれに対して黙るのではなく、言い返し、自分の考えを伝える努力をした。

「おいおい、ちょっと待った」

話がヒートアップしてくると、樋渡はメガネを外し、内ポケットにそっとしまってみせた。

本音で言い合える同期というのは、ライバルとはいえ、いいものだな、と航樹はようやく思うことができた。

*

十二月二十九日、仕事納めの日、ダッチから会社に電話があった。年末の挨拶の言葉のあと、次号の原稿は書く必要がなくなったことを告げられた。『月刊フリーマーケット』の休刊が決まったのだ。休刊とは、実質廃刊を意味する。一年保たず、編集長は悔しがっていた。

航樹にとっても残念ではあったが、自分の作品を掲載してくれたことについて感謝した。「みんなは元気か？」と問われたので、「あいかわらずだよ」と答えておいた。会社の電話のため、自分の今後を話すわけにもいかず、早々に通話を終えた。

その日、早めに会社を出た航樹は、パラちゃんのアパートの部屋を訪れた。

「おう、冷蔵庫もう買ったか？」

偶然、蓮が来ていた。

「まだない。なにか冷やしたければ、今の季節なら外に置いとけばいいから」

「なるほど。じゃあ、テレビは？」

「今は必要性をあまり感じない。出版社の求人広告は新聞に多く載るから、契約したけどね」

航樹は答え、途中で寄ってきたスーパーの袋をテーブルの上に置いた。

失業中のパラちゃんはどうにか食いつないでいるらしいが、腹が減っていたのか、差し入れのコロッケにまず手をのばした。

乾杯をし、缶ビールをそれぞれ一缶空けたあと、蓮が神妙な顔をして、「じつは二人に報告することがある」と切り出した。「おれ、結婚することにしたから」

「それって、だれと？」

夏の海での話があったため、航樹は思わず聞いてしまった。

「エリに決まってるだろ」

「え？　そうなの」

「もうつき合い長いからな」

蓮が二本目の缶ビールを傾け、フーッと息を吐く。

「でも夏には……」

パラちゃんが言いかけたので、「まあまあ、その話は」と航樹が制した。

「結婚する。会社はやめない。タバコはやめる」

蓮はなにかをこらえるようにぐっと顎を引いた。「おれ、父親になるから」

「えーっ！」

パラちゃんが細い目を見開いた。

航樹は口を開けたまま固まった。

「人生って、わからないもんだよな……」

蓮自身がつぶやいた。

「――で、いつ？」

「籍は年明けに入れる。式はなるべく早めかな。あいつのお腹が大きくなっちゃうから」

真剣な顔の蓮の横で、パラちゃんがにたにた笑いだした。

「そうか、それはおめでとう」

航樹は余計なことは言わず、乾杯のやり直しを持ちかけた。

蓮には、蓮の人生の選択がある。そういう人生もあるのだ。

パラちゃんにしたってそうだ。

そして自分も、と航樹はあらためて思い、「それでは、蓮とエリのご婚約とご懐妊を祝しまして」と乾杯の音頭をとった。


年末年始、航樹は実家には帰らなかった。多くの時間をひとりだけのアパートの部屋で過ごした。パラちゃんや蓮とも会わなかった。

そして四日に仕事はじめ。

その三日後、一九八九年一月七日、去年の秋頃から容態が心配されていた天皇陛下が亡くなった。「崩御」という重々しい響きの言葉を、航樹は新聞の号外で初めて目にした。そのとき、なにかが崩れ去るような音を聞いた気がした。

遂に昭和という時代が終わったのだ。

一月中旬過ぎ、航樹は二十五歳の誕生日を迎えた。同じ日に誕生日を迎えた梨木さんのことを考えたが、すぐにやめてしまった。あの電話を最後に、もうつながることはないとあきらめていた。

一月下旬の金曜日の夜、航樹は出版営業部の清家に誘われ、会社近くの居酒屋へ入った。二人で飲むのは初めてだった。一杯目のビールを飲む際、清家は「献杯」と口にし、グラスを少しだけ持ち上げてみせた。

そして、「遂に決まったぞ」とテーブルに身を乗り出した。

「なにがですか？」

「流先社の創刊雑誌のグラビアだ。星崎製紙で開発した紙に決まったんだよ」

「じゃあ、うちが取ったんですか？」

「ああ、何度も試し刷りをしては、ダメ出し喰らったけどな」

清家は苦笑いを浮かべながらも、黒縁メガネの奥の目尻にしわを寄せた。

「すごいじゃないですか」

契約を決めたのは清家だが、星崎製紙の担当として、自分のことのようにうれしかった。

「毎月の定期だからな」

「いつからですか？」

「創刊は、当初春の予定だったが、少しずれて六月の予定だ」

「注文書、早めに出してくださいね」

「そうだな。忘れちゃまずいな」

清家は「うん、うん」と機嫌良さそうにうなずいた。

「ところで神井、おまえ今年で三年目だよな？」

「はい、そうですけど」

航樹は返事をして、背筋をのばした。

「だとすれば、今年仕入部を出るやろ。いや、まちがいない。おまえの同期も一緒だ」

清家がタバコを灰皿でもみ消し、航樹に視線を据えた。「おそらく、うちにもひとり来るはずだ」

「ひとりですか」

「印刷営業部も卸商営業部も人を欲しがってるって話だ」

「じゃあ、樋渡も野尻も営業に出るんですね」

「そういうことになるな」

清家は手酌でビールを注いだ。「で、おまえはどうなんだ？」

「どうって、そりゃあ……」

航樹は危うく言いかけ、口をつぐんだ。

「いや、言わんでいい」

清家は右手をひらひらさせ、イタズラっぽく笑ってみせた。「どっちみち、上が決めることだからな」

航樹はその開けっぴろげな笑顔を見ながら、会社をやめたい気持ちを募らせていることを言い出せず、居たたまれない気持ちになった。

航樹は、これ以上流されるつもりはなかった。

会社の会議室の窓から、紙ひこうきを放ったあの夜、心に強く決めたのだ。

ここから飛び立とう、と。

もちろん、『月刊フリーマーケット』に小説を数回連載したくらいで、小説家になれるかも、などと思い上がってはいない。しかし本づくりを紙から学び、今なお出版の世界に近づきたいと思い続ける気持ちは、もはや抑えきれない。

社内において出版の世界に最も近い部署でさえ、満たされるとは思えなかった。向こう岸まで飛べば、もっと自分を活かせるのではないか、という根拠のない自信がわいてくる。その実現のために、ひとり暮らしの部屋で着々と転職の準備を進めていた。

通信講座で編集者に必要な校正技術を学びながら、求人情報誌や新聞の広告欄で出版社の求人を探すなか、入社三年目に入る銀栄紙商事のやめ方にも気を配った。清家が話していたように、今年航樹が仕入部を出る可能性が高いのであれば、事前に退職の意思を会社に伝えるべきであり、タイミングを計らなければならない。

おそらく四月に航樹の下に新入社員が配属される。自分がそうであったように、その新入社員が七月から航樹に代わって、星崎製紙の仕入担当責任者になるだろう。やめなければ、航樹はいずれかの営業部に異動となるはずだ。

航樹としては、自己都合による退職であるから、世話になった会社になるべく迷惑をかけないかたちでやめたかった。だとすれば、四月の前に退職の意思を会社に伝え、しっかり業務の引き継ぎをするべきだ。自分の経験では、引き継ぎには、やはり最低でも三ヶ月が必要になる気がした。

航樹は退職までのスケジュールを毎晩のように考えた。求人情報誌に特集されている「会社の上手なやめ方」にも目を通した。できれば波風を立てず、なおかつ退職前に次の職場となる出版社を決めておきたかった。

そうこうしているうちに、銀座の街にも春一番が吹き、三月も半ばに差しかかった。

会社を退職することを、まず初めにだれに知らせるべきか、航樹は悩んだ。常識的に考えれば直属の上司だろう。だとすれば、室町係長か、長谷川課長になる。話しやすいのは〝ヘイゾウ〟ではなく、だんぜん〝教授〟だ。

しかしさらに熟考した航樹は、二人の上司とは別の者を選んだ。同期入社の由里南。星崎製紙を担当してきた相棒にほかならない。高校時代のサッカー部で言うなら、グラウンドで一緒にプレーするだけのチームメイトというタイプで、個人的なつき合いはまったくしなかった。それでも彼女に最初に伝えるのが、航樹なりの筋の通し方のような気がしたのだ。

思えば由里とは、一度も個人的に食事をしたり、飲みに行ったりしたことがなかった。入社当初は、樋渡に二人の関係を冷やかされもしたが、仕事の上での割り切った関係を続けてきた。樋渡が航樹を「冷たい」というのは、そういう人づき合いの仕方なのかもしれなかった。

そんな関係を続けてきた由里を、帰宅前に会社近くの喫茶店に誘ったところ、案の定「どうかしたの？」と怪訝《けげん》な顔をされてしまった。窓際の席を避け、向かい合って座ると、「じつは」と航樹は退職の意向を切り出した。

「――ちょっと待って」

由里は席を立ち上がらんばかりにあわて、話にストップをかけた。

「じゃあなに、最近私をメーカーに行かせるようになったのは、そのことがあるからなの？」

由里はあからさまに動揺していた。

「いや、そういうわけじゃ……」

鋭い読みに言葉が詰まった。

「おかしいなって思ってた」

由里はうらめしそうに流し目をくれた。

卸商営業部の営業や女子社員と日々渡り合ってきた彼女は、かなりしたたかな女性に成長した模様だ。

短い沈黙のあと、航樹が口を開こうとしたとき、「でも、どうして？」と由里が尋ねた。

退職理由までここで話すべきか、航樹は迷った。

「たしかに今の部署は大変だよね。隣にいるから、私にもわかる。毎朝電話を二つ持ってさ。そんなことしてるの、社内で神井君だけだもん。もっと力になれたらって思うよ。私なりには、やってるつもりなんだけど……」

「そういうことじゃないんだ」

航樹はなるべく穏やかに話そうとした。「仕事が辛いからとか、忙しすぎるからとか、そういうことじゃない。それに由里さんは、とてもよくやってくれていると思ってる」

「そんな言葉、初めて聞いた」

「――ごめん」

「じゃあ、どうして？」

「つまり、個人的な理由なんだ」

「――そう」

由里はうつむきがちに答え、唇を一度強く結んでから続けた。「いつも神井君はそうだよね。大事なことを言おうとしない。ちゃんと話してくれない。私、信用されてないのかな」

「そうじゃない」

「――いいの、もう」

由里はあきらめたように小さく笑い、グラスの水を一センチ分だけ飲んだ。

入社二年目以降、由里はあまり残業をしなくなった。上からも女性の残業を減らすよう指示されていたため、早く帰るよう航樹がうながしたこともある。でももしかしたら彼女は、もっと仕事ができたし、やりたかったのかもしれない。由里から仕事に対する意欲を奪ったのは、会社であり、航樹のやり方だったのかもしれない。

「この話って、もう上には通ってるのかな？」

由里がテーブルの一点を見つめ口を開いた。

「まだ話してない」

「だれにも？」

航樹は静かにうなずいた。「でも、明日にでも話そうと思ってる」

「だったら」と由里は顔を上げた。「お願いがあるの」

由里からなにかを頼まれるのは、初めてかもしれなかった。彼女はトラブルが起きたとき、まずは自分でなんとかしようと努力してきた。だが解決できない場合、時間がなくなり、余計に窮地に追い込まれるケースもある。航樹からすれば、なんでもっと早く言わないんだ、と腹を立てたこともあった。でも、そこには彼女なりの仕事に対する矜持《きょうじ》があるのだとも感じていた。

「神井君は、いつ付けで会社をやめるつもりなの？」

「自分としては、後任者に申し送りをすませてから、と思ってる」

「具体的には？」

「六月末」

「退職を申し出てから三ヶ月後ってこと？」

「そうなると思う」

「わかった」

由里は、強い意志をみなぎらせた目をした。「お願い、一日だけ待って。私もやめるかもしれないから」

「えっ……」

思わぬ展開に、航樹は声を失った。

しかし同時に、彼女と働いた約二年の時間が、その言葉が冗談や思いつきでないことを教えてくれた。

翌日の午後三時過ぎ、航樹は星崎製紙近くの喫茶店で、室町と向かい合っていた。星崎製紙での用事をすませ帰社しようとしたとき、一階のエレベーターホールで室町に声をかけられたのだ。偶然とは思えなかった。

「五月末付けで、由里さんが退職するそうだ。今朝、話があった」

室町は口元にコーヒーカップを近づけたまま、とろんとした目でこちらを見た。「なにかあったの?」

予想以上に、由里の動きはすばやかった。仕事のできる彼女らしくもあった。

「じつは……」

航樹は経緯を話しはじめた。

室町は口を挟まず、静かに聞いてくれた。

「じゃあ、由里さんの退職は、神井君がやめることを話したせいかもな。君がいなくなれば、星崎製紙の仕入が混乱するのはわかり切っている。別の担当責任者、おそらくそれが新入社員となれば、当然由里さんにしわ寄せが及ぶ。それを怖れたのかな」

「ご迷惑をおかけします」

航樹は頭を下げた。

「いや、薄々というか、神井君がやめるかもしれないことには気づいていた。話も聞いていたから、いずれ君は出版の世界へ行くだろうって。由里さんの件は、意外だったけどね」

「課長には？」

「由里さんの件はもう話した。君のことも早めに伝えたほうがいいだろう」

「そうですよね」

「それにしても由里さん、思い切ったな。彼女、先を越されたくなかったんだろうね」

室町はようやくコーヒーカップを着地させ、締まらない顔でうなずいた。

「やはり新入社員に仕事を引き継ぐかたちになるんですかね？」

「おそらくね。まあ、僕も引き継げるものは、引き継ぎますから」

「よろしくお願いします」

再び頭を下げる航樹に、室町は「いいからいいから」というふうに手を振った。「ところで次の会社は？」

「まだ決まってないです。退職願を出したら、動こうと思ってます」

「いや、早く動いたほうがいい。君が六月までいてくれるのは、会社にとってありがたい。けど、君は君でもう少しずる賢くあっていい」

室町は淡々と話を続けた。「会社は、おそらく君を引き留めるだろう。会社っていうのは、二種類の人間でできている。わかるよね？」

「え？　というのは？」

「自分で食い扶持《ぶち》を稼ぐ人間と、食わせてもらう人間だよ。君は、食い扶持を稼ぐどころか、食わせる人間になろうとがんばれるタイプ。僕のような社員とはちがう。だから慰留されるだろう。でもね、覚えておいたほうがいい。会社というのは、一度でもやめると口にした者を信用しない。だからその後は重用されない。つまり口に出したが最後、あともどりできないってことさ」

「なるほど、そういうものなんですね」

航樹は〝教授〟の顔をまじまじと見た。

「で、正式に六月末でやめる、ということでいいんだね？」

「はい、やめさせていただきます」

「退職理由はどうする？」

「一身上の都合では、マズイですか？」

「今後も銀栄紙商事とつき合う気があるなら、正直に話してみたらどうかな？」

「――そうですね」

航樹は答えた。「本をつくる世界へさらに近づきたい。それが本当のところです」

「そうだよな。わかった」

室町は上目遣いで航樹を見ると、めずらしく力のこもった目をしてうなずいてみせた。

翌日、午前十時過ぎから二階窓際の応接セットのソファーで長谷川課長と面談した。

室町から退職の件の報告を受けた話から入り、意思確認がなされた。航樹が出版社に転職を望んでいることを長谷川はすでに知っていた。室町がうまく伝えてくれたせいか、あきらめた様子でもある。眉間にしわが立っていなかった。

航樹は余計なことは口にしなかった。

「星崎製紙担当が二人ともやめてしまうか……」

長谷川は一瞬「まいったな」という顔を見せながらも口元をゆるめた。「いいコンビに見えたんだがな」

課長がそんなふうに自分たちを見ていたとは意外だった。退職希望者を前にして、やけに穏やかにも見える。叱責を受けるのを覚悟していただけに、ほっとした。

「意志は固いんだな？」

「はい、決めたので」

「なら私は引き留めたりしない。しかたない」

長谷川はポンと自分の膝を叩き、「上に伝える」と言うや立ち上がった。

〝ヘイゾウ〟はことのほか潔かった。

「よろしくお願いします」

航樹は深く頭を下げた。


夕方、今度は仕入部部長に呼び出され、六階の会議室に向かった。

会社をやめるには、いくつものハードルが設けられている。そのハードルをひとつひとつ跳び越えなければならない。ただ、室町も、あまり関係がうまくいっていなかった長谷川課長も、航樹の意思を尊重してくれた。次が最後の関門だと覚悟し、ノックをしてから会議室のドアを開けた。

するとそこには、仕入部部長の大石と、もうひとり意外な人物が待ち受けていた。

「おお、神井。どーしたぁ？」

心配そうな声をかけてきたのは、セイさんこと出版営業部出版第一課課長の清家だった。

その顔は、どこかきまりわるそうでもあった。

自分がとった行動、会社をやめるという選択が、多くの人を巻き込んでいる。その事実を、あらためて思い知った。この会社で多くの人と出会い、多くのことを学んだ。それは一緒に働き続けることが前提にあったはずなのに——。

なぜ清家がここにいるのかは、大石が説明した。まるで航樹が退職の意思を示していることとなど聞いていないかのような口振りだ。

「来月に、新入社員が八名、我が社に入社する。星崎製紙担当である君の下には、男女一名ずつ計二名が配属される。七月には、君はめでたく仕入部を卒業し、営業に出てもらう。配属先は、出版営業部に決まった。清家課長もそのことを強く望んでいる」

初めて耳にする話だ。

だとすれば会社は、航樹の仕事を認めてくれていた、ということだろうか。

心がざわついた。

「――なあ、神井」

清家が笑顔で話しかけてくる。「出版営業部では、人が足りない。とくにこれからの時代を担う若手がな。新聞社や出版社を得意先とするうちの部では、そっち方面に興味や、知識のある者が欲しい。おまえが出版に特別な想いを抱いているのは、よくわかってるつもりだ。だからこそ、うちに入ったんだもんな。出版営業部に来れば、当然出版社を相手に仕事をすることになる。いろんな出版社と、いろんなかたちでつき合える。つまりそれは、本づくりに関わることになるんじゃないか。紙は、本にとってなくてはならないものだ」

まっすぐ航樹を見ながら話す清家の言葉は、ひと言ひと言、胸に響いた。

入社以来、航樹もそういう思いを持ち続けてきた。これまでやって来られたのは、「出版」と名のつく部署が社内にあったからだ。「出版だからな」が口癖の清家と、共に働くことが目標でもあった。そしてようやく、その新しい居場所に手が届こうとしている、というのに。

「どうだ、神井、一緒にやらないか？」

「セイさん……」

　航樹は思わずあだ名で呼び、唇を嚙んだ。

　自分は社内で正当に評価されていないと恨んでいた。だが、見てくれている人もいたのだ。清家からは、学んだことも少なくない。

　この人には、嘘はつけない。

　航樹は目をしばたたかせたあと、清家と目を合わせて答えた。「自分としては、とてもありがたいお話だと思っています。就職活動の際に、出版社をまわりましたが、ほとんど相手にされませんでした。それもあって、本に欠かせない紙を扱う銀栄紙商事を受け、入社を決めました。自分はなかなか就職先が決まらず、拾ってもらったようなものです。そのことには今も深く感謝しています。入社以来、紙について学び、営業に出るなら、出版営業部へ行きたいと強く思っていました」

　そうだろう、という顔で清家がうなずく。

「ただ、ここにきて自分なりに出版について勉強したこともあり、もっと出版の世界の近くというか、本づくりそのものに関わりたい気持ちがどうしても強くなってしまって。申しわけありません」

　あとは言葉が続かなかった。航樹は頭を下げた。

　会議室がしんとなった。仕入部のある二階のフロアとちがって、静かすぎるくらいだ。いつもの喧噪のなかに早くもどりたくなった。

「出版社が志望なんだね」

大石が口を開いた。「ということは、出版社で紙を扱う資材部へ行くということかな？」

「いえ、そういう考えはありません。編集をやりたいと思っています」

「編集ね……」

大石はつぶやいてから、思いついたようだ。「だったら、銀栄紙商事の社内報はどうだろう。あれは有志で毎回つくってるんだが、そういうのをうちでやってみる、というのはどうだ？」

ダッチが編集する持ち込みの雑誌の原稿書きを請け負って思い知ったのは、実際あれは〝仕事〟ではない、ということだ。経験としては貴重だった。だが原稿料すら発生しない、いわば〝埋め草小説〟に過ぎなかった。そういうもので満足するつもりは、もうなかった。

「自分が企画した、本をつくりたいんです」

航樹は口にした。

「とはいえ、まだ次の会社が決まったわけじゃないんだろ？」

清家が諭すように口を挟んだ。

「ええ、まだ動いていません」

航樹は自分の膝の上に置いた両手に視線を落とした。

「なあ、神井。言ってはなんだが、そう簡単に希望する出版社に入れるもんかな。出版社の中途採用といえば、どこも経験者優遇。編集者となれば、なおさらじゃないか」

清家の言葉はたしかにそのとおりだ。会社をやめたとしても、出版社に入れるとは限らない。そのことは、航樹も自覚していた。

けれどあえて退路を断って、今やるしかないと決め、その選択に懸けてもいた。

「どうしてもうちじゃ、駄目なのかね？」

大石がしびれを切らしたようにため息をついた。「君なら、私と同じように、出版営業部の部長くらいは狙える器だとも思えるんだがね」

航樹は感謝の言葉を口にするに留めた。

「部長、今の若いモンは、出世よりも、やりがいなんですよ。しょせん、紙屋は、紙屋ですからね」

清家は無念そうに言うと、「あきらめましょう」と静かにつぶやいた。

＊

五月の終わり、航樹は由里と二人で、ガス灯通りにあるおでん屋の暖簾をくぐった。その店を選んだのは、今月末付けで退職する由里だ。どんな店がよいか航樹が尋ねたところ、「おでんがいい」と返事があった。気取らない場所で飲みたかったのかもしれない。

「明日はいろいろ挨拶もあるだろうから、一日早いけど、お疲れさまでした」

航樹は、由里のビールジョッキに自分のをコツンとぶつけた。

由里は小さくうなずいた。

注文したおでんが盛られた鉢がさっそくテーブルに届く。カウンターの奥に並んだおでん鍋からは、ゆらゆらと盛大に湯気が立ち昇っている。季節外れな気がしたが、七時過ぎに店内は満席となった。

「良さそうな新人がうちに入ってきてよかったね」

由里が笑顔を見せる。

「うん、二人とも明るいし、ガッツありそうだしな」

星崎製紙の仕入業務の引き継ぎを進めている二人の新人は、順調に育っているように見えた。由里に続き、航樹が六月にやめることは、隠さず早めに伝えておいた。前もって知っていれば、懸命に仕事を覚えると踏んでのことだ。室町もここにきて、係長の役割を発揮しはじめている。

「それで、神井君のほうはどうなの？」

由里があかく煮えた厚切り大根を箸で半分に割り、「うわ、やわらか」と小さく感動した。

「次のところ決まったの？」

「動きはじめたけど、正直苦戦してる」

航樹は、家のおでんとはちがってしぼんでいない真っ白なはんぺんに箸をのばした。

「出版社なんでしょ？」

だれが漏らしたのか、社内の一部ではすでに噂が広まっていた。

先日、卸商営業部の小沢からも言われた。「なんだおまえ、ようやく仕事覚えたと思ったら、版元に行くってか」。その目は冷たく、言葉は辛辣でもあった。一緒に働いてきた者を失望させたことは否めない。会社をやめるとは、世話になった人を裏切ることでもある。自分に対する態度が変わったとしても、しかたないと口をつぐんだ。

「まあね」と航樹は答えたあと、「編集者の募集は、経験者が優遇されるみたいでね」と言い訳がましい言葉を口にした。

「編集者じゃなくちゃ、駄目なの？」

「希望の職種としてはね」

「神井君らしくやったら？」

「え？　おれらしくって？」

由里は熱々の大根をようやく呑み込んでから答えた。「神井君は、与えられた仕事をがんばれる人だと思う。かなりの負けず嫌いなんだよ。だから星崎製紙の担当でも、手を抜かず、営業から頼りにされてきた」

「――そうかな」

航樹はつぶやいたあと、雪のように白いはんぺんを口のなかで溶かし、今夜は由里の送別会だったことを思い出した。「ところで由里さんは？」

「私は実家に帰って、少しゆっくりする。あとのことは、それからまた考える」

「実家って北海道だったよね？」

「そう、旭川《あさひかわ》」

「仕事は？」

「どうかな、札幌に出るか、はたまた地元で探すか……」

どうやら〝寿退社〟というわけではなさそうだ。由里は多くを語らず、退職理由は、一身上の都合。最後まで本当の理由を口にしようとはしなかった。

静かに去りたかったのか、送別会の類いはすべて断り、同期だけでの集まりを数日前に開いた。会社をやめる際、女性社員は最終日にお世話になった人に挨拶し、お菓子を配るのが恒例になっていたが、それもやらないとのこと。由里らしいと思った。もしかしたら、似たもの同士だったのかもしれない。まちがいなく彼女も負けず嫌いだ。

その後の会話で、由里はかなりの読書家であることを知った。最近読んだ小説を尋ねると、レイモンド・カーヴァーの『ささやかだけれど、役にたつこと』と彼女は答えた。

なんてことだ、と航樹は思った。もっと早く知っていれば、ちがう関係を築けたかもしれない。おでんをつつきながらの楽しい時間のあと、支払いは、餞別《せんべつ》代わりに航樹がすませた。

「ご馳走さま。あと残り一ヶ月、がんばってね」

「うん、ほんとうにお世話になりました」

航樹があらたまって言うと、由里は小さくうなずき、あっさり背中を向けた。

「ありがとう」

航樹の発した言葉は届かなかったかもしれない。

彼女は振り向かず、松屋前の地下鉄銀座駅への階段を足早に下りていった。

翌日、退社時間近くになると、由里は会社の制服から着替え、いつもと同じように「お疲れさまでした」とだけ挨拶をして姿を消した。そして次の日から出社せず、彼女の席に新人の男性社員が移った。彼女が使っていたデスクの引き出しのなかには、ケースに入ったままでほとんど使われていない「由里南」の名刺が残されていた。

後日、その名刺は総務部の人間によって回収された。おそらく廃棄されるのだろう。

今日も会社はいつもの喧噪に包まれ、何事もなかったようにまわっている。

＊

「――なんでだよ。なんでなんだよ」

会社近くの居酒屋の席で酔っ払った樋渡が頭を振り、「ちっ」と舌を鳴らした。「なんで由里さんに続いて、おまえまでやめちゃうんだよ。ありえないだろ、そんなの」

「――たしかにな」

隣の席で緒方が煙たそうにタバコを燻《くゆ》らせている。「まさか神井が、やめるとは思わなかった」

「なに考えてんだよ、いったい」

「とはいえ、そろそろおれも親父の会社に移ることになりそうだけどな」

預かり社員である緒方が鬚の剃り跡の目立つ顎を撫でた。

「なんでだよ、男の同期みんないなくなっちゃうじゃん」

「青野がいるし、たぶん野尻のやつもやめないだろ」

航樹はジョッキの持ち手に指をかけたまま、樋渡に笑いかけた。

「じゃあなにか、おれは殴られ損か？」

樋渡が銀縁メガネのツルをつまみ、目を見開き、上下にゆらしてみせた。挑発しているつもりらしいが、航樹は小さく噴き出し、相手にしない。

「卸商営業部のニセ矢沢も言ってたぞ。なんで神井はやめちまうのかって。志村のオッサンなんて、スターエイジが入らなくなったらどうすんだって嘆いてた」

七月一日付けで仕入部から卸商営業部に配属されることが決まった樋渡は、入社以来ずいぶんとイメージが変わった。仕事を真面目にこなす二枚目のくせに、毎度宴会で馬鹿をやり、酒で醜態をさらしては顰蹙を買い、翌日はけろっとした顔で出社する。今では中年のように下腹が出て、銀縁メガネをかけ、どこから見ても典型的な会社員になった。

引き続き業務部に残る緒方は、預かり社員と呼ばれるのを嫌い、社内で群れることはせず、将来社長になる器と見込まれる働きを見せている。

「そういえばこないだ、鬼越商店の仕入部長が来てたよな」

樋渡がエイヒレをつまんだ。「神井、呼ばれてたろ？」

「ああ、少し話した」と航樹は答えた。

鬼越は、航樹が六月末で会社をやめることを知っていた。窓際の応接セットで、根来部長が席を外し二人になった際、転職先を問われたため、「まだ決まっていません」と航樹は正直に答えた。すると鬼越は声を低くし、「なんだったらうちに来るか？」と冗談とも本気ともつかないせりふを強面で吐いた。

ありがたい話だ。しかしそれでは、出版の世界へ近づけない。丁重にお断りした。

その風貌から最初は敬遠していた鬼越だったが、仕事に妥協を許さず、それでいて人情に厚い紳士だと知った。人は見かけによらぬもの。避けてばかりではわからない。深くつき合ったわけではないが、いろいろ学ばせてもらった人のひとりだ。

航樹がその一件を隠さず話したところ、「へーえ」と二人とも感心していた。

「でも意外だったよな、今回の人事」

緒方が首をひねる。

おそらくそれは、計数室の青野が、七月一日から出版営業部に配属される件だ。青野自身が目をまるくして驚いていた。一方、悩み多き野尻は、印刷営業部への異動が決まり、意気消沈している。きっと、どこへ行こうが彼が悩むのは同じなのだ。

航樹は黙って、泡の消えかけたビールを飲んだ。

「苦労するんじゃないの、青野は」

樋渡がおもしろくなさそうに続けた。「なんたって、仕入を経験してないからな」

だろうな、と航樹が相槌を打った。

「けど、神井はそもそもなんで出版社に行きたいの？」

「じつはおれ、学生の頃から小説を書いてたんだ。でもそんなのはあくまで夢で、本も好きだし、出版の世界で生きてみたいんだ」

「小説？　似合わねえな」

樋渡が鼻で笑ったが、「へえー、それは初耳だな。そうだったのか」と緒方は驚いた顔を見せた。

「おれは、親父の会社を継ぎたくなくて、大学時代、別の道を模索してた。旅に出たりもした。でも結局、おれには見つけられなかった」

緒方が真面目な顔で言った。「いいじゃないか、やってみれば」

「で、神井が行く出版社っていうのは、どこなわけ？」

まだ決まっていないことを知っていながら尋ねる樋渡の顔に、航樹は両手をのばし、銀縁メガネのツルをつまみ、上下にゆらしながら「まだ決まっていませんよ」と答えた。

「なにすんだよ」

樋渡はやらせておきながら、顔をしかめた。「でもおまえ、ほんとだいじょうぶなのか。なんだったら、おれが大石部長に掛け合ってやるよ。次の会社が決まらないんで、やっぱり神井は〝銀栄〟に残りますって」

「馬鹿言ってんじゃないよ」

緒方が顎を突き出すようにして笑った。

航樹は口元をゆるめかけたが、笑い事ではなかった。

すでにいくつかの出版社に履歴書を送っていた。だが、なかなか面接までこぎ着けない。

このままでは、それこそ、ただの失業者になってしまう。

――なんとかしなくては。

＊

その出版社の中途採用求人は、新聞の広告欄で見つけた。

大手などではなく、中堅の出版社だ。調べてみたところ、過去の出版物のなかには、航樹の目を引く文芸作家の作品や評論もあった。

出版社といってもそれこそ多種多様だ。せっかく転職するなら、規模や知名度よりも、自分の興味のあるジャンルを手がけている版元を選びたい。経営の実態や詳しい内情は知る術もなく、翌日履歴書を送ると、あっさり面接日が通知されてきた。

会社をやめる約二週間前の六月中旬、航樹は早めに退社し、指定された面接会場へ向かった。場所は銀座からほど近い、同じ中央区明石町《あかしちょう》。歩いてでも行けそうな距離だ。

見上げるほどの高層ビルの五階の一室で行われた面接では、自分でも驚くくらい、航樹は自己主張をしてみせた。自分の経歴を知ってもらうための資料として、星崎製紙の紙の見本帳や、小説を連載した『月刊フリーマーケット』まで持参した。

「でも、編集実務の経験はないわけだよね？」

三人の面接官のなかの編集者らしき、長髪の男が資料をめくる。

「はい、ありません。ですが、自分なりに編集について勉強してきたつもりです」

「それって、どんな方法で？」

「主には、本で学びました」

「本でね……」

長髪はふっと小さく笑った。

なにか小馬鹿にされたような気がした。

本をつくる者が、本を信じられないのか、と航樹は内心憤ったが、「それに校正については通信講座で。本に使う紙については、仕事柄、詳しいつもりです」と感情を抑えて続けた。

「まあでも、紙については、印刷所の営業マンにいくらでも相談できるからな」

長髪が言うと、隣の中年男が、「うちの規模だと残念ながら資材部はないんだよねー」とやけにかん高い調子の声を出した。中年男はこの業界ではめずらしくパンチパーマをかけ、鼻の下に髭を生やしている。その髭により、なんとか出版の世界の人間に見えなくもなかった。

「いえ、私は資材に特化した仕事がしたいわけではありません。希望は編集です」

航樹の反論を込めた言葉には、反応がない。

への字形の眉毛がやけに雄々しい最年長の上役らしき男は、なにも口を出さず両腕を組んで沈黙している。

会話が途絶えてしばらく経つと、「それじゃあ、なにか質問は？」とパンチパーマが言った。その言葉は、面接の終わりを意味していた。

自分なりに熱意は示したつもりだ。

経験についても伝えた。

あきらめかけ、「いえ、とくには」と言いそうになった航樹だったが、顔を上げ、さっきの話を蒸し返した。

「紙の手配についてですが、では実際どなたが用紙を決め、手配されてるのでしょうか？」

航樹の言葉に、長髪が煙たそうな表情を見せる。

「そうだねー、特殊な造本の場合を除いて、多くはパターンというか、どんな紙を使うか決まっているけど、基本的には編集者が決めるよね。印刷所の営業に、こんな感じの紙でってリクエストして、見本を見せてもらうケースもあるけどね」

「ということは、〝紙持ち印刷〟ではないんですね？」

「ん？」という顔を、長髪がした。

「ええと、つまり君が言いたいのは、うちが印刷所に紙も任せちゃってるのか、ということだよね」とパンチパーマが聞き返した。

「そうですね。印刷所は大手なら代理店、中小なら卸商から紙を仕入れますよね。印刷する際、当然その紙に利益を上乗せします。でも出版社が直接紙を代理店や卸商から購入し、紙持ちで印刷を頼めれば、その分コストを削減できます」

「まあでも、うちは小さい出版社だからなあー」

長髪が口を滑らせると、「おい」と初めてへの字形の眉毛が口を開いた。「いい加減なことを言うな。小さい出版社とは、どういう意味だ？　規模が小さくても、時にはどでかい仕事をするのが、出版の世界ってもんだろ」

部屋が静まり返り、空気が張り詰めた。

「では、今は月に何トンくらい紙を使っているんでしょうか？」

緊張を破った航樹の質問に、パンチパーマと長髪は答えられなかった。

紙の値段は、キロ単価であるから、おそらくこの二人は、月にどれくらい紙代がかかっているのかも把握していない、ということになる。用紙代は多くの場合、本の製作費において一番高い割合を占めるというのに。

だいじょうぶかな、この出版社は、という思いが航樹の頭をよぎった。

と、そのとき、への字形の眉毛が口を開いた。

「たしかに君は、紙について詳しいようだ。ただね、出版社にとって、用紙代が安ければ良いというわけじゃない。品質云々《うんぬん》だけでもない。では尋ねるが、我々出版社が紙を扱う業者、たとえば今の君の立場の者に、最も求めているものはなんだと思う？」

への字形の眉毛が吊り上がった。

航樹は即答を控え、しばし考えた。自分の職場が脳裏に浮かび、なぜか出版営業部の清家の顔が浮かんだ。出版社の手配の際、スターエイジの在庫がなくて、なんとか工面したときのことを思い出した。

本をつくる者が、紙に求める一番大切なこと——。

「——それは」

航樹は唾を呑み込み、言葉を選んで答えた。「絶対に紙を切らさないことです。紙を安定供給し続けることこそ、最も大切な使命です。なぜなら、紙がなければ、本はつくれませんから」

への字形の眉毛が黙ったまま航樹をにらみつけるように見た。うなずきも、首を横に振りもしなかった。

ああ、また今回もだめか……。

航樹は自分の質問のせいで、すっかり雰囲気のわるくなってしまった面接会場をあとにした。

＊

午後四時過ぎ、「神井さん、電話です」と隣の席の新人に声をかけられた。

相手は、昨日面接を受けた出版社の名を名乗った。なにかと思えば、「あのねー、急でわるいんだけど、これから会えませんかねー」と聞き覚えのある、かん高いパンチパーマの声がした。

航樹は勤務中のため、午後六時半以降ならと声をひそめた。

パンチパーマとは有楽町駅高架橋近くの喫茶店で会った。差し出された名刺には、「冬風《とうふう》新社《しんしゃ》　総務部長　武藤大介《むとうだいすけ》」とあった。

「ええとねー、昨日面接をしたわけだけど、結論から言うと、編集者としてあなたを採用するのは、今回見送ることになりました」

その言葉に、航樹はいきなり力が抜けた。

「――でね」と武藤が続けた。「うちで営業をやってみないか？」

「は？」

「残念ながら、君には編集者の経験がない。どうだろうか？」

「でも、自分には営業の経験もありませんよ」

航樹の声が少しとがった。

「いや、あなたのような営業も必要だと社長は考えてる」

「社長？」

ということは、あのへの字形の眉毛が……。

「てっきり怒らせてしまったのかと思いました」

「いや、逆でしょ」

武藤は髭の生えた口元をゆるめた。「気に入ったみたいだ」

「え、そうなんですか？」

航樹は戸惑いつつ、「でも、自分は編集者になるために会社をやめるので……」と答えた。

武藤は言葉を遮るように続けた。「うちの会社名は、冬風新社。『新』がつくよね。なぜかと言えば、経営危機に陥ってね、再起を懸け、立て直しを図ろうとしている。そこで新たな戦力を求めてる、というわけ。編集者はすでに揃ってる。人材として足りないのは、営業なんだ。それも、あと一名」

「そうですか……」

「どうだろうか？」

「営業から編集への道はあるのでしょうか？」

「んー」

武藤は三秒唸《うな》り、「それはどうかなあ、軽々しく『ある』とは言えないな。君は編集にこだわりがあるようだけど、実際なにがやりたいの？」

「自分の企画した本をつくりたいんです」

「それなら半分はできるだろうね」

「と言いますと？」

「じつは僕、元々は営業マンでね。今は総務部長を名乗っているけど、経理の仕事も任されてる。我々のような小さな版元では、みんながいろんなことに関わる。いや、関われる人間が必要なんだ。編集という肩書きがなくても、本を企画することは、やる気になれば可能じゃないかな」

「そういうものですか？」

「企画があるなら、提案したらいいじゃないか」

武藤の言葉は、航樹の気持ちを少しかるくした。

それに銀栄紙商事に残っていたら、自分は営業に出ていた身でもあった。

武藤は会社の説明をしばらく続けた。冬風新社は、これまでの文芸路線を継承しつつも、新たなジャンルの出版にも乗り出す計画だという。待遇については、給料が今より少し上がることもわかった。

まちがいなく冬風新社は、初めて自分を必要としてくれた出版社だ。

たとえ職種が、編集ではなく、営業であろうと。

由里の言葉を思い出した。

――神井君らしくやったら？

自分らしくというのがどういうものか、今ひとつわからないが、遠まわりしてでも一歩一歩近づけるなら、がんばれる気がした。

まちがいなく、出版の世界に近づける。いや、入り込めるのだから。

だったら、このチャンス、逃すべきではない。

＊

日曜日の午後三時過ぎ、航樹は長くのびてしまった髪を切るつもりでアパートを出た。津田沼駅の歩道橋の階段を上ると気が変わり、ＢＯＯＫＳ昭和堂《しょうわどう》に立ち寄った。約一時間店内で過ごしたあと、南口にあるディスカウントストアをぶらぶらしてから、パラちゃんのアパートへ向かった。

ようやく次の勤め先が決まった報告をすると、アルバイト暮らしをしているパラちゃんは、自分のことのように喜んでくれた。

「ついに出版社かあ、ほんとに出版社なんだよな？」

「うん、ようやく決まったよ」

航樹は自分で買ってきた缶ビールを開けた。

「じつはさ、僕も決まったんだ」

パラちゃんも缶ビールに手をのばした。

「なにが？」

「うん。親父の仕事を手伝うことにした」

「てことは？」

「名古屋へ行く」

「そっか……」

航樹はごくりとビールを飲み、「はあー」とため息をついた。「ようやくパラちゃんにも、この第二すずかけ荘を去るときがきたか」

「ほら、これ」

パラちゃんが一枚の写真を差し出し、「ぷぷっ」とわざとらしく笑った。

「あーっ！」

「笑っちゃうだろ？」

今年の二月、地元の結婚式場でめでたく結ばれた坂巻蓮とエリ、すでにそのとき新婦のお腹に存在していた彼らの赤ちゃんが写った、最近のスナップだ。我が子を抱いている蓮の表情は、だらしなくゆるんでいる。じつに幸せそうだ。

これで蓮は、ますます会社を変われなくなるだろう。もちろん、幸せならそれでいい。蓮の人生なのだ。

パラちゃんは来月にも引っ越すとのことで、部屋はすっかり片づいていた。おそらくもうこっちにはもどって来ないだろう。航樹の居場所が、またひとつ失われる。

「じゃあ、蓮の二世誕生と、航樹の転職を祝して乾杯しよう」

パラちゃんがにやつきながら居住まいを正した。

「がんばれよ、名古屋で」

航樹は応じ、缶ビールを持ち上げた。

パラちゃんは「じゅるじゅる」といつものように音を立ててビールをすすった。

「おまえさ、そういう飲み方は女の子に嫌われちゃうぞ」

航樹は穏やかに注意した。

これまでは仕事も恋愛も思うようにはいかなかった。

でも、目指すことのある人生は、それだけで幸せなのかもしれない。

夜遅くまで、航樹はパラちゃんと話し込んだ。話題は、過去の話ではなく、これからのことにした。

*

六月三十日、金曜日。航樹は、銀栄紙商事での最後の日を迎えた。

星崎製紙の担当者には、すでに挨拶をすませていた。なにかとお世話になった業務部、モニター室の女性陣、何度か一緒に飲んだ営業の〝バンちゃん〟こと板東にも、静かに別れを告げた。

アイスバインを分け合って食べた星野は、「ほんとにやめちゃうんだ」とその日の電話で怒ったような口調になった。「つまんないな、私もやめようかな」などと投げやりになる星野に対して、困った航樹は杓子定規な弁解に終始し、最後に「つまんない男」と言われて電話が切れた。

昼食は、卸商営業部の志村に誘われた。ラーメンをすすりながら、「おれより先にやめやがって」と愚痴られたが、気前よくチャーシュー麺をおごってくれた。

社内への挨拶も大方すませていた。仕入部部長の大石からは、送別会の際、やめる人間の立場から会社に求めることを書いてほしいと頼まれ、レポート用紙三枚に記し、すでに渡してある。女子社員のお茶くみを廃止し、いつでも自由に飲めるオフィス用のコーヒーサーバーを設置する提案までしておいた。

ラーメン屋の前で志村と別れてから、航樹は仕事をサボり、ある店に寄ってから帰社した。昼休みの時間はとっくに過ぎていた。

会社にもどり、なにげなく航樹がデスクに着くと、長谷川課長の視線を感じた。

「おまえ、最終日にどこに行ったのかと思えば」

長谷川は言いかけ、口元をゆるめた。「さっぱりしたな」

「一度やってみたかったんです」

整髪料のにおいをさせた航樹が照れ笑いを浮かべると、「十年早いわ」と長谷川は答え、おかしそうに声に出して笑った。

航樹は、長谷川の真似をして床屋で散髪してきたのだ。

星崎製紙仕入担当の新人の二人、そして室町は、その会話のあいだも忙しそうに動きまわっていた。

「おっ、そうだ」

長谷川が真面目な顔になった。「さっき社長から内線があった。挨拶に行ってこい」

「え？　社長にですか？」

「うむ」と長谷川は慇懃にうなずいた。「おまえに会いたいそうだ」

しかたなくエレベーターに乗り、六階に向かった。社長の顔は、もちろん知っている。だが、面と向かって話をした機会などなく、日頃どこにいるのかさえ知らなかった。長谷川に言われたとおり、会議室の向かいにある総務部に寄り、手前にいた女性社員に用件を伝え、社長室まで案内してもらった。

まず女性だけがノックしてから入室し、出てくると、「どうぞ」と奥から声がした。

「失礼します」

航樹はスーツの前ボタンを留め、声をかけた。

部屋には、窓を背にして幅広のデスクがあり、黒い大きな背もたれの椅子に、えびす顔の社長が座っていた。

「こっちへ」と手招きされる。

航樹がデスクの前にたどり着くと、社長は老眼らしきメガネを外して目を細め、航樹を見据えた。

「仕入部第三課、神井航樹です。本日をもちまして、自己都合により退職させていただきます。短い期間となってしまいましたが、大変お世話になりました」

エレベーターのなかで考えたせりふを航樹は口にした。

「出版社へ、行くんですってね？」

社長は腰を浮かせ、両手をデスクについた。

「はい、そうです」

「そうですか、それなら関連のある業界ですね」

「はい」

「今日までご苦労さまでした」

社長はそう言うと、用意していたのし袋を両手で航樹に差し出した。表書きには「御礼」と書かれている。勤続年数が三年未満の場合、退職金は支給されないと聞いていたので驚いた。

「少ないですが、私からの餞別です」

その言葉に、航樹は深く頭を下げた。

「ひとつ、神井さんにお願いがあります」

「はい？」

「あなたが出版社へ行かれても、どうぞ銀栄紙商事のことを忘れないでください。そしてぜひ、出版業界でご活躍になり、将来、私どもの会社から紙を買ってください」

そう言うと、今度は社長が深く頭を下げた。

その姿に、航樹は熱いものが込み上げてきた。会社をやめていく自分のような若造に、そこまで礼を尽くしてくれるのかと光る禿頭《とくとう》を見つめながら思った。航樹はなにも言えず、しかしそのありがたい言葉にいつか応えられるよう、自分を磨くことを心に誓った。

部屋を出る際、就職面接で世話になった人事部部長の菅原にひと言挨拶をとも思ったが、総務部の前を通る際、目礼するに留めた。

社長から受け取ったのし袋には、三万円が包まれていた。

午後五時を過ぎ、最後に出版営業部の清家に挨拶に向かった。清家とは、六階の会議室で仕入部部長の大石と三人で話して以来、顔を合わせていなかった。

しかし残念ながら清家は不在だった。

清家のデスクの近くで立ちつくしていると、「セイさん、顔合わせたくなかったんだと思うよ」と隣の席の高岡が髪をいじりながら声をかけてきた。

「そうですか……」

航樹は唇の端に力を込めた。

「ほんとうに今日で終わりなんだね」

高岡は微笑むと、「たぶん、私もやめると思うけど」と小声になった。おそらく彼女はまだ、夜の銀座の街で、副業を続けているのだろう。

航樹は無言できびすを返した。

「ねえ、待って」

高岡の声が追いかけてきた。「これ、最後の見本だって」

「え？」

「セイさんに頼まれたの、渡してくれって」

高岡が手提げ袋を寄こした。

航樹はその場で中身をたしかめた。雑誌が二冊入っていた。一冊は、航樹が洋書を専門とする書店で自費で購入した『Schwan』。ドイツの女性誌だ。そしてもう一冊は、清家が担当する流先社のハイセンスな女性向けファッション誌——星崎製紙で開発されたグラビア用紙を使った雑誌の創刊号だった。

航樹の目に涙があふれてきた。

この会社で過ごしてきた日々が、場面が、いくつもよみがえってはにじんでいく。

「セイさん、酔っ払ったときに、あなたのこと心配してたよ」

「………」

航樹は言葉が出てこなかった。

清家の口癖、「出版だからな」という声が、不意に聞こえたような気がした。

「ねえ、泣かないでよ」

高岡の言葉が急に湿った。「私まで、悲しくなるじゃない」

「お世話になりました」

航樹はなんとか言葉を絞りだした。

「楽しかったです。そう、清家さんに伝えてください」


「――じゃあ、元気で」

直属の上司である室町とは、銀座通りの松屋前で別れの挨拶を交わした。

退社後、室町に連れられ、松屋の紳士服フロアへ上がり、ネクタイ売り場の前に着くと、

「好きなのを選びなさい」と言われた。

「え、どういうことですか?」

「餞別だよ」

「おれ、こんな高級なネクタイしたことないですよ」

「まずは出版社の営業なんだろ。そんな擦り切れたネクタイしててどうするよ」

「まあ、それはたしかに……」

そんな会話の末、航樹はバーバリーのペイズリー柄のグリーンのネクタイを選び、室町に贈ってもらった。

「じゃあ、室町さんもお元気で」

航樹は女性社員から受け取った花束を下に向け、頭を下げた。

「君にはなにかと世話になった。感謝してる。僕があきらめてしまったことを、ぜひ叶えてほしい」

「そんな……」

「これも餞別だ」

室町は会社の封筒を差し出した。

「なんですか、これ？」

室町はとろんとした顔をさらにゆるめ、「いいからいいから」と言うように手をだらしなく振った。

最後におかしなものを受け取るわけにはいかない。航樹が封筒のなかをのぞくと、黒いケースがあり、手に取ってフタを開いた。

「これって、紙の厚さを測る、ピーコックじゃないですか」

「編集者になったときに、使えるだろ」

「でもこれ、会社の備品でしょ？」

「いいからいいから」

室町は、今度は口に出して言った。

「まったく……」

航樹は苦笑いを浮かべた。

今日も日本一の繁華街、銀座は、人、人、人で賑わっている。

その人波を縫うようにして、花束を抱えた航樹は四丁目の交差点に向かって歩き出した。

いつも立ち寄った銀座通りの書店の店頭は、さまざまな出版物で埋め尽くされている。

それらすべての本が、紙でできている。

今さらながらそのことに驚かされ、感動する自分がいた。

早くも航樹は、これからはじまる自分にとっての日常生活の冒険に心を躍らせていた。

＊

神井航樹が出版社の冬風新社に転職して、早くも一週間が過ぎた。

勤務先は、中央区明石町。津田沼からＪＲ総武線快速で東京に出て、山手線で有楽町へ、地下鉄有楽町線で二駅先の新富町《しんとみちょう》で下車し、徒歩八分。通勤時間は約一時間二十分。始業時間が八時半から九時半になったため、その点はかなり楽になった。

冬風新社は、面接をした会場と同じ地上十八階建ての高層ビルの一室に入っている。毎朝つい見上げてしまうそのビルは、去年完成したばかりで、エントランスはホテルのように豪華だ。上層階は高級賃貸マンションになっている。冬風新社に出資をしている不動産会社の社長がビルのオーナーらしい。

冬風新社の社員は、社長を含め総勢十五名。デスクの島が大きく三つに分かれている。社長を含む総務部と経理部、営業部、そしてその隣に編集部の島がある。編集部は、航樹のデスクから距離にして約五メートル。そこに本をつくる本物の編集者がいるわけで、自分の目標にこれ以上ないくらい近づいた。

しかしそこにはパーティションという実物の区分けだけでなく、職種として明白な高い壁が存在するわけだが。

昨日、航樹は初めて書店営業の外まわりに出かけた。同行してくれたのは、営業部部長の肩書きを持つ、痩身で鋭い目つきの吉澤《よしざわ》。三十代半ばでＱｕｅｅｎのフレディ・マーキュリーに似ているのは、実際にその路線のミュージシャンを目指していたせいらしい。教えてくれたのは、丸メガネをかけた昔の文士のような坂口《さかぐち》君だ。

その坂口君も、どうやら航樹と同じように編集が希望だったようだ。そのせいか、なにかと編集部に足を運んでは雑談してもどって来る。航樹としてはうらやましくもあった。

そしてもう一名は山本《やまもと》さんという愛想のない女性。髪が航樹よりも短く、最初に挨拶をしてからしばらくは、男だとばかり思っていた。坂口君と山本さんは、航樹よりひとつ年下になる。

営業部の四人は、全員出版業界以外からの転職組。航樹のほかは、四月から勤めはじめている。冬風新社は、今年活動を再開するにあたって、社名を新たにし、スタートを切ったのだと、吉澤から聞いた。

「まあだからさ、おれも経験としてはなきに等しいわけ、出版営業は」

「そうなんですか」

航樹は早くも不安になった。

吉澤の話によれば、出版営業の対象は主に二つに分かれる。本や雑誌の流通には欠かせない卸売業者である取次、その取次から本を仕入れて販売する書店だ。

まず航樹が任されたのは書店営業。といっても、この国の場合、本は委託販売制度が採用されているため、営業が、つまり航樹が、実際に書店に本を売るわけではない。あくまで店に置いてもらうための交渉を担うに過ぎない。書店は一定期間であれば、本を返品することが許されているからだ。

なんだ、そうなのか、と航樹はほっとした。それなら自分にもできそうな気がした。売るわけではないのだから。

「じゃあ今日はまず、おれが営業してみせるから、それを参考にしてみてくれ」

そう口にした吉澤と一緒に、市谷《いちがや》にある書店を訪れたのは、午前十時過ぎのことだった。

営業のため入店した吉澤と航樹はスーツ姿。航樹は、室町が餞別に買ってくれたペイズリー柄のグリーンのネクタイを締めている。対する男性書店員は、使い古したデニム地らしき青のエプロン姿。胸には大手出版社の名前が入っている。どうにもバランスがわるく感じた。しかもその男性は、忙しそうに雑誌の棚を整理している最中だ。

「ちょっと待ってろ。一発カマしてくるから」

吉澤は獲物を見つけた猛禽《もうきん》類のように目を細め、なぜか指をパチンと鳴らした。航樹を出入口付近に待たせて書店員に忍び寄っていく。そして顔に似合わぬかん高い声で挨拶をしたかと思うと、その直後、きびすを返し、もどってきた。

――え？

と、顔に出てしまった航樹を置き去りにし、吉澤はなにも言わず店の外へ出る。

あわてて航樹もあとに続いた。

「どうしました？」

「忙しいから、あとにしてくれって」

タバコをくわえた吉澤は市《いち》ケ谷《や》駅とは反対方向に靖国《やすくに》通りを下りながら早口になった。

「やっぱ書店営業は、開店直後に行くもんじゃねえな」

「なるほど、そういうものですか」

「ひとつ学んだろ。まあ、こんな感じだから」

吉澤はつぶやくと華奢《きゃしゃ》な右手をカマキリのように振り上げた。「じゃあ、おれは取次の営業に向かう。あんたの担当は総武線沿線だったよな。あとはよろしく」

「こんな感じ」とは、どんな感じなのだろうか。よくわからない。

結局、吉澤が書店営業に同行してくれたのは、その一軒だけ。しかも門前払いに近く、ほとんど参考にならない。書店営業は多くの場合、訪問先にアポイントメントをとらずに訪れる、いわゆる〝飛び込み営業〟のかたちを採っていることを知り、不安が募った。

書店まわり初日、それでも航樹はなんとか気持ちを切り替え、五軒の書店を訪問した。しかしいずれの店でも、書店員に声をかけることすらできなかった。なぜなら彼らは一様に忙しそうに見え、声をかけるタイミングを逸してしまったからだ。航樹は水族館の回遊魚のように棚のあいだをぐるぐるとまわっては、店を出てきた。

帰社して書いた営業日報の最後には、「訪問書店6軒、注文0」と記した。

吉澤から営業マニュアルと一緒にもらった、担当エリア別の主要書店リストは、全国の書店情報が載っている辞書のように分厚い本からピックアップされている。選択基準は、売り場面積によるらしく、駅前を中心とした坪数の広い店が選ばれている。

そのリストを元に、坂口君が編集に依頼しつくってもらった注文書を使って営業をかける。注文書は二種類。すでに発売されている既刊本の注文書と、これから発売される新刊本の注文書。既刊注文書はジャンル別に一覧表になっているが、新刊注文書は一枚のチラシに、基本的には一冊の本が案内されている。左端に注文短冊と呼ばれる切り取り部分があり、出版社名、新刊本のタイトル、価格などが記され、書店員の記入欄として「冊数」、一番上に「番線」と呼ばれる書店に割り振られたコード印を押すスペースが設けられている。

電話番の内勤を経験した数日後、航樹は再び外まわりの書店営業に出かけた。書店を訪問し、書店員に声をかけるまではなんとかできるようになったが、なかなか注文が取れない。出版社名を名乗り、本の説明に入ると、どうも書店員さんが腰を引いてしまう感じがして、注文確認印である番線印を押してもらうまでには至らない。

注文が取れない日が続いた。

その日、──そうだ、と思い立ち向かったのは、千葉。大手書店チェーンの千葉店を訪ね、理工書の棚の前でうろうろした。ひさしぶりに梨木さんに会い、出版社に転職した報告を兼ねて注文をもらえればと目論《もくろ》んだのだ。彼女ならきっと番線印を押してくれるにちがいない。

だが、バックヤードから現れた担当者は、梨木さんではなかった。注文ももらえず、話の終わりに梨木さんの名前を出したところ、「ああ、彼女ならやめましたよ」という素っ気ない言葉が返ってきた。

「──やめた？」

「ええ、不満があったんでしょ。自分が担当したい棚をやらせてもらえる地方の書店に転職する、みたいなこと言ってたらしいから」

「そうですか……」

意外な返事に、航樹は言葉を失った。

同時に、梨木さんから注文をもらおうとした自分が浅ましく思えた。

彼氏と別れた梨木さんもまた、希望と現実のはざまで葛藤していたのだ。

そして、決断した。

航樹には現実的になるよう、あんなに言っていたというのに――。

結局、自分は梨木さんのことをわかっていなかったのだ。

帰社すると、坂口君と山本さんが、取ってきた注文の数を自慢し合っていた。「やっぱり既刊より、新刊のほうが断然注文が取りやすいよね」「そうそう、私も今日は新刊ばっかり」などと無邪気に話し合っている。

愛想のない山本さんが、注文を取ってくること自体が不思議でならなかった。営業にノルマはないが、やはりプレッシャーを感じる。

この日も営業日報の最後に、「訪問書店6軒、注文0」と記した。

外まわりの営業に出て六日が経過。

あいにく朝から雨が降っている。梅雨空を恨めしくにらみながら、錦糸町《きんしちょう》、亀戸《かめいど》、平井《ひらい》、新小岩《しんこいわ》、小岩――、と総武線の駅で順に降り、リストに載った主要書店をまわっていく。

まるで自分が人生の下り電車に乗り込んでしまったように、営業は結果が出ない。訪問先の一軒目、二軒目は担当者が不在。しかたなく名刺と注文書を置いて店を出た。昼食を駅前の立ち食い蕎麦屋ですませ移動、再び書店訪問。

この日は、なんとか一冊でも注文を取るため、新刊に重点を置こうと決めていた。三軒目、四軒目は、書店員と挨拶を交わし、話を聞いてはもらえたものの、注文はもらえず保留に。そして五軒目は、またもや担当者が不在。

そして六軒目、先に来ていた営業マンの話がやたらと長く、一時間近く待たされ、ようやく担当者と名刺交換。新刊の説明をはじめるや、「うちは配本だけでいいわ、休憩時間だからごめんね」とあっさり断られる始末。

航樹はうなだれて店を出た。

団地の近くにある児童公園で休憩することにした。人気《ひとけ》のない園内には東屋《あずまや》があり、ベンチで雨をしのぎ、缶コーヒーをすする。少し胃のあたりが痛む。

——注文が取れないのはなぜだろう。

自分は総武線沿線の書店を任されたけれど、それは注文が取りにくいエリアだからではないのか。坂口君が編集に依頼してつくった注文書のできがいまひとつよくないせいではないか。そもそも自分は、営業には向いてないのではなかろうか……。

雨が降り続いていた。

しとしと降る雨は、永遠に降り続くようにさえ思えた。

——いや、そんなことはない。

同じ営業の山本さんは大型書店の少ない常磐《じょうばん》線沿線を担当しているが、それでも注文を取ってきているではないか。

いったいどうすればいいのだろう。

そぼ降る雨に濡れたアジサイの花が、瞳のなかで不意ににじんだ。

傘を差して児童公園をあとにし、団地のほうへ向かう。商店の集まっている通りが見えてきた。今日も注文が取れないまま帰社するのかと思うと、どうしても憂鬱な気分になる。帰社するにはまだ早い。ふらふらと通りに足を踏み入れた。

商店が並ぶ通りの途中に、本屋があった。吉澤からもらった主要書店リストには載っていない店だ。

——こんな小さな本屋。

と思い、一度は行き過ぎた。

が、思い直した。

営業日報には、その日訪問した書店名、会った担当者名を記入しなくてはならない。注文が取れていない上、訪問書店の数まで少なくてはかっこうがつかない。

店の前には、取次の名前の入った、使い込んだケースを荷台にくくりつけたスーパーカブが駐まっている。学年誌を中心とした雑誌が表紙を上にして陳列台に並んでいる。いちおう平積みのかっこうではあるが、高く積んであるわけではない。二冊三冊、あるいは一冊の場合もあった。

開け放たれた狭い出入口からなかをのぞくと、店内はしんとして、客はだれもいない。広さはせいぜい二十坪くらい。奥のレジに年配の男がちんまりと座って、むずかしそうな顔をして売上スリップをいじっている。

売上スリップとは、店売りの本のページのあいだに挟み込まれている二つ折りのカードで、表面が補充注文伝票、裏面が売上カードになっている。本が売れた際にレジで店員が抜き取り、追加注文の際に使ったり、まとめて出版社に送ったりする。送付した売上カードの枚数によって報奨金を出す出版社もあるからだ。

「あのー」

航樹はおそるおそる声をかけ、出版社名を名乗り、名刺を差し出し挨拶をした。

「うちの店に版元の営業が来るなんて、明日は雪になるんじゃねえか」

メガネを鼻梁《びりょう》の先にずらした店主らしき男が、上目遣いで航樹をじろりと見た。

冗談のつもりかもしれないが、航樹は笑う気になれず、「失礼ですが、店長さんですか？」と尋ねた。

「店長さんもなにも、こんなちいせえ店、おれひとりでじゅうぶんだろ」

「はあ」

訪れたことを早くも後悔しはじめた航樹は、さっさと営業をすませようとカバンから新刊注文書を取り出した。

すると机に置いた航樹の名刺をにらんでいた五十代半ばくらいの店主が、「冬風社って、潰れたんじゃなかったっけ？」と嫌なことを言い出す。

「いえ、一時危なかった時期もありましたが、また新たにスタートを切りました」

「へえー、それで『新社』ってわけだな」

店主はようやく売上スリップから手を離した。「昔はおたくにもスリップ送ったもんだけどな」

「ということは、売ってもらってたってわけですね」

初めて聞く種類の反応に、航樹は頬をゆるめかけた。

「なにも返ってこなかったけどな」

「すいません。うちは報奨金制度はやってないもので」

航樹は耳の上を掻いた。

「で、今はどんな本出してるの？」

「来月の新刊は、理工書になります。新しいジャンルにもチャレンジしていく方針でして」

「へっ、理工書？　冬風社が？」

店主の声が明らかにトーンダウンした。

航樹はかまわず新刊の説明をはじめたが、「棚を見りゃあわかるだろうけど、うちは専門的な理工書は扱ってないんでね。それに返品できなくなると困るから」と素っ気ない。

「返品は随時受けつけます。その心配はありません」

「縁起でもないけど、おたくが倒産したらどうなるよ」

「――それは」

言葉に詰まると、「あんた、新入社員かい？」と言われた。

「いえ、この七月から中途採用で入りました」

「へー、今月からかい。そりゃあ、てえへんだ。この蒸し暑いのにきっちりスーツなんか着込んでるから、てっきり新卒かと思っちまった」

「まあ、似たようなもんです」

航樹は自嘲気味に返した。

「あんたら出版社の営業は、本は委託だから心配いりませんっていつも言うけど、こっちはこの狭い店で食っていかなきゃならねえ。一冊とは言え、面出しならそれなりのスペースを占めるんだ。この限られたスペースで、年間いくら売らなきゃ食っていけないか、あんたにわかるかい？」

「いえ、わかりません」

航樹は素直に首を横に振った。

たしかにそうだ。自分のなかには、委託なのに、返品できるのに、なぜ置いてくれないのだ、と思う安易な気持ちがどこかにあった。かるく見ていたのだ。

「うちみたいな店は、入ってくるかもわからない話題の新刊に期待するより、実際に売れた本を大事に売り続けるのさ。だからこの売上スリップは大切なんだ。この一枚の紙が、この店の売上を支えてくれてる」

「紙が、ですか？」

「そうさ。このスリップが、紙がなくちゃならねえのよ。食ってくためには」

店主は口元をわずかにゆるめた。

「おれは本が好きで、勤め人をやめてこの商売をはじめた。好きとはいえ、やってみれば、なかなかむずかしい商売さ。ほんとは、売れる本か、気に入った本しか店には置きたかない。おたくらが毎日営業してるようなでかい書店には、でかい書店の役割ってもんがある。けどな、うちにはうちの役割があると思ってやってるのさ。つまりは、この一枚の紙みたいにな」

この日初めて会った、小さな本屋の店主の言葉は、思いがけず航樹の胸に畳みかけるように問いかけてきた。

会社をやめた自分は、果たして自分の役割をしっかり意識しているのか。

自分はなんのために、出版社に転職したのか。

もっと自分らしくありたかったからじゃないのか。

好きでこの道を選んだのだ。営業であれ、もっと自分らしいやり方で、好きなようにやるべきじゃないのか。

航樹はカバンから、今度は既刊の一覧注文書を取り出した。

「失礼ですが、このなかにこの店で売っていただいた本はありますか？」

「ん？」

店主は注文書を受け取り、目を細くした。「ああ、まだ絶版じゃないんだな、こいつらは」

「店のなかを、拝見させてください」

「好きにしな」

店主が背中を向けたとき、かなり年配の女性客が濡れた傘を引きずるようにして店に入ってきた。

「届いとるかなあ？」

女性はいきなり店主に声をかけた。

「はいはい、松田《まつだ》様。届いてますよ」

店主は急に十歳くらい若返ったような明るい声を出し、レジ横の棚から婦人雑誌を抜き取った。「いつもありがとうございます」

航樹はレジの前を離れ、文芸書の棚の前に立った。

棚には、今ベストセラーになっている話題の単行本の類いは見あたらない。取次からの配本がないのか、すでに売れてしまったのか。しかし何冊か、航樹が過去に読んだ、思い出深い本が棚に差してある。こぢんまりとしているが、いい棚だな、と思えた。

航樹は肩の力を抜いた。マニュアルばかりを頼りにするのも、書店を坪数で選ぶのも、考えものだ。自分の目でたしかめなければわからない、経験しなければわからないことがあるはずだ。

客が去ったあと、「はいよ」と店主の声がした。

レジの前にもどると、店主が一覧注文書の右上に、この店に割り振られたコード印である番線印を、今まさに押すところだった。

「まあ、せっかく来てくれたんだ、おたくの本、またうちに置いてみっから」

受け取った注文書の書名の欄に、「1」の文字を見つけた。

「ほんとうですか」

航樹は思わず声をうわずらせ、頭を下げた。「ありがとうございます」

「少なくてわるいけどな」

「とんでもないです」

「あんたら出版社の人間は、『新刊、シンカン』って出るときだけ騒ぐけど、お客さんにとっちゃ、その日初めて手に取った本、その本こそが新刊なんだよ」

静かな店内に、店主の声は心地よく響いた。

なるほど、そのとおりかもしれない。

「まあ、せっかく来たんだ。雨宿りでもしていきな」

気がつけば、午後六時をまわっていた。これまで営業したなかで一番店に長居し、会話が続いた。店主は静かにスリップを数えながら、ときおり航樹が投げかける問いかけに答えてくれた。

「それじゃあ、またお伺いします」

航樹は帰りしなに声をかけた。

店主は「へっ」と笑い、「無理することはねえよ」と言いながら、そこで初めて名刺を渡してくれた。

表に出ると、思いがけず雨が上がっていた。

歩きながら、受け取った名刺をよく見ると、使われている紙は、自分が仕入れていた紙、スターエイジにちがいなかった。

懐かしい手触りを味わいながら、見つめる名刺。印字された書店名の上には、こう記されている。

「人生を変える本との出合いのお手伝い」

人生を変える本との出合いとは、まさに自分が何度も経験したことでもある。

そんな本と読者との出合いを手伝うことが、今の自分の仕事でもあるのだ。

そのことがうれしく、誇らしかった。

「よしっ！」

航樹はわざと気持ちを声に出した。

そして、まだ西の空が明るい、夏の夕暮れの道を駅へと急いだ。

もう一軒、いや二軒、これから書店をまわることに決めて。

そしていつか、自分のつくった本が、書店の棚に並ぶ日を夢みて――。

エピローグ

銀座の街をしばらく歩いたあと、約束の時間にはまだ少しあったが、ある場所へ向かった。そこは私が銀座で働いていた当時、ある人から聞いて知った店で、今も営業を続けている。ビルの谷間の路地を入り、シルクハットに片眼鏡《モノクル》をはめた男の看板の下、暗く狭い急勾配の階段を下ると、まるでそこだけ時間が止まったような空間が現れ、年季の入ったカウンターが私を迎えてくれた。

まだ早いせいか、客は三人しかいなかった。

かの有名な文豪のポートレートに写った奥の席には、カップルらしき若い男女が寄り添うように座っている。昔、何者でもなかった自分にとって、分不相応な店と気後れしたことが、今さらながら、どこか滑稽にさえ思えてくる。

髭を生やした初老のバーテンダーとそんな昔話を交わしていると、待ち合わせをした相手が店の階段を下りてきた。彼もこの店は初めてらしく、落ち着きなく店内を眺めてから、バーテンダーに注文をした。好奇心旺盛な若者らしく、せっかくだからと、かつてこの店を贔屓《ひい》《き》にしていた文豪が好んで飲んだというカクテルを選んだ。

「原稿、拝読させていただきました」

出版社に勤める編集者のNはさっそく本題に入った。「作品の舞台は、ここ銀座ですね」

「ええ、そうです」

「時代は、昭和」

「といっても、一九八〇年代、昭和の終わり。バブルと呼ばれた時代です」

「今とはずいぶん価値観のちがう時代ですよね」

平成生まれのNは笑った。

「だからこそ書きたいと思いました。こんなにも短いあいだに、多くのものが変わってしまうものなのだと。もちろん、あの頃はよかった、などと言いたいわけじゃない」

「作中では、タバコを吸っている男性が数多く登場します。当時は、タバコを吸うことは公然たる息抜きであり、かっこいいとさえされた。しかし習慣性があり、他人の健康にまで害を及ぼす。驚いたんですけど、当時の男性の喫煙率は六十パーセントを超えていたんですね。それが今じゃ三十パーセントにも満たない。都内でも禁煙のバーが増えていると聞きます」

「ほう、よく調べましたね」

私は年の離れた編集者に感心してみせた。

「今は健康志向が強く、まるで長生きするのが人生の目標のようでさえあります。同時に、さまざまな規制が生まれ、国、あるいは法によって守られるようになった。でも、ひとつまちがえれば、取り返しのつかない立場に自分が追いやられる場合もある。あたりまえとなったネット環境や、SNSの類いでもそうです。だから日常におけるささいな衝突さえも避けるようになる。まずは人を疑い、見て見ぬ振りをするほうが賢いとされる時代になった」

「かもしれませんね」

私は曖昧に首をゆらした。

「息苦しくも感じます」

Nは文豪の好んだというカクテルをひとくちやり、「あ、意外といけますね」と頰をゆるめた。「ところで、作品の主人公の神井航樹は、大卒の新入社員という設定です。彼のモデルはいるんですか？」

「じつはうちの息子が今年の春、おかげさまで就職しましてね」

私は話を逸らした。「かなり進路に悩んだようです。でも親としてはどうしていいものかわからない。むこうも相談してこなかった」

「それは、そういうものなのかもしれませんね。うん、僕もそうだったな」

Nはうなずき、思い出したように続けた。「そういえば先生も、昔銀座にお勤めだったとか？」

「ええ、短いあいだですが」

「もしかしてこの作品は、経験に基づいた部分などもあるのでしょうか？」

「元々私は、自分の体験したことをベースに書こうとする作家です。取材や調査に重きを置くタイプじゃない。ですが、あくまでこれは小説です」

「最初にお知り合いを介して、弊社の者にご提案いただいた際には、出版にまつわるストーリーだとうかがいました。しかし若き主人公はそもそも出版社に入れず、ずいぶん遠まわりをすることになる」

「多くの場合、人は自分の望んだ仕事には就けない。そういうものだと思うんです。でも、あきらめなければ、少しずつでも近づくための方法があるかもしれない。月並みな言い方ですが、人生とは、決して平坦な一本道じゃない。楽な道なんてものはないし、近道もないでしょう」

この店を訪れた数多の酔っ払いたちの袖に磨かれたヤチダモのカウンターにもたれながら、私は二度うなずいた。

自らの体験を面と向かって言葉で伝えることはむずかしい。年をとれば、だれしも似たような経験をしているはずなのに、口が重くなり、なぜか本当のことを語ろうとしない。世の中の価値観に従うことで幸せになれるとは限らない——そのことを散々思い知ってきたはずなのに。

「このあと、神井航樹はどうなるんでしょう？」

「そこは、読者のご想像にお任せしたい」

私はいつものせりふを使った。

「主人公は、出版の世界に近づくことを目指した。そしてようやく、その入口にたどり着くことができた。しかし希望した職種ではない。つまり、まだなにも成し遂げていない」

「そのとおりですね」

「それに彼には、夢がありましたよね？」

「――そうでしたね」

「その夢は、叶えられるのでしょうか？」

「さあ、どうでしょう」

私はひとくちギムレットを口に含んだ。

脳裏に、忽然《こつぜん》と一枚の真っ白な紙が浮かび、その紙が音もなく中空ではらはらと折られ、紙ひこうきとなって、この街を飛び立っていく。

「続篇を書かせてもらえるなら、おそらくはっきりするでしょう」

私の言葉に、Nがにやりとし、思わず私も口元をゆるめた。

「それで本稿の掲載についてなんですが、連載は系列の新聞の電子版でいかがでしょうか？」

「この小説は、銀座を舞台とした話です。けれど、紙にまつわるストーリーでもある。電子版とは、そういう意味じゃ、皮肉ですね」

「それこそ、時代ですから」

Nは申し訳なさそうにうなずいた。「あの当時は、スマートフォンどころか、ガラケーすらなかったですよね」

「あったら、もっと幸せになれましたかね？」

私の問いかけにNは答えず、口元を引きしめて続けた。「もちろん連載後は、本として出版しますから」

「紙の本で？」

「ええ、もちろんです」

「それはそうですよね」

私はうなずいた。「昔も今も、本は紙でできている。そういうものです」


二年前のあの日、三十年振りに銀座で会った元同僚は、私が出版社に転職したのち、職種を営業から編集に変え、いくつかの版元を渡り歩いた末に、四十を過ぎて小説家になったことを知って、ひどく喜んでくれた。

一九八〇年代の終わりに、私は最初に勤めた紙の代理店をやめた。

バブル経済崩壊後、紙業界には再編の嵐が吹き荒れた。私が仕入を担当していた製紙メーカーの名は、今はない。私のやめた会社も例外ではなく、他社との合併を選択した。元同僚の彼はそこで働き続けたが、その後、社を去り、独立して紙の卸商を営んでいた。

しかし彼は、懐かしい話の途中で、自分が悪性リンパ腫で治療を受けたことを打ち明けた。子供たちはすでに社会に出ているため、会社は閉じると告げた。抗がん剤の影響で今も手足が痺《しび》れ、片方の耳はよく聞こえないとも話した。私は言葉がなかった。

それでも彼が笑顔で思い出話を続けたので、私は就職に悩んでいる息子の話を持ち出した。

すると彼は、だったら、あの頃の話を小説に書けばいいじゃないか、と口にした。時代が変わろうと、夢の追い方は変わらないだろうと。

そして、昔語りの途中に出てきた出版社の資材部に古い知り合いがまだいるから、その伝手《つて》で私を編集者に引き合わせる段取りをとる、と言い出したのだ。

不思議なもので、人生はめぐりめぐって、つながっていく。

どうやら、そういうふうにできているらしい。

ときには、愚直ながらもあきらめない者に味方をするようだ。

あの日、それはいくらなんでも、と笑った私だったが、彼の目論見が見事に的中し、この物語を書くことになった。

なにかにこだわりを持ち、生き続けること。それはいつの時代であっても、ひとつの方角を明確に照らし出す、星の代わりになるような気がする。

その後、取材と称して、私は銀座の街を訪れるようになった。驚いたことに、私は銀座という街をまったく知らなかったことに気づいた。そして、懐かしい銀座時代の何人かの同僚と会う機会に恵まれた。

その席で聞いた話によれば、ある者は合併した会社の環境に馴染めず社を去り、ある者は家業を継ぎ社長として組織を率い、またある者は役員まで上り詰めた。すでに鬼籍に入った者もいた。もちろん、その後の行方がわからない者もいる。

ときどき銀座にやって来ては、東銀座の駅から四丁目の交差点へ向かい、時計塔の下から銀座通りを二丁目へ向かう。マロニエ通りをぶらぶらし、今度は八丁目のほうへ。

ひとりで街を歩き続け、歩き疲れた頃、ひとりでバーに入る。

そんなとき、私の耳に、このストーリーを書くよう勧めてくれた、元同僚の声がよみがえるのだ。

「——出版だからな」

昔、会社帰りに店の前まで来たものの、畏れ多くおずおずと引き返した、憧れだった銀座のバーで。

解説

狩野大樹

書店員になって二〇年以上経ちますが、この小説『会社員、夢を追う』を読むまでは紙について真剣に考えたことはありませんでした。大量の新刊を店頭に並べ、そして既刊を棚に挿《さ》していく作業を毎日のようにこなしている以上、色々な職業の方たちよりも確実に多くの紙に触れているはずなのに、こんなに何も知らなかったことが少し恥ずかしくなりました。

文房具屋で扱うノートの紙、コピー用紙、書籍になる紙など、どれも同じ紙でありながら同一のものとして認識していなかったのですが、主人公が紙の専門商社の就活時の面接で「紙についての思い」を問われ、咄嗟《とっさ》に口にした言葉ではあるものの、紙ひこうきに繋《つな》げたのは新鮮で、まさに衝撃でした。そうか、それも紙だった、と。

最近では書店を舞台にした小説も多くなってきましたが、本ができるまでを描いたもの、例えば出版、編集、印刷などを扱った小説はまだまだ多くはありません。書店を長く経験している私自身も初めて知る、出版社と紙の商社のやり取りから一冊の本として完成されていくまでの物語には正直驚かされました。どのような職業でも、こうやって本を読むことでその中身を知ることができ、そしてより身近に感じていける。これがお仕事小説を読む楽しみの一つですよね。

話は少し変わりますが、著者のはらだみずきさんには代表作に「サッカーボーイズ」シリーズがあります。長く続くシリーズで現在も幅広い世代から愛されている作品です。この小説の何がそんなに多くの人を虜《とりこ》にしていくのでしょうか？　王道のスポーツ小説なので入り込みやすいというのは勿論《もちろん》あるのでしょうが、サッカーという人気競技がテーマになっているにしろ、皆が共感できる内面の描写が的確だからではないでしょうか。

はらださんと私の直接の出会いは『海が見える家』という作品です。このシリーズの文庫版が三冊発売され、はらだ作品の中でもロングセラーになっていますが（二〇二二年四月現在四作目を連載中）、こちらの一作目を当社の各店舗で大きく展開をしました。それぞれがお店に合う飾り付けをした結果、たくさんのお客様の目に留まり、二〇一九年七月から一年間の全店文庫売り上げ一位の作品になりました。おそらくその影響もあり二作目、三作目と現在も各店で売れ続けています。

この作品、カバーでは青空広がる海辺に黄色いひまわりが咲き乱れ、丘の上には一軒家が見えます。落ち着いた綺麗《きれい》な装丁が目を惹き、温かみを感じます。

ですがこの小説は、「今日から会社には行きません。辞めさせていただきます。」という件《くだり》で始まっています。穏やかで綺麗な海の装丁に惹かれ手に取った読者は衝撃を受けるかもしれません。主人公の文哉《ふみや》は、人生でおそらく初めて大きな決断をした後に、自分の意思とは関係なくどんどん人生の荒波に巻き込まれ次第に流されていきます。

詳しくはぜひ皆さんに手に取って読んでいただきたいのですが、はらださんの作品に出てくる主人公は皆、どちらかというと順風満帆ではなく不安を抱えていたり失意の底にいたりしながら、周りの人に助けて貰《もら》いつつ、争うのではなく流れに身を任せるのも人生の選択としてはありだと身をもって見せてくれます。人は些細《ささい》なことで急に不安になったり、色々なものから目を背けたくなったりしますが、まさにそんな私たちの感情を肯定してくれているような気がします。

はらださんとは『海が見える家』の仕掛け展開からご縁ができ何度かお会いしてお話を伺ったり、二年連続の当社周年祭講演会では、作品のこと、プライベートな生活のことを伺う機会をいただきました。そのお話は、サッカーをされていたこと、千葉にお住まいでさらに現在は山での暮らしもされていること、そして作家になる前のお仕事のことまで多岐にわたります。それらの全てが色濃くはらだ作品に活《い》かされているのは小説を読んでいると伝わってきますが、一貫したテーマと思われる、人生先のことは分からないけれど気張らずありのままを受け入れることも時には大事だということを、登場人物たちの姿を通して代弁してくれている気がします。

では今作『会社員、夢を追う』はどうでしょうか。冒頭のプロローグでは、息子が就活で悩んでいることを主人公が知り、過去の自身の就活を思い出していきます。父親との関係や、自身が何を思いどのように就活に励んでいたのか、またその時の悩みは何だったのかなどです。親になった今だからこそ、あの時両親に何を相談すれば良かったのかわかり、社会に出るとはどういうことなのかなど、アドバイスをすることができるものの、自分もあの当時はそれを求めていなかったことを思い出し、憂えながらも心の内に留《とど》めます。そんな時にふと甦《よみがえ》ったのは、かつての職場の窓から銀座《ぎんざ》の町に紙ひこうきを飛ばした思い出でした。なぜ紙ひこうきを飛ばしたのか今となってはよくは覚えていませんが（のちに若き日の会社員パートで出てきます）、確実に言えるのは本当に色々なことが不安だったという記憶で、そんな自分に今の息子の姿が重なっていきます。

ここからこの小説が始まります。一九八六年、大学生である航樹《こうき》が、自分の将来がなかなか見えず、就活に苦しみながらも友人たちと励まし合い生活をしている姿に自身を重ね、苦しくなった方も多いのではないでしょうか？　自分を見出してくれる会社を早く見つけ楽な気持ちになりたい一方、全く先の見えない人生のことだから、好きなこと、やりたいことをじっくり考えて決めたい航樹たち。でもそもそも社会経験がゼロなのですから本当の答えが導き出されるわけではない。さらには庇護《ひご》される学生の身分を離れたくない彼らの気持ちも十分に理解でき、苦しくなります。周りの皆がそれぞれの居場所を見つけていく中、大人になりきれていない自分だけが取り残されるような気持ち。その不安がこちらにも伝わり、当時の学生も今の学生も同じ悩みを通過していることが実感できます。まさかこんなに長く同じ仕事を続けるとは夢にも思っていなかった私ですが、就活当時の自分を思い起こしてみて、この主人公の葛藤はリアルなものと感じられました。

リアルな葛藤描写に加え、この小説のもう一つの顔、製紙会社や紙の商社がどのような仕事をしているのかが分かるのも本作の大きな魅力になっています。東京の中心でもあり賃料も一番高いであろう銀座になぜそれらの会社が集まっているのか？　紙の大きさ、厚さ、種類、用途など、新入社員が普通に感じる疑問は、主人公たちと同様に私たちが知らないことだらけですし、それらが実際何をしている会社なのか、自身が新入社員になったような気分で一緒に理解していくにつけ、どんどん物語の中に入り込んでいけます。現在はコロナ禍で当時の社会人の「普通」とは様変わりしてしまいましたが、良くも悪くも昭和の会社員の日常が読める点にも魅了されるでしょう。

このように、本作には色々な楽しみ方があります。昭和の時代に入社した新入社員の青春小説として、または紙業界の仕事を詳しく知ることのできるお仕事小説として、はたまたこれから先に進もうとしている息子と過去に同様に奮闘した父親の親子の物語としてなど、楽しみ方はそれぞれの読み手の今の状況によっても変わってきます。どの世代の方がこの小説を手に取っても、それぞれに気づくことがあり、さらに得られるものがあるでしょう。

もちろんそんなことを考えずとも、ドラマを見るように物語を読み進めていけば、知らぬ間にこの小説の魅力に引き込まれること間違いなしです。はらださんはおそらく、色々と答えの出ない物事を航樹に投げかけながらも、親のような眼差《まなざ》しでそっと寄り添ってこの物語を書かれたのではないでしょうか。

（かのう・ひろき　八重洲ブックセンター京急百貨店上大岡店　書店員）

■米坪《べいつぼ》

連量と並んで、紙の厚さを表す単位。１平方メートルあたりの紙１枚の重量で、グラムで表示される。表記は「g／m²」。

■塗工紙《とこうし》

印刷の再現性などを高めるために、顔料を表面に塗布し、平滑に仕上げた紙のこと。アート紙、コート紙、軽量コート紙、キャスト紙、微塗工紙に分類される。画像中心のカラー印刷に適する高光沢のものを「グロス系」、落ち着いた雰囲気に刷り上がる低光沢のものを「マット系」と呼ぶ。

■非塗工紙《ひとこうし》

表面に顔料を塗工していない紙。雑誌や書籍の本文、チラシなどによく使用される。原料や白色度によって上質紙、中質紙、更紙（ざらがみ）に分類され、上質紙の代表的なものにコピー用紙がある。

■平判《ひらばん》

縦横を規定の寸法に切断したシート状の紙。平判使用の枚葉（まいよう）印刷機では、品質重視の印刷や、多様な紙を使用した印刷が可能になる。

■巻取《まきとり》

規定の幅に揃えられたロール状の紙。新聞用紙に代表される、高速多量印刷が可能な輪転機による印刷に使用される。

（日本製紙連合会や製紙メーカー各社ＨＰなどを元に作成）

印刷物の規格サイズ（単位mm）

A列		B列	
A0	841 × 1189	B0	1030 × 1456
A1	594 × 841	B1	728 × 1030
A2	420 × 594	B2	515 × 728
A3	297 × 420	B3	364 × 515
A4	210 × 297	B4	257 × 364
A5	148 × 210	B5	182 × 257
A6	105 × 148	B6	128 × 182
A7	74 × 105	B7	91 × 128

■紙の目

紙を構成する木材パルプなどの「繊維の向き」のこと。紙の長辺に対し繊維が平行方向に流れている紙を「タテ目」、垂直方向に流れている紙を「ヨコ目」と呼ぶ。タテ目は「T」、ヨコ目は「Y」と略される。紙は目に沿って折り曲げやすく、裂きやすいため、用途によって適切な目の紙を選ばなければならない。

■連《れん》

紙の取引における単位で、洋紙1000枚を１連と呼ぶ。略して「R」と表記される場合もある。1000枚以下の場合は、小数点を使って0.5連（500枚）などと表示する。

■連量《れんりょう》

原紙１連の重さのこと。キログラムで表示される。同じ紙でも、厚さが異なると重さも異なるため、紙の厚さを表現するのに用いられる。例えば連量が62.5キログラムの紙は、「62.5kg」や「〈62.5〉」と表記される。斤量ともいう。

「紙」の基礎知識

■紙とは

植物などの繊維を絡ませながら薄く平らに成形したもの。

■紙の寸法

JIS（日本工業規格）による仕上がり寸法にはA列とB列がある。オフィスなどでよく使われる「A4」はA列の4番、「B5」はB列の5番のこと。A判はドイツの国内規格を取り入れ、B判は江戸時代から使われていた美濃紙の大きさをもとに日本独自の寸法としてつくられた。そのほかに、四六判、菊判などがある。

A列の印刷物を作る場合はA判の原紙を、B列の印刷物を作る場合はB判の原紙を用いるのが基本。印刷後、四方を裁ち落として仕上げられるので、原紙の寸法は仕上寸法よりひと回り大きなサイズとなる。

JIS規格の原紙寸法　（単位mm）

A列本判	625 × 880
B列本判	765 × 1085
四六判	788 × 1091
菊判	636 × 939

1判と規格判の比例　（数字は判番号）

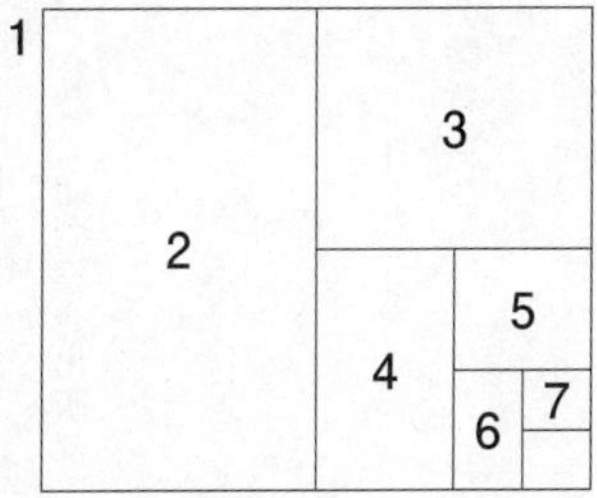

文中の引用はそれぞれ、レイモンド・チャンドラー著／清水俊二訳『長いお別れ』（ハヤカワ文庫）、俵万智『サラダ記念日』（河出文庫）、永井荷風『つゆのあとさき』（岩波文庫）、鈴木敏夫『改訂版　基本・本づくり』（印刷学会出版部）によりました。

初出　「読売プレミアム」二〇一八年一月八日～二〇一九年一月十七日
単行本　『銀座の紙ひこうき』二〇一九年八月　中央公論新社刊
本書は右単行本を改題し、加筆修正したものです。

この作品はフィクションです。実在する個人、団体等とは一切関係ありません。

中公文庫

会社員《かいしゃいん》、夢《ゆめ》を追《お》う

2022年 6月25日　初版発行

著　者　はらだみずき

発行者　松田 陽三

発行所　中央公論新社
〒100-8152　東京都千代田区大手町 1-7-1
電話　販売 03-5299-1730　編集 03-5299-1890
URL https://www.chuko.co.jp/

DTP　ハンズ・ミケ
印　刷　大日本印刷
製　本　大日本印刷

Published by CHUOKORON-SHINSHA, INC.
Printed in Japan　ISBN978-4-12-207220-6 C1193

中公文庫既刊より

各書目の下段の数字はISBNコードです。978－4－12が省略してあります。

あ-83-3
アスリーツ
あさのあつこ
嘱望された陸上をやめ五輪種目の射撃を高校から始めた結城沙耶だが――。未知の競技と格闘する少女たちの喜怒哀楽に心震える青春小説。〈解説〉斎藤美奈子
207187-2

あ-84-1
女体について 晩菊
安野モヨコ選・画 太宰治／岡本かの子／森茉莉他
はたかれる頬、蚤が戯れる乳房、老人を踏む足、不老の童女……文豪たちが「女体」を讃える珠玉の短篇に、安野モヨコが挿画で命を吹きこんだ贅沢な一冊。
206243-6

あ-84-2
女心について 耳《みみ》瓔《よう》珞《らく》
安野モヨコ選・画 芥川龍之介／有吉佐和子／円地文子他
わからないなら、触れてみる？ 女の胸をかき乱す、淋しさ、愛欲、諦め、悦び――。安野モヨコが愛した、女心のひだを味わう短篇集シリーズ第二弾。
206308-2

あ-84-3
背徳についての七篇 黒い炎
安野モヨコ選・画 幸田文／久生十蘭／永井荷風他
全員淫らで、人でなし。不倫、乱倫、子殺し……濃密に咲き乱れる、人間たちの〝裏の顔〟。安野モヨコの挿絵とともに、永井荷風や幸田文たちの名短篇が蘇る。
206534-5

い-3-3
スティル・ライフ
池澤夏樹
ある日ぼくの前に佐々井が現われ、ぼくの世界を見る視線は変った。しなやかな感性と端正な成熟が生みだす青春小説。芥川賞受賞作。〈解説〉須賀敦子
201859-4

い-8-4
獅子
池波正太郎
九十歳をこえてなお「信濃の獅子」と謳われた真田信之が、松代十万石の存亡を賭け、下馬将軍・酒井忠清に挑む、壮絶な隠密攻防戦。〈解説〉小谷正一
202288-1

い-8-8
青春忘れもの 増補版
池波正太郎
小卒の株仲買店の小僧が小説家として立つまで――。著者の創作のエッセンスが詰まった痛快な青春記。短篇小説「同門の宴」を併録。〈解説〉島田正吾
206866-7

い-8-9
食卓のつぶやき　池波正太郎
幼き日の海苔弁当から大根の滋味に目覚めるまで。東京下町から仙台、フランス、スペインまで。味と人をめぐる美味しい話。〈巻末対談〉荻昌弘「すきやき」
207134-6

い-19-2
章説　トキワ荘の青春　石ノ森章太郎
「トキワ荘の数年は私にとって青春そのものであった……」。椎名町トキワ荘に集まった漫画家たちの熱き情熱の日々を、石ノ森氏の視点から描いた貴重な記録。
206647-2

い-124-1
向かい風で飛べ！　乾ルカ
スキージャンプの天才美少女・理子に誘われて競技を始めたさつきは、青空を飛ぶことにどんどん魅入られていく。青春スポーツ小説。〈解説〉小路幸也
206300-6

お-51-1
シュガータイム　小川洋子
わたしは奇妙な日記をつけ始めた――とめどない食欲に憑かれた女子学生のスタティックな日常、青春最後の日々を流れる透明な時間をデリケートに描く。
202086-3

お-97-1
王将・坂田三吉　織田作之助　藤沢桓夫　村松梢風
反骨の棋士・坂田三吉（一八七〇～一九四六）の破天荒な人生を描く短篇集。菊池寛、北條秀司、内藤國雄らの随筆を併録。文庫オリジナル。〈解説〉西上心太
207123-0

か-18-7
どくろ杯　金子光晴
『こがね蟲』で詩壇に登場した詩人は、その輝きを残し、夫人と中国に渡る。長い放浪の旅が始まった――青春と詩を描く自伝。〈解説〉中野孝次
204406-7

か-57-4
光ってみえるもの、あれは　川上弘美
いつだって〈ふつう〉なのに、なんだか不自由……。生きることへの小さな違和感を抱えた、江戸翠、十六歳の夏。みずみずしい青春と家族の物語。
204759-4

さ-77-1
勝負師　将棋・囲碁作品集　坂口安吾
木村義雄、升田幸三、大山康晴、呉清源……、盤上の戦いに賭けた男たちを活写する。小説、観戦記、エッセイ、座談を初集成。〈巻末エッセイ〉沢木耕太郎
206574-1

各書目の下段の数字はISBNコードです。978 − 4 − 12が省略してあります。

し-39-3
空より高く
重松　清
廃校になる高校の最後の生徒たる「僕」の平凡な省エネ生活は、熱血中年教師の赴任によって一変した——きっと何か始めたくなる、まっすぐな青春賛歌。
206164-4

し-18-9
赤頭巾ちゃん気をつけて
庄司　薫
女の子にもマケズ、ゲバルトにもマケズ、男の子いかに生くべきか。既成秩序崩壊のさなかに生れた青春文学の金字塔。芥川賞受賞作。〈解説〉佐伯彰一
204100-4

し-18-10
白鳥の歌なんか聞えない
庄司　薫
死にゆくもの滅びゆくものを前に、ふとたじろぐ若い魂。早春のきらめきの中に揺れる、切ないほど静かで不思議に激しい恋の物語。〈解説〉高見沢潤子
204101-1

し-18-11
さよなら快傑黒頭巾
庄司　薫
この大きな世界の戦場で、戦いに疲れ傷ついた人々をどう支えればよいのだろうか。理想は現実の前に必ず破れるからこそ理想なのか。〈解説〉奥野健男
204102-8

し-18-12
ぼくの大好きな青髭
庄司　薫
若者の夢が世界を動かす時代は終ったのか。月ロケット成功の熱気渦巻く新宿を舞台に、現代の青春の運命を鮮かに描く四部作完結編。〈解説〉山崎正和
204103-5

す-4-3
滝田樗陰　『中央公論』名編集者の生涯
杉森　久英
『中央公論』主幹を務め、大正期の論壇・文壇を演出した名編集者の生涯を描く。吉野作造、谷崎潤一郎らによる追悼文併録。『中央公論』創刊一三〇周年記念復刊。
206398-3

つ-18-2
彷徨の季節の中で
辻井　喬
複雑な生い立ちへの負い目と、政財界の鬼として一族に君臨する父との軋轢。反逆と挫折を繰り返した青春の日々を描く自伝的デビュー作。〈解説〉丸谷才一
205165-2

と-37-1
片隅の人たち
常盤　新平
直木賞受賞作『遠いアメリカ』に連なる自伝的連作集。出版界の片隅に生きる翻訳者たちを青年編集者の視点から描く。エッセイ二篇を増補。〈解説〉青山　南
207020-2

な-73-1
麻布襍記《あざぶざっき》 附・自選荷風百句
永井荷風
東京・麻布の偏奇館で執筆した小説「雨瀟瀟」「雪解」、随筆「花火」「偏奇館漫録」等を収める抒情的散文集。初の文庫化。〈巻末エッセイ〉須賀敦子
206615-1

な-73-2
葛飾土産
永井荷風
石川淳が「戦後はただこの一篇」と評した表題作ほか、短篇・戯曲・随筆を収めた戦後最初の作品集。久保田万太郎の同名戯曲、石川淳「敗荷落日」を併録。
206715-8

な-73-3
鷗外先生 荷風随筆集
永井荷風
師・森鷗外、足繁く通った向島・浅草をめぐる文章と、自伝的作品を併せた文庫オリジナル編集。巻末に谷崎潤一郎、正宗白鳥の批評を付す。〈解説〉森まゆみ
206800-1

な-73-4
小説集 吉原の面影
永井荷風／樋口一葉／広津柳浪／泉鏡花
荷風に誘われて遊里をゆく。永井荷風「里の今昔」、樋口一葉「たけくらべ」、広津柳浪「今戸心中」、泉鏡花「註文帳」を収録。文庫オリジナル。〈解説〉川本三郎
206936-7

は-28-2
二魂一体の友
萩原朔太郎
室生犀星
北原白秋主宰の雑誌投稿で出会い、生涯の親友にして好敵手となった二人。交流を描いたエッセイ、互いの詩集に寄せた序文等を集成する。文庫オリジナル。
207099-8

ひ-21-14
亀と観覧車
樋口有介
人と関わらず生きることを夢見る16歳の涼子は、小説家だという初老の男と出会う——。青春ミステリの奇才が贈る一筋縄ではいかない一気読み「純愛」物語！
206629-8

み-10-24
文壇放浪
水上勉
編集者として出版社を渡り歩き直木賞作家に。波乱に富んだ六十年を振り返り、様々な作家を回想、戦中・戦後の出版界が生き生きと描かれる。〈解説〉大木志門
206816-2

む-4-3
中国行きのスロウ・ボート
村上春樹
1983年——友よ、ぼくらは時代の唄に出会う。中国人とのふとした出会いを通して青春の追憶と内なる魂の旅を描く表題作他六篇。著者初の短篇集。
202840-1

各書目の下段の数字はISBNコードです。978－4－12が省略してあります。

む-4-4
使いみちのない風景
村上春樹 文
稲越功一 写真
ふと甦る鮮烈な風景、その使いみちを僕らは知らない――作家と写真家が紡ぐ失われた風景の束の間の記憶。文庫版新収録の2エッセイ、カラー写真58点。
203210-1

む-4-9
Carver's Dozen レイモンド・カーヴァー傑作選
カーヴァー
村上春樹 編訳
レイモンド・カーヴァーの全作品の中から、偏愛する短篇、エッセイ、詩12篇を新たに訳し直した〝村上版ベスト・セレクション〟。作品解説・年譜付。
202957-6

む-4-11
恋しくて TEN SELECTED LOVE STORIES
村上春樹 編訳
恋する心はこんなにもカラフル。海外作家のラブ・ストーリー＋本書のための自作の短編小説「恋するザムザ」を収録。各作品に恋愛甘苦度表示付。
206289-4

む-4-12
極北
マーセル・セロー
村上春樹 訳
極限の孤絶から、酷寒の迷宮へ。私の行く手に待ち受けるものは。この危機は、人類の未来図なのか――読み始めたら決して後戻りはできない圧巻のサバイバル巨編。
206829-2

よ-17-9
酒中日記
吉行淳之介 編
吉行淳之介、北杜夫、開高健、安岡章太郎、瀬戸内晴美、遠藤周作、阿川弘之、結城昌治、近藤啓太郎、生島治郎、水上勉他――作家の酒席をのぞき見る。
204507-1

よ-17-10
また酒中日記
吉行淳之介 編
銀座や赤坂、六本木で飲む仲間との語らい酒、先輩たちと飲む昔を懐かしむ酒――文人たちの酒にまつわる出来事や思いを綴った酒気漂う珠玉のエッセイ集。
204600-9

わ-25-1
装丁物語
和田 誠
絵を描き、文字を配し、用紙を選んで一冊を作り上げる。そのデザインの源泉は書物への深い愛着。星新一から村上春樹まで――惜しみなく披露する本作りの話。
206844-5

ウ-8-1
国のない男
カート・ヴォネガット
金原瑞人 訳
戦後アメリカを代表する作家・ヴォネガットの、シニカルな現代社会批判が炸裂する遺作エッセイ。この世界で生きる我々に託された最後の希望の書。〈解説〉巽 孝之
206374-7